U0895749

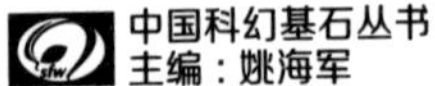
中国科幻基石丛书
主编：姚海军

四川科学技术出版社

图书在版编目(CIP)数据

机器之门 / 江 波 著. -- 成都 : 四川科学技术出版社, 2018.3

(中国科幻基石丛书 / 姚海军主编)

ISBN 978-7-5364-8978-3

Ⅰ. ①机… Ⅱ. ①江… Ⅲ. ①科学幻想小说 - 中国 - 当代
Ⅳ. ①I247.5

中国版本图书馆CIP数据核字(2018)第044147号

中国科幻基石丛书

机器之门

出 品 人 钱丹凝
丛书主编 姚海军
著 者 江 波
责任编辑 宋 齐 刘维佳
封面设计 施 洋
版面设计 施 洋
责任出版 欧晓春
出 版 四川科学技术出版社
四川省成都市槐树街2号出版大厦 邮政编码:610012
开 本 147mm×208mm
印 张 14.5
字 数 310千
插 页 2
印 刷 四川省南方印务有限公司
版 次 2018年3月成都第一版
印 次 2018年3月成都第一次印刷
定 价 46.00元
ISBN 978-7-5364-8978-3

写在“基石”之前

■姚海军

“基石”是个平实的词，不够“炫”，却能够准确传达我们对构建中的中国科幻繁华巨厦的情感与信心，因此，我们用它来作为这套原创丛书的名字。

最近十年，是科幻创作飞速发展的十年。王晋康、刘慈欣、何夕、韩松等一大批科幻作家发表了大量深受读者喜爱、极具开拓与探索价值的科幻佳作。科幻文学的龙头期刊更是从一本传统的《科幻世界》，发展壮大成为涵盖各个读者层的系列刊物。与此同时，科幻文学的市场环境也有了改善，省会级城市的大型书店里终于有了属于科幻的领地。

仍然有人经常问及中国科幻与美国科幻的差距，但现在的答案已与十年前不同。在很多作品上（它们不再是那种毫无文学技巧与色彩、想象力拘谨的幼稚故事），这种比较已经变成了人家的牛排之于我们的土豆牛肉。差距是明显的——更准确地说，应该是“差别”——却已经无法再为它们排个名次。口味问题有了实际意义，这正是我们的科幻走向成熟的标志。

与美国科幻的差距，实际上是市场化程度的差距。美国科幻从期刊到图书到影视再到游戏和玩具，已经形成了一条完整的产业链，动力十足；而我们的图书出版却仍然处于这样一种局面：读者的阅读需求不能满足的同时，出版者却感叹于科幻书那区区几千册的销量。结果，我们基本上只有为热爱而创作的科幻作家，鲜有为版税而创作的科幻作家。这不是有责任心的出版人所乐于看到的现状。

科幻世界作为我国最有影响力的专业科幻出版机构，一直致力于对中国科幻的全方位推动。科幻图书出版是其中的重点之一。中国科幻需要长远眼光，需要一种务实精神，需要引入更市场化的手段，因而我们着眼于远景，而着手之处则在于一块块“基石”。

需要特别说明的是，对于基石，我们并没有什么限定。因为，要建一座大厦需要各种各样的石料。

对于那样一座大厦，我们满怀期待。

人与机器的黑暗史诗

——《机器之门》序

■ 刘慈欣

江波的最新科幻长篇《机器之门》,用卓越的想象力描述了一种可能性,在合上这本书后我们都祈祷这样的未来不要变成现实,但它的景象总是在我们的脑海中挥之不去。在这样的未来中,人类不但面临着灭顶之灾,还同时面对着人为什么成为人的困惑,以及人是否要继续成为人的选择。这一切,都源于人类最伟大的创造物:机器。现在机器驱动着我们的世界,我们在机器的怀抱中舒适地生活着,然而我们真的有可能会和机器走到《机器之门》中那噩梦般的一刻吗?

在展望未来之前,我们先看一看现实。如果一个石器时代的原始人被突然扔进现代社会,他感到的震惊和迷茫是我们难以想象的,这仿佛由魔法构成的一切与他来自的世界差异如此之大,以至于几乎没有一样东西是他能够理解的。但渐渐地,他终于找到了一个精神上的定海神针,他发现了一样没有变的东西——人，人没变。尽管开始时他会被现代人怪异的服装所迷惑，但当他脱下兽皮，剃短身上的毛发换上这些衣服后，就发现自己与周围的人没什么两样。曾有一位人类学家说过，如果一个太平间里放进了一具三万年前石器时代的人的尸体，那验尸官不会发现什么异常。不仅是身体特征，在智力上也是如此，新石器时代的人的智力与现代人差别不大，我们的这位来到现代的原始人朋友很快发现，适应这个“魔法世界”的生活并没有他想象的那么困难，他能够学会这时的语言——如果他足够年轻的话，还能进入学校同其他人一样学习现代知识，并在毕业后找到一份工作。

这确实是一个令人吃惊的事实。现代，几乎是变化的同义词。变化是现代生活的基调，技术在飞快地改变着一切，但在这个万花筒般不断变化的世界中，我们自身却没有改变。从生物学意义上说，我们与石器时代的人没有太大差别，我们可以说都是摩登原始人。周围那些构成现代世界的先进机器都是身外之物，与我们没有生理上的联系，我们只是用四肢和语音去操控它们。

然而随着技术的发展，这种情况很难持续下去，技术终将挺进到最后的、也是最重要的疆域，我们将与机器建立生理上的联系，最后与之融为一体。这就是《机器之门》所展现的未来世界。

其实，人机结合的进程早已开始。从维京海盗断臂上的铁钩子到现代的人工心脏，人们一直在试图通过与机器连接的方式来弥补自身的残缺。但这些结合都是小规模的和局部的，更重要的，没有脑机接口，人的思想和意识无法操控植入自身的机器，这很难说是真正的人机结合。

以脑机接口为基础的人机结合，还存在着许多巨大的技术障碍，其中之一是在脑科学方面。与计算机技术相比，人类对自身大脑的研究还处于十分初级的阶段。不过这些技术障碍有很大的可能终将被克服,或至少被绕过。仍以脑科学为例,即使人类永远无法完全了解大脑的运行机制,仅把它看成一个黑箱,破解其输入和输出,仍能够实现脑机接口。

应该承认,真正的人机结合并不为现代社会的价值观所接受,对于大多数人而言,与机器结合是一件令人十分恐惧和恶心的事。人们由此也想当然地认为,在未来这个选择权也属于自己,当人机结合技术实现并普及后,每个人都可以选择拒绝并保持自己的生物学身体。

可是这想得太简单了。对于大多数人而言,驱动社会生活的关键技术并不给我们用与不用的选择。现在选择不用手机已经很难,选择不用电的人几乎没有,否则很难在现代社会中生活下去。人机结合技术一旦实现,将有几大压力迫使每个人使用它。

一个压力是人与人之间的竞争。在人机结合的历史上,南非的"刀锋战士"奥斯卡·皮斯托瑞斯的出现将是一个重要的转折点,人们对其参加奥运会的质疑,不是因为与健全人比赛对身为残疾人的他不公平,而是因为这对健全人运动员不公平。刀锋战士那经过机器改造的双腿可能使他比健全人更强!与刀锋战士结合的机器只是完全无智能的碳纤维假肢,而在未来,与先进的智能机器的结合无疑将在各方面大大提升人类的能力。当接受人机改造的新人类在智力和体力上几倍甚至几十倍地超越自然人,后者将面临被淘汰的命运。人机结合一族与自然人的差异,将远大于自然人不同种族之间的差异,这时一直伴随着人类历史的种族歧视将死灰复燃。一开始,歧视无疑是针对人机结合族群的,首先接受人机结合的人将面临巨大的社会压力,但随着这一新族群力量的壮大,他们在政治、经济和文化等各个领域的实力将很快超越自然人,这时被歧视的将转变为自然人一方，自然人将成为弱势群体，进而可能变成“劣等种族”。当这一局面到来时，与机器结合将是每一个人不得不做的选择，同时也将是他们为后代所做出的选择。

另一个压力是人与机器的竞争。在一个智能机器与人类争抢工作机会的时代，要想与机器人在工作能力上取得平等，人机结合可能是唯一的途径。

还有许多其他的可能性使得人机结合成为必然，比如环境的变化。目前地球环境的恶化速度远大于人类通过自然进化适应环境的速度，可能有一天，地球环境会变得完全不适合自然人生存：空气变得无法呼吸，气温达到自然人体能够承受的极限……这时通过人机结合来改造人体使其适应恶化的环境，可能也是一个必然的选择。值得注意的是，这种环境变化可能并非单纯由环境污染所致。当A.I.或人机结合一族取得对世界的控制权后，他们可能按自己的需要改变环境，这样的环境可能适合机器人生存，但对于自然人类却十分恶劣。

《机器之门》中的未来则走到了极端，在那个世界，最恐怖的可能性变为现实：A.I.与人类为敌，发动了以毁灭人类为目的世界大战，而经过机器改造的人类与自然人类（书中叫原生人）也存在着不可调和的矛盾和文化冲突。在A.I.和人机结合一族面前，原生人类的血肉之躯是那么脆弱，如推土机面前的一丛小草，无论如何抗争，也难逃毁灭的命运。这时，是否选择人机结合，已是一个生存还是死亡的问题。

对于预测人机结合将带来怎样一个世界，任何想象力都是贫瘠的。现在构成人类文明的一切因素，政治、经济和文化等等，追根溯源，都是建立在人的生物属性上的。政治和经济体系是由资源的分配和占有所产生，而资源是人类作为生物生存所必需的。如果人类对资源的需求发生变化，如不吃饭只耗电就能存活，不用衣物和空调就能适应各种气温，那人类的政治和经济形态将是一种完全不同的面貌。文化也是一样，所有的文化，从最本源上说是建立在人类的生物器官对世界的感知上，建立在人类之间通过生物功能——如话音、视觉和触觉所产生的相互交流上，仅仅是人类的两性属性发生变化，就将产生完全不同的文化形态。

在美国国家地理频道最近拍摄的爱因斯坦传记片《天才》中，当爱因斯坦去世后，有学术机构请求爱因斯坦的儿子汉斯同意对他父亲的大脑进行研究，以揭示这位伟大天才思维的秘密，汉斯回答说："这样的研究不会有任何结果，你们研究的是一件物品，而我父亲，是一个人。"这个深刻的回答也适用于评论对人机结合的另一个天真的想法。人机结合的终极阶段，就是除了大脑之外人体的其余部分全部变成机器，而现在人们认为，只要人的大脑存在，他的完整人格就存在。然而事实可能不是这样的，构成一个特定人格的，除了大脑中的思想和记忆，还有对周围世界的感知。后者同思想和记忆一样，是人格的重要组成部分，而机器躯体将完全改变自然生物身体的世界感知，这也将完全改变人格。

是否接受这样的改变，将是人类所面临的最艰难的选择。《机器之门》生动地描述了这种艰难，但在那个严酷的世界，生存最终压倒一切，原生人会在痛苦和纠结中选择与机器结合，从此，人类从大自然手中夺得了掌握自身进化的权利。

人机结合将产生一个难以想象的世界和文明，我们只能想象出多种的可能性，而《机器之门》则描述了这些可能性中最震撼的一种。同江波的其他作品一样，这部人与机器的未来史诗，在坚实的科技内核上展开宏大的想象。书中的世界由三种力量构成：原生人类、经过机器改造的人类和超级A.I.。三股力量之间存在着错综复杂的关系，有不共戴天的对抗，也有不稳定的结盟和共生。人性的纠结和异化、命运的选择和冷酷的毁灭战争碰撞融汇，构成了这段如激流般疯狂行进的未来史，每时每刻都在命悬一线的震撼中度过，甚至不给人以喘息的间隙。

《机器之门》给人留下深刻印象的，还有它的不回避，它像直面严酷的现实一样直面未来最黑暗的可能性。它清楚地展现了人与机器之间存在着的巨大的沟壑，这沟壑横亘在原生人与机器改造人之间，更出现在全人类和A.I.之间。在《机器之门》中，人与机器的矛盾以政治的最高的形式——战争表现出来。作品直面原生人类与机器之间在实力上的巨大差异，断言人机战争对人类而言必然是一场毁灭战争。作品生动地表现了现有的价值观在毁灭深渊前的脆弱，对于在这种黑暗的可能性中人类的未来，《机器之门》给出了选择，同时也以厚重的笔触描述了这种选择的艰难和残酷，而且坚定地表现了这种选择的必然性。尽管在结尾处露出一线田园主义的温情，但幸存的人类必将面临更严峻的挑战。而人机结合的选择也为人类指出了一条新的进化方向，在这条比自然进化快千百倍的进化之路上，浴火重生的人类文明可能创造一个更为辉煌的未来。

在美国电视剧《西部世界》里，身为机器人的女主角对人类说了这样一句话："时间将把你们化为灰烬，而一个新的神灵将在大地上游荡。"这话有些熟悉，这简直就是机器人的《独立宣言》。《机器之门》已经向我们敞开，走过去领略这样一个神奇的未来吧。

2017.11.30

目录

CONTENTS

目录

CONTENTS

引子　复仇火焰　桑迪普

门开了。

这是一扇特别的门，一团漆黑，和墙混为一体。当它没有打开的时候，那儿像是什么都没有，除了一堵漆黑的墙。

无数的人热爱它、向往它；也有无数的人憎恨它、诅咒它。它是黑墙，只有最热切召唤它的人才能见到。

墙上的门洞正缓缓打开。

门洞里是一个偌大的庭院，一眼望过去，面积或许超过了两个足球场。它也正像足球场一样，绿草如茵，可以一眼望穿。没有一栋屋子，也没有任何设施，无论如何不像是一个工厂。

然而就是这里，没错！

桑迪普跨进门去。

大门在身后自动关闭。

桑迪普摊开双手，示意并没有携带武器，然后从胸口的袋子里掏出了卡片，并将它高高举起。

草地上响起了细微的嗡嗡声，响声从四面八方传来，在嫩绿的青草上汇聚，就像有成千上万无形的蜜蜂在飞舞。

声音的源头在天上,有什么东西正从天而降。桑迪普抬头张望。

晴朗的天空一片碧蓝,一个黑色的小点正变得越来越大。很快,它变得像一个巨大的碟子,高速旋转,在阳光下,也依稀能看见碟子的边缘放射的彩色灯光。

远远看上去,那就像一个飞碟玩具。

那就是飞碟。

飞碟越降越低,也愈发显得巨大,当它最后悬停在草坪上后,嗡嗡声戛然而止。它的直径至少有三十米,中央鼓起的部分有四米多高。

桑迪普觉得那就像一头巨兽悄然静卧。

银灰的色泽在茵茵绿地的映衬下散发着刺眼的光芒。

这么一个庞然大物离地半米,没有压弯一根草,没有一丝声响。

这才有点全球最神秘高科技公司的样子。

至少这是一个好的开头。自己付出了全部身家,千里迢迢来到中国,当然希望看见一些不寻常的东西。

这架飞碟是一艘反重力飞船,很不错!据说中国人早已经开始用反重力飞船向空间站运送物资,看来传言是真的。

然而这不是自己想要的东西。

桑迪普静静地等待着。

"桑迪普·库玛,请上前。"从飞碟里传出声音——是机器合成的标准音,频谱介于男女之间。

桑迪普走上前去,一步一步地靠近飞碟,每一步都像是在试探。虽然他知道接下来将要发生什么,对于如何发生,却一无所知。这让他紧张不安。

飞碟上突然显露出一个门洞。

门洞里一团漆黑。

桑迪普停下脚步。

“请继续上前。”声音说。

桑迪普继续向前,却放慢了步子。他感到自己正走向一个并不确定的未来,因此需要格外谨慎些。

门洞里有什么东西正向外边走来。

一个接着一个,连续五个。

那是五块扁扁的金属,依次排列,恰好组成一段台阶。

意思再明确不过,这是要自己一直走进飞碟里去。

桑迪普深吸一口气。

“是要我进去吗?”他还是决定先问一句。

“是的,请进。”声音不疾不徐,格外温和。

桑迪普把心一横。十五年了,不就是为了这一刻吗?还有什么好犹豫?他为自己方才的片刻犹豫而羞愧,他迈开大步,几步跨到了飞碟前,利索地登上台阶,走进门洞。

进入门洞的一刹那,眼前一亮。

身后传来细微的声响,桑迪普惊觉回头。门已经关上,眼前只有一整块银色金属,严丝合缝,完全看不出门的痕迹。

他快速地打量整个舱室。这舱室呈圆形,中央是一个巨大的圆柱形玻璃管,大约两米粗细,玻璃管周围众星拱月一般排布着众多机器。地板是一种蓝汪汪的颜色,看上去像是一方池塘。天花板给人印象最深刻,各式各样的机械手从天花板上垂下,参差不齐,仿佛怪异的金属丛林。桑迪普辨认出一款机械臂,他的目光再也无法挪开。

银白色的金属手臂上,一条条有力的暗色钢筋牵引索清晰可见,手背上赫然刻着一个黑色的骷髅,骷髅的口中叼着一朵绽开的玫瑰。

骷髅玫瑰，这是恶魔的符号。这东西在他的噩梦中反复出现，每一次都会让他带着一身冷汗惊醒。

“桑迪普·库玛，请上前。”提示的声音再次响起来。

桑迪普向前走。脚下似乎有些异样，他低头看去。地板本来散发着冷冷的蓝光，落脚的地方却变成一片鲜艳的红色，向着四周如波纹般散开。他就像行走在池塘水面上，每一步都泛起一阵涟漪。

自己的每个脚步似乎都踩在一片血迹上。

桑迪普继续向前，很快，他站在巨大的玻璃柱前。

玻璃柱上映出他的面孔。

刚劲有力，富有男子气概。一个温柔的声音在脑海中响起，是母亲在夸奖他的容貌。十五年过去了，如果母亲还在世上，她会怎样形容自己现在的面貌？桑迪普不知道，但他确定母亲一定会仍旧爱着他，就像他一直爱着母亲一样。

在自己的面孔上，桑迪普依稀看见了父亲的影子。他不会忘记，当那带着恶魔符号的手臂伸进藏身的柜子，在他的眼前试探着摸索，父亲从藏身之处跳了出来，一枪击中了恶魔的肩膀，然后敏捷地跑开，同时弄出巨大的声响。

当时的情况下，向那个强大的机器人开枪是不折不扣的自杀，父亲当然也明白这一点。父亲死了，而他活了下来。

萨达，他的姐姐；穆丽莎，他的妹妹；桑托斯，他十岁的弟弟。

他们都和父亲一样，在那个该死的下午永远离开了他。

十五年了，他们一个个仍旧印在他的脑海里，栩栩如生。他们一个个都保留着十五年前的模样，而自己已经完全变了样。

如果变成那个模样，天国里的亲人们还会认识自己吗？

“桑迪普·库玛，贵宾加密验证通过，DNA身份确认通过，现在将开始进行手术。桑迪普·库玛先生，这是最后的确认流程，你的脑电波显示情绪平稳、意识清晰，可以做出理性决定。按照流程，请最后确认你自愿进行躯体置换手术。”

如果要后悔，这是最后的机会。

只有杀人机器才可以对付杀人机器，要复仇，就需要一个钢铁之躯。

为了所爱的人。

为了公正和永远的安宁。

“我确认。”桑迪普平静地回答。

“确认接受。”

对方的话音刚落，眼前的玻璃柱便开始缓缓上升，最后完全没入天花板内。原本被玻璃罩掩盖的东西显露出来。

一张低矮的白床出现在桑迪普眼前，床体晶莹，像是某种细腻材质的塑料，床上有个人形的凹陷，恰好允许一个人双手张开，仰面朝天躺下。

“请除去衣物，躺入塑模。”声音催促他。

桑迪普一件件脱去衣物。他的动作迟缓而庄重，仿佛在进行某种仪式，最后他脱光了所有衣物，全身赤裸。

桑迪普跨上台阶，认准凹陷躺了进去。人形凹陷的大小恰到好处，甚至连脑壳的形状也完全贴合，正是按照自己的身体订制。

玻璃罩落下来，世界被隔绝在外。

迷蒙的雾气充满玻璃罩内的空间，桑迪普觉得自己正在一个无名的空间里飞翔。很快，他就意识到自己失去了对肢体的控制，再也无法动弹。这像极了梦魇，自己似乎正在睡梦中，被压得动弹不得。

不知不觉中,他已经被麻醉了。

一丝凉意从咽喉处直抵小腹,温热的液体随即流了出来,肆意流淌。

那是一把手术刀吗?自己的身体正被快速划开,然而没有一丝痛楚。他像是一个无关的第三人。

什么东西正在他的体腔内动作。他试图去看,然而他现在就连转动眼球的小小愿望也无法达成。麻醉夺去了他对身体的一切支配权,只给他留下少得可怜的部分。还好至少能够看,能够想。

一个小小的玻璃瓶降落在距离头部三十厘米的高度上,透明的管子从瓶子的不同部位生长出来,向着自己的躯体伸展而来,仿佛几只有意识的触手正在攫取猎物。

瓶子里是一颗机器心脏。虽然在各种各样的资料中,桑迪普了解过手术的过程,然而当一切真实地在眼前发生,还是如此独特,令人印象深刻,甚至有一丝惧怕。这颗标价一百六十五氢币的加强型心脏将在他的新躯体中跳动。机器躯体只需要驱动少量的体液维持大脑的生存。虽然是加强型,也只有半个拳头般大小。

机器心脏很快接手了身体的血液循环。红色的液体在透明的管子里流进流出。

这个精巧而强悍的机器正把他全身的血液都抽取出来,桑迪普全身发冷。

这寒冷比喜马拉雅狂暴的风雪更致命,却让他的意识前所未有地清晰敏锐。

机器心脏加速了脑部的血液循环,送入了更多的氧气和养分。

他看见一只机械臂抓起一样鲜红带血的东西。

那是自己的肝脏。机械臂抓着它，就像提着毫无用处的废物，没有一丝小心谨慎。血液从机械爪的间隙滴落，肝脏残破不堪。

小心点儿，这是我的肝脏！桑迪普想这样告诫那个看不见的操作者，然而他却无能为力。

这的确是废物了，我再也用不着它。桑迪普随即想到。他目送着自己的肝脏消失在玻璃罩的顶部。

紧接着他又看见了曾经属于自己的胃、小肠，还有一堆血肉模糊的东西。

接着是鲜红的肺。

最后，他看见了自己的心脏。血红的心脏仍旧在跳动，血沫随着心脏的节律像细小的肥皂泡一般从血管里挤出来。

心脏也消失在顶棚里。

所有的内脏都是无用的，躯体也是无用的。他身上所有的器官中，唯一必须保留的是脑和脊髓。神经中枢决定了他是谁，决定了一切的爱恨情仇，除此之外的一切，机器都能做得更好。

桑迪普相信这是正确的选择。

躯体的移除也进行得飞快。手和脚，然后是切割成一块块的躯干，白色的骨头和鲜红的血肉令人触目惊心，他的身体已经被切得支离破碎，让桑迪普想起曾经在屠宰场里见过的大块带骨的肉。

亲眼看着自己被一点点儿肢解，这是一个巨大的挑战。接受手术的人完全可以选择全麻醉改造，明月科技提供了这样的选项。那就像一场梦，醒来之后，一切就不可思议地完成了。然而桑迪普坚持选择清醒地经历整个过程。如果这是一个不同人生的开始，那么他就该待在那儿，见证过去的死亡和新生命的诞生。他不想和那些贪恋生命、渴望不死的人相提并论。他有最大的勇气直面死亡。

唯有敢于直面死亡的人，才能成为真正的勇士，哪怕拥有钢铁之躯也一样。

他做到了！

况且他也并不想长生不死。

死亡，是来自天界的召唤。在那里，父亲母亲，兄弟姐妹，他曾经珍爱的一切都在那里等着他。他所要做的，只是在这人世帮他们讨还血债，然后就可以去和他们待在一起，享受永恒的平静和永远的幸福。

一面镜子展露在桑迪普眼前。镜子里，他看见了自己的头颅，头颅下方没有躯干，只有一条白生生的脊椎，血液已经被清理干净，脊椎浸泡在透明的液体中。残存的头颅透过透明的管子和机器心脏连接在一起，不知道什么时候，管子里流的已经不是红色的血，而是一种浅黄色液体，比浸泡脊椎的液体颜色略深一些。

他还活着，然而只剩下一个头颅而已。

按照合同的约定，他最后看了一眼自己的残躯。

桑迪普想点头示意，然而他根本无法做出这个动作。

按照合同，接下来该做什么？桑迪普发现自己已然想不起来。事情到了这个份上，只能相信明月科技将完美地兑现承诺。

镜子被收了回去。

一个立体投影出现在桑迪普眼前，是一段仿真的模拟动画。

他的头颅上，皮肤被剥离，眼球被摘除，头皮揭开，半球形的头骨暴露无遗。细微的手术刀在头骨上纵横，切开小小的开口，银色的液体从切口注入。头部的刨面图显示在一旁，银色的注入物沿着整个脑部蔓延，将整个头脑包括延生的脊髓都包裹起来。

残存的头骨被一块块切开、一片片去除。最后，在投影中只剩下金属的颜色，赫然像是头脑的模型。机器心脏的管线融合在金属模型中，液体在金属层中循环，能量的流动被高亮显示出来，形成网络。

一个金属的骷髅骨架跳了出来。

这是他精心挑选的X363型，全拟人化，所有的骨骼都依据人体工程学设计并高度优化。这是世界上最优化的人体模型，无论奔跑还是弹跳，翻滚还是舞蹈，它都能最大限度地发挥人体潜能。他选择了最昂贵的金属材料，一种被称作韧性精钢的钛铁合金，这种金属每克的售价是黄金的三十倍。一副骨架，几乎就是他一半的财产，一万二千氢币，他出售了家族矿业的全部股份才凑齐这笔钱。

X363型在他眼前旋转，这个类型的骨架可以完全定制，眼前的这一副骨架就完全按照他的身体比例来设计。这就是一个金属化的桑迪普，他即将拥有的新躯体。

骨架的头部并没有封闭，缺少了一块，就像打开了盖的盒子。被金属包络的神经中枢移动过来，从上部缓缓落入，最后完全进入。头顶部封闭，液态的金属顺着缝隙填充一圈，合成完整的头盖骨。

就像是灵魂注入了这机器的躯壳，机器人的眼睛亮了起来。淡绿色的眸子闪闪发光。这正是桑迪普眼睛的颜色。

一层又一层的各种材料被覆盖在机器骨架上，骨架很快丰满起来，甚至有了血肉，脸部轮廓也逐渐清晰。当最后的所有毛发都生长出来，一个完美无缺的桑迪普出现在投影中。

投影中的桑迪普睁开了眼睛，仿佛正盯着桑迪普。

这就是他重生后的模样，和自己几乎是孪生兄弟。

然而这是一个超级孪生兄弟，强大到可以抵抗六百度的高温，抵挡火箭弹的爆炸，永远不知疲倦，力大无穷。

这是他的金刚化身，为人间声讨正义。

桑迪普笑了，在他仅存的脑子里，脑电波微微荡漾。投影中的桑迪普也微笑起来。在此刻，他们已经联为一体。

接下来，该是真正的合二为一。

两个银色的小球向桑迪普的脸部贴过来。这是精准的手术刀，将会切开他的头颅，取出大脑。

随着一阵微弱的凉意，他的世界变得一片黑暗。手术刀轻快地摘除了他的眼球，切断了他的听觉。

世界变成一片虚无。

桑迪普并不慌张。他会回到这个世界。

他突然想起来的时候，漆黑的墙上，根本看不见的门。

黑墙，那就像一个强烈的隐喻。

他的世界里一团漆黑，然而门就在那里，而且将为他而开。

他深信这一点。

第一章 北京时刻 楚南天

“不要机器”

“人类需要肉体的温暖”

“机器是愚昧,机器是罪恶,机器是一切痛苦之源”

“消灭机器暴政,世界属于人类”

“好人上天堂,坏人下地狱,机器连地狱也没有,只能化成灰”

“欺师灭祖,断子绝孙”

“爱让世界延续,没有心的人不会爱”

“机器杀人犯”

“用爱发电,温暖人心”

……

浩浩荡荡的人群从广场上经过,举着各式各样的横幅,写着各式各样的句子,口号声此起彼伏,回响在城市上空。

这些口号无论有多么不同,主题总是一致的:反对人体机器化,反对机器。

今天是一个非官方的主题日,这个主题日有一个带着几分悲壮的名字:人类日。

全球的主要大城市都爆发了大规模游行，这是一场有组织的全球运动。

楚南天不动声色地看着屏幕上的人群，当队伍的前部行进到大街中央，游行的队伍占据了整个广场，他将画面停了下来。

楚南天扭头看着坐在对面的人。

对面的人也正望着楚南天，脸上似笑非笑——他戴着一副精致的无边框眼镜，挺括的深棕色西服透出细腻的质感，宝蓝色的斜纹领带则在严肃中透出一丝活力。他的面孔修饰得毫无瑕疵，无论是特意留出的鬓角，还是高耸挺拔的鼻梁，或者是光滑圆溜的下巴，他看上去就像雕塑一样完美。

一个中国人，却长着古典希腊式的面孔。

他是未来金融集团的执行董事，钟立人，和官方关系深厚。今天的采访，他以游行支持者的身份登场，虽然并没有公职，他的意见在很大程度上能代表官方的态度。

"钟立人先生，请问您对这次最大规模的人类日游行有什么看法？"

楚南天例行其事地抛出了第一个问题，并不期望得到什么令人惊喜的回答。

"人民拥有结社、集会、游行的自由，我们的宪法保证这一点。所以，他们是在法律许可的范围内进行的活动。当然，我不是无条件支持游行，如果这样的自由影响到其他人的自由并被认定有碍社会安定繁荣，游行就该受到限制。"

楚南天飞快地在速记本上写下"合法""限制"两个词。

手机发出了轻微的震动，楚南天瞥了一眼，是一个未接来电，上边显示着"小六"。

也只有小六才能在手机飞行模式下仍旧把电话打进来。

楚南天随手将手机翻转过来，挂断电话。再急的事，等到直播结束后再回吧。

他扫了一眼采访提纲，抛出了第二个问题。

“钟先生，这不是第一次人类日示威。从三年前开始，每年的8月15日，都会有人类日游行示威在全球各地进行，而且规模越来越大。据说……”楚南天低头看了看提示屏，屏幕上高亮显示“三十五万”，他很顺溜地把问话继续下去，“人数超过了三十五万。这么大规模的游行，无可避免会引发一些社会问题，您怎么看待这个问题？”

钟立人眉头一扬，“三十五万？楚先生，你是从哪里得到的数据？各方面的统计汇总，游行总人数大约十六万，其他的数据都是谣言。再说参与的人数众多，我觉得是好事，说明人类日受到广大人民的支持嘛！”

“但是今年人大会议刚通过公民权利保护法修正案，规定在紧急情况下，政府可以将公民的躯体改造为机器……”

“你说的这个修正案第三十二条明确规定，这种行动必须得到指定的技术支持，这是好事，可以避免一些人因为技术价格高昂而失去挽回生命的机会。只不过，我认为，每个人都应该珍惜自己的躯体，身体发肤，受之父母，不能轻易抛弃。所以法律规定是法律规定，我们应该倡导一个什么样的社会气氛，这是我们该做的事。”

“但是许多法律专家认为，这条法律可能存在被滥用的可能，强迫违反他人意愿而进行机器化，您认为这种可能性……”

“我们的立法流程是完善的，法律的执行是一件严肃的事，如果有滥用，那么人民不会同意，我们的监督机制也不会同意。”

“但现在已经有不同的意见，这一次的人类日示威比往年规模更大、态度更激进,无疑和这个修正案的通过有一定关系,即便不谈论将来的可能,对眼前的情况,是否有应急的预案呢? 比如发生冲突事件。”

“你所指的冲突是指?”

“去年的游行中,我们已经看到了两起机器人袭击事件,还有一些……”

“你说的一起发生在华盛顿,一起发生在东京。”钟立人打断了他。

“但是中国的游行人数最多,难道不该未雨绸缪,防范悲剧在中国上演?”

钟立人露出微笑,他扭头看着镜头。镜头的那边坐着亿万观众,钟立人清了清嗓子,“这是一个很好的问题。我必须说明两点:第一,中国的犯罪率一直很低,哪怕对机器人类也是如此;第二,政府不允许任何犯罪行为,无论是游行群众还是反对群众,一切都要在法律许可的框架内解决。政府打击任何形式的犯罪,不会因为是否属于机器人类而有所区分。这点我完全无条件信任政府。”说完他扭头看着楚南天,“这应该可以回答记者先生的问题。”

楚南天微笑着点了点头,心底却不以为然。拥有机器身体的人可以轻易杀死肉身的人,一个血肉之躯的人却绝难杀死一个机器人。发生在华盛顿和东京的事件,都是机器人冲入人群,大开杀戒,结果血流成河、死伤狼藉,当然死掉的都是游行的原生人类。机器人凶手虽然最后伏法,却是被赶来的机器警察击毙的。

形式的平等可以掩盖实质的不平等,甚至加剧实质的不平等,这是连社会学家都争论不休的话题。不能期望在一场面对亿万观众的直播中讨论这个,因为无论正方、反方,都可以找到大量的说辞让直播变得冗长。

楚南天有些厌倦这样的采访，这次采访都在预定的框架内进行，毫无挑战性。他应该去街头，去医院，去那些阳光照不到的角落进行采访，而不是坐在这光亮的演播室里，和一个看上去像大卫的美男子谈论一些空泛的话题。

楚南天盯着钟立人的脸，突然有种冲动想问问他是否了解明月科技的纳米整形技术。钟立人的脸蛋实在太过于完美，很难相信他是天生如此。楚南天听到一些流言，政界、商界，无论在台面上观点如何，私下里都积极地拥抱明月科技的纳米技术。技术让生活更美好，至少在这些上流人士身上，这句话千真万确。

楚南天抿了抿嘴唇，将这个突如其来的念头压了下去。

这是一场戏，他必须将它演完，只要他还需要这份工作。

楚南天抬眼向着一旁望了一眼，饶晓华正和摄制组坐在一起，满脸认真，见到楚南天看过来，她迎着他的目光露出一个微笑。

女友的微笑让楚南天的心定了定。他低头看了看稿子，继续按照采访提纲向下走。

“钟先生，我想请问一下，关于人类日的发起人被秘密拘禁的消息，是否确实？”

“你说的不会是以色列海法的事吧？那里的事情我无法置评，不过根据联合国第六千七百五十号决议，我们会强烈谴责这样的行为。”

“那么您是代表政府否认这件事？”

“我不能代表政府，只不过政府的正确主张，我都是支持的。中国政府一直遵循联合国的所有重要决议。”

钟立人说着向楚南天笑了笑。

这微笑像是一种嘲讽。

“据报道，人类日运动发起人胡安康先生目前已经失去联系，下落不明。您对此有何评论？”

“如果失踪了二十四小时以上，应该由直系亲属或者相关人向公安部门报案处理。”

“胡安康先生没有任何直系亲属在世。”

“哦，这我感到很遗憾，虽然我是他的好朋友，但是也无法帮忙。和法律相关的事，就走司法的流程，我们作为商人很难说什么，但是有一点确定无疑，那就是我们对于人类日运动的支持不会改变，胡安康先生一贯坚持的理念，也一定会继续保持。”

滴水不漏，比原来拟定的回答更全面。

楚南天清了清嗓子，“钟先生，这次专访的目的，火鸟台希望能对观众有个关于人类日运动的普及。您是否能讲一讲这方面的情况？”

钟立人点了点头，正要开口，却只听“轰”的一声巨响传来，整个大楼似乎都在震颤。

一阵强烈的冲击波将演播厅冲得七零八落。楚南天被气浪掀翻在地，额头撞在地板上，疼痛入骨。他忍痛抬头，眼前掠过两个黑影，还不知道怎么回事，自己就被拉了起来，一阵推搡，靠着墙壁站着。

慌乱中，楚南天还是很快看清了演播厅里的形势。

演播厅的侧墙被炸开一个口子，冲进来五个蒙面的黑衣人，他们手里都提着乌黑的枪，气势逼人。两个黑衣人监视着钟立人和自己，另外三个则控制了摄制组。他特意看了看摄制组那边，饶晓华缩在几个摄制人员中，抱头蹲在地上，显然吓得不轻。没有受伤就好！楚南天这样安慰自己。

一个身材瘦小的黑衣人用枪指着钟立人，“站到这边来！”他厉声呵斥。他的声音听起来含混不清，似乎在面具下使用了拟声器。

钟立人脸上满是惧意。刚才的冲击波打掉了他的眼镜，他习惯性地伸手去扶镜腿，却摸了个空。

“你们这是犯罪行为！”钟立人强自镇定，然而声音有些发颤。

黑衣人一言不发，跨上一步，枪托在钟立人额头狠狠一下，发出一声沉闷的响。

钟立人应声倒地。

摄制组那边发出一声尖利的惊叫。这是晓华的声音！楚南天扭头看去，果然是饶晓华。她一直想观摩现场播报，自己好不容易给她争取了这个机会，没想到竟然会发生这种事。

“晓华，别怕！”楚南天喊了一声，“我在这里！”

站在身后的黑衣人用力一推，把他顶在墙上，“老实点儿，别说话！”

硬硬的枪口顶在后脑上，楚南天只能闭嘴。眼角的余光瞥过去，只见饶晓华正偷偷地向自己这边看。

目光相触，楚南天微微点头。黑衣人走过，饶晓华收回目光，收缩身子，似乎有些瑟瑟发抖。楚南天心中焦急，然而也无计可施。

他深吸一口气，强迫自己冷静下来，然后再次开始观察这些黑衣人。

这群人来势汹汹，显然不是什么好人，殴打人的动作娴熟，是不折不扣的职业暴徒。他们的手里都有枪，甚至有两个暴徒手中拿着大家伙。就像干坏事的人通常做的那样，每个暴徒都把脸用黑布包起来，只露出一对眼睛。蒙头用的黑布上印着白色的海盗骷髅图案。这种标志从前只有海盗才用,后来被各种有组织犯罪的盗匪广泛使用,简直成了暴力犯罪的通用符号。然而和一般的骷髅图案不一样,这些黑衣人蒙面巾上的骷髅口中似乎叼着一朵花。这倒是一个富有艺术气息的设计。

他们的体态不像是中国人。

“你们,继续直播。”领头的黑衣人向两名摄制人员发号施令。

两名摄制人员完全被吓住了,慌忙操作机器,对准黑衣人。

黑衣人发出一声怒喝:“拍我干什么? 拍他!”手一指地上的钟立人。

两人一哆嗦,赶紧调转镜头。钟立人躺在地上的画面显示在大屏幕上,他的额角破了,鲜血直流。

“现在拍我!”黑衣人又说。

摄像赶紧把镜头挪了回来。

黑衣人面对镜头,开始发言。

“你们听着,我知道你们可以切断信号,但是继续保持直播,否则我会杀掉他!”黑衣人挥了挥枪,向着钟立人一指。

“我们是奥灵之手,我们守护生命,我们要拯救人类的未来。如果我们不做点儿什么,末日就会降临,人类会被机器取代,从地球上消失。机器虽然可恨,但比机器更可恨的,是混杂在人类中的机器奸细! 他们不再是人,而是毫无人性的魔鬼,披着人的外衣,做鬼鬼祟祟的勾当,试图把人类拖入万劫不复的深渊!”黑衣人对着镜头开始发表演说。

奥灵之手! 楚南天对这个名称有点儿模糊的印象,它是极端组织,信奉人类至上,主张人体神圣。虽然楚南天也反对人体机器化,然而对极端组织一向没有什么好感,它们和那些疯狂的末日神教没有什么本质差别。一切极端组织都是邪恶的,这是人类文明史的血泪教训，然而极端组织偏偏又总能蛊惑人心。奥灵之手，借助人类日运动而兴起，也许就是人类日运动最黑暗的一面。

在楚南天的印象中，这个组织一直在中亚地区活动，偶尔会出现在印度和欧洲，现在突然出现在北京，令人感到不可思议。

“今天我们到这里来，就是要找出魔鬼，让受到蒙蔽的人们醒悟……”黑衣人继续说。

“这里是我的采访现场，你们应该到别处去找你们所说的魔鬼。你们在这里伤人，是在向全世界宣战！”楚南天鼓起勇气打断了黑衣人说话。

黑衣人刷地扭过头，直直地盯着他。

楚南天一阵害怕，然而没有退缩，而是选择迎着黑衣人的目光。

黑衣人笑了起来，笑声尖利刺耳。

“楚大记者，我们认得你。你是我们尊重的人物，放心，不会伤害到你。我们从来不会伤害无辜的人。”他回头盯着躺在地上的钟立人，“马上你就会明白这一点。”

黑衣人说完，一把将钟立人从地上拉起来，扭过他的头，让他面对镜头，“看看他，看着这张脸。”

钟立人额角破裂，鲜血直流，面对镜头显得分外萎靡。

黑衣人拔出一把匕首，对着镜头说：“流血了，大家都很同情他，都痛恨我们，觉得我们很凶残，对吗？但是，不要被假象迷惑。现在我就让你们看看他的真面目。让你们看看魔鬼的真面目！”

说着，他把钟立人的脸拉到了镜头前。

匕首从钟立人的鼻梁上割了下去。

钟立人发出一声惨叫。他的鼻子被削开，鲜血直流。然而暴露出来的并不是白色的骨头,而是银色的金属。

黑衣人拿钟立人的领带在他的鼻梁上擦抹,清除血迹。原本汩汩流出的血液似乎立即就凝结了,只在鼻梁的周围留下一层浅浅的血痂,一个银光闪闪的鼻梁在灯光的映射下分外醒目,让人感到说不出的怪异。

空气中飘来一丝血腥的气息。楚南天微微别过脸去,不忍心看那张被毁容的脸。

钟立人肯定做过整形手术,不然不会拥有一张如此完美的面孔,然而他的整个鼻梁都是金属的,这却让人有些意外。也许钟立人把整个头骨都置换了。

让晓华看见这样的场景,实在有些太残忍了!

楚南天向饶晓华看过去,只见她全身蜷曲,缩在角落里,脸上满是惊恐的神色,不停地四下张望。看到楚南天看过来,她默默地咬着嘴唇,像是要哭出来。

楚南天向着她缓缓地摇头,示意她闭上眼睛。

镜头前,黑衣人似乎被血激发出了狂态,声音变得高亢起来,手中匕首挥舞,“你们知道为什么反人体机器化的法案屡屡失败吗?这些有钱人,这些富商名流,这些高高在上的蛀虫早已经被收买了,他们就是人体机器化的样板,怎么可能反对自己?”话音刚落,他狠狠地挥下匕首,砍在钟立人的手臂上。

钟立人再次发出一声惨叫。“你们这是犯罪,知道吗?!”他挣扎着喊了一句。黑衣人顺手一挥,将钟立人手臂上的皮肤割下一块。钟立人的胳膊上顿时鲜血淋漓,一片血肉模糊中,银色的骨头暴露出来,触目惊心。

黑衣人抓起钟立人的胳膊,在镜头前给出一个特写。

“看见了吗?看见了吗?他就是一个机器人。一个冷酷的怪物,对人类没有任何同情心。我们要拯救地球、拯救人类,就必须除掉这些披着人皮的机器。他们是怪物,他们是最危险的敌人,是狡猾冷血的蛇。”

楚南天看着黑衣人歇斯底里般地吼叫,反而镇定下来。这些极端分子总是把事情想得过分,似乎整个世界就是一个大阴谋,而他们则是不幸的受害者。他们的理由总是偏执得可笑。然而正是这样偏执的理由,却能激起广泛的狂热。

“你不能这么说。”楚南天突然间开口。

这像是在炽热的铁块上浇上了一勺冷水。

所有的目光都向他投来,眼神各异,却都带着些惊诧。

“我们的确应该反对人体机器化,但是换上更坚韧的金属骨骼并不触及核心。”楚南天继续说,他仍旧面向墙壁站着,却努力扭过头来向那些黑衣人说话,就像在电视辩论赛中一样。

一个黑衣人走上前来,端着枪,在楚南天身后站定,向着他们的首领看过去,似乎在等待首领的命令。

这些人随时可能夺取他的生命。

恐惧蓦然在心头升腾起来,楚南天极力控制着自己,在所有人的注视下保持着平静的神情。他看着黑衣人,等待着报复。

一个重击?还是一刀?甚至干脆结果了自己。

他忐忑不安,然而始终坚定地站着。对真理的坚持才是一个人最大的价值,他不怕即刻的死亡,就像他从不屈服于来自各方面的或明或暗的压力而改变自己的观点。

黑衣人首领嘿嘿一笑,“楚先生,我们明白你的观点,但现在是你要听我们的主张。这不是在请客吃饭,这是战争,这是你死我活的革命。留着你的那一套,那对我们没有用。”

黑衣人说完举起了枪,枪口正对钟立人的胸口。

楚南天正想开口，只听见噗噗两声闷响，钟立人的身子一阵抽搐，瘫在地上。饶晓华的尖叫声在演播厅里回荡。

楚南天只觉得一股热血涌上头顶。他们居然开枪杀人！在众目睽睽之下杀人！

殷红的血液从钟立人的尸体上向外流淌，演播厅里一片混乱。

黑衣人带着轻蔑的语气说："他们停掉了直播。我说过停掉直播就杀死他。"

这是按部就班的谋杀，他们算计好政府必然会停掉直播，他们根本没有打算放过钟立人。

楚南天咬紧牙关，恐惧和愤怒都在推动着他起来行动，理智却紧紧地约束着他。

和这群匪徒拼命没有任何胜算。

黑衣人翻转手腕，看了看表，"十二分钟，我们还有三分钟时间撤退。"他抬头向着另外的黑衣人点头，"带上他们两个。"他指指楚南天，又指指饶晓华。

两个看守摄像的黑衣人走过来，一左一右。

"你们要干什么？"楚南天试图避开黑衣人，挣扎中，放在桌上的手机被碰落在地。手机恰到好处地响了起来，声音很大。

还是小六打来的！

不等楚南天有任何动作，左旁的黑衣人狠狠一脚，咔啦一声，手机的屏幕当即碎了。黑衣人又是狠狠的几脚，将手机踩得七零八落。

楚南天被结结实实地架住。另一个黑衣人拉起饶晓华。

黑衣人首领蹲下身子，匕首在钟立人的脸部划拉，动作娴熟，就像一个专业的外科医生。钟立人的脸部骨架很快暴露出来。

那确实一个金属的骷髅。黑衣人抬起手腕，对准这金属骷髅从各个角度拍照，完成之后起身，“我们走！”

一行人穿行在火鸟台的大楼中。

楚南天从来没有想到过火鸟台的大楼居然会有这样的一天。所有的安全门都敞开着，像是被黑客破坏了安保系统。此刻楚南天无比怀念曾经的那些穿着制服的保安，至少他们不会被一个黑客就全部瘫痪掉。

他们很快走到大楼三十一层的边缘，玻璃幕墙已经破裂，外边就是北京7月间晴朗高远的天空，凛冽的风从破裂处灌进来，呼呼作响。

风声中夹杂着另一种声音，尖细连绵，就像某种蚊蚋的叫声。

一个庞然巨物沿着玻璃幕墙升起，黝黑的躯体上钢铁嶙峋，底部则放射出绚丽的蓝光，仿佛就是这些光线托举了它。

野牛飞行器！楚南天认得这个。在流传的视频中，这种飞行器能够反重力般自由飞行，是这个星球上最强力的近地飞行器。

一个极端组织居然能拥有这样的重型飞行器。

不等他细想，两个人推着他从玻璃幕墙的空洞中穿出，进入野牛飞行器的舱内。饶晓华也被推了进来，靠着自己坐着。她瘦小的身子在不停地发抖。

“别怕，有我在！”楚南天安慰她，伸手搂住她的肩膀。

“我们会死吗？”饶晓华连声音都是颤抖的。

黑衣人掏出两条安全带般的绳索，毫不客气地将两人分开，各自绑在座椅上。

野牛飞行器很快升空，在它倾斜转向的一刹那，楚南天看见了地面上如蝼蚁般的人群。无数的警车聚集在楼下，闪着红蓝的顶灯。两个高大的防暴机器人鹤立鸡群般站立在警车群里。

来得太慢了！楚南天想。在北京发生这样一场恐怖袭击，这是谁都没有意料到的事。

楚南天看了看身边的饶晓华，她因为害怕闭着眼睛，兀自在发抖。

楚南天并不害怕，却心情沉重。自己和饶晓华成了人质，不知道会落到什么境地。

他回过头。野牛飞行器的加速效果惊人，火鸟台的大楼已经被远远抛在身后，在蓝天的映衬下成了天边发亮的一根针。

别了，北京！他突然意识到这可能是自己和北京的最后一次告别。

第二章　临危受命　冯大刚

“军事禁区”四个红色的大字在探照灯光中一闪而过。风火轮直升机在荒无人迹的旷野上风一般疾驰，不过两分钟，陆军第三装甲旅的标牌显露出来。

冯大刚在直升机的后排正襟危坐。他不知道是什么样的紧急事件需要把他从五百公里之外的海滨度假山庄拉过来。从接到通知开始算，不过一个小时，指挥部派出的专机就到了，在众目睽睽中降落在休假中心的草坪上。而江头居然还不放心，连续打了三个电话，确认他能够及时出发。

直升机落在停机坪上，平台缓缓下降，将直升机带入地下。地面上移动草坪自动覆盖过来，掩盖掉一切痕迹。

升降机停下。

冯大刚整了整军服，从直升机里钻出来。

一个上尉上前一步，抬手敬礼，“少校，将军在二号办公室等你。”

冯大刚回了一个军礼，迈开大步向前走去。

二号办公室是通信中枢，能够连接全国三十六个机动步兵旅。那是一个虚拟会议中心，可以让远方的人以虚拟投影的方式出席现场。

在二号办公室开会，那么应该还有来自兄弟单位的人员参加。

冯大刚在安全门前通过了虹膜检测，走进一条全封闭的步道。步道左侧的屏幕亮了起来，屏幕上是一张熟悉的面孔。

“少校，例行检查，你的左口袋里有异常物品，必须交出二次检查。”

异常物品？

冯大刚伸手摸了摸左口袋，果然，有个指甲盖大小的东西，硬硬的。掏出来一看，原来是一个小小的纪念章，像章上是一片白色沙滩，沙滩上立着一只螃蟹，高举双钳。这是度假村的东西，可能是儿子什么时候偷偷放进了自己的口袋里。

屏幕下一个小盒子弹出，冯大刚把纪念章放了进去，盒子缩回。不到两秒钟，盒子重新弹了出来。

“少校，你可以收起物品，进入办公室。”

冯大刚拿起像章，随手放回口袋里。前方办公室的门打开，透出光亮。

江头正坐在会议桌旁等他。会议桌旁还有两个虚拟投影，都身着便装，似乎并不是军人。

“将军。”冯大刚举手敬礼，然后笔挺地站着，等待指示。

“少校，这两位是特使，从北京来，任务紧急只好把你召回来。”

两位北京特使看着冯大刚，点头致意。

冯大刚看了两人一眼，并不言语。

“北京发生了一起重大恐怖袭击，所有的卷宗我已经发送到你的资料库里。至少有六人以上的军事小组袭击了火鸟台传媒中心，杀死了正在做直播节目的嘉宾，然后劫持了两个人质逃走。他们向西逃跑。你的任务是解救人质，明白了吗？”江头很快说明情况，就像往常一样，他不说具体细节，而只是把来龙去脉梳理一遍。

细节都在卷宗袋里。

“明白！”冯大刚立正朗声回答。

两位特使彼此对看一眼，其中一个开口说话：“他们在电视直播中发布煽动信息，最后还杀了人，影响极其恶劣，如果不能对凶手进行有力反击，会引发更多流血事件，你对此要有充分的认识。”

冯大刚沉默不语。他不知道这两个特使是什么身份，但显然他们不是军人。他不喜欢和外人打交道。

对方似乎并不介意他的沉默态度，继续说：“这次袭击的细节情况，江总已经把所有资料都转给你了。我只想提醒一下，这些恐怖分子使用了最先进的陆战装备，BT99型突击车这种顶级装备在全球的数量不超过三百台。他们能量很大，背景不明，所以我们要求你也必须对行动绝对保密，不到迫不得已，不要让对方知道你的存在。”

BT99型突击车！冯大刚微微动容。他听说过这种神秘武器，俗称野牛飞行器，使用反重力装置的重型武装平台，几乎就是一台能飞的坦克。这种重要的顶级武器居然落在了恐怖分子手中，事情变得有些扑朔迷离。如果恐怖分子掌握这种重要的武器，而且肆无忌惮地使用它，那么局势就到了格外危险的地步。

“这一次行动的保密等级定为9C。”江头不动声色地补充一句。

冯大刚心中咯噔一声。

9C的行动等级意味着他将以独立身份进行活动，所有的身份信息都会失效，就像世界上从来没有冯大刚这个人存在。只有活着回到基地,重新确认身份他才能回到正常社会,否则,他将成为一个没有身份的人,在信息社会,这也许比死亡更可怕。在二十五年的突击队生涯中,这是他第三次接到9C级任务,前两次还是在全球政府宣告成立之前,那是政府之间的较量,怕引发国际战争。

如今只是要对付一组恐怖分子,竟然使用9C级保密方案,这实在让人感到匪夷所思。

然而军人的天职是服从命令,冯大刚面不改色,沉声应答:“是!”

两位特使彼此对看一眼,然后一位向江头说话:“那么就布置方案吧。”

江头按下手边的按钮。会议室旁的门打开,两个参谋走到会议室中央。一幅巨大的立体图从屋顶投影下来,两个参谋熟练地在图上操作。

展示在冯大刚眼前的是北中国地形图,图上一个小小的红点正缓缓移动。那就像是飞机的飞行路线图。地图的比例定格在一比五十万,红点在地图上缓缓移动。

这伙人的逃窜路线是从北京直接向西,越过大同和燕山山脉,直入内蒙古沙漠,然后选择沙漠路线和河西走廊平行飞行,最后折入塔克拉玛干沙漠。短短十个小时,已经距离北京两千公里。野牛飞行器重量高达五十四吨,超过一般的重型坦克,全副武装,这么沉重的家伙平均速度能达到两百公里每小时,快得惊人。

“它使用巡航高度飞行,距离地面平均高度只有十米,加装主动隐形装置,所有的空间监测装置都不起作用。这是它能突然出现在北京城区的重要原因。”

“现在我们为什么能跟踪它?”

“因为楚南天。”一个特使抢先回答。

“楚南天?”冯大刚从来没有听说过这个名字。

“是的,两名人质之一,他是火鸟台的记者,名人。你没有听说过?”

冯大刚毫不迟疑地摇头。

“没听说过也好,他一直反对人体机器化,有很多粉丝,影响力很大,所以我们对他有一些监控措施。”

“你们了解楚南天的一举一动,却不知道有人会袭击广播大楼?”冯大刚忍不住说了一句。他最讨厌秘密监控,虽然在这个世界上,一个人几乎已经没有隐私,然而刻意窥探一个人的生活,那是一种极其低劣的人品,对组织来说也一样。

“少校!”江头沉声制止他。

冯大刚沉默不言,只是看着特使,等着他把没有说完的话说完。

“楚南天身上带有卫星定位装置。这些人劫持了楚南天,让我们能轻易跟踪它。发现了它的行动路线之后,卫星跟踪就变得容易了。”

“什么样的卫星定位装置?”

“楚南天曾经有一次骨折经历……”特使就此打住,“具体细节看你的卷宗,现在我们需要你设法把他救出来,至少保证他的安全。”说完他看着冯大刚,等待回应。

冯大刚看了看江头,他不知道是否该回答,一个9C级的行动,能够活着回来就已经万幸,如果要保证一个人质的安全,这不该是9C级的任务。江头却只是看着他,并不说话。

“在9C级的事件约束下,如果有意外,我会采用自杀措施保证机密不外泄,因此我无法保证人质安全。”最后冯大刚无奈地回答。

“这个我们当然理解。”特使回答,“我们的要求是在你的能力范围内,必须保证他的安全。”

“这样的承诺并无意义。”

特使扭头看着江头,“江将军,我以为特别行动队的队员都是一声令下便勇往直前的勇士,看起来你挑的人更像是个律师啊。”

江头不动声色,“你看过他的档案,他是最好的一个。”

特使点头。

他转身向着冯大刚,“关于这件事的原委,我可以尽量让你了解一些。全球政府是全世界人们的共同选择,但是总有一些人意图分裂。楚南天是一个有影响力的人物,他的每一次报告发布,能够影响三亿以上的人群,其中绝大多数是因为各种原因没有进行机器化的人。”

“穷人。”冯大刚生硬地插入一句。按照一般的情形,他不该插嘴,然而谈到这个问题,他深有体会。一个月前,他的一个好朋友心肌梗死,在突然死亡的前三年,这位朋友就开始攒钱换机器心脏,然而钱没攒够,人就没了。要换上一个机器的身躯,需要钱,需要很多钱。

“大部分是,也有人不是。”特使对冯大刚不礼貌的态度似乎并不在意,不紧不慢地回答。

“所以对政府来说,楚南天是一个潜在的危险因素,如果他意图煽动,后果会很糟糕。这也是我们对他进行监视的原因。”特使说着抬眼看了看冯大刚。

冯大刚目不斜视,站得笔挺,就像一座雕塑。

“但是他的存在也有好的方面,温和而有影响力的反对派并不多,简单地说,他的影响力让超过三亿人保持行为温和、不激进,这是脑库的大数据分析结果。要找到他的替代品很不容易,如果他死了或者再也不能发言,这些人就有更大的可能成为极端派源源不断的生力军。这将是一个巨大的麻烦。”

“所以必须不惜一切代价保护他。”冯大刚接上话头。

“不惜一切代价保护他。”特使重复了这句话，露出一丝冷笑，“这些暴乱分子都踩到脸上了，我们竟然只能用秘密行动来保护他，这也是一个笑话。”

特使顿了顿，似乎意识到自己不该说这些，“尽你所能吧，少校。从线路上看，他们的目标是喀布尔山区，奥灵之手一直在中亚到处活动，他们在那山区里有秘密基地，美国人给了我们一些情报，都转给你了。想办法把楚南天带回来，江总会安排好接应。”

喀布尔山区！那里也许是世界上最危险的地区，各种激进势力都在那儿招揽人马，设置基地。蔓延起伏、地势险要的大山为这些恐怖组织提供了良好的藏身之处，当地的贫穷人口则为恐怖组织提供了源源不断的生力军。在这种地方执行9C级任务，怕是凶多吉少。

他突然想起一个问题，“那另一名人质呢？”

“你看着办。”特使几乎毫不犹豫地回答了他。

冯大刚点了点头。

特使似乎随手从桌上拿起一页纸，很快扫了一眼，抬头看着冯大刚，手中举着那张纸，“我刚得到一份新的情报分析，你得明白你面对的是个什么对手。奥灵之手是个人类日行动的组织，反对人体机器化，但是我们的证据表明，他们也和胡安康的失踪脱不了干系，很可能就是奥灵之手绑架了胡安康。另外，你听说过‘机器联盟’吗？”

“没有！”

“很好，你的确是一个纯粹的军人。机器联盟是人类日行动的反面，他们鼓吹加速机器化，强制机器化，要求政府出钱，为所有人提供免费的机器躯体。”

冯大刚认真地听着。这个机器联盟的主张倒是很对他的胃口。他努力想看看特使举着的纸上写了什么,然而因为全息影像的关系,那张纸上字迹模糊,根本看不清楚。

“天下没有免费的午餐,机器联盟的这种要求和抢劫也没有什么两样了,所以也没人理睬,一直没什么大动静,不像人类日运动那样到处制造热点。”特使挥了挥手中的纸,“但是机器联盟才是这次突发事件的最大受益者。机器联盟也在喀布尔山区有很大势力。所以你的对手不是一个,而是两个,甚至更多。你要做好准备,不仅仅是和那些恐怖分子战斗,还可能有像你一样的机器人。”

“你是说机器联盟的机器人?”

“没错,机器联盟的机器人,他们是狂热的志愿兵,和你一样有钢铁之躯,战斗力都很强。如果劫持楚南天有利可图,他们也会参与进来。”

“难道他们不是更痛恨奥灵之手吗?”

“这些恐怖组织彼此间火并,但是绝对也不介意临时合伙,只要闹出动静,他们什么事都做得出来。你有什么顾虑吗?”

“无论对手是谁,坚决完成任务!”

“形势错综复杂,你要小心!”

江头和两名官员都不再说话。

会议室里只有两名参谋不停地在地图上操作着,调整屏幕跟踪那红色的轨迹。

沉默的气氛令人不安。

“将军,目标已经进入沙暴旅的预设阵地。”一个参谋报告。

沙暴旅!冯大刚不由地抬头看了看江头。

江头并没有理会他的目光,仍旧神情专注地盯着屏幕。

屏幕突然切换，呈现出沙漠的地貌。一望无际的黄沙之上，是一碧如洗的蓝天，遥远的天边，依稀可见小小的黑点。三架“惊雷”无人战斗机从镜头中掠过，迎向远方的黑点，气浪激起沙尘，镜头一片模糊。

沙尘很快降落，镜头里的情形重新清晰起来。黑点已经飞到了近处，能够看到那黝黑的躯体下方的三个蓝色光圈，那是反重力装置特有的光环。野牛飞行器看上去很笨拙，没有飞机那样轻灵的外形，也不像一般的飞行器一样喷吐火焰，然而当三架飞机接近，它却划出一道接近九十度转弯的轨迹，平移向上，轻巧得让人不敢相信。

三架飞机瞬间失去了有利位置，暴露在对方的攻击区内。野牛飞行器并没有开火，只是降落高度回到航线上，继续飞行。

惊雷攻击机做出翻转动作，绕到野牛飞行器背后，呈“品”字形跟着它。这一次野牛飞行器没有规避，也没有做出攻击举动，只是保持巡航速度飞行。

“沙暴旅通告001号基地，预设导弹阵地已锁定对方飞行器。001号基地通告不得攻击。”参谋报告。

野牛飞行器大模大样地从镜头上方通过，庞然的躯体投下阴影，仿佛正耀武扬威。

“沙暴旅发射电磁网，被击毁。对方装备大功率近距激光防御。”

“001号基地指令放弃导弹锁定，战机继续跟踪。”

参谋继续报告。

“不能把它拦下来，也不能打下来。”江头缓缓地说，“这些恐怖分子知道我们不能伤害人质，但他们也明白不能再制造事端，所以并没有攻击。”他转向冯大刚，“他们会一直带着人质，逃回他们的巢穴。你要跟踪过去,见机行事,明白吗?”

“我还有多少时间做准备?”

“今晚就出发,明天凌晨你会进入边境,会有人掩护你。”

“是沙暴旅的人吗?”

“是一八七九部队。”

冯大刚心中一凛。一八七九部队没有绰号,那是一支机器人部队,序列级别极高,直属军事委员会,号称中国第一支全机器部队。

没有军事委员会的授权同意,一八七九部队不会服从自己的指挥。

冯大刚向江头看过去。江头也正看着他,仿佛看出了他心底的疑惑,“军委会已经发出授权指令,你到了前线,会得到他们的支持。建立战场小分队,你是他们的指挥官。”

“我可以指挥几个一八七九的机器人?”

“两个,他们主要提供战场辅助,和你的纳米机控制系统一致。”

“他们也受9C级的约束吗?”

“他们都有自毁程序,极端情况下,会启动自毁。”

冯大刚约莫揣测到这次任务为什么显得这么诡异。高层内部并没有达成一致。

发生了这么大的事,不知道新闻发言人会如何面对全世界媒体的询问,该怎样解释。但这已不是自己该关心的事了。

冯大刚敬了一个礼,表示接受了任务。

江头点点头,冯大刚转身向会议室的大门走去。

“少校。”特使喊住他。

冯大刚回过身来看着两个虚拟的人像。不知道什么原因,他们的人像亮度暗了许多,变得模糊不清,就像两个阴影。

“我们会把冯汉杰小朋友接到北京,他会受到最好的照顾。”

冯大刚转向江头,“将军,这是什么意思?”

江头看了特使一眼,“他们只是好意,让你没有后顾之忧。去执行任务吧!”

冯大刚有种不好的预感。然而军人以执行任务为天职,他不该再多问。

他再次敬了一个礼,退出门去。

第三章　钢铁之窟　楚南天

身旁的黑衣人揭开了头罩，大口吸气，带着一种淋漓的畅快。这个人高鼻深目，显然不是华人。

见楚南天正看着自己，黑衣人转过头来，厉声呵斥："看什么看？小心你的眼珠！"他的汉语倒是发音清楚，只是带着一点怪异的腔调。

楚南天默默挪开视线，继续盯着眼前铅灰色的椅背。

现在是什么时候了，飞到了什么地方？疑问挥之不去。自从被关在野牛飞行器里，似乎已经飞了很久。起初他还坚持着留意周围的动静，最后熬不住，还是昏昏沉沉地睡了过去。一觉醒来，就看见身旁的黑衣人脱下头罩。

既然黑衣人取下头罩，一定是认为到了安全地带。这会是什么地方？

楚南天不无忧虑地向着左旁看了看，饶晓华仍旧在昏睡中。她一路都缩在椅子上，即便睡了过去，仍旧保持着蜷缩的姿态。

她不该遭这趟罪！如果不是因为她一定要观摩自己的访谈，她本来不该在这里的。而自己居然禁不住她的苦苦哀求，最后同意了。

是我的错！楚南天感到分外内疚。

猛然间一阵剧烈的抖动，楚南天猝不及防，一头撞在椅背上，只感到一阵钻心的疼痛。饶晓华也被这巨大的动静惊醒，但安全带拉住了她，没让她掉到地上。

惊慌中，她坐直身子。

楚南天看着她，强忍着疼痛，露出一个微笑。饶晓华惊魂未定，眼神中仍带着恐惧。

野牛飞行器似乎已经停了下来。随着气撑的嘶嘶声，两侧的门缓缓打开，光线照进来，舱室里一下变得透亮。

“下车，下车！”舱门外有人粗鲁地叫喊着，一双大手随即伸了进来，利索地解开饶晓华身上的安全带，一把抓住她的胳膊往外拉。那是一个壮汉，就像一尊铁塔。

饶晓华使劲挣扎，一把死死抓住楚南天的胳膊。

“这小妞倒是痴情，抓着老公不放！你那老公有什么好，待会儿我就让你尝尝什么是真正的老公滋味！”舱外的人没有拉动，随口爆出一句粗话。

“哈哈哈……”一伙人放肆的笑声回荡在空气中。

饶晓华的身子抖了抖。

“别怕，”楚南天低下头，悄声安慰，“没事的，他们不敢拿你怎么样。”

“快下车！”舱外的人又开始催促，一边开始发力向外拉人。饶晓华仍旧死命地拽着楚南天。

“你们别拉，我们自己会下。”楚南天向着正在拉扯的壮汉发话。

壮汉两眼一瞪，正想说些什么，一个声音抢先传了过来：“对贵客要有礼貌！”

壮汉立即缩了回去，垂着头，肃立一旁。

楚南天循声望去，野牛飞行器的顶部很低，挡住了视线，只看见两条腿。

两条机器腿！乌黑的机器腿散发着金属的光泽，粗壮有力。

楚南天心中咯噔一下。

那人继续向前走，在舱门前站定。

看清了眼前人的模样后，楚南天万分惊讶。

眼前的人分明就是一个机器人，从头到脚，就没有一寸人类的肌肤。全身都是金属，身上也没有一点儿衣物。

这不是一个智能机器人，就是一个进行了全身机器改造的人类。

这样的机器人很多，然而劫持了自己和晓华的这群人声称自己是奥灵之手，明明是反机器主义者。奥灵之手的口号是“保持人类纯洁，禁止人类机器化”，却怎么会服从一个机器人？

一时间，楚南天有一种时空错乱的感觉。

“楚南天阁下！”机器人显得彬彬有礼，他的嗓音介于男女之间，“请原谅这些粗鲁的人，他们一直没有学会教养，但是并没有恶意，希望您不要介意。”

没有恶意才怪！楚南天很快冷静下来，警惕地盯着机器人，并不回话。

“既然来了，那就请吧！”机器人侧身，做出一个“有请”的姿势。

楚南天拉了拉晓华，扶着她从野牛飞行器的座舱里钻出来。

他们正站在一块平坦的高地上，放眼望去，天空碧蓝，没有一丝云，群山连绵起伏，呈现金黄的颜色，就像是一座座黄金的山，对比强烈的色彩让人恍然到了一个童话世界。

这真是个好地方。如果不是囚徒，真可以坐下来，好好地欣赏。

楚南天回头看去，十多个人身穿黑衣，端着突击步枪，零零散散地站着。机器人就站在眼前，静静地看着自己。

他浑身的金属都透着精致的光泽，一尘不染。脸部虽然显而易见由金属组成，表情却并不呆滞，两只棕黑色的眼睛让人感到高深莫测。

很难得见到这么精致的机器人，平日里所见的机器人或多或少都显示出使用的痕迹，而眼前这个像是橱窗中的展品。

“你是谁？”楚南天开口问道。

“我叫萨拉丁二世，”机器人不紧不慢地回答，“你可以叫我萨拉丁。”

“你是智能机器人，还是一个机器人类？”楚南天追问。智能机器人在21世纪40年代就已经出现，而机器人类是近几十年来发展壮大的一种存在，他们拥有人类的神经系统，却将身体的所有其他部分都替换成机器。配合纳米机的细胞修复能力，他们的寿命可以变得很长，预期寿命在两百年以上，只是……楚南天曾经采访过一个神经生理专家，他认为机器人类很容易因为无法得到充分的内分泌调节而失控，变得残暴，因此最好对他们敬而远之。

萨拉丁看上去并不残暴，然而这只是表象而已。一个机器躯体对于人类来说，轻而易举就可以干出很残忍的事。机器人误伤人类，甚至杀人，诸如此类的事从未断绝过。

楚南天保持着警惕。

“我是一个新人类。”萨拉丁并没有直接选择楚南天给出的答案，而是用了一个模棱两可的回答。

“既然到了这里，那就进里边坐坐吧。也许你有很多问题，有些能得到回答，有些不能，但至少你得坐下来而不是站在这里才能提问。"萨拉丁向楚南天示意跟着自己,随即转身走了。

这没得选择。与其在一群虎视眈眈的恐怖分子中间站着,还不如跟着这个斯文的机器人去看看究竟。至少到目前为止,他比这些人表现得更文明些。

饶晓华仍旧拽着自己的胳膊,指甲甚至抠进了肉里,有些生疼。

她还是太紧张了!

楚南天轻轻拍了拍她的手,"别怕,轻松些。"他悄声说。

跟着机器人穿过停机坪,尽头是山崖上的一段台阶。萨拉丁已经走在台阶上,他脚步轻盈,丝毫没有机器的笨重感,甚至听不到任何机械摩擦的声音。

楚南天在台阶上走了几步,微微感到有些气喘。他停下来歇口气,不经意间心念一动,回头望去,眼前是宽敞的停机坪,黝黑的野牛飞行器仍旧静静地卧在那儿,占据了大约四分之一的面积。距离停机坪不远,是一栋白色的半球型建筑,在纷乱的灰黑色石堆中露出来,分外扎眼。

这白色的半球上有黑色的孔洞,整齐排列,绕球一周,恰似一条腰带将它围了一圈。

楚南天感到眼熟,似乎在什么地方见过这样的建筑。

"楚南天先生。"萨拉丁招呼他。

楚南天跟了上去。

台阶沿着一段小小的陡坡而建,很快就到了坡顶。

"哇!"当楚南天跨过最后一道台阶,抬头一看,不禁轻轻地发出一声惊叹。

胳膊上一松,饶晓华放开了他的胳膊,她也被这景象吸引。

这是一个天然的封闭山谷,就像一只巨大的碗,陡峭的壁上,钢筋铁索纵横交错,其间穿插众多平台,各式各样的机器在平台之间穿梭,繁复却又井然有序。更为令人印象深刻的是谷底,一条路从峭壁上盘旋而下,六个转圜之后进入谷底。谷底平坦而宽阔,一半是空地,另一半是林立的建筑,其中大多数都是白色半球形,就和方才在停机坪上所见的一样,密密麻麻地排列着,就像密集的蜂巢。

这是一个军事基地。楚南天判断。

在一个山谷中隐藏着这么规模庞大的军事基地,看上去来头很大。他们盘踞在这里,一定经营了很久的时间。这里一定是他们的巢穴。想到这里,楚南天心头一沉。如果真是这样,他们把自己和饶晓华带到这儿,一定没想过让自己活着回去。

“你们……这个军事基地太让人惊讶了。你们究竟是什么人?”楚南天向着萨拉丁提问,不管形势多么糟糕,都不能失去镇静。说话和提问能够让人镇静下来,这是他的记者生涯中屡试不爽的法子。

萨拉丁笑了。

他真的笑了,金属的面孔清晰地展现出笑意。

“你会知道的。”他这样回答。

一个刷成黄色的厢车缓缓靠了过来,在他们身边停下。

三个人进了车里,车子沿着拉索移动,向着谷底降落。

当他们再次从车里钻出来,站在谷底的平台上,楚南天发现自己大大低估了这基地的规模。身在谷底,周围的建筑一下变成了庞然大物,那些看上去密密麻麻一片的半球形建筑,每一座都至少有四层楼高。浑圆的球顶曲线相接,就像波澜壮阔的海洋。他猛然想起来在何处见到过这样的半球型建筑,那是在内蒙草原的阿尔塔高地,也是这么多半球型排列成密集的阵列。那是一个无人机库,中国大约四成的无人机从那个基地起降。

蓦然浮现的回忆让楚南天错愕,他正想开口询问。

"我们这里很少有客人,招待不周,还请见谅!"萨拉丁二世先开了口。

楚南天还没有明白过来,只觉得脚下一空,似乎正在向下掉。脚下站立的五米见方的钢板整个开始向下降落。

他们正站在一部升降机上。

转眼间,升降机没入平台内部。楚南天按捺着心头的疑问,扶着饶晓华,稳稳站立。

这不是为了美观而设计的高速电梯,四周只有简单的隔离栏,平台的内部结构在眼前展露无遗。粗糙的钢管、大腿般粗细的电线、闪烁着微光的控制器……带着重金属风格的画面不断闪过。这是一个厚实的隔层,也许有二十多米厚,填满各种装置。

电梯很快停了下来。

一眼望过去,这像是一个矩形的钢铁洞穴。强烈的灯光将一切照得亮如白昼。

一旁的墙体上画着一个一人多高的骷髅头,骷髅的口中叼着一朵玫瑰。画面黑白,只有玫瑰血红,十足诡异。两只黑洞洞的眼眶里隐然潜伏着什么。骷髅对面的墙体上则用多种语言写着同一句话:奥灵之路永生。

萨拉丁径直向前走去,楚南天扶着饶晓华,跟在他身后。

才走出几步,饶晓华发出一声尖叫,一下子紧紧抓住楚南天的胳膊,整个身子都贴在楚南天身上,仿佛看见了什么令人害怕的虫蛇。

并不是虫蛇引起了饶晓华的恐惧。他们正站在高空,地板是透明的玻璃,垂直而下,可以清楚地看到下边的情景。

脚下至少有五十米的悬空高度。视线的尽头，是一个接近五边形的环状金属结构。

楚南天兀自镇定，挽着饶晓华的肩膀，却也不禁心口突突直跳。

萨拉丁转过身来，似笑非笑地看着他们。

楚南天安慰饶晓华："没事的，这玻璃结实得很，不要看下边。往前走，别看下边。"

饶晓华小心翼翼地试探着向前走，强迫似地抬着头，看着前方，一点儿也不敢向脚下看。

"也许这样会好些！"萨拉丁话音刚落，玻璃的地板发生了变化，内部生长出许多丝绒状的东西，让地板变得不再透明。

"谢谢！"饶晓华从慌乱中镇定下来，怯生生地说了一句。

"让我再看一眼。"楚南天请求。

萨拉丁笑了笑，"楚先生想看什么？"

楚南天咽下一口唾液，"我想看清楚那究竟是什么。"是的，那五边形的东西看上去很眼熟，像极了他曾见过的一种机器。

楚南天脚下的玻璃重新变得透明，他就像悬空站立在一个圆形洞口上。

他压抑着悬空的恐惧感，仔细观察着那个大家伙。

托克马克装置！没错，的确是托克马克装置，至少从外形上看的确如此。

这是一个核聚变装置！

楚南天抬起头来，看着萨拉丁，"这是托克马克装置。你们在这里建造了聚变工厂？"他毫不掩饰自己的惊异。

萨拉丁点头，"楚先生果然博闻强记，的确可以说这儿有一座聚变工厂。"

对方坦然的态度让楚南天愈发不安。知道得越多,活着走出去的可能性越小。

他们很快走到了一堵墙边。萨拉丁伸手轻轻推在墙上,一扇门打开。

门里边是一间小屋,简陋而狭小,只有一把椅子和一张床。

“这位女士请在这里休息。”他示意饶晓华。

饶晓华拉着楚南天的胳膊不肯放手。

“没什么关系,只是暂时休息一下而已,我们就在隔壁。”随着萨拉丁的话语,墙上裂开了第二道口子,里边是另一个稍大的屋子,有一张长桌、十几把椅子。

楚南天向着饶晓华点点头,拍了拍她的肩,“没事的,我就在隔壁。”一切都在对方的掌握中,根本不知道下一刻会发生什么,然而除了这句空乏的安慰,他不知道还能怎么样帮助自己的女友。

饶晓华缓缓放开手,犹豫着向那扇形状奇特的门靠近。她跨进门去,回头张望,眼神中带着无限期盼。

她在盼望安全感。

无论如何,她都不该在这种地方。然而事情已经发生了,又能怎么办?楚南天有一种深深的无力感。人为刀俎,我为鱼肉。此刻他深刻地感受到这句话中的无奈。

然而男人的责任不就是给女人安全感吗?无论有多难,都不能让她失望。

他向着饶晓华递过去一个坚定的眼神,点了点头。

“如果觉得无聊,可以看看墙上的节目。”萨拉丁说完,手掌在墙体上微微挪动。打开的门像拉链一般合拢,了无痕迹,就像饶晓华被彻底封闭在墙体里了。

楚南天竭力按捺着不安。他从未见过这样的技术,看上去有些像是魔术。

纳米机技术的进步已经到了这样的高水准？

至少饶晓华在里边还是安全的。他宽慰自己。

“请进。”萨拉丁回头看着楚南天。

楚南天跨进了另一扇门。

在长桌边坐下，楚南天主动开口：“你们善待人质让我很感激。只是这样一个秘密基地，把人质带到这里，把秘密展示给我们，你究竟想做什么？”

萨拉丁仍旧站着，“如果你在替我们担心基地的秘密被泄露，那就多虑了。既然我们千里迢迢把你请到这里来，这基地已经不再是秘密。请你来，是想请你帮忙。”

“帮什么？”楚南天警惕地问，他只是一个记者，即便有些影响力，对杀人越货的恐怖分子而言，完全没有任何价值。

“你被奥灵之手劫持，被带到了这个基地，然后设法逃了出去。你该对渴望真相的人们说些什么？”

“你要我批判奥灵之手？”

“并不是我要求你做什么，而是你该做什么。”

“披露真相，让大众知道真相？”

“没错，正是这样。”萨拉丁二世微笑着。

楚南天不喜欢这样的微笑，那像是一种嘲讽，似乎自己正被一种高高在上的智能所掌控。

“这么说你们打算放我回去？”

“当然了，我们的人已经安全回来了，没有必要扣押人质。”

“这么说来太感谢你们了，让我享受到野牛飞行器这种人类的最高科技成就。但是你们并不是奥灵之手，对吗？”

“我们当然是。”

“奥灵之手号召拒绝人体机器化。”

“谁说不是呢?”

“你分明是一个机器人。”

“所以我们并不希望你披露这一点,你可以用一个叫作萨拉丁二世的神秘人物来指代我,面目不清,很神秘,这样就可以了。你仍旧是一个非同凡响的记者。”

“那么,就请坦白地告诉我,你打算怎样防范我说出真相?”问完这个问题,楚南天忐忑不安地等着回答,这些人不会轻易地放走他,否则也不会千里迢迢地把他从北京绑架到这深山里。人质的说法或许只是一个幌子。

“很好,我也喜欢坦白。我们会给你注射一些纳米机,不多,就200CC,这些小东西会分布到你全身,当然最多还是在你的大脑里,它们会帮助你变得更敏捷,思维更清晰。当然,还有更好的方面,就是你会成为我们的一员。你的头脑会和我们的主机联系在一起,可以这么说,你的思维对我们来说,就变成了透明的。当然,我不会偷偷窥看你想保密的隐私,这点你可以放心。”萨拉丁轻描淡写地说着,仿佛那是再寻常不过的一件事,不值一提。

楚南天却感到脊背一阵阵发冷。

他们想要一个听话的傀儡。他们会用纳米机来控制自己。他听说过这种恶毒的手段,被控制的人会失去完整的人格,成为提线木偶。他不知道自己究竟有多大的机会可以反抗这种控制,然而从此之后,他就再也不是从前那个的楚南天。

这真是莫大的羞辱!

楚南天抬头,用愤懑的眼神盯着对方。

萨拉丁二世歪着头,似乎正饶有兴趣地端详着自己。

第四章　柳暗花明　楚南天

拒绝合作，意味着囚笼，甚至死亡。合作，却是精神上的死亡。

楚南天不打算妥协。这是一个充满勇气的选择。

然而萨拉丁根本没有打算给他选择。

他挥了挥手，很快从门外进来两个打手，将楚南天摁在座椅上，用一根粗大的针管将满满一管淡黄色液体注入他的静脉，然后将他丢进囚室。

说是囚室，不如说囚笼更合适。整个屋子只有一平方米见方，勉强可以坐下，高度不过一米五，坐下后仍旧压抑。四壁光滑，虽然透着金属的光泽，摸上去却并不冷。四个角落的墙体上都带着网格，仿佛是通风的孔道。

楚南天用了半个小时摸索，终于明白了自己究竟身处何处。

囚笼里没有一丝光，时间一长，让楚南天觉得眼睛已经盲了，依稀有朦胧的黑影在眼前，楚南天疑心那是视网膜上的血管。听觉也变得极度敏感，心脏的跳动清晰可闻，甚至依稀可以听见血液流动的声音。

这是幻觉！楚南天警告自己，他用力掐了掐自己的大腿，疼痛感让他稍稍感到心安。

显然一直被这样关在笼子里,只有死路一条。就算不死,也一定会发疯。

他们一直都用这样残酷的法子整人吗?

注射进体内的纳米机似乎发生了一些作用,皮肤有种麻痒的感觉,仿佛有无数的小虫在爬。他能想象这些小东西正进入他的大脑,进入脊髓,进入身体的每个部位。

然后,会不会是眼前一黑,自己就再也醒不过来?活着的那个人,其实成了行尸走肉?

他想到了死。

如果真的死在这里……

这样的结局显得有些阴冷。他曾经设想过各种死法,却从来没有想过会在一个不到两立方米的空间里幽闭致死。

死了,晓华怎么办?

如果这样,还不如妥协。

楚南天胡思乱想,渐渐有些焦躁。

这就是他们想看到的,我应该更坚强些。然而又有什么办法?

楚南天意识到他在进行一场必然失败的抵抗。

如果不妥协,饶晓华一定也结局悲惨。

在这没有一丝光的囚室里,连究竟过去了多少时间都无从知晓。饥饿感来了三次,一次比一次强烈,长时间没有喝水,嘴唇已经开始干裂。他感到自己的心理防线已然崩溃。

如果有一个窗口,他一定扑上去,向着外边大喊大叫,同意所有的条件,只要保证自己和晓华的人身安全。然而这瘆人的幽闭室根本没有窗。他已经没有任何主动权,只能等着那个自称萨拉丁的机器人出现。

萨拉丁，这像是古代西亚帝王的名字。这家伙是最高等的机器人，能够完全模拟出惟妙惟肖的人类表情。楚南天甚至回忆起一个细节，萨拉丁不说话的时候，总喜欢双手交叉抱在胸前，右手的食指轻轻敲打左胳膊。

这像是一个人类的习惯，他应该是一个保留了人类神经中枢的机器人。

想这些干什么呢？

楚南天闭上眼睛，将一切杂乱的思绪排除出去。他决心好好打上一个盹，这样在坏蛋们将他从这里提出去的时候，至少显得精神些。

迷糊间，眼前似乎有光。

楚南天微微睁开眼。

眼前真的有光，而且像是一个屏幕。

他蓦然清醒过来，睁大眼睛。

就在对面的墙体上，真的有一个小小的屏幕正亮着。

楚南天定定神，看清了屏幕。那大约只有十厘米的长宽，浅色的蓝底子上是两行白色的字：

同意条件

见胡安康

胡安康，这不是失踪的人类日运动发起者吗？他会在这里？楚南天心头升起巨大的疑窦。

屏幕就在那里，字也就在那里。神秘莫测。

指名道姓，这消息一定是给自己的。是谁送出了这样的消息来给自己看？或者，这是萨拉丁二世的一个小诡计？

我是小六

屏幕上又出现了第三行字。

小六!

楚南天一阵振奋,小六是顶级的黑客,他能够侵入这里的系统,那么自己就得到了强力的支援。

如果胡安康真在这里,这真是一个大新闻! 一时间,他的心头充满了职业荣誉感,甚至开始想象见到胡安康该问些什么。

楚南天默默地看着那小屏幕,它的光很弱、很柔和,但在这黑暗中,却能温暖人的眼睛。

屏幕继续亮了半个小时,三行字交替出现,最后毫无征兆地熄灭了。一切重归于黑暗。

楚南天坐直身子,伸展腰肢,动了动有些麻痹的双腿。

蓦然间,强烈的光从左侧照射进来,整个墙体几乎就在一瞬间消失得干干净净。光刺得眼睛发疼,他不由自主地伸手遮挡眼睛。

“出来!”一个粗鲁的声音在外边叫嚷。又是那些黑衣人。

楚南天缓缓起身,弓着身子从门洞中钻出去。他还没有站稳,只觉得一股大力在臀部一推,一个踉跄,几乎摔倒在地上。

他站稳身子,带着几分愤怒回头。

一个魁梧的黑衣人笑嘻嘻地站着,似乎正为他的狼狈样而开心。

他收敛怒火,冷冷地向着黑衣人发话:“带路!”

黑衣人一愣。

“带我去见你的主子。”楚南天继续说。

黑衣人似乎有几分错愕,他没有想到囚笼中出来的人居然会用这样的语调和他讲话。几乎就在一瞬间,原本嚣张的气焰消失得干干净净,他似乎还想说点什么,却欲言又止,最后转身,嘴里一边咕哝着:“看我回头不整死你!”

小喽啰就是这样欺软怕硬的秉性。楚南天心中暗自冷笑,不紧不慢跟了上去。

小喽啰把他带到了另一个黑衣人面前。

“楚大记者,看来休息得很不错啊。”黑衣人说。

他的体型很眼熟,应该是那个袭击了直播厅,杀死钟立人的黑衣人。那天他戴着混音器,声音含混不清,此刻,他的声音听上去尖细而高亢。

“多谢你们的待客之道。”楚南天不卑不亢。

黑衣人嘿嘿一笑,“萨拉丁大帝吩咐,如果你拒绝合作,那么就直接杀掉。真替你可惜啊!”

“我愿意合作。”楚南天说。

黑衣人露出夸张的表情,“是吗?我以为楚大记者一定不会屈服。”

楚南天看着那张洋洋得意的面孔,“你觉得萨拉丁会同意我不合作吗?他派你们来,也是想恫吓我吧?”

“谁说的?”黑衣人一下子拔出了枪,顶在楚南天的脑门上,“信不信我现在就打死你,然后向大帝报告你不但不愿意合作,还想抢我的枪。”

虚张声势!楚南天给自己鼓劲。

“我愿意合作。”楚南天重复,“如果你喜欢,你可以杀了我,但这肯定不是你主子的意思。”

楚南天静静地看着黑衣人,既没有流露出一丝惧意,也并不愤怒,只是沉默得像一块石头。既然萨拉丁给自己注射了纳米机，就没有再杀掉自己的理由，这是一个合情合理的推断。

黑衣人也盯着他，似乎正在考虑。

最后他哈哈干笑了几声，竖起大拇指，“果然是楚大记者，硬骨头，我佩服。”

“请！”他做出一个夸张的动作。

楚南天大步从他面前跨过，向前走去。

黑衣人追了上来，和楚南天并肩走着，“楚先生，我是您的粉丝，您的专栏我都看过，真是太精彩了。什么人类日、地球保护，那些都是垃圾。”

楚南天瞥了他一眼，“我从来没说过任何组织是垃圾。”

“对对对，您没说。”黑衣人突然压低话音，“您的女朋友，我已经保护起来了，您放心。”

楚南天一愣。

一时之间，他猜不透这个黑衣人提出饶晓华来做什么。

见楚南天神色迟疑，黑衣人赶紧补上一句：“我们从不欺负妇女老弱，这点规矩当然是有的。”

“嗯！”楚南天闹不清这个黑衣人到底想干什么，只得含糊其词地回应一声。

没两分钟，他们走到了一扇大门前，这扇门看上去很不一般，门框和门楣上都装饰着繁复的图案。美丽的不知名的花朵缠绕着刀剑，用扭曲的线条勾勒出来，透着一种厚重的美感。

门开了。

门里边闪着幽蓝的辉光，像是一个巨大的计算机房，静悄悄的，似乎空无一人。

黑衣人毕恭毕敬地退在一旁。

到了这个地步，没什么可犹豫的。楚南天跨进门去。

门在身后悄然关闭。

每个方向上看起来都一样，蓝黑交错的纹路伸向无穷的远方。楚南天像是走进了一个玻璃迷宫，完全失去了方向感。他向前走了几步，停了下来，等待着主人现身。

“欢迎加入奥灵之手，我的朋友！”萨拉丁二世仿佛鬼魅一样从一旁的黑暗中现出身来。

“我同意你的要求。但是你究竟要我做些什么呢？既然你给我注射了纳米机，那么同意不同意，也由不得我了。”

萨拉丁哈哈大笑，“楚先生过虑了。外部的强制怎么能比得上内心的情愿呢？你同意合作，那就再好不过。”

“我的女朋友呢？她和这事没有什么关联，她必须安全地回北京去。”

“这当然。等你回去了，带着她一道回去就是了。只不过现在还没到时候。”萨拉丁一边说，脸上满满的都是笑意。

“你的纳米机会控制我的人脑？”

“没错，不过那是为了以防万一。如果我们很好地合作，那就毫无风险，我可以确保它不会发生作用，就像我可以确保它在任何时刻发生作用一样。在其他方面，它会帮助你的思维变得更敏捷，有很多好处。”

“我想我该知道这个将要控制我生死的小东西究竟是什么？”

“阿尔法纳米机。”萨拉丁干脆利落地回答。

阿尔法纳米机！楚南天有些疑惑，标准的纳米机技术以开发版本命名，一代代开发下来，最新的一代叫作纳米机六号。这种被称为阿尔法纳米机的型号不属于标准类型。

“这是你们自己开发的？”

“这还是一个秘密。但是你可以放心，我们的技术绝对可靠，不会让你失望的。再过三个月,它们在你的身体里形成合适的网络,那时,你会体验到非同一般的人生。”

楚南天感到一种猫捉老鼠的意味。

人体纳米机是提供人体和标准机械部件交流的桥梁,理论上说,拥有人体纳米机的人可以控制任何一个装配了标准通用程序的机器。

“你们是想把我改造成超人吗?”楚南天努力保持表情轻松。任何时刻,消极沮丧的情绪都会成为对手的武器,而保持轻松愉快的态度则让对手心存疑虑。至少这是和人类对手谈判的一般性原则。

“我们并不想让你变成超人或者机器人。你还是你,阿尔法纳米机只是帮你打开另一个世界。敬请期待吧,楚先生!”

萨拉丁的话仍旧闪烁其词。

楚南天露出一个无奈的笑。生死有命,这就是命吧!

“既然我同意合作,那么我有几个条件……”楚南天结束了关于自己的话题。

“你的女朋友我们会照顾她,她不会受到任何伤害,绝对安全。等你回去时,她可以一道回去。还有什么其他条件?”萨拉丁打断他的话,直接说道。

至少饶晓华的安全不是问题。

“我要见见她。”

“随时都可以。你可以把这基地当作你的家,你会喜欢这里的。”

楚南天有一种不好的感觉。一切都在对手的掌握之中,而自己只不过是颗棋子,该怎么走,何时走,他们早已有了详尽的安排。他们还要让自己变成一颗听话的棋子。

楚南天沉默下来。

萨拉丁二世歪头看着他，仍旧是那一副饶有兴味的表情。楚南天发现自己恨死了这副表情。

“我要见胡安康。”楚南天冷不丁开口。

萨拉丁的表情顿时严肃起来。

BINGO！楚南天第一次有了掌握主动的感觉。

“胡安康?”萨拉丁狐疑地盯着楚南天。

“我知道他在这里。”楚南天拿出很有信心的样子。多年的记者生涯告诉他，对拿不定的事情表现出强烈的自信，会让对手相信自己真的知道。

萨拉丁沉默着。这短暂的沉默本身就说明了一些问题。

“我可以带你去见他。”萨拉丁最后开口道，“但是你要告诉我，你怎么知道胡安康在这里。”

“我猜的。”楚南天胡说了一句。

“这不是好的理由。”

楚南天耸了耸眉头，“没有别的理由。”

萨拉丁恢复了平淡冷静的表情，“楚南天先生，也许你没有搞明白，让你活着并不是我们的唯一选项。一个替代你的人可以和我们合作得很好。”

这不是恫吓，而是切实的威胁。凛冽的杀机让楚南天油然而生一股凉意。

“我如实说，你就会让我见到胡安康?”他坚持着不放弃。

“没错，你会见到他。”萨拉丁漠然回答。

楚南天感到不妙。眼前的机器人完全没有了之前那种彬彬有礼的态度，取而代之的是冷漠甚至有点儿冷酷的意味。提出“胡安康”这个名字无疑触到了什么敏感点，然而……楚南天有点儿不确定那个不知从哪里冒出来的小六是否真的能安排好一切。

他清了清嗓子。

“我是一个记者,有各种消息渠道。胡安康消失很久了,据说被人绑架,我听说他的消失和明月科技有关。你们这儿的纳米科技,包括你的躯体,用的都是明月科技的技术,所以你们应该和明月科技有很强的关系。明月科技是一家跨国公司,真要做非法的事也只能借助你们这样的地下组织,所以我就大胆猜测,胡安康是被绑架到了这里。”

萨拉丁盯着楚南天,深黑的眸子里仍旧是深刻的怀疑。

“你想告诉我,你碰巧猜中了?”萨拉丁问。

“这就是事实,能猜中一些东西,是我成为著名记者的一种素质。”楚南天保持着轻松的姿态,期望对方能够相信。

萨拉丁沉默了片刻,并没有再追问。

“你会见到胡安康,不过只有三十分钟。”

他明明可以继续否认,却爽快地承认了。

楚南天更加不安,“然后呢? 你会杀死我?”他试探地问道。

萨拉丁侧过头去,视线失去了焦点,似乎正透过墙体望着远方。

“知道得太多没有什么好处,好奇心太强只会害死自己。”他仿佛在说给楚南天听,似乎又只是自言自语。

幽暗的角落里打开一扇门,两个机器人进来。它们并没有人的身躯,而是机器狗的样子,背上长着一双机械手,看上去非常怪异。

两双手伸过来,楚南天任由他们将自己抓住。机械手的力量很大,被抓住后丝毫不能动弹。机器狗架住楚南天,向着来时的门走去。

楚南天扭过头去,说道:“我同意你的要求,你不能伤害饶晓华。”

萨拉丁纹丝不动,似乎成了凝固的雕像。

门外是一条窄窄的通道,两条机器狗并排而行,几乎挤满了整个通道。楚南天被高高地举起来,姿势变成了平躺。

通道里的光很暗,间或有一盏嵌在天花板上的灯从眼前一掠而过。机器狗跑得很快,却悄无声息。

楚南天忐忑不安。真的会见到胡安康吗?

哐当一声,是铁门被撞开的声音。楚南天的身子随之一沉,还没明白怎么回事,已经被放在地上。

机器狗守在一旁。

他定了定神,打量眼前的情形。

这里和印象中的牢房很相配,阴暗窄小的格子间,铁栅栏门。格子间里却空无一物,只在靠里边的角落里,站着一个人。昏暗的光线下,那人面目不清,就像躲藏在黑暗中的一只鬼魅。

"胡安康?"楚南天壮着胆子问道。

角落里的人动了动,却并不应声。

"你是人类日的发起人胡安康先生吗?我是火鸟台的记者,楚南天。我们见过面,我做过您的专访。"楚南天一边说着,一边向前跨了一步。机器狗的手臂伸出,挡住了他。

囚室中的人仍旧站在阴影里,突然开口说话:"你是楚南天?你怎么会在这里?"他的声音嘶哑,完全不像是胡安康的声音。

楚南天苦笑一下,"我被当作人质抓来的。"

"人质?他们发动攻击了?"他的语气带着些慌乱。

"他们攻击了我们的直播间,当众杀死了未来金融的执行董事,然后把我和另一个人抓到了这里。"

"直播间?什么直播间?你在说什么?"角落里的人发出一连串质问。

“我是火鸟台主播，当然是在直播节目，他们袭击了电视台，在北京，然后千里迢迢把我们带到这里。”

“北京……那么战争开始了吗?”

胡安康的问题让人有些摸不着头脑。

楚南天正想说话，胡安康从角落里走了出来。当楚南天看清了他的样貌，不由倒吸一口凉气。

眼前的胡安康面容消瘦，几乎成了一具骷髅，而这骷髅般的脑袋，却安放在一个粗笨的机器躯体上。他就像一个只剩脑袋的人，支配着活动的支架。这个人类日的发起人，自然生活的倡导者，自己却成了半机器人，依靠一副机器的支架苟延残喘。

一刹那间，楚南天意识到这是一潭深水，而自己已经被淹了进去。他原本可以接受条件，然后回到正常的社会中去，只要小心翼翼，总有机会揭开真相。但现在，他根本不再有任何机会。

胡安康是人类日的倡导者，在那些人眼中，他就像一个引导着人们走出孤立无助的先知。这样一个人物出现在机器人组织的基地里，而且还被改造成了半机器人，这几乎就是在宣告一场机器人和人类之间的战争。不需要任何组织煽动，这事实本身就有这样的力量。

如果萨拉丁二世的目的就是战争，那么偷袭北京制造恐慌已经让他无限接近这目的，还留着自己干什么?

小六呢? 在这九死一生的情况下，小六把自己引到这里，究竟要做什么? 那个神秘的讯息，真的是小六发出的吗?

半机器人向前走来，脚步沉重，楚南天的心脏也跟着跳动。

第五章　深入虎穴　冯大刚

冯大刚站在一棵大树下，等待着最后一只红蝇侦察机归来。这一片稀疏的林子正好提供了极佳的掩护，在这荒凉的大山中极为难得。

已经有六只红蝇侦察机回来了，目标的大概情况已经了解清楚。敌人的基地戒备森严，完全不像是一个简单的恐怖分子基地。

冯大刚皱着眉头，盯着远方那片白色建筑。事情比他想象的更复杂，这样一个超级现代化的基地，甚至比他曾经渗透的美军中美洲基地还要先进。

情报库里给出的信息完全没有展示出这个基地的复杂程度，只能靠自己现场摸索。

基地的外围包裹着一层强磁场，在两千米之外，已经开始影响指南针的指向。

整个基地分作三层，每一层都有将近十五米高，从外边看起来它像是一艘搁浅在山崖上的半截邮轮，深深地嵌入山体中，或许在那山谷中，隐藏着更庞大的部分，冯大刚没有去探看。

如此庞大的一个基地，出现在这连公路都没有的崇山峻岭中，只能是纳米智能制造的杰作。这也是好消息，智能制造由纳米机来完成,只要能够破解纳米机密钥,基地就变得完全透明,只希望这个基地的加密技术还难不倒自己。

最后一只红蝇侦察机回来了,小小的黑色机器昆虫停在冯大刚的手背上。情报源源不断地传输到冯大刚的眼睛里。二十万伏高压防护,上百个摄像头无死角探测,红外警戒栅栏。基地的最下层并没有巡逻士兵,然而那里有最先进的防护措施。

只要没有巡逻士兵,就好办。

就从那里进去!冯大刚很快做好了打算。他伸出左手,手腕中央皮肤左右裂开,露出细小的凹槽,红蝇侦察机很轻巧地飞了进去,翅膀折叠,恰到好处地缩入凹槽中。

一人高的武器包裹就躺在脚边。冯大刚蹲下,打开武器包。

大大小小的枪支一共六把,还有一打灵巧炸弹。

冯大刚取出最小的一把手枪,检查弹匣。两百发子弹,满满的。这种被称作“美人指”的手枪貌不惊人,子弹细得像针,爆炸的威力却不小。只不过“美人指”根本无法瞄准目标射击,三十米内,误差可以达到半米。它是四处放火、制造声势的利器。

灵巧炸弹,可以直接接受脑电波信号。冯大刚将炸弹取出,很快给每一颗炸弹编制了触发代码,将它们塞在胸前的口袋里。十二颗炸弹鼓鼓的,就像一包香烟般大小。

然后他拿起第二把枪。狙击手枪,射程两千米,子弹三十五发,枪体长四十二厘米,稍稍有些携带不便。这是冯大刚最喜欢的武器。悄悄潜入,一枪致命,他喜欢这样的游戏。冯大刚把狙击手枪挂在背上。

包裹里还有两把大枪,都是巨无霸,一把长一米二,口径达到两厘米,整整三大卷的子弹占据了包裹的一半重量;另一把是高热束流武器,没有子弹,却带着一个粗大的黑盒子,立起来有一人高。这些重型武器体型太大,携带不便,要潜入基地只能放弃它们。但是可以用它们在这里设置一个火力点,如果敌人从基地追击而来,两个猛烈的火力点可以有效地迟滞它们的追击。冯大刚装配好两杆大枪,枪口对着基地的方向,用树枝将它们伪装好。他校准好链路,万一有需要,他只需要发送一个指令,这两把枪可以自动开火,吸引敌人的注意力。

剩下的东西都埋藏起来,如果三十六小时后没有取用,它们会按照预定程序销毁。

做完这一切,冯大刚再次抬头注视着前方的堡垒。

一八七九部队的两个机器人还在移动中。它们是老旧的型号,被称作搬山工,身躯庞大,就像只有六条腿的巨型螃蟹,移动起来带着很响的机械摩擦声。战争中,它们是丛林山地中强有力的突击部队,庞大的身躯和巨大的声响可以给敌人造成巨大的心理威慑,然而潜入一个戒备森严的军事基地,没有丝毫可能。冯大刚指令它们绕远移动到对面的山头上隐蔽,形成制高点,在需要的时刻提供必要的火力支持。

至少它们火力凶猛,抵得上一个加强连。

搬山工就位,发来了信号。

冯大刚开始行动,他就像一只灵巧的猫一般穿过树丛,进入开阔地带。

失去了树丛的掩护,很容易被敌人发现。

他蹲下身子,放慢动作,最后完全趴在地上。

两片薄薄的金属膜从脊柱中央生长出来,就像一对卷曲的翅膀缓缓张开。这翅膀一般的护翼最后将他完全包裹住。这是纳米机模拟的变色龙防护,可以提供最好的拟态,让人完全和背景融合在一起。它也可以屏蔽热量,哪怕在红外线的频谱上也看不见人。

不过一瞬间，冯大刚就像彻底消失了。三只红蝇侦察机盘旋上升，在他的上方杂乱无章地飞行。

外边的情形透过红蝇侦察机传递到冯大刚眼中。

一切正常。

他小心翼翼地开始匍匐爬行。

一个小时后，他终于接近了基地外围。

再往前大约六十米处是陡峭的山崖，山崖上二十米处就是敌人的基地。从悬崖绝壁下方进入基地看上去绝无可能，因此敌人并没有在这里布置守卫，而只是使用了红外探测仪监测异常。

冯大刚收回红蝇侦察机。再向前挺进，哪怕只是像红蝇侦察机这样细小的物体，也有被发现的危险。

他将目标选定在基地底部的支撑钢柱。在抵达那儿之前，他无法再看见任何东西，因此必须选择好路线，确保万无一失。

反复验证之后，他确定了路线。

包裹在体外的变色龙防护很好地模拟着裸露的岩石，也牢牢包裹着热量，不让一丝热量外泄。很快冯大刚就感到闷热。即便是钢铁之躯，并不需要呼吸空气，体内的热传感还是让他感到格外不适。

在脱离红外监控场之前，只能忍耐。

冯大刚以每小时两百米的速度一寸一寸向前移动，这最笨的法子却很有效，不会触发任何警报。

他终于摸到了那坚硬的钢柱。两根粗大的钢柱拔地而起，支撑着上方的突出部。冯大刚贴着钢柱起身，防护罩悄无声息地流动，将他和钢柱包裹在一起。

必须冒险看看外边的情形。

他腾出手来，将防护罩打开，放出一只红蝇。红蝇绕着钢柱飞行一圈,立即飞了回来。前后不过短短十秒钟。

十秒钟足够看得很清楚。这儿已经安全了,红外场并没有覆盖这片区域。

冯大刚沿着钢柱向上攀爬,十几分钟后就已经触到了突出部的底部,他伸手在基底上触摸。

果然是纳米机结构体。虽然只是一个基底,却使用的是百分之百的纳米机结构,这是一个纯粹由纳米机构建而成的巨型建筑,整个基地就像一只智能生物。用这样的方式建设一个基地,这要消耗多少金钱?

整个建筑就是一个智能生物,这很强大,但也有弱点!每一个局部,都可以形成脱离序列之外的纳米机集群,这就是莫大的机会。

所有的纳米机都可以通过密码控制,解开密码则需要点儿时间和运气。两枚钢针从掌心中弹出,刺入基底,很快,他感受到从纳米机上传来的微弱信号。这些构筑基地底部的纳米机早已经进入了固化形态,不能够再进行变形,然而它们仍旧是活的纳米机,并没有完全失去功能。它们是明月科技的产品。

这就够了。

冯大刚感到事情有了一些把握。

他向着北边的山顶上发出一道信号。

十多秒钟后,一枚炮弹呼啸而来,落在山崖上方。震耳欲聋的爆炸声在山谷间回荡,整个山崖似乎都在颤动。

搬山工按照指令发动了攻击。

紧接着是第二枚,第三枚……一时间,到处都是滚滚浓烟。

哒哒哒……重型机枪的声音清晰可闻,响成一片。同时,三架无人机穿过烟雾,向着搬山工所在的山头疾驰而去。

敌人反击的行动很高效。

冯大刚给出指令，让发动了攻击的搬山工尽量保存自己。这不是一个好的指令，搬山工体型庞大，一旦暴露，在无人机的追击下很难全身而退。很大的可能，这个忠诚的战友会战斗到最后一刻，然后自毁。冯大刚感到有些遗憾，然而这是完成任务所不可避免的牺牲。现在只能希望敌人突然受到打击，犹豫中的追击并不坚决。

他探测到了纳米机内部的信息流动。基地的主计算机正在向外发出指令，虽然这些纳米机并不直接接收信号，然而它们仍旧能感受到信号。几个来回间，冯大刚已经探索明白这些纳米机的型号。

他小心翼翼地控制着探针，定向发送信号，试图激活周围的几个纳米机。

反复调试几次后，终于有纳米机对指令有了回应。

冯大刚很快控制了五十个以上的纳米机。

现在只要给出一个足够强的指令，他就可以在墙体上打开一个缺口。然而这样大规模的异常动静很容易被对方探测到，会暴露行踪。他不可能和一个强大的计算机中枢争夺纳米机的控制权。

必须等待机会，而且机会只能有一次，必须小心行事。

冯大刚小心翼翼地继续试探。

远处的枪炮声突然停息。

冯大刚警惕地停止动作，将所有的纳米机恢复到正常状态。

突然间，嗖嗖几发炮弹落在基地上方，山崖上崩落的石块从身旁落下。撤退中的搬山工再次发动了攻击。在这种时刻，中央计算机所有的运算都会指向外来攻击，这是稍纵即逝的机会。

冯大刚果断地启动了指令。

一道裂缝出现在眼前,迅速扩大,形成一个可以容人通过的圆孔。

冯大刚毫不犹豫,立即钻了进去。

三秒钟后,他已经穿过两米厚的底层防护,进入了基地内部。

地板上的孔洞迅速弥合。冯大刚保持着接触,监控纳米机状态。

一切正常!至少中央计算机并没有针对这群纳米机的异常做出特别防范。

成功突破第一道防线。

四周一片漆黑,寂然无声。

冯大刚保持着下蹲的姿态,一动不动。两只红蝇起飞,向着相反的方向各自飞去。冯大刚很快看清了周围情况——这是一段封闭通道,前后都没有去处,也没有发现任何通向外界的出口。这是一段十米长、两米粗细的巨大盲管。

他站起身,伸手在墙壁上摸索,打算探究是否有别的出路,刚移动半米,却猛然停了下来。

一股巨大电流正从管道上方通过,电流如此强大以至于引发了高达两个特斯拉的瞬时磁场。通道的两端同时打开,强烈的光线从一端照射进来。

糟糕!

他迅速地贴在墙体上,不顾一切地试图在墙体上挖出一个容身之处。

一瞬间,他感觉到了中央计算机的警觉信号。这有暴露的危险!

然而他顾不上了,只是竭尽全力地控制墙体上的纳米机,将它们整体移动,挪出位置。巨大的响动从通道尽头传来,强烈的气流从冯大刚身后掠过,微微生疼。

他及时藏进了墙里。

一个阴影从身后一掠而过。

这盲管是无人机的发射通道,他正好遭遇了一次无人机发射。

冯大刚心有余悸。

哪怕是钢铁之躯,如果被无人机正正地撞一下,也是凶多吉少。虽然侥幸躲了过去,无人机引擎所散发的巨大热量还是让他暂时瘫痪下来,头脑仍旧清醒,躯体却丝毫不能动弹。体内的纳米机启动了紧急重组机制,补偿因为高热灼烧而产生的损伤。

这真是糟糕透顶,如果中央计算机真的发现了他,那么必须立即逃跑。然而在两分钟内,他完全动弹不得,只能听天由命。

两分钟很快过去了,躯体自组织修复完成,恢复正常。

中央计算机并没有进一步的举动。这有些出乎意料,然而真是太好了!

冯大刚将自己从容身之处挖了出来。这一次,他没有再敢触发纳米机控制。

刚站直身子,一个异常信号从墙体上传来。无比清晰,指向明确,是确定无疑要传给他的消息。

被发现了!冯大刚心中一凛。

ET958,我是你的盟友。

这是消息的内容。冯大刚心头更是咯噔一声。ET958是他在猎豹旅内部的代号,仅在内部使用,出了基地,不会有任何人用这个代号和他联络。

能够知道这个代号的人,一定和基地有关。

这会是一个陷阱吗？

他仔细地检查信号，信号清晰无误。

你是谁？

他向着墙体内那些用来传输信息的纳米机发出询问。

你可以叫我小六，我是来帮你的。

你是谁？从哪里知道我的代号？

我是匿名者，现在我为脑库工作，你的情报是我从防卫部的信息库里找到的。

匿名者、脑库……冯大刚不由得大为惊讶。

匿名者是一个黑客组织，据说世界上最优秀的头脑只在三个地方存在：美国的硅谷、中国的脑库，还有就是匿名者黑客组织。它是一个松散的组织，没有特别的政治目标，其中的成员都力求保持身份神秘，他们都是网络世界的独行侠。

如果这个小六真的是一个匿名者，却又为脑库工作，这就不是一件简单的事。脑库能够调动全中国的信息库，如果小六从脑库得到自己的资料，那倒是一个合理的解释。

你怎么会在这里？

我想帮助我的朋友，和你的目标一致。

哪个朋友？

楚南天啊，还能有哪个？难道你的目标不是楚南天？

小六飞快地反问。

一时间冯大刚不知道该如何回答。

现在，我会给你楚南天的位置和基地的内部结构图，你要按照我的计划去做。

小六自顾自地开始布置任务，不容冯大刚拒绝，一份情报已经进入他的资料库中。

冯大刚暗暗心惊。他的身体内带有一个小小的资料库，用于储存离线情报。接口密码由蒙特卡洛算法随机生成，十五分钟一换。这个自称小六的人在没有得到授权的情况下，居然能直接将情报塞进来。

如果他是敌人，那么游戏已经结束了。他也许还能黑进纳米机，直接将自己的身体瘫痪掉。

不管他是谁，至少目前没有表现出恶意。

这个基地很大，我无法告诉你所有的细节情报，而且一旦你深入基地内部，我也无法及时和你联络，所以我们只能按计划行事。

冯大刚打开情报，这是一份基地的立体结构图，图上用淡淡的绿色标示了路线，线路的尽头是一个小小的红点，标志楚南天的所在。这情报比自己所知道的要详尽太多。情报处的那些专家加在一起还不如一个黑客。一个顶级特工，正执行9C级的任务，却在现场要接受一个不知道从哪儿冒出来的黑客指导。冯大刚感到有些滑稽。

只许成功，不许失败！

小六又发来一句。

这简直就是江头的口吻。

冯大刚默默地启动顶级密码防护，让体内的所有纳米机进入最高警戒状态。理论上说，这样的警戒下，任何窥探企图都不会奏效。如果这个小六还能从自己的纳米机上获得信息，那么自己毫无抵抗的办法，只有俯首听命的份。但是他不相信黑客有能力突破纳米机的底层密码，那是物理机制，不可能从远程破解。

不要紧张，我们是盟友。而且你不是孤军作战。在你找到楚南天之后，只要突破墙体，就能得到接应。

谁来接应？

一个可靠的盟友,他们长期在这一带行动,对这个基地周围的情况很熟悉。只要你能按时抵达目标,他们就能把你接走。当然,你得带上楚南天。

他们有什么装备能接近这个基地?

我不知道,我认识他们才四天,也是为了营救楚南天才找到他们。

冯大刚哭笑不得。

你以为这是玩游戏吗?这是军事行动。

我知道。我找的人是这块地区唯一能帮助我们的人。他们和明月科技有过联系,脑库透过明月科技找到了他们。

听上去还是像儿童游戏。也许这个小六真的是个孩子,有点儿天才的孩子。

你到底找了谁?

冯大刚耐着性子发问。

复仇者联盟。

小六干脆利落地回答。

冯大刚不由愣住。"复仇者联盟"是一个漫画改编的电影故事,讲述六个特异功能者用自己的特殊能力对抗各种离奇的宇宙怪物,维护世界和平。

复仇者联盟?

冯大刚问道,充满疑惑。

别和电影搞混了。他们自称复仇者联盟,他们的确也是一群复仇者。这个组织的首领,叫作桑迪普,是个印度人,他所有的亲人都被奥灵之手杀了,只剩下他一个。其他的团队成员也有类似的经历。对了,为了复仇,他们把自己改造成了机器人,就像你一样。

这个所谓的复仇者联盟是一群进行了非法躯体改造的人。

明月科技高价出售机器躯体的技术，硅谷未来也一样，虽然这是全球政府明令禁止的行为，然而在黑市上，机器躯体技术可以卖出天价，这些垄断性的巨头公司有各种手段进行秘密交易，政府根本无能为力。

不管合法还是非法，有一群机器身躯的帮手有益无害。然而，如果这是一个圈套呢?

冯大刚紧张地考虑着种种可能，十多秒后他做出了决定。与这个自称小六的神秘人物合作，是目前的最佳选择。

如果小六真的是一个敌人，那么在刚才的危急时刻，他完全不需要伸出援手。

至少在眼下，小六和自己在同一战壕里。

冯大刚飞快地浏览了小六的文件，那确实像一个可行的计划。

我会按照你的计划做。冯大刚简短地回应。

很好。我会帮你打开第一层通道，那也是我能帮你做的最后一件事，接下来，就要看你的了。你最好快一点儿，无人机马上就要返航，它会把你挤扁。

小六的信号消失了。左侧的墙体上，出现了一个小小的门洞，高度只有半米，勉强允许一个人匍匐通过。

洞口传来嗡嗡的声响，那是无人机的声音，由远及近，正快速逼近。

冯大刚不再犹豫，趴下身子，钻进了门洞里。

第六章　逃出生天　楚南天

胡安康是一个傀儡！

反对人类机器化的旗手，却受到机器联盟的指使。所谓的人类日、人类的权利，不过是掩盖真实目的的幌子而已。然而，有那么多的人相信它，甚至愿意为之付出生命。

亿万人类被一个机器联盟的傀儡牵着鼻子走，这真是一个莫大的笑话。

这是一个巨大的阴谋，他们处心积虑，激化矛盾。

他们渗入政府内部，培植自己的代理人。

他们的目的是制造矛盾，引起争斗，最终达到统治世界的目标。

他们为了达到目的不择手段，在电视台当着亿万观众的面杀死钟立人，不过是计划中的一小步而已。

奥灵之手和人类日只是它的两样工具、两层伪装。这个神秘组织的最高层，是像萨拉丁一样的高级机器人。

楚南天坐在地板上，仔细思考事情的前前后后。胡安康说出的事实过于惊人，他需要一些时间来消化。

然而萨拉丁二世不会给他时间，一共不过就是半个小时而已，剩下的也许就几分钟。

他看了看门口的两只机器狗，它们正盯着他，似乎随时可能扑上来。

他又看了看胡安康，他缩在屋子的角落里，臃肿的机器身躯黑魆魆的。

昏暗的光线下，一切安静得让人绝望。

萨拉丁二世知道胡安康会说出真相，然而仍旧以一种绝对的傲慢允许自己来见胡安康，因为萨拉丁二世知道这消息绝不会被传出去。那么自己活着走出去的可能又变小了。那个所谓的阿尔法纳米机似乎并不能完全控制自己的大脑，如何防范自己走漏关于胡安康的消息就成了一个巨大的问号。

听天由命吧！

楚南天干脆眼睛一闭。原本和那个神秘兮兮的萨拉丁二世合作，他还有一线机会活着出去，现在，那个不知道从哪里冒出来的消息却把他带入到死地。知道了不该知道的秘密，对一个记者来说，究竟是幸运还是不幸？想到这里，楚南天不禁苦笑。

如果能有什么法子把这个惊天新闻发布出去，那也是死而无憾。楚南天不无遗憾地想。

萨拉丁二世会用什么法子杀死自己？或者他会彻底毁掉自己的大脑，把自己变成行尸走肉？

晓华呢？她不会有事吧，萨拉丁应该会放过她，她只是一个无害的小女孩罢了……

正胡思乱想的时候，耳边传来一声巨响，整个屋子随之震动起来。

楚南天只感到胳膊一痛，像是被什么东西击中。他不由地大叫了一声，睁开眼睛。

一侧的墙体赫然现出一个大洞。他的胳膊被飞溅的碎块击中，鲜血直流。楚南天伸手捂着流血处，只感到手心里温热湿滑——血从指缝间渗了出来。

两个人影从炸开的大洞中跳进屋子。

沉重的身子落地，地面微微震颤。

这是两个机器人，身材高大，至少在一米八以上。

两条机器狗立即向着不速之客扑了上去。闯进来的机器人灵活地躲过机器狗的冲撞，一个转身，抡起胳膊，狠狠地击打机器狗的腰部。

楚南天听见了沉闷的金属断裂声，机器狗从腰部被生生地打断，只剩下几条金属索连着，瘫在地上，抽搐抖动。

两个机器人的动作如出一辙，两条机器狗的下场也如出一辙。被打断成两截的机器狗在地上挣扎，机器人跨上一步，对着它的头部狠狠一踩。喀拉一声，金属零件碎了一地。

“你是胡安康?”一个机器人向着角落里的胡安康发问。

机器人发出的居然是女声。

胡安康显然被吓坏了，一个劲地点头。小小的头颅在硕大的机器身躯上摇摆，有几分滑稽。

“你得跟我们走。”女声机器人说着走上前，熟练地抓住胡安康的双手，一用劲，将他的两条胳膊都卸了下来。胡安康直直地瞪着眼前的机器人，他显然并不痛楚，只是恐惧。

女声机器人伸出手指，从胳膊卸掉的位置探了进去，不过十几秒的时间，胡安康的机器身体咔嗒一声打开，暴露出胸腔。

女声机器人回头看着自己的伙伴，“他没有保护。”这一次她说的是英语。

她的伙伴抬手做出一个劈砍的手势。

女声机器人回过头，面对胡安康，手腕翻转，倏忽间手掌的边缘变得锋利，就像一把匕首。楚南天听见了金属震动的声响，只见寒光一闪，匕首从机器人的手掌边缘弹了出来。

“你想……”胡安康惊恐地叫喊。

女声机器人手臂一挥，叫喊声蓦然间被掐断。

楚南天只感到脸上一热，那是胡安康的机器躯体内的生命维持液，类似于血，带着些许腥味。楚南天松开捂着胳膊的手，用手背在脸上抹了一把。

女声机器人干净利落地斩落了胡安康的头。

这突如其来的变故让楚南天惊愕不已。

女声机器人灵活地接住头颅，将其放在一个不知道什么时候准备好的透明盒子里，快速盖上。

楚南天看过去，盒子里胡安康的脑袋仍旧睁着眼，脸上凝固着恐惧的表情。整齐的切口处淡黄的液体汩汩流着，飞快地凝固。

他们杀死了胡安康，就像杀死一只鸡。一阵惧意涌上心头，他不禁打了一个寒噤。

透明盒子里有几根管子，女声机器人摆弄了几秒钟，几根管子都插入断掉的脖子，和头颅连为一体。

胡安康的眼睛竟然慢慢地合上了。

女声机器人将盒子放进自己的腹腔里。

从机器人闯进屋子到胡安康的头被收进盒子，前后不过一分钟而已。楚南天恍然间觉得自己身处噩梦中，惶然站着，不知该如何是好。

“你是楚南天?”一直站在他身旁的机器人问道。这个机器人的声音是男声，然而带着奇怪的腔调，似乎是一个字一个字地蹦出来的。但至少楚南天听懂了。

我是楚南天。楚南天想这样回答,然而他口干舌燥,根本发不出声音,只能使劲点头。

"跟我们走。"机器人伸手拉他。

机器人的力量巨大,轻松地将楚南天从地上拉起来。

"我们走!"女声机器人说着,向来时炸开的窟窿冲了过去,敏捷地钻进去。

原本支离破碎的窟窿边缘正变得平滑,窟窿正在缩小。

楚南天只觉得脚下一空,整个人腾空而起。原来是机器人直接把自己夹在胳肢窝下,大步流星,钻进了窟窿里。

眼前一片黑暗。

胳膊上的伤口受到碰撞,楚南天能感觉到血液汩汩流出,然而却并不疼痛。这可不是什么好兆头。

不知道这些机器人什么来路,既然他们用暴力的方式闯进来,而且干掉了机器狗,那么就不会是和萨拉丁一伙的,然而他们进来就杀死了胡安康,又丝毫不顾及自己的伤,看上去似乎也不像是好人。

变成了机器人,就变成了狂暴的机器,还能算什么好人!

一阵痛楚传来,机器人用力夹紧他,胳膊上似乎有细小的尖利物扎入伤口。

楚南天咬牙忍受。

眼前豁然一亮,他们从通道里钻了出来。

这是一个宽敞的屋子,足足有五十米见方。

金属撞击的声音不断传来。

楚南天勉强抬头,看清眼前的情况。

女声机器人正在使劲地攻击一台机器。她的左胳膊折叠起来,形成一个巨大的冲击锤,飞快地打击在机器上。那是一台椭球形的机器，喷吐出泡沫状的灰色液体，几乎覆盖了整个屋子。这种灰色的泡沫是一种黏着剂，然而显然对于两个机器人并无影响。女声机器人只几下子，喷口就被彻底毁坏，再两下，椭球形的机器瘪下去一块。

“快点走。”男声机器人喊道，“门要关了！”

女声机器人将椭球体摔在地上，向着一旁的一扇门冲过去。然而太迟了，门已经关闭，门的上方露出一管乌黑的枪口。

“小心！”男声机器人叫道。他的喊声淹没在突突突的枪声里。

女声机器人猝不及防，被正正地击中，子弹威力巨大，竟然把她打得飞起来向后跌倒。

男声机器人松开胳膊，楚南天重重地摔在地上。还来不及发出一声呻吟，耳边便传来一声剧烈的爆炸。他抬头一看，身边的机器人胳膊平举，而前方的门已经消失不见，只剩下一个巨大的窟窿。

仓促间，楚南天想从地上爬起来，找个地方躲藏，却被机器人再次一把抓起，夹着他向着窟窿跑去。

倒在地上的女声机器人也快速起身，跟着一起跑。

穿过窟窿，两个机器人猛然站住。

这是一个包围圈，大大小小十多个机器人牢牢地封锁了去路。几乎就在两个机器人停下的同时，各种武器响声大作。

机器人转过身，将楚南天护住。隔着他的躯体，楚南天能清晰地感受到子弹打击在机器人背部的冲击力。

机器人没有被击倒，他们迅速地回到了屋子里，借着墙体的掩护避开凶猛的火力。

“我们出不去！”女声机器人用英语向着男声机器人喊，“我们需要外部支援！”

“在这里没法得到支援。”男声机器人回答,他的声音仍旧沉稳,没有一丝慌乱。他将楚南天放落地上,“对不起,没有办法救你出去,你只能靠自己了。”

楚南天只感到大脑一阵空白,不知道自己该做什么,愣在那里,一动不动。

“别傻站着,找个地方躲起来。”机器人轻推楚南天,说完之后便不再理睬他,而是转身向着女声机器人做了几个动作。

他们要强行冲出去！楚南天慌忙躲到一边,想找个地方隐藏,却发现屋子里并没有去处,只得在墙角蹲了下来。

背后的墙体在缓缓移动,就像有一只无法抗拒的手在推着他。

他发现了更可怕的事。

整个屋子正被缓缓压缩。

楚南天使劲顶着背后的墙,试图阻止它,却没有半点用处。

两个机器人再次从窟窿中冲了出去。震耳欲聋的响声传来,脚下的楼层不断震颤。

那边的战斗很激烈。

楚南天逐渐平静下来。如果这个屋子真的一直压缩,就只能跟着那两个机器人冲出去才能活命。他深吸一口气,让自己尽量不那么畏惧,然后站起身,小心地向着窟窿靠近,最后从墙边探出半个头去。

外边的光线很强,依稀间,只看见满地的机器残骸。

两个机器人已经不见了踪影。他们是被打败了,还是冲了出去?

世界突然间变得安静,没有枪声,没有爆炸。

楚南天回头张望,原本正在压缩的屋子也停了下来。

一切似乎都结束了。

楚南天犹豫着是不是要出去看看。

刺耳的声音突然响起，仿佛高音喇叭的尖叫，打破了一片寂静的世界。楚南天竭力捂着耳朵，然而声音仍旧强有力地穿透耳膜，刺得他头疼欲裂。

两个机器人跑了回来，一个扶着另一个，一边躲藏，一边回身开火。这一对机器人的火力很强大，每一次射击都伴随着楼层的剧烈震颤，然而敌人似乎更强大，两个机器人不得不节节后退。

尖利刺耳的声响消失了，就像它的到来一样突然。

楚南天松开手，长舒一口气。

两个机器人很快退到了距离楚南天不过四五米的位置，楚南天看得清清楚楚，一个机器人的腿断了。

他很想帮忙，然而却无能为力，只能万分焦急。

这里没有任何地方可以逃出去，他回头再次打量自己所处的屋子，希望奇迹发生，能找到逃生的通道。

身后赫然站着一个人。

楚南天大吃一惊，使劲眨了眨眼。

没错，身后正站着一个人，仿佛从天而降，就在眼前。那人正盯着自己，两只眼睛炯炯有神。干净利落的短发，一身灰黑色的迷彩，身材算不上魁梧，和自己一般高矮，却显得很精悍，五官和肤色表明他是一个中国人。

“你是谁？”楚南天不禁开口问道。

“我来救你出去。”来人回答，“你叫我李刚就可以了。”他说着走到了门洞前，熟练地俯下身子，探察外边的情况。

楚南天这才注意到一旁的墙面上不知道什么时候出现了一个大洞，这个自称李刚的人应该是从那个洞里钻过来的。

“前边有很多机器人包围这里，那两个机器人是来帮我的。”楚南天低声说。

李刚并不言语，只是撸起袖子。

他的胳膊上打开一个小槽，两只小巧的虫子飞了起来。那是两只机器小虫！

“你是机器人？”楚南天脱口而出。

李刚摇了摇头，“我不是机器人。”他十分干脆地否认。

那么眼前的人就是一个躯体机器化的人类，就像被囚禁起来的胡安康一样。以一个社会名人的立场而言，楚南天赞成人类日运动，反对机器化。然而在这凶多吉少的秘密基地里，先是人类日的发起人以一个机器化的身躯告诉他，所谓人类日不过是一个骗局；然后是两个机器人突然闯入囚室，将他救出；再接着，是一个保留着人类模样的机器化人类，继续设法拯救他。楚南天恍惚间觉得这是冥冥之中的某种启示，只是此刻来不及细想，他将这样的念头按捺下去。

两只小虫向着机器人飞去，一只轻巧地落在一个机器人肩部，另一只越过两个机器人继续向前。

机器人觉察到了李刚的存在，回头看了一眼。

李刚伸出手掌，撑起五个手指向机器人示意。

然后拉起楚南天向着墙上的大洞就走。

“不管他们？”楚南天问。

“他们会跟来的。”

“那边有很多敌人，为什么不帮帮他们？”李刚的脚步很快，楚南天一边追着他，一边继续发问。

“他们是最强力的战斗型机器人，你要我怎么帮？”李刚冷冷地回答，脚下丝毫没有放慢。

楚南天哑然。

忽然间，他意识到在这里自己只是一个囚犯，一个等待着被营救的弱者，这里不是他的电视台，而是一个活生生的战场，是地狱。他根本没有任何发言权，也帮不上任何忙。

他默默地跟着李刚走。

身后传来沉重的脚步声，机器人果然跟来了。他忍不住回头去看，却只有一个机器人。

机器人很快追上了他们。他的手中拿着方盒，盒子里是胡安康的头。一边走，机器人一边将方盒塞进腹部。

发生了什么？楚南天很想问，然而终于没有开口。

自己唯一能做的事，就是跟着走而已。

很快四周变得一片漆黑。李刚拉着他，丝毫没有减慢速度。

李刚的手冰冷而有力，就像铁钳般夹着他的胳膊。

还好不是受伤的那只，不然这胳膊就要断了。楚南天想。

李刚突然停了下来。

“从这里打开。”李刚说，显然，那是说给机器人听的。

机器人从身边跨了过去，强烈的震动很快传来。重锤击打着墙体，黑暗中火花四溅，一股金属的焦味散发出来，难闻极了。楚南天剧烈地咳嗽。

李刚的手上现出一团光亮，柔和的光照亮楚南天的脸。

“你没事吧？”李刚问。

楚南天摆摆手，却忍不住再次咳起来。

李刚打量周围，四下走动，在墙壁上不断地打入钉子一般的物件。

身后的通道里突然传来一声沉闷的爆炸声，声音并不大，然而机器人浑身一抖，停下了手中的动作。一时间，嘈杂的世界变得异常安静。短短两秒后，机器人便重新开始击打墙面。

一定是另一个机器人出事了，楚南天揣测。他看了看李刚，李刚脸上毫无表情，只是看着机器人破开墙体。

墙体上出现了一丝裂隙，亮光从裂隙中透进来，同时透进来的是一股凛冽的风。楚南天精神一振。

机器人加快了重锤的频率，墙体上很快形成一道巴掌宽的缝。

身后有杂乱的声音，那是敌人正沿着通道追过来。

“快，大约还有两分钟。”李刚催促，他的声调依然平稳，没有一丝慌乱。

机器人三下五除二将细缝拓宽成为可以容人通过的裂隙。

李刚走上前，把手中的一样东西交到机器人手中。

“跳下去，桑迪普会在下边接应。”李刚说。

机器人从裂隙里挤了进去，他的身躯消失在光亮中。

“来。”

楚南天被李刚拉着，站在了裂隙前。

外边空无一物。

他正站在悬崖边，脚下就是万丈深渊。楚南天只感到一阵头晕目眩。

“放下武器，可以保证你们的安全。”一句英语传来，敌人已经追到了身后。

一双有力的胳膊从背后抱住了自己，然后是一阵大力猛推。

楚南天只感到脚下一空，心脏似乎要从嗓子眼里蹦出来。李刚抱着他，两个人以自由落体的姿态向着崖底下坠。

风仿佛刀割一般，大地迎面扑来。

猛然间，一股大力一拉，下坠的趋势被缓缓止住。他们悬在了距离地面不到五米的位置。

两个机器人正站在下方，一高一矮，其中那个高个正是和他们一道跳下来的那个，矮个稍稍低了半个头，看上去身体更匀称，身材似乎和萨拉丁有点儿像。

“接住他。”李刚说着放开了胳膊。

楚南天再次体会到自由落体的感觉。

矮个机器人迅速无比地接住了楚南天，胳膊顺势向下，卸掉冲劲。在机器人的臂弯中，楚南天只觉得自己躺在了一张弹簧床上。机器人将他放在地上。

李刚也落了下来，稳稳地站立。

“欢迎你，ET958。”矮个机器人向着李刚说。

“你是桑迪普？”李刚问。

“我就是桑迪普。”机器人回答。

“我要见小六。”李刚说。

小六！他们说的小六是曾经和自己打过交道的那个人吗？小六怎么会和一群机器人搅在一起？楚南天疑窦丛生，正想开口询问，只觉得胸口一阵奇痒，忍不住咳嗽起来。

“我们还要先逃出去。”桑迪普平静地回答。

沿着悬崖，五十多米的高处，一队机器正鱼贯而下——敌人正在追来。两架无人直升机也出现在天空里，在山谷上方盘旋。遥远的天空里传来嗡嗡作响的声音，楚南天依稀能辨认出，那是野牛飞行器的声音。如果真是野牛飞行器，凭着几个机器人根本无法正面对抗。

“小六说你会有办法。”李刚站着不动。

桑迪普转身，“跟我来。”

走出十多米，桑迪普停下来。他弯下腰，抓住地面上的一样东西，猛一用力。

一个黑乎乎的洞口露了出来。

桑迪普看着李刚，“要活着逃出去，这是唯一的办法。”

第七章　厄运缠身　楚南天

桑迪普放下一道厚重的门来阻断追兵。

“他们能够打开这门，不过至少要几个小时，足够我们逃走。”桑迪普说着继续向前走，“这都是坚硬的花岗岩层，耗费了我们不少工夫，现在要放弃了，还是有些可惜。”

走过不到十米，他开始放下第二道门。这一道门是一块巨大的圆石，被几个小机器缓缓推动着，将通道闭合起来。

“为了这个机关，我们花了三十五天，合拢后不把石头挖穿就再也打不开了。”

“还有一个人在他们手里。”楚南天忍不住说，“难道没有别的计划去救她了？”

咔嗒一声，像是落锁的声音。

“我们能够逃出来已经很幸运。我从来没有想过还能成功干这么一票。”桑迪普不紧不慢地回答。

“阿丽亚没能出来。”站在桑迪普身边的机器人沉声说道。

“梵天大神会赐福于她。”桑迪普回答，说完转身继续沿着通道前进。

没有计划去救饶晓华，能够把自己活着带出来已经是万幸。

把一个弱小的女子抛弃在杀人不眨眼的恶魔手中，怎么想都让人觉得于心不忍。更何况，这个人是自己的女友，自己承诺过要保护她。楚南天心如刀绞，暗自责备自己。

他伸手抚着沉重的石门。石门冰凉，透着潮气。

只要能回去，就能让政府行动起来，无论如何也要把饶晓华救出来。楚南天暗自下定决心。猛然间，胸口一痒，他剧烈地咳嗽起来。

"快跟上，我们必须抓紧时间。"李刚招呼他。

楚南天跟了上去。

一行人走过一段长长的通道，通道不断向下，地势很低，石壁潮湿，浸透了水，甚至某些地方有积水，必须蹚水过去。不久之后，通道开始转折向上，渐渐地高了起来。

在黑暗中似乎行走了很长的时间。

爬上一段陡峭的斜坡后，桑迪普猛地推开一扇门似的东西。

刺眼的阳光一瞬间让人头晕目眩。

楚南天伸手遮着眼睛，从洞里走了出来。最初的刺痛感过去后，他睁眼四下张望。这是一个乱石嶙峋的山冈，山冈下，停着四辆轮式装甲运兵车，轮子大得惊人，和车厢一般高。两个战士装扮的人在车边警戒。山冈下还趴着一样东西，看上去就像一团铁疙瘩。楚南天目不转睛地盯着那团铁疙瘩，总感觉在什么地方见过。

桑迪普示意楚南天站在原地等着，然后带着那个高大的机器人向车队走去。

"他们的装备不错，"李刚走到楚南天身边，和他并肩站着，"能赶上三角洲。"

"三角洲是什么？"

"美洲的特级雇佣兵团。没听说过吗？"

“听说过，但没有见过。”楚南天淡淡地回应。他听说过三角洲、阿尔法、海豹突击队、猎豹旅，这些神秘的特种部队大名鼎鼎却无人得见真面目。在这次被绑架之前，他连真枪都没见过。

“我倒是很想知道，绑架了我们的这个团伙是哪一帮？他们自称奥灵之手。你知道他们的来路吗？”

李刚的眼里掠过一丝精光。

“你认识小六吗？”李刚岔开了话题。

“我的确认识一个小六……”

“那就是他，告诉我你了解的关于他的一切情况。”李刚果断地打断了楚南天。

楚南天不喜欢这种居高临下的气势，“我要保护朋友的隐私。”他不卑不亢地回了一句。

“我要救你的命，我也想搞清真相，而且我刚救了你的命。”李刚扭头看着楚南天。

“那和小六又有什么关系？”楚南天仍旧不想回答。

桑迪普走了过来，站在两人面前，“那些杂碎在搜索我们，我安排好了计划，会在山谷那边制造一点麻烦，然后我们就可以趁乱撤退。现在还要在这里再等一会儿。”

“等多久？”李刚紧接着问。

“大约二十分钟。”

三只小小的机器飞虫从李刚身上升起来，在几人头顶盘旋一周后分散向着三个不同方向飞去。

桑迪普看了一眼正快速离开的小虫，“那没什么用，所有的情况我们都清楚。”

“小六呢？”

楚南天开始咳嗽。桑迪普的注意力转移到楚南天身上，“你感觉怎么样？一路上你都在咳嗽。”

楚南天摆摆手，“没事。”

李刚看了看楚南天，仍旧转向桑迪普，“小六呢？”他继续问，“他在哪里？”

“他当然在一个安全的地方。其实我也不知道他在哪里，我也很想知道。”桑迪普的回答显得有些高深莫测。

“我们是在敌人的包围中，彼此要坦诚一些。”

“没错。所以我直接告诉你了，我不知道他在哪里，我只是收到了他的信息。”

李刚向着楚南天看去，目光仿佛猎鹰一般凌厉，“那么只有你知道了。”

楚南天刚从剧烈的咳嗽中缓过来，听到这句话又是一阵咳嗽。

“希望你不是装的。”李刚说。

楚南天咽下一口唾液，只感到说不出的烦闷。他看了看李刚和桑迪普，他们两个都是机器人，至少都有机器的躯体，自己则是所有人当中最脆弱的一个，是彻底的被保护对象。

该不该向他们和盘托出？

还好，关于小六，自己知道的也不多。

“我的确认识小六，他是我的朋友。他是一个白帽子，技术极客，也是一个匿名者，我曾经在上海见过他一次，做了一次采访，后来就只在网上聊过几次。关于他本人，我就知道这么多。对了，其实我并没有见过他，在上海的那次，是他派了一个代理人过来，搞得很神秘。”

“他为什么要救你？”李刚问。

“我不知道，见到他，你可以问问他。”

楚南天看了看李刚，李刚正盯着自己，眼里带着一丝狐疑。

“或许……”楚南天皱了皱眉，“小六一直要求我披露一个消息。他说机器人正在形成全球组织，实施针对人类的阴谋，所以人类的命运到了紧急时刻。又说对全人类来说，最好的手段就是放弃对机器化技术的控制，从法律上保护所有的机器化人类，消除人为设置的界限。他的主张和我的理念矛盾，所以我一直没有答应他。”

楚南天顿了顿，“其实我看不懂他给我的那些技术指标，而且他说的有些太夸张离谱，这事也就一直耽搁下来。”

“他怎么说的?”桑迪普问。

楚南天大声地咳嗽，这一次像是要把肺都咳出来。

一道红光从桑迪普的眼睛里射出来，在楚南天的额头扫描。片刻之后，红光消失。

“他的体温高出正常半度，属于低烧。”他转过头去，对着楚南天，“你需要休息。”

低烧？楚南天却觉得身上发冷。桑迪普是对的，自己需要好好休息。然而，一路都在奔逃，哪有什么时间喘息。

“到车上去吧。”桑迪普转身，示意楚南天跟着自己，向着一辆装甲车走去。

楚南天看了李刚一眼，李刚点了点头，“我跟你一起去，反正总要上他的车。”

装甲车里面比外边看起来宽敞得多。

车厢里的中央，一个小小的透明箱子里，赫然摆放着胡安康的人头。

楚南天感到有些不适，“能坐别的车吗?”

“别的车都是自动战斗车，没有给人设计的座位。这辆车由我控制，还好些。”说话间，原本趴在一旁的铁疙瘩动了起来，向着装甲车滚过来，到了车旁，咔嚓咔嚓碎裂成无数小片，就像活物一般在车上攀爬，最后在车的顶部重新汇聚成团，形成一个鼓鼓的突起。

桑迪普一跳，几下子爬到车顶上，突出的鼓起移动过来，紧紧包裹住他的下半身——他和装甲车完全连接成了一体。

楚南天终于想起来在哪里见过那个铁疙瘩，那是在一次展览上，这种铁疙瘩被称为“锰结核”，是一种万用人机接口，可以转化成多种形态，连接不同的纳米机设备。桑迪普的机器躯体通过这个接口和装甲车连接成为一体，让他变成一个庞然的钢铁生物。

这应该是最先进的军事科技之一吧，这个被称作桑迪普的人似乎也有不小的来头。

楚南天上了车，挨着胡安康的头颅坐下来，侧着脸不去看那个浸没在液体中的脑袋。

李刚没有上车，“我在车外行动。”他说着关闭了车门。

车厢内刹那间变得漆黑一片，只有浸没人头的箱子散发着莹莹的绿光。

“你可以睡一觉。”桑迪普在说话，他的声音通过车内的喇叭传来，在狭小的车厢内变得有几分含混。

楚南天根本没有一丝睡意。

他很想知道小六是怎么找到这两个人来救自己，正想开口，却感到胸部一阵奇痒，忍不住又咳嗽起来。

小小的车厢里，楚南天的咳嗽声惊天动地。

“你胳膊上的伤是怎么回事?”桑迪普问道。

“被弹片误伤。”楚南天一边咳一边说。他感觉到了胳膊上隐约的痛感。

“看起来情况不妙,我会尽快帮你找到医生。”

“是小六让你来救我?”咳嗽稍稍缓和,楚南天抓住机会问道。

“是的,只要把你活着带出来,我就完成了他的要求。”桑迪普的回答很轻松,仿佛这只是举手之劳,他做了一笔非常划算的买卖。

然而这可不容易。楚南天想起那秘密基地的阵势,从戒备森严的军事基地里带一个人出来,绝对不会轻松,他们还因此死了人。

“你怎么会听他的?”楚南天问。

“这是一笔交易。他帮我找到胡安康,我帮他救你。他的情报是不是准确,我不确定,但是从结果来看,你的这位朋友还算可靠。”

“你要找胡安康做什么?”记者的嗅觉让楚南天感到不安。他瞥了一眼身旁的头颅,头颅仍旧在液体中悬浮着,双目紧闭。

“我需要一个大事件,让政府明白这帮渣滓比他们想象的更可怕。危险迫在眉睫,政府必须出动军队来扫荡这个基地。”

“你为政府工作?”

“不,我不为任何人工作。我只为梵天大神奉献一切。”

梵天是印度教的三位主神之一,桑迪普该是一个印度教徒,他却跑到了阿富汗和一群恐怖分子战斗。

“为什么你这么痛恨这个基地?”

“原因我不想多说,你只要明白我们在同一阵营里,共同反对那个邪恶组织,这就够了。”

楚南天沉默下来。桑迪普的队伍显然并不是正规的军队,然而装备精良,如果把一切政府军警之外的武装组织都算作非法武装,那么桑迪普无疑也属于非法武装。他和那个基地之间或许有什么利益冲突，因此需要借助政府之力来扫除基地。

但至少，他们是一群遵守承诺的非法武装，按照约定把自己救了出来。

不对，桑迪普的人半途中已经放弃了营救，是那个叫李刚的机器人救了自己。然而如果没有桑迪普和他的地道，他们也逃不出来。

事情有些复杂，也许只有小六才知道所有的来龙去脉。小六究竟在哪里？

沉默中，车子动了起来。

楚南天稳住身子，不经意间，看见了胡安康的头。

胡安康的眼睛睁得很大，正直直地看着自己。

楚南天吓得身子一挺，就想站起来，却砰的一声撞在天花板上。

“楚南天先生，请坐稳，我们要通过一段山路。”桑迪普的声音响起。

楚南天稳了稳心神，再次去看胡安康的头。

胡安康的眼睛果然睁着。

“他还活着吗？”楚南天大声问。

“你说胡安康？如果你说的是他的头，他的头的确还活着。”桑迪普回答。

被砍掉的头能够保持意识，然而那是在特殊的条件下，胡安康的头颅被砍下来，被机器人带着跑来跑去，已经有一个多小时，如果还能活着，那真是一个奇迹。

“他还能说话？”楚南天问。

“目前不能，但是我会让他说话的。他要向全世界说话。”

是的，这会是一个大新闻，如果有机会让胡安康向全世界说出真相,那么一场风暴就不可避免会降临。然而问题在于,向全世界说出真相不是一个简单的问题,让看到消息的人相信这就是真相更是难上加难。

“他们不会相信你。你打算怎么办?”楚南天说。

“我会带他去新德里电视台,让他上真相节目。还有旁泽普议会,我有些朋友可以帮忙。那些相信人类日运动的人都认识他的脸。”

“印度的人类日运动也很发达吗?你根本无法证明那就是胡安康本人,何况他现在只剩一个头。”

“总有人会明白真相,从闯入那个基地到逃出来,都有录像,会有明白人的。”

“我不知道印度的情况是怎么样的,但我就是记者,你带着一个头颅,哪怕他真的还能开口,都会被人认定为不真实。”

“不用担心,我会有办法。”桑迪普轻描淡写地说。

楚南天沉默了一会儿。这个隐藏在深山里的基地显然不是一群土匪能够建设的。基地戒备森严,武器先进,萨拉丁二世所使用的机器人技术是世界顶级,野牛飞行器也不是普通的军火贩子能搞到的装备,他们甚至还建设了核聚变反应装置。就算不考虑技术,只考虑钱,刨除掉几个大国政府,恐怕只有少数几家科技巨头公司和贩毒组织可以做到。

楚南天意识到自己正站在一个深渊的边缘,望下去深不见底。世界正在毁灭的边缘。这情形小六描述过,然而他总是不信,但当自己经历了这么一回,却感觉现实似乎比小六的描述可怕一百倍。

哪怕真的逃脱了,侥幸生还,如果自己真的成了目标,那么下一次绑架随时可能发生。下一次到来的时候,恐怕不会再有这样的好运，他们也许会直接杀掉自己。对这么一个集团来说，杀死一个人，简直就像踩死一只蚂蚁。

“我想也许我可以帮你。”楚南天试探着说。

“你帮我？”桑迪普显然并不感兴趣，“谢谢你的好意，不过我已经习惯了依靠自己。”

“我是一个记者，”楚南天再次强调，“我在我们国家很有影响力。如果你的目标只是要摧毁这个基地，一个突袭中国首都、绑架中国人质的恐怖组织，中国政府一定会派遣军队来扫平它。”

桑迪普沉默着，显然在考虑这件事的可能性。

警报声突然响了起来，车厢猛地一晃。楚南天的头重重地撞在一旁的铁板上。

“受到攻击，抓好你身旁的扶手。”桑迪普警告。

车子不停地剧烈颠簸。楚南天紧紧地抓着扶手，努力想保持身体平衡，然而右胳膊根本无法用力，只能靠左胳膊维持，身子怎么也无法平衡，一下又一下地被甩起来，撞在车厢壁上。没几下，肚子里便翻江倒海一般，哇的一声吐了出来。

车子猛然停住，眼前一亮，有人打开了车门。

“快下来！”来人说。

是李刚。

楚南天拖着虚弱的身体从车上挪下来。

站在地上，他感觉踏实多了。

不远处，是一具小小的残骸，仍旧冒着烟。从模样看，那是一架无人机。车队停了下来，一旁的山坡上到处都是弹坑，伴着新翻出的黄土。这儿刚发生了一次小规模的冲突，看起来敌人已经被消灭了。

“它是跟踪我们来的。”李刚盯着楚南天，“我的侦察机显示这架无人机转过将近六十度的角度向着我们的方向飞来,而且它精确地追踪了我们的线路。马上就会有更多的敌人追过来。”

楚南天疑惑不解地看着李刚。

“这和他有什么关系?”桑迪普从车顶上探出头来。

“他身上有一个跟踪仪器。”李刚仍旧是一副冷峻的表情,“他们能跟踪他。”

“这不可能!”楚南天叫起来,“他们没有在我身上安装什么东西。”然而随即想起那一管淡黄色的纳米机,不由地沉默下来。

“不是他们装的。”李刚冷冷地回答,“我来给你找出来。”说着,李刚的手掌中多了一小团亮晶晶的东西,像是一个金属的小球。他伸出手掌贴在楚南天身上,手中的金属小球变得扁平,紧密贴合。

楚南天向着桑迪普投去求援的目光。

“他只是扫描你的身体,不会有什么伤害。”桑迪普宽慰他。

李刚快速扫描楚南天全身,突然间在右侧锁骨的位置停住,“就在这里。”李刚宣称,“体内一厘米,就在锁骨下,大概指甲盖大小。”他抬头看着桑迪普,“看来它长在锁骨内侧。你来确认一下?”

桑迪普从车顶翻身而下。

他将两根手指搭在楚南天的锁骨位置,只两秒钟,便向李刚点了点头。

“我们要把它取出来。”李刚向楚南天说。

楚南天有些发懵。他从来不知道自己身体里居然还有跟踪装置。如果有,它一定一直在那儿,已经很久了。

他愣了两秒钟,感到失魂落魄。

“要怎么取出来?”他带着微微发颤的语调问。

“我会尽量快一点,不会很疼。”李刚没有正面回答这个问题。

寒光一闪,楚南天还没有反应过来,只感到锁骨的位置仿佛被什么东西蜇了一下。

温热的血顺着胸脯往下流,胸口一片湿漉。

楚南天低头去看,只见自己的锁骨上一片血肉模糊。李刚不知道用什么法子在自己身上挖出一个洞来。

剧烈的疼痛感随之而来。他面部抽搐,然而强忍着没有喊叫。

“我们要讨论一下计划。”李刚对桑迪普说,“两架无人机会在三分钟内追上我们,它们会盯着这个。”他的指尖上是一小块带着血肉的骨头,白森森的骨头上,闪着金属的亮光。

“我带他走。”桑迪普毫不客气,“他需要医生,我能找到医生。”

李刚看着桑迪普,什么也没有说,只是点了点头。

楚南天咳嗽起来,这一次,他不得不用力捂住肩上的伤口,防止血涌出来。

第八章　绝处逢生　冯大刚

敌人的追击快速而猛烈。

两架无人机呼啸着飞过，凶狠的扫射在地面上激起一片烟尘。

这种大口径速射机枪的威力不足以穿透躯体的装甲保护，但动能巨大，能把人打得飞起来，如果被击中关节部位，那一定会失去行动力。

冯大刚隐藏在一个小土包后，只听见子弹射入岩土中噗噗作响的声音不断传来。两辆装甲车在不断地机动，试图避开无人机的射击线路，然而最后还是有子弹击中了车子，那个叫作所罗门的大机器人从车上跳了下来。

装甲车熊熊燃烧。

子弹打破了它的装甲，点燃了电池。

所罗门动作很快，落地之后，在地上翻滚一周，就地蹲下，手中的武器已经瞄准了无人机。无人机很快掉头，再次开始俯冲扫射。

所罗门射出了一串子弹。无人机被击中，冒出黑烟，偏离航线向着地面坠落。

敌人的子弹也击中了所罗门，这个大个子机器人被打得飞起来，在沙地上翻滚。

这是一个勇敢的战士，奋不顾身。他就和自己一样，全身上下，除了神经系统，全都被改造成了机器。他甚至不加任何掩饰，直接以机器人的形态示人。

另一辆装甲车在前方两百米处停下，三个战斗机器人从车上下来，快速散开，向着无人机开火。这三个机器人是纯粹的战斗机器人，它们就和“搬山工”一样，并不思考，只是单纯地接受指令，执行战斗任务。所罗门就是他们的指挥官。

三个战斗机器人组成的狙击阵地成功地打击了敌人，另一架无人机也从天空中坠下来。

然而这小小的胜利根本不值一提，敌人的追击队伍已经赶到了——十多辆轻便越野车，车上是穿着黑色衣服的人类武装分子。三辆分布履带式自动坦克混杂在越野车群中间，坦克的样子像是豹式中型坦克，这种坦克经过改造，适于山地突击。天空中，又有三架无人机飞了过来，子弹如暴雨般落下，一个战斗机器人被打翻在地，滚了一圈，重新站立起来。

凭着眼下的一点儿战斗力无法和敌人硬拼，甚至无力摆脱追击。最好的结果，不过是拖延时间，让桑迪普和楚南天可以跑远一点儿。

再往远处一点，是一片林子。

“所罗门，躲到林子里去。”冯大刚向着所罗门喊。

所罗门挥了挥手，表示明白，然后飞快地向着剩下的那辆装甲车跑去，三个机器人很快上了车，装甲车重新开动起来。

无人机从低空掠过，它们并没有察觉躲藏在土堆后的冯大刚，而是直接奔着装甲车而去。冯大刚镇静地瞄准、锁定、射击。

一架无人机顿时从天空直坠而下，另两架则急速拉起，摆脱锁定。

他一瞬间成了所有注意力的中心。一架无人机调转头来，准备向着冯大刚进行火力打击。

两发炮弹准确地落在土堆上，尘土飞扬。

所罗门的装甲车已经躲进了林子，然而，敌人的炮火飞快地追上了他们，林子眨眼间变成一片火海。

远方传来了异乎寻常的震动声。敌人的野牛飞行器已经逼近了。

凶多吉少。虽然身陷绝境，冯大刚并不慌乱。和桑迪普分开已经过了十五分钟，桑迪普宣称需要二十五分钟来逃跑隐匿。

十分钟的时间并不算长，然而眼下的情势却无法支撑哪怕五分钟。再有几发大威力的炮弹，整个土包都会被削平，而他会被炮弹炸得粉身碎骨。

所罗门的身影出现在滚滚浓烟中，他显然受了伤，步子显得很笨拙，一步步向前走着。

一发炮弹在所罗门身旁炸响。

所罗门高大的躯体被炸得飞了起来，重重地摔在地上。

冯大刚暴起，以最快的速度蛇形机动，向着所罗门跑过去。

"别管我！"所罗门叫喊着，他举起枪，对着正逼近的装甲车将子弹都倾泻出去。装甲车遭到这凶猛的打击，前进的势头一滞。车上的炮台微微转动，对准了所罗门。

冯大刚射出一颗高爆弹。几乎就在子弹击中炮管的同时，装甲车开了火。炮弹落在距离所罗门两米外的地方，泥土簌簌地落下来，盖了所罗门一身。

冯大刚跑到所罗门身旁，用力拉起他，拖着就往回跑。跨出几步之后用力一甩，将所罗门丢了出去，同时自己向前一扑，就势藏在土丘后。方才的位置上落下一发炸弹,燃起一团火球。

冯大刚扫了一眼手背上细小的屏幕,屏幕上一个小小的红点仍旧在移动。

搬山工还没有就位。

等不及了。他向搬山工发出了指令。屏幕上的红点停止了移动。它距离战场仍旧有两千米,在这个距离上,它能使用的支援火力有限。

然而一点点支援也能救命。

“所罗门!”他向着所罗门大喊,“你还能走吗?”

所罗门静静地躺着,没有回应。

两个机器人从熊熊燃烧的树林里冲了出来,向着敌人开火。所罗门没有再给它们指令,于是这两个战斗机器人自动行动,发起了冲击。

这简直就是去送死。

然而这能够给自己争取至关重要的几秒。

冯大刚抬头望了望天空。

敌人的两架无人机正调整位置,准备发动新一轮的俯冲攻击,很可能这一次攻击会把两个战斗机器人彻底打爆。

他看见了远方天空中的密密麻麻的黑色小点。

搬山工发动了火力掩护!

远程的火力支持也只能有这一轮而已。一旦暴露位置,搬山工就会被无人机围攻,彻底摧毁,就像它的那个伙伴一样。

冯大刚静静地等待着爆炸的时刻。

敌人的突击队伍已经到了几米远的位置上,冯大刚能感觉到地面随着履带的移动而微微震动。

载着黑衣人的越野车散开很远,正远远地进行包抄。

弹雨落在地上,地面上涌起浓烈的白色烟雾,一瞬间整个世界都变得一片迷蒙,什么都看不见。

搬山工提供的是烟幕掩护。战场上的所有人都成了瞎子,对于处于弱势的一方,这是逃跑的绝佳时机。

冯大刚快速离开自己的掩护所,凭着记忆,他摸索到了地面上所罗门的躯体。所罗门仍旧躺着,一动不动。他一把将所罗门背在肩上,快步向前跑动。

他向着远离搬山工的方向跑,一次大规模的火力掩护后,搬山工的位置一定被锁定了,敌人的火力会向着它聚集。

烟雾掩护产生了效果,敌人并没有立即追来。

冯大刚大步流星地奔跑,突然,一个黑影从浓厚的烟雾中浮现出来,距离不到两米,冯大刚几乎撞了上去。

那是一辆越野车,茫然失去了方向,原地停着。车上的人同样发现了冯大刚,一声惊叫,各种枪支哒哒哒地响起来。

这些武器的伤害威力并不算大。冯大刚中了几发子弹,并没有什么损伤。

他快速躲藏到车旁,抓住车沿,猛一用力,将整个车子掀翻,车上的三个人都被盖在了下边。

这些小喽啰虽然没有什么战斗力,却暴露了他的位置,让人厌烦。

冯大刚换了个方向,继续跑开。敌人会根据暴露的位置追上来。他打开手臂上的暗盒,将所有七只红蝇都放了出来,让它们向不同方向飞去。红蝇会侦察前方的情况,帮助他避开那些烦人的东西。虽然看不见全部的情况,但多少能看见一些。

红蝇的信号很微弱,然而在百来米的距离上,仍旧清晰可辨。

情报显示在腕表上。

前后左右,都是敌人!最近的距离不到二十米。

完全陷落在包围里了。

唯一的希望,是在那些没有敌人的方向上,能找到一条缝隙跑出去。

他停止跑动,换作走步,尽量保持脚步轻盈,希望即便在几米的距离上,敌人仍旧不会觉察。

然而,最多再有十分钟,烟雾就会散掉。他必须走得尽量快。

这真是令人煎熬的时刻。

忽然间,他的背部被重重一击。袭击的力道很大,让他带着肩上的所罗门一道直飞起来,摔落地上。

落地的瞬间,冯大刚瞥见了偷袭者。那是一个机器人,和自己的个头一般高。

所罗门的躯体摔出去很远。冯大刚顾不上他,就地一个翻转,起身的同时拔枪开火。

偷袭者向右侧一闪,随即又向着冯大刚冲了过来。

这一次,冯大刚看清了他的脸。那是一张机器的脸,却异常像人,比一般的标准产品要精细得多。

铁拳带着风声向冯大刚面部而来,猝不及防,拳头正正地击中了他的右脸。

金属骨骼断裂的声音就像在脑子里骤然炸响的一个惊雷。

他本能地伸手格挡,架住对方的胳膊,用力甩了出去。

两条身影分开。

冯大刚终于看清了对手,是一个机器人,全身的机器骨架没有任何修饰。它正压低身体,充满威胁性地向前倾着身子,眼睛一动不动地盯着冯大刚。

它有一对血红的眼睛。

这是一个难缠的格斗机器人。冯大刚紧张地思考脱身的法子。然而浓烟中,依稀有更多的黑影正走来。

这该算是绝境了。按照9C行动的要求,他该在最后关头自行了断。

现在还不是时候,至少还可以拉上几个垫背的。

他悄悄启动了防护程序,让纳米机脱离神经中枢控制,自动集结。徒手格斗的程序飞快地重新组织了躯体的运动网络。他斗志昂扬,死死地盯着对手。

然而敌人不止一个!

一个、两个、三个!

敌人又有三个格斗机器人加入战团。

四个机器人是同一种型号,都是赤裸的机器骨架。它们围成一个半圆,将冯大刚圈在中间,却并没有立即动手。

冯大刚缓缓移动脚步,让自己始终面向着对手,同时紧张地估算着哪个机器人会是最弱的一个。忽然之间,他听见了某种声音,极其细小,如蚊蚋般鸣叫。

这声音却让他心中一动。

这是无人机的引擎振动频率,当无人机群在高空巡航,地面上就会能听到这样的声音。

那是一个无人机群!

冯大刚当机立断,一个转身,用最快的速度开始跑。

打不过,只能跑。一边跑,一边不断发出信号。他不知道那是谁的无人机,只能一股脑儿把各种军用求救信号反复发送出去。中国的、美国的、印度的……各式加密信号从冯大刚身上向着天空中弥散。

如果真有无人机群,那么就有活下去的希望。冯大刚希望自己能够在浓烟的掩护下跑远一点。

四个机器人立即追了上来,然而它们的速度不算快,不过几秒钟,就落在身后的烟雾里,不见了踪影。

前方的浓烟中现出了敌人的黑影,那是一辆越野车。枪弹扫了过来,两发子弹击中了他的肩部,弹了出去。强烈的冲击让他感到身子发抖。然而他还是直接冲了过去,不等车上的黑衣人回过神来,一把抓住他的胳膊,用力一捏。黑衣人的骨头碎裂,一声惨叫撕心裂肺。冯大刚随手一抖,黑衣人的身体飞了起来,直直地向外飞去,落在地上,成了一摊肉泥。

正在驾驶的黑衣人被吓破了胆,直接跳下车去。

冯大刚坐在驾驶位置上,猛地调转车头,向着来时的方向急速冲去。他并不想和那些机器人再次冲突,然而也不想丢下那个叫作所罗门的大个子。

为了一个并肩作战的同伴,冒一点风险是值得的。

烟雾正逐渐消失,能见度变得高了一些。

他很快发现了两个机器人。这突如其来的越野车让两个机器人有些犹豫,就在他们还没有动手的当口,冯大刚撞了上去,然后猛然急刹。两个机器人飞了起来。没有等车停稳,冯大刚已经跳下车,拉起了所罗门沉重的身子,往车上一扔。

两个被撞飞的机器人从地上爬起,冲了过来。

冯大刚启动车子。车子却在原地没有动。

扭头一看,一个机器人站在车后,硬生生地拉住了车子。

冯大刚抬手一枪,正中机器人的面部,机器人的脸被打得稀烂,身子向后一仰,倒了下去。

越野车猛地蹿了出去。

烟雾开始消散,视野逐渐变得清晰。

子弹从四面八方飞来，到处都是敌人。

落在包围里了。

冯大刚开着越野车不断变换路线。此刻唯一要做的事情，就是不要让敌人摸准移动的方向，否则，一发炮弹就能轻易地连人带车轰成碎片。

敌人似乎仍旧想活捉他，四个机器人不断地移动堵截，想把他拦住。越野车队配合着它们，形成合围。

能够转圜的场地越来越小，他就像一头陷入笼中的困兽，正进行着徒劳的抵抗。

一切似乎正陷入绝境中。

是否该了断自己？

他仔细地分辨着从空中传来的声音。无人机群那细微但低沉的引擎声越发清晰，那一定是一大群无人机同时在飞。

只要多坚持一小会儿……他锁死方向盘，将油门轰到底，拿出同归于尽的气势向着前方的敌人冲去。

密集的枪弹落在越野车上，一瞬间，冯大刚只感到巨大的气浪从身后袭来。某颗子弹引爆了车子的氢电池。

冯大刚就势跳起来，翻滚在地，一个骨碌翻转一圈，起身猫着腰快步移动躲避子弹。

被气浪掀翻的越野车在地上翻滚，冯大刚跟着车跑，借以躲开敌人的围攻。他瞥了一眼天空。蔚蓝的天空中，远方已经可以见到一排银色的小点。

那是无人机战斗群！有救了！

冯大刚一阵欣喜。

越野车停止了翻滚，一个机器人从越野车顶部越过，向着冯大刚扑来。

冯大刚迎着对方跳了起来，铁拳正正地击中敌人头部。这猝不及防的打击一击奏效，一声沉闷的金属断裂声后，机器人的躯体掉落在地。

敌人并没有死，只是折断了颈骨，一时间失去了机动能力。

机器人的控制中枢并不在大脑里，而是在胸腔中。冯大刚落在机器人身旁，手指翻折，手腕间瞬时多了一样旋转钻枪，高速钻头冲着机器人的心脏部位就钻了下去。不到两秒的时间，钻头深深地钻入到机器人的胸腔内，触及那柔软脆弱的计算中枢。

机器人的身躯抖动了两下，然后彻底成了一堆废铁。

前后总共才十秒钟，冯大刚彻底杀死了一个机器人。

他抬头，两个机器人就在他的眼前，正冲上来，一群持枪的黑衣人远远地包围着他们。不用回头，他知道身后还有同样数量的敌人。

重重包围之中，他反而露出微笑。

半空里，十多架银灰色的无人机正横掠而过。猛烈的火力将冲锋的机器人打得在地上翻滚不停。

冯大刚站起身来，背靠着燃烧的越野车，冷眼观看这形势瞬间逆转的战场。所有的敌人都掉头逃命，然而却在无人机的追杀下像草一样被割倒。

一群乌合之众无法对抗真正的军事机器。

银灰色的无人机就像翩然飞翔的死亡使者，在此起彼伏的爆炸火光中穿行。

这是美军的战斗无人机群，只可能来自巴基斯坦的查莫军事基地。

美军的战斗无人机群出现在这远离基地的所在，只能说明一件事。

冯大刚向着远方望了望,那是敌人秘密基地的所在。遥远的天空中可见金属的光芒,无人机群集结成团,仿佛一团纷乱的云在山谷上空飘动。

那至少有上千架无人机,查莫的美军无人机几乎倾巢出动。

这是一场大规模的无人机集群攻击！美国政府一直宣称军事基地的存在是为了维持和平,大规模出动无人机进行轰炸行动,在战争结束后从未有过。

一定是出了什么大事!

虽然保住了命,冯大刚却格外担忧。他只希望自己能立即赶回基地,弄清究竟。

所罗门在不远处躺着,他跑过去,背起那沉重的身躯,转身就跑。

第九章　机器之门　楚南天

昏昏沉沉中，楚南天已经不知道身处何处，也不知道究竟过去了多少时间。

他只感到冷。那冷不像是逐渐被冻僵的无知觉，而是从骨头里向外浸透的寒意，将他的意识都冻得模糊。他也看不清任何东西，只能感觉到人影在身前晃动。

他有一点儿隐约的记忆。

起先，他和胡安康的头颅一起。他躺着，睁眼就能看见那头颅，泡在淡绿色的溶液里，头发飘散，微微摆动。

后来，胡安康的头颅不见了，而他还在，仍旧躺着，咳嗽，咳出很多血，高烧不断。

再后来，就只剩下一片模糊。

他觉得自己就是在等死。桑迪普所说的医生恐怕也不会有能力救他。

小六呢？小六又在哪里？他的营救行动成功了，让自己逃出了魔窟，然而如果死在这车里，恐怕也不算什么好的结果。

他想到了饶晓华。这个虚弱的女子还在那些暴徒手里，凶多吉少，令人担心。如果自己真的再也回不去了，她会原谅自己独自逃跑吗？虽然的确是形势所迫，但毕竟自己被成功营救了，而晓华却仍旧身陷囹圄。

恍惚中，他听见有人说话。说一种他不懂的语言，叽里呱啦，语速极快。

他被人抬了起来，送到一个光亮的地方。

明亮的光让他感到几分温暖。

“我要走了。”有人在向他说话。

是桑迪普。

楚南天努力睁开眼睛，桑迪普高大的身躯就在眼前，灯光明亮，让他看上去像是一个剪影。

“小六说他会找人来接你。”

楚南天无力回话，只能微微点头。他很想问一句，自己究竟到了哪里，然而微微一牵扯，胸腔内就像火烧般疼痛，于是只能睁眼看着，眨了眨眼。

桑迪普伸手握住楚南天的手。

桑迪普的手冰冷而生硬。他轻轻捏了捏楚南天的手，便松开了。

沉重的脚步声消失在门外。

一些人开始搬动自己的身体，针头扎入皮肉，带来迟钝的痛感。某种温暖的药液正汩汩流入血管，把暖意带到整个身体内。

这让他多少恢复了一点儿元气。

“我在哪里？”他挣扎着问了一句。

“医院。”有人回答。那是生硬的汉语，像是直着舌头的人在说话。

楚南天扭头望去，两个身穿白大褂的男人正站在床前，一个用探雷器般的仪器在自己身上到处探照，另一个则看着电脑屏幕。他们的皮肤黝黑,像是印度人。

“我得的是什么病?”楚南天问。

“感染,肺部炎症。”手持“探雷器”的男子面无表情地回答。

过了一小会儿,男子收起“探雷器”,又用楚南天不懂的语言和伙伴交谈几句,就走出了房门。

正在看电脑的男子身边有一部手机响了起来。男子拿起手机,说了几句,接着站起身,把手机贴在楚南天耳边。

“楚南天,我是小六。现在能说话吗?”耳边响起了小六的声音。

“小六,我感觉很难受,像是要死了。”楚南天有气无力地回答,“如果我真的死了,能想办法把饶晓华救出来吗?她已经吓坏了。”

电话里小六迟疑了一下,“我尽力。但是我们要先解决你的问题。”

楚南天默不作声。

“你的肺部感染已经很严重,随时可能危及心脏,唯一的办法,是给你换上人工肺和人工心脏。”

小六话音刚落,楚南天叫了起来:“不行!”顿时肺部一阵牵扯,剧烈的疼痛让他缩起身子。

“我知道这对你是一个很难接受的事,但是这是唯一一个能让你活下去的办法。”小六继续说,“我很抱歉,但是这样的结果可能是最好的结果。”

楚南天抬眼看了看眼前的印度人,“我要回北京。”他尽量保持平静,只有北京才有足够好的医疗条件,他无法相信眼前的印度人有能力保护他的身体。

“你的病情我已经请张瑞仁先生看过了,他是全中国最好的胸外科专家,他也建议更换人工肺。智能辅助治疗也给出了同样的诊断。”

“然后我从此就要背着气囊生活?”

“没那么糟糕,你可以使用鸟肺的最新型号,装在胸腔里,和正常人一样。从氧气交换律来说,比正常人还要好。”

“鸟肺?你是说双重呼吸肺?”

“是的,仿生双重呼吸肺,像鸟一样,吸气和呼气的时候,都可以进行血氧交换。现代技术不会让你感到异样,只会让你觉得活力十足、头脑清晰。而且和人工心脏一起更换,你会有一个更强壮的身体。”

“你想把我的身体换成机器……”楚南天苦笑,虽然身体羸弱不堪,他的思维仍旧清晰。他太熟悉人体机器化的过程了,先是肢体手脚,那些手脚伤残的人自然希望能和正常人一样生活,哪怕是肢体健全的人,也会觉得有一双无所不能的手会让生活更美好;心脏和肺则是第二个指向的目标,同样,开始的时候也是为了免除病痛,人工心脏蓬勃发展,以至于效能比人体自身的心脏更完美,安装了人工心脏的运动员,能跑出惊人的成绩,对于占了人口绝大多数的久坐人群来说,健全的心肺功能不需要艰苦的锻炼来获得,这是一种多么难于拒绝的诱惑;所谓的鸟肺,最早也是为了提高运动员的血氧能力而开发出来,后来则成了普通的置换器官……无害而又能强壮人体,何乐而不为呢?

然而,一切事物都有底线。人之所以为人,一个肉体的身躯是前提,改造一旦开始,就无法停止。

楚南天之所以支持“人类日”运动,原因就在这里。

“我知道你是人类日运动的同情者,也绝不会喜欢把躯体更换成机器模块,但是,这是你活下去的唯一希望。如果不做手术,很可能十六个小时内,炎症就会扩散到心脏。那时如果还不能做手术，就只能整体更换躯体。如果你拒绝一切，那么最多还能活两天，然后死于衰竭和各种并发症。这是性命攸关的事。”

小六试图说服楚南天。

楚南天口干舌燥。

“这是一个医学问题，不是政治问题。”小六又说。

“让我考虑一下。”楚南天终于回答。

“想想人类日的支持者，想想你的支持者，他们正在失去最后的机会，战争已经在美国爆发了，中东那边乱成了一团，东亚的平静很快也会被打破。这是战争，很多人会死。”

“战争，什么战争？”楚南天警觉地问。

“你昏迷到现在，世界已经不同了，美国向机器联盟正式宣战——其实是应战。有一支机器装甲部队在佛罗里达登陆，横扫美国东南，摧毁了纽约。”

“不可能！”楚南天情不自禁地脱口而出。

“这就是事实。”小六的语调变得严肃，“死亡最多的是那些没有经历改造的人类，他们最脆弱，其中多数人都是人类日的忠实支持者。以血肉之躯和钢铁之躯对抗，结局显而易见。美国国会通过了紧急法案，宣布政府可以对现役士兵进行躯体改造，只是必须保留人格完整性。这和你的身体一样，为了活下去，你必须接受手术，移植一套新的心肺。”

美国通过了改造法案。楚南天默默消化着这个事实，人体改造法案是一场旷日持久的拉锯战，美国人为此耗费了大量的金钱与时间，自从人类日活动崛起，法案中关于人体改造合法化的争议更为激烈，支持者从未放弃闯关，却一次又一次搁浅。楚南天关注这个话题五年，认为改造法案在三十年之内不会有通过的可能性，然而，美国却彻底转向了。

如果爆发一场和机器联盟之间的战争,那么一切都有可能。战争再也不能允许冗长的辩论和投票。

“你帮我,是为什么?”楚南天问。

“第一,我们是朋友,我非常欣赏你的独立人格和科学精神;第二,我们需要你的影响力来减少阻力。我们有个紧急计划。”

“什么计划?”

“这说来话长,现在首先要解决的问题是你必须活下去。医生已经等了很久了,订购的鸟肺已经送到,你要先进行手术。”

楚南天正想说些什么,小六打断了他,“这是有史以来最大的新闻,难道你不想去揭开秘密?谁在背后发动了战争?战争的走势会如何?谁来帮助那些弱小的人在残酷惨烈的战争中生存下去?这会是最后一场世界大战吗?”

小六连珠炮般的问题让楚南天哑口无言。是的,他确实会有同样的疑问,这是记者的职业敏感,也是他的天性。

胸部的灼痛感传来,让他的脸皱缩起来。

“想想你的女朋友,她还在等着你去救她。”小六最后加上一句。

无论是为了免除病痛还是为了在纷乱的世界上寻找真相,或者就是为了去救晓华,他都需要接受这个手术。

他还有更多的疑问要解开:那隐藏在阿富汗高原山谷中的基地究竟包藏着怎样的秘密?中国政府能不能采取行动?饶晓华是不是能够平安脱险?他不想把一切疑问都抛到无边的静默中去。

如果小六要求医生强行给他做手术,他也毫无抵抗之力。争取他的同意,这是小六的善意。

楚南天张了张嘴,疼得什么都没有说出来,他缓了缓劲,最后轻轻地吐出一句:“好吧!”

“好,你同意就好,剩下的一切我们都会安排妥当。”小六的语气显然轻松下来,“让医生接电话吧,我会把一切都安排妥当的。”

楚南天微微扭头,看着身旁的印度医生,和小六通话的十多分钟里,他一直一动不动地站着,帮楚南天拿着手机。楚南天向他微微点头示意,又轻轻说了声“谢谢”。

印度医生拿起手机,说了几句之后挂掉了电话。他走到门边,喊了几句。

门外推进来一辆手术车,和楚南天的病床并排放着,印度医生走上来,向着楚南天微笑,“不会有事的,一会儿就好。”他说了一句英文,虽然带着浓重的口音,楚南天还是听懂了,报以微笑。

一个略带酒精气息的面罩盖住了楚南天的口鼻。

强烈的困倦感袭来,楚南天不由自主缓缓地闭上眼睛。

一切都像是要浸没在黑暗之中,然而楚南天强烈地意识到,再次醒来的时候,自己就成了一个不同的人。

恍惚中,门打开,他被推出门。

然后,一切没入黑暗。

第十章　猎豹突袭　冯大刚

阴差阳错，居然是美国人救了自己。

当大规模集群的死神无人机在机器人堡垒上方来回轰炸、扫荡一切的时候，冯大刚没有犹豫，立即开始撤离。

他背着所罗门躲进山里，把所罗门隐蔽在树丛中，用枝叶盖好。

如果所罗门还活着，那么过几个小时，他的机器躯体自然会唤醒他。如果所罗门已经死了，那么这树丛就是他的掩埋地。

要抓紧时间撤退。

一周的时间，冯大刚不断翻山越岭，东躲西藏，尽量隐匿行踪。最后，他攀缘两座山峰，绕过边界隘口，回到了中国境内。再向前一小段，就是一八七九部队的接应点，到那儿他就彻底安全了。冯大刚的心终于平静下来。

然而，他没有想到自己居然在中国境内被偷袭。

他从峭壁上跃下，刚落地，一张巨大的带电钢索网就从天而降，瞬间就让他丧失了抵抗力。他甚至连发动偷袭的人是谁也没有看清楚。

躯体自动隔离了中枢神经，保护他的大脑。

这是一个陷阱。无论那偷袭者是谁，他们一定预先知道了自己的撤退路线，并且设置了伏击的陷阱。

知道自己撤退路线的人，只能来自猎豹旅内部。

然而……冯大刚想到了那个神秘的小六。

这个世界上没有所谓绝对安全的信息，有那么一群人总是会利用系统的漏洞窥探不该知道的东西。

或许情报并不是从猎豹旅内部泄露出去，而是有人攻陷了军队的情报系统……

冯大刚的思绪渐渐变得飘忽起来。

一切的感官输入都被切断，这不是一种愉快的体验。这像是被人突然抓起来关入了小黑屋。

意识仍旧清醒，然而当身体失去控制的时候，清醒的意识并不是什么好事。

冯大刚很快意识到了这一点，因为他发现自己正在做梦。

他正在一个山谷里，山谷里飘着各式各样的武器，他伸手去抓，武器碰触到他的手指，就像气泡一样破灭，消失得无影无踪。

山谷是黄色的，鲜艳的黄色，像是沙漠的颜色，又像是涂鸦。

天空是蓝色的。

忽然间，天空倒了过来。天在下，黄色的山谷在上。蓝色的天化作了海。海水碧波荡漾。

黄色的沙仿佛雨一样淅淅沥沥地落下来。落在海上，堆积起来，成了沙滩。

冯大刚发现自己正在沙滩上行走，一个男孩，背向着他，正玩着沙子。

男孩修起了城堡，城堡就像吹气一般膨胀，成了真正的沙堡。男孩站在堡垒的大门边，他的身体也开始生长，很快，就成了成人的模样。

男孩转过脸来，向着他。巨大的面孔和冯大刚的脸一模一样。

“爸爸！”他听见了男孩的呼唤。

沙堡中，一只巨大的红壳螃蟹爬了出来，螃蟹有半人高，巨大的螯爪举起来高过人的头顶。它伸着螯钳，向着男孩的头颅而去。男孩兀自不觉，仍旧向着他灿烂地笑着。

当心！冯大刚想发声示警，却一个字也喊不出来。

只是一个噩梦！他不断地告诉自己，然而眼前的一切栩栩如生，又哪能分得清是真是假。

他陷落在自己头脑的幻象中，根本无法醒来。

猛然间，男孩发出了一声惨叫。冯大刚心中焦急，急急地向前扑去，想挡住那只螃蟹。

猛烈的闪光让他觉得两眼生疼。

大螃蟹化成了装甲车，装甲车就像有了生命一般，不断分裂，一辆化作两辆，两辆化作四辆……片刻之间，仿佛整个世界都是装甲车，向着他挤压过来，逃无可逃。

挤成一团的装甲车几乎将他压扁，它们彼此间也相互挤压，最后没了形状，成了黏糊糊的液体。液体向着整个世界荡漾开来，仿佛吞噬天地的汪洋大海。冯大刚就像被人摁着头浸没水中，他甚至有了窒息感——自从将躯体更替为机器，他根本就不需要呼吸。然而，他的大脑仍旧能回忆起那种感觉。

他想起了自己是怎么死的。

是的，他曾经被人溺毙。不幸中的万幸，他并没有死透，赶来的伙伴将他放进了速冻舱，保住了他的大脑。然后，他就成了一名真正的钢铁战士。从鬼门关上捡回一条命，这让他比常人更坚决果断。死过一次的人总会显得不一样。

忽然间，周围的一切碎裂成为极小极小的黑点，每一个黑点就像是有知觉的生命，彼此间追逐、融合、分离、又融合。整个世界因为小黑点的聚合而拼凑成一个整体，又因为它们的分离而变得支离破碎。这是一个万花筒般的世界，带着某种几何的规律，变化纷繁。冯大刚只觉得自己的脑袋快要爆炸。

他第一次认识到，生活在梦中是多么可怕，把梦忘掉才能保护头脑。这或许就是为什么人们醒过来以后就永远忘记了那些光怪陆离的世界的原因。

然而，他无法醒过来。

他突然有一种强烈的冲动，只要能够出去，重新恢复知觉，他愿意付出任何代价。

然而，他连这个代价都无法给出去。

只有来自外部的重启才能拯救他。按照设计标准，躯体和中枢神经隔离之后两个小时，如果没有外部的威胁，那些负责连接中枢神经的纳米机会重新触发。

只有那时他才能得到解脱。

冯大刚苦苦煎熬，等待着那个时刻。

各式各样的幻觉无穷无尽。

忽然间，似乎从宇宙中透出一道光，扫过整个世界，那些似乎真实的影像，就像阳光下的露水般消失得无影无踪。

真实的世界在冯大刚的意识中苏醒过来。

这真是太好了！

他怀着死而复生的欣喜四下打量。

他被囚禁在一个笼子里，胳膊粗细的金属条围出一个两平方米见方的面积，栅栏条之间空隙狭窄，只能勉强探进去手指。笼子很小，也很低矮，只能蜷起身体蹲着或者坐着。他靠着栅栏尽量坐直身体。

冯大刚开始检查身体。

身体各部分机能正常，只是金属的囚笼隔绝了所有通信频段，他无法探察到笼子之外的任何情况。

好在还可以看见外边的情形。

他正在一辆车上，车厢露天敞着，天气晴朗，碧空如洗。路旁是一丛丛灌木，灰褐的色彩散布在黄色的沙地上。他们正在沙漠边缘的稀疏灌木地带移动。

这儿应该仍旧是在塔克拉玛干边缘。冯大刚推断。

他打开胳膊上的小舱，舱里还剩着两只红蝇。一旦红蝇飞出笼子，他就再也无法和它联系，除非它回到笼子里来。他开始给红蝇编辑指令，要求这个小东西探察周围的情况之后带着记录回到笼子里。这似乎是一件难以完成的任务，冯大刚尝试了十多分钟，放弃了。这些小型侦察器还没有达到这样的智能水平。

见机行事吧，这些偷袭者总会把自己从笼子里放出来。

忽然间，一辆装甲车进入了冯大刚的视野。那是一辆轮式装甲，躯体庞大，粗大的炮管令人生畏。冯大刚认识这种自行装甲火炮，在一八七九部队里，有许多这种类型的自行火炮。出发营救楚南天之前，他还曾在选择搬山工山地机器人还是选这种轮式自行装甲火炮之间犹豫，它的平地转移速度和炮火强度都是搬山工不能相比的。虽然在最后分析了地形情报后，他选择了搬山工，但这种被称为“钢铁龙”的自行火炮给他留下了极其深刻的印象。

冯大刚挤到栅栏前，想看得清楚些。

没错，真的是“钢铁龙”，他甚至看清了侧面的编号，XT699。

冯大刚暗暗心惊。

XT699正符合一八七九部队的编号规则。

如果真的是一八七九部队的战斗机器人绑架了自己，那么事情就真的糟了！

突然间，XT699调转了炮口，砰的一声，炮口闪过一道火光。

几乎与此同时，XT699也被击中，整个车身一跳，抖动了两下。

是伏击！冯大刚立即伏下身子，降低重心，完全进入防卫状态。虽然在笼子里出不去，但只要有一丝机会，他就要从笼子里跳出。

外边的战斗激烈而短暂。不过短短五六分钟，战斗已经结束。

载着冯大刚的车子停了下来。冯大刚仍旧伏着身子，等待着任何稍纵即逝的机会。

笼子果然被打开了。冯大刚猛地跳起，撞开笼顶，一纵身蹿了出去。

“少校，是我！”站在笼边的人高声叫道。

脱笼而出的一瞬间，冯大刚已经看清了来人，那是被戏称为“耗子”的朱永浩。

是猎豹旅的兄弟们来了。

冯大刚放下心来，“你怎么在这里？还有谁？”他问“耗子”。

“我们五个人，鹰眼、老沙……”“耗子”还没说完，冯大刚就觉察到了异样，一把将“耗子”推开。然而太迟了，一颗子弹击中了“耗子”。这是一颗大威力的破甲弹，直接穿入“耗子”的身体。

“耗子”的整个身子突然僵直地挺起来，两眼圆睁，两只手臂不自然地挥动，最后重重地倒下去。

冯大刚顾不上查看“耗子”的情况，子弹是从XT699那儿射来的，他跳下车子，向着XT699冲过去，为了躲避可能的攻击，他扭曲蛇行，又滚又跳。

坚实的XT699被击毁成了一堆钢铁垃圾。表面的钢甲上伤痕累累，还有几处破甲弹造成的孔洞。

躲藏在XT699后边的偷袭者暴露了真面目，那是一个中型机器人，型号老旧，似乎并不是战斗型。它手中端着一把乌黑的大号狙击步枪，显然就是这把步枪射杀了“耗子”。

机器人见到冯大刚冲过来，丢掉狙击枪，从身侧取出一把微型冲锋枪。轻微的嗒嗒声连续不断，一梭子弹在冯大刚身前身后激起尘土飞扬。几发子弹击中了冯大刚，这种小型武器的子弹威力没有那么凶猛，在他的钢甲上一滑而过，只划出几道浅浅的痕迹。

没等冯大刚冲到敌人跟前，远处的灌木丛里射出一道火光，正正地击中了那个老旧的机器人，将它的一条胳膊直接炸飞。

紧接着又是一道火光，这一次破坏更为巨大，将机器人的身子拦腰打成两截。

那是鹰眼和老沙。

冯大刚转眼到了被击毁的机器人身旁，机器人的头颅还没有完全失去动静，两只眼睛不停地眨着，剩下的一只胳膊盲目地弯曲扭动，就像没有眼睛的蚯蚓。

冯大刚将机器人的残躯拖到XT699旁，面向着鹰眼、老沙隐蔽的灌木丛，背靠着XT699。这样XT699正好可以作为屏障，隔绝任何来自车队方向的偷袭。

他快速蹲下身子，从手指间伸出探针。银色的探针刺入机器人的眼中，很快，他就找到了连接在眼感受器后边的逻辑回路。是的，这是一个老旧的机器人，陈旧到它的躯体内只有固定回路，而不像新时代的机器人，由纳米机不断地修复重构逻辑回路。但是它的逻辑回路经过了改造，可以和无所不在的纳米机进行通信交流。

就在发动偷袭的前一刻，它只是随着XT699行动的维护机器人，然而某种外来的力量改变了它。

冯大刚找到了指令的残余。那是一段精巧的代码，通过未知的方式进入了机器人的躯体，修改了它的逻辑回路。于是它变成了一个精准无比的狙击手，一枪击中“耗子”的大脑——对于一个全身改造过的战士而言，那可能是唯一的致死方法。

“少校，你的身后。‘耗子’那边有点儿不对劲。”鹰眼给他送来警告。

还有潜藏的敌人吗？

冯大刚放下机器人的残体，悄悄移动到XT699的另一侧，放出了红蝇。

细小的飞行器越过XT699，把影像送到冯大刚眼前。

冯大刚大吃一惊。

躺倒在地的“耗子”站了起来。

“是‘耗子’！他还活着。”冯大刚告诉鹰眼。

“不，不对劲，我呼叫他，他一点儿也不回应。而且我的终端信号上看不见他。”

突然间，“耗子”端起了枪，向着鹰眼、老沙隐蔽的灌木丛扫射。少数子弹打在了XT699的钢板上，当当作响。

这不是一个特种兵的射击技术，这样散乱的射击也起不到任何作用。

鹰眼那边没有回击，而是悄悄转移了位置。

“耗子”没有继续追击，而是向着XT699跑了过来。他跑步的姿势很怪，有些僵硬，就像膝盖关节失去了极大的自由度，只能小步小步地跑。

冯大刚还没想到该怎么行动。“耗子”已经跑到了XT699旁，一个跨步，爬到了XT699车上，钻进塔台里。

XT699的发动机轰鸣起来。

这个死而复生的“耗子”要启动这台火炮来进行打击。冯大刚翻到了车顶上。装甲炮台快速转动，寻找着目标。

“‘耗子’，是我！”冯大刚叫着他的名字。

“耗子”显然已经不认得冯大刚。他面无表情地按下了发射钮，砰的一声，远方随即腾起一团青烟。

冯大刚跳下去，一把抓住“耗子”的手，将他控制住。

“耗子”使劲挣扎，然而并不是冯大刚的对手，被冯大刚死死地摁着。

突然间，“耗子”停止了挣扎。他的眼睛现出一丝绿光。

冯大刚意识到大事不妙，立即松开“耗子”，使劲跳了起来，抓住炮台上的扶手，用力把自己拉出去，重重地摔在炮台上。

一团火光从控制舱里冲天而起，几乎将冯大刚的整个脑袋削掉。灼热的高温点着了他的头发，头发和头皮转眼间烧得一干二净，露出里边铮亮的金属，映着红色的火光。

“少校，没事吧？”鹰眼焦急地问。

车内的爆炸平息了。

“我没事。”冯大刚沉郁地说。他探出头去，查看驾驶舱的情况。

“耗子”的尸体从胸部炸开，成了一具残破的焦尸。

他启动了自毁程序，引爆了体内的电池。

爆炸的并不是“耗子”，而是占据了“耗子”尸体的某个神秘力量。真正的“耗子”在被那一发子弹击中的时候就已经死了吧……

冯大刚仰面朝天躺了下来。“耗子”是为了救他而死的，然而，他再也帮不了这个兄弟了。

天空一碧如洗。

“少校，我们要赶紧撤退。敌人的增援大约还有六分钟就能赶到。”鹰眼提醒他。

冯大刚一刹那恢复到精神抖擞的状态，翻身从XT699上落下，向着鹰眼靠拢。

他很快见到了两个战友，鹰眼和老沙。见到冯大刚，他们丝毫没有分神，仍旧警惕地警戒着那已经被他们打得稀烂的车队。

冯大刚也并不言语，只是在他们身边伏下，准备跟随他们一道行动。

“大牛，大牛，掩护我们撤离。”鹰眼呼叫大牛。

得到大牛的回复，三个人快速低姿态在灌木丛间移动，脱离战场。

跑出五百米之后，他们和大牛会合。

狂奔两千米之后，他们跳上了等待多时的风火轮直升机。

直升机紧贴着沙漠飞行，扬起漫天沙尘，就像一匹狂野的奔马，向着沙漠腹地而去。

直升机逐渐抬升高度，最后离地一百米稳定飞行。

终于脱离险境。

“你们怎么会在这里？”冯大刚问。

“江头派我们来接应你。”鹰眼回答。

“我怎么会被袭击？你们又怎么准备营救计划？”

“一八七九部队被敌人控制了，但是我们还能得到一些它们的内部情报。江头得到他们要伏击你的情报，就派我们出来。”

冯大刚有些不敢相信自己的耳朵，一八七九部队被敌人控制，那意味着中国对整个西部地区的控制都发生了动摇。

“沙暴旅呢?”

机舱里的气氛顿时一冷。四个人谁都没有开口。

最后,鹰眼回答:“一八七九那群混蛋突然攻击,沙暴旅被它们包围,全军覆没。”

冯大刚心头一凉。他想起美军无人机对那深山基地的狂轰滥炸,全球到处都是机器人的部队,如果连一八七九这样的精锐部队都被机器联盟控制,那么在美国,一定也发生了类似的事,轰炸是美军采取的报复措施。

他想起了被神秘力量控制的“耗子”。它们能够控制死去的“耗子”的躯体,也许它们能够控制一切智能机器。全球有太多的机器人和智能机器,战争以这样的形式突然爆发,对任何一个政府都是灭顶之灾。

“其他地方有异常吗?”

“目前还没有。”

“战线到哪里了?”

“没有战线,一八七九部队打到哪里算是哪里。事情发生了快一星期,两天前,它们突袭了西安,打得很惨烈,后来虽然被打退,但其实它们是主动撤退的。它们可没有核武器,但如果有核武器,它们也一定会用。似乎这些机器唯一的目的就是杀人。”

冯大刚沉默下来。

一个星期……这正是他完成任务撤退逃亡的时间。

“美国那边是不是也出事了?”

“他们那边更惨,据说纽约被屠城了。”老沙回答。

从接受任务到现在不过两个星球,世界整个都翻了过来。世界大战已经爆发了,只不过这一次,敌对双方和历史上任何一次都不一样。这是一场全球政府和一个完全不是政府的组织进行的对抗。

半晌之后,冯大刚问:“我们回基地吗?”

“江头说直接带你去兰州,旅部在那里。”

冯大刚默默点头。

军人为战争而生,这该是军人大显身手的时候。

然而他想起了那个在沙滩上筑碉堡的小男孩,心头却有一丝不祥的感觉。

第十一章　战争机器　冯大刚

军队在行动，民众在撤离，预备役在进行总动员。

兰州的街道上极其空旷，除了疾驰而过的军车，几乎看不见一个闲人。大规模的撤离进行了一个星期，高速铁路系统卓有成效地将人群送到后方的安全地带。所谓安全地带，也就是距离大群的机器军团远一点儿，全国各地都有机器人暴乱，哪里都不安全，但总比前线要好些。

路边现出一群人，正沿着街边走着。看见军车，他们闪在一旁，目送军车通过。人群中有几个孩子，冯大刚的视线和一个孩子相碰，彼此对视着，直到军车把人群甩在后边。

这孩子让冯大刚想起了自己的儿子。他应该被接到了北京，在一个安全的地方吧。

按照承诺，他应该带着儿子在永暑岛度假，在南海最漂亮的沙滩上捉螃蟹、搭沙堡。战争开始，一切都被无限期拖延，也不知道什么时候才能兑现这承诺。

谁也不知道战争何时才能结束。

“少校，我们到了！”鹰眼的声音让冯大刚从恍惚中清醒过来。

他一步跨下车，站在了街上。

整个街区被封闭隔离，一面巨大的猎豹旅战旗悬挂在街边的高楼上。旗帜上奔跑的金色猎豹图样在阳光的照射下似乎在发光。楼顶上，两门203自动火炮露出乌黑的炮管，指向蓝天。天空中，一架雷暴无人机恰好呼啸而过。

冯大刚整了整衣角，向着战旗下的大门走去。

玻璃门自动打开。

一个参谋向着冯大刚走来，敬了一个军礼，“少校，将军正在等您。请跟我来。”

冯大刚回礼致敬。参谋转身带路，他并没有打开电梯，而是推开了一旁不起眼的一扇小门，“少校，请进。”

一道长长的阶梯通向地下，拐一个弯，并不通向建筑内部，而是指向外部。

地面的建筑只不过是一个掩护，真正的指挥部在深深的地下，远远地离开这座建筑物。

冯大刚沿着阶梯向下走。身后传来一声沉闷的关门响声，逼仄的通道里顿时只剩下昏暗的灯光。

参谋并没有跟来。

冯大刚泰然自若，继续沿着阶梯向下走。一直走了大约五分钟，连续转过三个弯之后，眼前豁然一亮，一部电梯出现在眼前。

电梯前有两个荷枪实弹的站岗士兵，见到冯大刚，示意他站住。一个士兵警戒，另一个士兵上来搜检。

远离基地，在这临时的指挥所里，安全检查的流程也只能人工完成。

士兵搜身完毕，示意冯大刚可以通过。冯大刚抬脚正想跨进电梯，整个地面突然剧烈震动。

惊慌中，两个士兵紧紧贴在墙上。

冯大刚稳稳地站着。

震动很快平息下来,系统显示一切正常。

冯大刚正想继续向电梯里走,一阵更强烈的震动传来。电梯上方似乎失去了依附,内厢剧烈震动,开始下落,和外壁碰撞,发出刺耳的金属刮擦声。最后哐啷一声,重重地落地。

警报声灌满了通道。

一声爆炸传来,似乎来自电梯井下方。

依稀有突击步枪的响声。

冯大刚心头一沉。这是针对指挥部的偷袭,敌人用某种方式潜了进来。

他用力拉开电梯门。

向下一望,只见下落的电梯摔在底部,烟尘漂浮。

大约十五米的高度。

他径直跳了下去,"咚"的一声,落在电梯内厢的顶上。

枪声!没错,指挥部里正在激战。

冯大刚很快从电梯里脱身,进入了指挥所。随身没有任何武器,冯大刚却并不惊慌。

他的身体就是武器。

他伏低身子,尽量避开流弹,一边努力观察周围情况,很快就摸清了状况。两个小型机器从墙体上炸开的孔洞中钻了进来,大开杀戒,指挥所里的军官们乱作一团,谁也没有想到竟然会遇上这样的事。

冯大刚悄悄地向着一个小机器靠拢。它就像一只仅有四条腿的螃蟹,在地面上灵活地爬行,躯体前部装着两支小口径的机枪,不断四下射击。射出的子弹带着轻微的噗噗声,似乎威力并不大,然而一撞击硬物,就剧烈爆炸,熊熊燃烧。

这“螃蟹”发现了冯大刚,向着冯大刚接连发射了几发子弹。

子弹烧着了冯大刚的衣物,让他看上去像个火人。然而,他丝毫没有躲避,猛地扑了上去,将那机器抓在手里,用力一捏,顿时让它变成了一团铁块。

另一只小机器觉察到了冯大刚的威胁。一边快速远离,一边向着他开火。这一只小机器人发射的是破甲弹,几发打在冯大刚的胳膊上、胸口上,留下几个深浅不一的浅坑。还好这些小口径子弹威力有限。

冯大刚快速地跑过去,一脚将小机器踢得飞起来,撞在墙上,掉落下来,翻了个个。不等它翻身,冯大刚一脚踩上去,使劲一踯,小机器顿时没了声响。

指挥室里安静下来。

冯大刚四下张望,几个被击中的参谋倒在一旁,地上到处都是血,空气中弥漫着皮肉烧焦的臭味。

见到冯大刚解决了入侵者,没有受伤的两个参谋赶紧跑过去查看伤者的伤势。

“将军呢?”冯大刚问。他没有看见江头。

“将军在内室。”一个参谋告诉他。

话音刚落,一旁的门唰一声打开。

江头走了出来,身后跟着三个人。

“将军!”冯大刚立正,敬了个军礼。

指挥室另一侧的门打开了,一队士兵冲了进来。他们是接到警报后赶来支援的。

江头阴沉着脸,挥了挥手,问道:“地面上的情况都控制了?”

“报告将军,我们击落了潜入的敌小型低空运输机,型号不详。空中警戒没有发现其他迹象;地面上也没有其他敌人行动的迹象。”一个士兵报告道。

江头剑眉一扬，“型号不详？”

“没有完全匹配的机型，但和信天翁运输机有百分之八十的相似度。”

江头挥手示意汇报的士兵退下。

他的视线转移到冯大刚身上。

“将军！”冯大刚立正敬礼。

江头回敬军礼，随后一摆头，示意冯大刚跟着自己。

冯大刚跟着江头进了内室。

厚重的铅门关上。

“你去营救楚南天的情况，我要听一遍汇报。”江头一边说，一边在椅子上坐下。

内室是一个全金属的舱室，亮银色的金属由铆钉直接拼接起来，有些像简陋的太空舱。空间并不大，摆着一张四米长、两米宽的桌子和十来把椅了，就显得有些拥挤。

两个参谋正坐在办公桌的一端，关注着眼前的屏幕。见到冯大刚进来，抬头看了看，又低头继续工作。

冯大刚将自己出发之后的经历叙述一遍，如何得到沙暴旅的协助，如何从一八七九部队里挑选了合适的机器人助手，如何潜伏，如何侦察，如何潜入，如何逃脱……他特别提到小六，这个神秘莫测的人物本不在计划之中，然而如果不是小六的帮助，这场营救行动根本不会有结果。

汇报完毕，冯大刚笔直地站立着，等待指示。

江头沉吟着，双手十指绞在一起，托着下巴。

“追击你的到底是什么型号的机器人？”片刻过后，江头问。

“我不确定。从它们的形态看，如果不是T2000，那么也接近

T2000的技术水平，我们部队里没有这种类型。”冯大刚回答。T2000是美军开发的战场机器人，形态类似于人的骷髅骨架。在全球政府禁止继续生产这种武装机器人之前，美国的雷神公司曾经大量生产，并且把它的各种不同版本卖到了全世界。

“你确定它们是机器人？”江头追问。

冯大刚明白江头的意思。一个人形的机器人，更有可能是一个接受了机器躯体的人类，而不是真正的机器人。两者的区别就在于是否保留了人的大脑作为躯体的意识中枢。

“它们确实是机器。”冯大刚非常确信。身体的形态可以伪装，对于一个人类来说，如果想要一个骷髅骨架的机器躯体也并非不可以，某些重口味的改造者的确以骷髅骨架的形态示人。然而，当他用高速钻头刺透那个敌人的胸腔，他确信自己毁掉了一块坚硬的芯片，而不是一个柔软的心脏。

江头缓缓点了点头，说道：“形势很严峻！”

冯大刚有很多疑问，然而他并不开口。如果有必要，江头会将一切都告诉自己。如果不必要知道，自己只需要执行军人的职责。

江头眉头微蹙。

“你的孩子已经被带到北京了。”江头突然转移了话题。

“他在哪里？”冯大刚不禁问道。

“他被很好地保护起来，比我们更安全。你上次见到的两个人是安全局的一级警司，直属最高领导。你孩子的安全只是小事。但是他们告诉我，他其实不是你的孩子。”

冯大刚立正，敬礼，“他叫冯汉杰，正是我的儿子。”

“但他是一个机器人，而且身份非法。”

冯大刚默然不语。是的，冯汉杰的确是一个机器人，而且是一个类人机器人，永远保持十岁的模样。某个有钱的家庭定制了他，然后又抛弃了他。冯大刚第一次见到他的时候，这小家伙正被一群捡垃圾的人殴打，几乎就要报废。冯大刚救下了他，并且找到朋友帮忙重新设置了他的记忆。从此之后，他们父子在一起快乐地生活了六年。他几乎已经忘了自己的孩子其实是个机器人。

“没关系，这件事我已经帮你搞定了。”江头见冯大刚不言语，忙宽慰他，“特批了你的机器人监护权和他的合法身份。”

冯大刚又敬了一个礼，“多谢将军！”

“这个你不用想太多，我们要仔细谈谈当前的局势。”江头示意冯大刚在一张椅子上坐下。

“你刚才看到了，指挥部也不安全。机器联盟的情报比我们更发达，这几天我们换了三个地下指挥所，它们还是能找上门来，而且神不知鬼不觉地躲过我们的警戒线。原因也很简单，中央情报局估计全球百分之五十到百分之七十的军事侦察卫星和通信卫星都已经被机器联盟渗透。我们的行动在它们眼里差不多是透明的。”江头一边说，一边用双眼盯着冯人刚。

冯大刚正视着江头的眼睛。他能猜到江头想说什么，江头这样郑重其事地和他说话，总是意味着同一件事：秘密行动。

“我们和美国人进行了情报交换，他们从前就对喀布尔山区的秘密基地有所觉察，而且进行了详细的外部侦察。他们现在给我们情报，是有所求。”

“你指的是我执行任务的那个基地吗？那个基地已经被美军无人机摧毁了。”冯大刚回应。他清楚地记得自己已经把美军无人机的轰炸报告给了江头。

“是那个基地。但是它没有被摧毁，现在我们认定它是最大的威胁。”

“这不可能，我看见美军的无人机群轰炸它……”冯大刚提出反驳，然而马上意识到自己犯下了错误。是的，他的确目睹了无人机群轰炸那个山谷，然而并没有目睹基地被摧毁。他只是假设那个基地被摧毁了。

他自觉地闭上了嘴。

“这就是最糟糕的地方，”江头毫无笑意地牵动嘴角，露出一个冷笑，“美国人的无人机群没有摧毁它，相反，这群无人机被它们控制了。现在，中亚地区最庞大的无人机集群随时可能出现在我们的阵地上。”

冯大刚不动声色，心底却暗暗吃惊。那么庞大的无人机群竟然会被机器联盟控制，那几乎是美军在中亚一半的军事力量，打击力量让人不寒而栗！

“现在我们的无人机也不敢轻易出动，安全局的技术专家正对所有的无人机进行链路升级，确保它们不会被轻易感染。

“还有个消息更糟糕，分别驻扎在佛罗里达迈阿密基地和波士顿郊区的两个机器步兵师突然哗变，它们在南北两个方向同时发起进攻，横扫美国东部，直接毁灭了纽约、费城、华盛顿，然后它们占据了朴茨茅斯自动工厂，虽然没有直接的情报确认它们到底在工厂里做什么，但可以想象，它们在自我生产。

“虽然我们的机器人制式和美军不一样，但为了防止万一，军委一接到情报就下达命令，所有的全自动机器人临时退出现役。但是太迟了，一八七九部队失去了控制，成了我们的敌人。”

江头说完默默地看着冯大刚。

沉默半晌之后，江头再次开口：“我们所面对的敌人比从前的任何敌人要危险一百倍。世界都已经被它占据了一大半，而我们连它们到底是怎么样的一种组织、有什么样的诉求都不知道。”

“将军，请指示任务！”冯大刚身子一挺，朗声说道。

江头看着冯大刚，突然叹了口气，“只有再让你冒一次险，也没有人比你更合适了。”

冯大刚用坚定的眼神看着将军。

“军委会的文件已经下达，你的军衔提拔为上校，对任务负总责。”

“坚决执行任务！”冯大刚响亮地表明态度。

“好！这是小六的计划，你来看……”江头一边说着，一边示意参谋升起屏幕投影。

“小六？他到底是谁？您也收到了小六的讯息吗？”冯大刚狐疑地问道。小六在他的行动中突然出现，就像一个神出鬼没的幽灵，他确信那一定是一个大有来头的人物，然而当这个名字从将军口中说出来，他还是感到困惑。这个神秘的小六究竟是什么来路？

“我不知道他是谁，和你一样很惊讶，”江头似乎看透了冯大刚的想法，“但是他的消息来自脑库，我收到命令，遵照执行。”

脑库！冯大刚心头微微一颤。小六曾经说过，他是个匿名者，为脑库工作。脑库也许是中国官方机构中最神秘的组织，据说它汇聚了中国最聪明的一千个头脑，将它们连接在一起，形成这个星球上最大的大脑。过去的十几年，源自中国的科技发明层出不穷：天梯的设计方案，达莫斯方程的推演，引力场的规范计算，新型物种设计……物理的、生物的、天文的、地理的，脑库就像一个神奇的口袋，不断向外蹦出各种新鲜的主意。甚至连中国所有军事力量的布局都是出自脑库的方案。

“是脑库送出了小六的计划？”冯大刚问。

“军委会签发了命令，按照脑库的指令执行军事行动。脑库送出的指令是遵照小六的计划执行。这个小六……他竟然在我的私人邮箱里留了一封信。”江头的语气中带着一丝不甘。

军人不喜欢屈服于强者，何况这个强者的强大之处完全不同于一般的对手。

“你还是先看看这个计划。”

屏幕转到了冯大刚对面。

冯大刚默默地看着。

这是一张动态的示意图，一个红色的箭头从兰州绕过祁连山，进入蒙古境内，然后转向西方，绕过整个新疆地区，穿越俄罗斯国境直插到阿富汗。

冯大刚认得那个位置，那正是他刚脱离的神秘基地的所在。

这个计划是让他带领一支部队偷袭敌方基地。千里奔袭重兵集团，这简直是要去送死。

“将军！”冯大刚抬头看着江头，丝毫不掩饰自己的惊讶。

江头缓缓点头，“这就是计划。这是敌人的核心所在，务必要摧毁它。”

“不惜一切代价要摧毁它。”江头又补充说道。

“坚决完成任务！”冯大刚立正敬礼。

无论这个计划有多么大的风险、带着多大的荒谬，对军人来说，命令就是一切，他要以钢铁般的意志去执行它。

“出发之前，我要求见孩子一面。”冯大刚放下胳膊后提出了自己的要求。

第十二章　库拉浩劫　楚南天

身体的康复比预期要快。

不到三天,楚南天已经能够下地行走。他能够明显地感觉出胸部的异样,那里似乎是空的,然而摸上去仍旧是实实在在。他的胸骨被摘除了,复合材料替代的胸骨摸上去和真的骨头一样。印度医生的外科手艺颇为高超,伤口处理得很细致。

他的精神也日复一日地好转起来。

印度医生名叫萨迪许,医学世家,几天接触下来,楚南天逐渐和他熟络起来。萨迪许是一个很爽朗的人,一脸的大胡子,说得高兴了就喜欢不停地摸胡子。从他的嘴里,楚南天知道这是一个印度小城,叫作库拉,在喜马拉雅南麓,是旁遮普邦小有名气的医学中心,而萨迪许则是小城医学院的教授兼院长。

一个星期后,在楚南天的要求下,他终于获准在医院的花园里自由走动。

名为花园,其实连一朵花也没有,只种着一种叫不出名目的灌木,锈红的颜色,高矮大约到人的腰部。灌木丛中有蜿蜒的小径供人行走,园子的尽头是一条长廊,长廊凭空而建,视野开阔。一排洁白光滑的石头顺着长廊铺设,似乎是给看风景的人准备的坐凳。

园子里一个人也没有,异常清静。

这让楚南天感到有点儿意外,然而这正是他喜欢的情景。

他穿过灌木丛,挑了一块光滑的大石头坐了下来。

医院建在镇子的高处,一眼望下去,处处都是红色的高挑屋顶,绚烂的织锦装饰着门户,一条大路在红色屋顶之间纵贯而过,向外延伸,消失在小镇外的几个小山丘之间;再远处,是一片空阔地,都是农田,带着一些斑驳的黄色。远方则是绵延不断的山脉,层峦叠嶂。在视线的尽头,是两座巍峨的雪峰,傲然挺立于群山之上。

这充满异域特色的风景让楚南天感到神清气爽,一直以来的沉郁一扫而空。他深深呼吸,带着凉意的空气直入肺腑。他有了一个新的肺,然而就和真正的肺一样好。

也许比真正的肺更好。这里是高原,海拔超过四千米。当年飞到西藏旅行,一下飞机,强烈的高原反应很快就让他起不了床,只能躺着立即飞回北京。楚南天毫不怀疑,自己的病情恶化和桑迪普把他送到了一个海拔这么高的位置上有关系,当然桑迪普并不是存心想害死自己,他只是来找自己最放心的医生。

然而换上了这被称为"鸟肺"的双重呼吸肺和人工心脏之后,自己不但恢复了健康,而且没有一丝高原反应的征兆。

这无疑是一种高超的技术,大大增强了人体能力。就像纳米机技术可以让人们成为钢铁之躯。

楚南天下意识地摸了摸肩头。萨迪许告诉他,他的肩头属于粉碎性骨折,萨迪许使用了纳米机来修复他的骨头,言下之意,他的骨头里有一部分已经是纯粹的纳米机结构。

按照人类日运动的观点,自己已经不再是一个纯粹的人。

可无论怎么说,自己还活着,这就是最好的事。

忽然间,远方的道路尽头出现了三个小小的黑点。和一般身着黄色或红色衣裳的行人不同,那是三个纯黑的小点。它们快速地沿着道路前进,向着镇子而来。

紧跟在三个黑点之后,又出现了另三个黑色小点。

楚南天心中咯噔一声,有一丝不祥的预感。虽然距离太远,看不真切,他有强烈的直觉,那是冲着他来的。

他慌忙起身,快步走过灌木丛,去找萨迪许。

萨迪许坐在办公室里,正看一份报告,抬头见到楚南天匆忙地冲进来,放下报告,高兴地说:"楚先生,来得正好,你的最新检查报告里有很有趣的东西,有一种纳米机,我从来没有见到过,你快来看……"

楚南天顾不上看报告,急急地说:"我看到有可疑的人,这里会很危险。"

"什么?"萨迪许十分意外,"什么危险?"

"也许就是绑架我的那帮人。"

"你被绑架?"萨迪许显然还不知情。

"能联系小六吗?我需要和他谈谈。"楚南天直接问。

"他说后天会安排你离开。我无法直接联系他,他很神秘。"萨迪许说的是真话,他是个实诚的人,不会掩饰任何事。

"这里有什么地方可以躲吗?"楚南天又问,"我躲起来,让他们找不到。"

萨迪许想了想,"倒是有一个地方。但是你确定要躲起来?我们可以先了解一下情况。也许并不是你想的那样。"

"那时候就来不及了。"楚南天急急地回答,"先让我躲起来。如果不是绑架我的那群强盗,你再把我叫出来不迟。"

萨迪许摸了摸胡子，随即果断地说："跟我来。"

楚南天紧跟着萨迪许的脚步，穿过两座小楼，在后院的一扇门前停下来。

楚南天认出门上的字——"冷库"。

没等楚南天开口，萨迪许弯腰握住地面上不起眼的一个小握手，用力一拉，泥地上裂开一道缝。这是一个开口在地面的入口，用滑轨和铁板制造了门，长久没有使用，拉动起来颇为涩重。

萨迪许蹲着身子，使劲将门拉开。一股混浊的气息扑面而来。

"这是早先的冷库，后来新冷库建成就荒废了，用来藏人正好。"萨迪许看着打开了口子的地道，眼睛里闪着不无得意的光彩。

他拍打着沾在手上的泥土，转向楚南天，"你要下去吗？"

楚南天看了看漆黑的地道。

"里边有灯，你得自己找找，我也不确定那是不是还能用。"萨迪许一边说，一边抬头望了望天空，"还有两个小时才吃午饭，要是你现在不想下去，那就让它敞着，你知道地方了，如果真有危险，就到这里躲着。这扇门从里边很容易操作。你可以吃完饭再过来。"

萨迪许的脸上带着一丝嘲弄的神色，咧嘴一笑，丢下一个意味深长的眼神，转身想走。

"萨迪许，他们是冲着我来的，那些人都是强盗。"楚南天有些不放心。

萨迪许耸耸肩，"我知道，如果真有人来问起你，我会替你保密。"

"这些人杀人不眨眼。"

萨迪许哈哈笑了起来，"库拉镇可不是让人为所欲为的地方，三百多年，我们从不需要警察，镇上的每一个人都是警察。祝你好运！"

萨迪许正要离开，突然又转身，说道："这个地方很安静，外边的声音几乎传不进来。如果你想一个人静静，那也正好。小心你的伤口，别乱跑了！”

说完他便走了。

楚南天站在地道口，有些忐忑不安。他不知道那些正向着镇子而来的人是否真是绑架了他的强盗，也不知道躲藏是不是有用。

然而直觉告诉他，必须找一个地方藏起来。

他抬头四下张望，一个人影也没有。这里是医院的僻静角落。

楚南天的视线落在围墙的一角，那儿的墙塌掉了一段，有一个豁口，正好能容一人侧身通过。

楚南天心中一动，将拉开的地道口合上，推上土，用脚抚平，然后向着那豁口走去。

豁口外一片空荡，看下去让人头晕目眩。这医院依山而建，这一侧正是悬崖峭壁。楚南大从豁口里跻身出去，探头张望。

隔着两米的位置上，在院墙和悬崖间还有一片小小的空地，两米见方，可以让一人坐下。

那倒是一个躲藏的好地方。

楚南天小心翼翼地将身子从裂隙间挤出去，紧贴着院墙，小心翼翼地向着空地挪动。脚下就是万丈深渊，摔下去就会粉身碎骨，楚南天也不想别的，只是全神贯注地控制着脚步。他很快挪到了安全地带，靠着院墙，一屁股坐下。

崔巍的山体上怪石嶙峋，每一块石头似乎都像随时要掉下来。一阵风吹来，楚南天不禁打了一个冷战。

他望着眼前空荡荡的一片，突然怀疑自己是不是有些神经质。如果被萨迪许看见，说不定会被大大嘲笑一番。

然而，他还是决定就在这里等着。躲起来，总是要安全一些。

连日来的经历在他的脑海中翻腾，他从来没有想到自己的人生中居然还会有这样的经历。

战争爆发了，却似乎距离这个偏远的小镇很远，还不能让人感觉到。战争究竟是什么样子，炮火连天，死伤狼藉，他想起在一些电影中看见过的场景。

他想到了自己的上千万粉丝，其中绝大多数都是人类日的支持者、机器联盟的强烈反对者，他们游行、抗议、争取立法，试图用温和的方式控制机器联盟的渗透。现在战争爆发了，他们会怎么想？很多人会向他求助。楚南天甚至预料到，自己的私人信箱一定早已经被各种求助的信息挤爆了。

然而自己又能做什么呢？弱不禁风，身不由己，还差点儿送命。回想在网络空间里指点江山、舍我其谁的豪情，那是多么虚妄。

楚南天喟叹，闭目养神。

不知不觉，他竟然睡着了。

依稀中，晓华被绑在一张椅子上，楚楚可怜地看着自己。她的嘴被布条绑住，全身都动弹不得，只有一双眼睛，睁得又大又圆，眼泪满是恐惧。她像是要被丢进一个巨大的洞穴里去。一张大口在她身后缓缓张开。

晓华！楚南天喊她，然而却张不开口，发不了声音。

他挣扎着想上前，却丝毫动弹不得。

正当他焦灼万分，却猛然间一个寒战。

楚南天醒了过来。

太阳已经从山头那边转了过来，阳光直射在脸上，让他睁不开眼。

原来是一个噩梦。

已经过去了好几个小时。那些人找不到他,该走了吧。

他扶着墙站起身,小心翼翼地贴着墙体,横跨过去,挤进裂隙里。

院子里静悄悄的,一点儿声音也没有。这寂静非比寻常,让楚南天心中不安。

他轻手轻脚走出院落,走进楼里。他想喝点水,于是推开一旁的休息室,刚打开门,一股强烈的焦臭味直冲而来。

整个屋子像是被火烧过,焦黑一片。一具尸体趴在窗户上,身子扭曲,手指紧紧地抠着窗棂,显然他想从窗口跑出去,却被活活烧死。楚南天仿佛感受到死者的痛苦,一阵揪心。

萨迪许不会有事吧!

楚南天不顾伤口未愈,转身就向着萨迪许的办公室跑去。

一路上都是死人。

绝大部分人都是被烧死的,烈火焚烧的痕迹触目惊心。

还有几个,是被凶狠的暴力所杀,不是头部一片血肉模糊,就是断肢断腿,惨状让人不敢直视。

楚南天只感到心惊肉跳。他没有想到那些人竟然如此残暴,到了用这样凶残的手段滥杀无辜的地步。

萨迪许!

他只希望这个帮助了自己的大胡子不会有事。

他推开了萨迪许办公室的门。办公室里空无一人。

楚南天在医院里跑动,到处都是倒毙的死尸,见不到一个活人。楚南天翻动尸体,也没有发现萨迪许。

不知不觉,他到了花园。就是在这个风景绝佳的花园里,他第一个发现了那些黑衣人的到来,然而,他没有能警告这里的人们逃离险境。

楚南天只感到心情沮丧到了极点，气愤到了极点，像是某种东西憋住了胸腔，想要爆发出来。他带着几分麻木向着观景平台走去。在这修罗场里进进出出，他早已忘了害怕。

他想看看外边的情形。

倚靠着栏杆向外望，楚南天倒吸一口凉气。

触目所及，一片废墟，就像战争片中的情形一样，断瓦残垣，硝烟弥漫。楚南天不由呆住了。

他躲藏了不过几个小时，却仿佛进入了另一个世界。

这就是战争？

这就是战争。它以一种突如其来的方式降临，让人措手不及。

忽然间，楚南天看见下方的废墟间趴着一个白色的身影，依稀有点像是萨迪许。

楚南天飞快地在医院里穿行，冲出大门，向着观景台下方的位置跑去。

那儿原本是两座小楼，被爆炸摧毁，楚南天奋力攀缘，很快上到了残破的楼顶。

一具尸体摔在楼顶上，四周有少量飞溅的血迹。楚南天走上前，壮着胆子把尸体的脸别过来。

果然是大胡子萨迪许。他被人从上边扔下来活活摔死。

这是虐杀。

抱着萨迪许的头，楚南天的手微微发抖。萨迪许的身体仍有一点儿温热，他刚死去不久。如果能说服他一起躲起来……但是这镇上所有的人还是会被屠杀。

楚南天突然感觉到死亡距离自己这么近，触手可及。惊恐和痛恨混合在一起，让他抑制不住地抽泣起来。

隐约的机器震动声从远处传来，由远及近。

楚南天抬头，只见一辆黑乎乎的装甲车正在废墟间穿行。他认识这辆车，车子上方，一个钢铁机器般的人露出半身，也正向着这边张望。

桑迪普赶到了。

他站起身来，好让对方能清楚地看见自己。

他向着桑迪普挥手。

只有桑迪普能够把他从这修罗场里救出去。

第十三章　生命隧道　楚南天

所有人都向着同一个方向行走，指向那崔巍的大山。

本不宽敞的公路挤满了人，以至于桑迪普不得不时不时要从公路下到野地里，避开挡路的人群。

车辆再次颠簸起来。

“还有多远？”楚南天问。

“快到了。”桑迪普简短地回答，他仍旧端坐在车顶上，和装甲车合为一体。他的声音通过一个扬声器传到车里。

楚南天默默打开观察口的挡板。外边的道路上，拖家带口的人们默默地行走着。阳光灿烂，照得水泥的路面竟然有些发亮，行人们一个个都形容萎靡、无精打采。

这些可怜的人被迫踏上逃亡之旅，就像身边的这两个孩子一样。

楚南天的视线落在身边的两个孩子身上。他们睡着了，随着车厢的颠簸，小小的脑袋不住地摇晃。

这是桑迪普带来的一对兄妹，哥哥叫普洛天，妹妹叫阿米丽塔，桑迪普在废墟里找到了他们，就把他们带在身边，一直照顾着。

虽然桑迪普已经成了机器人，却仍有一颗柔软的心。

“桑迪普，你真的不和我们一起走吗？”楚南天问，声音不大，仿佛只是自言自语，但这对桑迪普来说已经足够响了。

“总统下达了总动员令，重组军队。我留在这里还有点儿用。”桑迪普沉声回答。

桑迪普的声音并不带一丝情绪波动，但留下参军的决心并不容易下。

楚南天知道，印度的军队一向战斗力不佳，装备落后，十年前国际政府成立的时候，印度的军队就被列入裁撤名单，只保留少量的机动部队应付紧急情况。现在印军全部武装人员不过两万人，驻扎在三个军事基地。结果在机器联盟先发制人的打击下，几乎是全军覆没。

重组印度军队，那是一个渺茫的希望。

这也算是一个奇观，战争同时在全印度各处爆发。与其说这是一场外敌入侵，不如说更像一场内部暴动。

一夜之间，各种机器人在各个城市里冒出来，除了全面严格禁止人体机器化的特拉普特邦，几乎所有的省份都有残暴的机器人组织肆意杀人。它们有着无法理喻的残暴，摧毁一切，杀死一切，甚至连猫狗也不放过。

楚南天有着隐约的担忧，不知道现在中国的情况会怎么样。机器化在中国进行的时间更长久，机器人的数量也更多。然而所有的印度难民都向着中印隧道跑，这至少证明，喜马拉雅山的那一边，眼下还是一个安全的地方。

“那些机器人真的不会去中国吗？”

“谁也不知道他们会不会去，但印度军队暂时溃散，已经无力保护这些人了。至少中国人的军队还很强硬，能够提供保护。”

说话间，装甲车转过一个小山包，一条笔直的大道直通前方。这里的道路从单车道一下子变成了四车道，路面也平整了许多。

“从这里开始，道路是中国人修的。”桑迪普随口说了一句。

楚南天知道这个事件，喜马拉雅大隧道彻底打通了印度和中国之间的陆路交通，长达三百一十二公里的高原隧洞，双向四车道，在喜马拉雅山的硬质岩石地质条件下，这不能不说是一个工程史上的奇迹。然而隧道竣工，印度这边的路网连接却一直没有按照进度完成，以至于中国政府只能补贴费用，延伸中国建设集团的工程到印度境内，建造了高速连接线，只等印度人完成和新德里的对接。中印高速印度段，网络段子手最喜欢用这个来调侃一拖再拖的工程项目。楚南天没有想到有生之年居然能亲眼看到这段子的源头。相比之下，印方的工程的确比不上中方那么宏伟，但也没有那么不堪。

楚南天不知道桑迪普提到是中国人造了这条路，究竟是怎样的想法，尴尬之间，也不知道如何回应。

车厢里沉默下来，只能听见震荡起伏的轻微机械声。桑迪普把车开到了大路上，车子一下子变得很平稳，速度也快了许多。

忽然间，车停了下来。

楚南天从一侧的车窗向外张望，看见荷枪实弹的士兵正站在一道简易的工事前。他们显得很紧张，手紧紧地攥着枪把，似乎随时可能扫过来一梭子。

桑迪普从车顶上跳了下来。

几个印度士兵看上去害怕极了，有意无意地都抬起枪口，指向了桑迪普。

一个军官模样的人和桑迪普交涉。他们说的是语速极快的印地语,楚南天一句也听不懂。

军官越说越激动,挥舞着手臂,神色间似乎正对桑迪普怒骂。

桑迪普走回装甲车,打开车后门。

“军队对隧道进行军事封锁,不允许可疑车辆通过。我只能送你们到这里了。下车后,那边有专门的轨道对接车。”桑迪普向着楚南天说。

楚南天猫腰下了车,转身向着隧道的方向张望。在简易工事后,排列着一溜的军车,甚至有一个小型的火炮阵地。再往后,几百米的远处,一列银灰色的火车静静躺卧,楚南天能够辨认出那熟悉子弹头高铁车型。络绎不绝的难民正钻进车厢里。

虽然溃不成军,印度军方还是派出了部队来守卫和中国连接的战略要地。至少印军还没有完全瘫痪。

“那我叫醒孩子?”楚南天试探着问。

桑迪普点了点头。

虽然他的面孔完全是铅灰色的钢铁,楚南天还是能够觉察出桑迪普的脸上带着一丝不快。

“你和他们谈了什么?”楚南天追问。

“他们说我是杀人凶手。”桑迪普淡淡地回答,“在他们眼里,机器人都一样,而我就是个机器人。”

楚南天一时愣住,随即回应道:“你是好人。”

车里的两个孩子醒了过来,从车厢里爬出,站在楚南天身旁。他们是一对兄妹。

桑迪普蹲下身子,轻轻抚摸小男孩的脑袋,“跟着这个中国叔叔,他会把你们带到安全的地方。”

小男孩睁着圆圆的大眼睛,咬着嘴唇,使劲点了点头。他的小手紧紧地拉着妹妹的手。

叫阿米丽塔的女孩怯生生地开口问："桑迪普，你会来找我们吗？"

桑迪普拍了拍阿米丽塔的头，"我会去找你们的。"

"那你找不到我们怎么办？"

桑迪普不由得笑了，他站起身，伸手到车顶上，从那一大团的"锰结核"上取下一块，看上去就像一个小小的铁球。他把小铁球塞在女孩手里，"拿着这个，我总能找到你们。"

阿米丽塔紧紧地攥着小球，说："那我们等着你。"

桑迪普露出一个微笑，站直身子，向着楚南天，"拜托你了。"说完，他双手合十，向着楚南天躬身致敬。

楚南天一时间不知道如何回礼，也只有双手合十，鞠了一躬。

"小六说隧道那边会有人接应你。我不知道你是什么身份，但既然有人这么看重你，调动这么多情报和资源来救你，你一定是个重要人物。这两个孩子，我一时也找不到能照顾他们的人，现在情况太乱，他们能到中国去避难，对他们可能是最好的选择。如果你觉得不适合带上他们，现在告诉我，我可以继续带着他们去找安全的地方。"

这是桑迪普第三次说类似的话。

"我会照顾他们，你放心！"楚南天回答。他不知道把这一对兄妹带到西藏后会发生什么，但是他在拉萨有几个朋友，临时托付在朋友那里一两个月总是可以的，然后再想办法把他们带到北京去。他明白桑迪普的想法，即便是异国他乡，也比战乱中的家乡要好。

楚南天带着兄妹两个向着快车的方向走，猛地想起了什么，又走回到桑迪普面前。"胡安康呢？"他直截了当地问。

“他死了。”桑迪普的回答也简明扼要。

“你有一份我们从那个基地逃出来的录像。”

“和胡安康的头一起交给了新德里电视台。”

“那电视台播放了吗?”

“他们看到这个爆炸性新闻很开心,立即播出新闻,同时进行深度报道。新闻播了,但没有什么用,因为战争立即爆发了。我赶到电视台,那里已经成了废墟,整座大楼塌掉,只剩下三十米高一截,它原来有两百米高。”

楚南天心头一阵凄然。十三年的记者生涯让他明白,某些真相被埋藏在了历史的洪流之下,永远不会再为人所知。人类日是否是一个阴谋,随着战争的爆发,已经不再重要。

然而还是要有人去尽力保存真相。

“你有录像的备份吗?给我一份,也许会有用。”

“这不在小六的交换条件里边。”

“我们有共同的敌人,情报的作用就是为了最大限度地杀伤敌人。虽然这是你们用巨大的牺牲换来的情报,但只有让它尽可能传播出去,才能起到它的作用,对不对?”

桑迪普微微沉默,“我会送一份情报给小六,你可以从他那里得到。”

楚南天点点头。

桑迪普却马上改变了主意,“给我一个保密地址,我会把情报直接发送给你。”

楚南天把自己的直播网地址报给桑迪普。桑迪普准确无误地重复了一遍。

楚南天伸手和桑迪普相握。

桑迪普的手很冷、很硬,却力道温柔。

楚南天正想开口道别。

走在一旁的人们突然大声叫喊起来。

原本守在路口的军人一窝蜂似的向着侧后方跑去。

桑迪普脸色一变,纵身跳上车顶,一边向着楚南天大喊:“快带着孩子走,那边有情况,万一隧道被封闭,就太迟了!”

话音刚落,装甲车猛然启动,撞开路障,从乱作一团的几个印度军人身旁一掠而过,向着隧道的右方冲去。

人们争先恐后地向着前方奔跑。楚南天抱起小女孩,拉着小男孩的手,随着人群向停靠在不远处的列车狂奔。

远方传来两声爆炸。

楚南天边跑边扭头去看。

依稀间,远方有两个机器人。桑迪普的装甲车迎着它们而去。印度军人使用了迫击炮,炮火在两个机器人身边不断闪过,机器人灵活地躲闪,丝毫没有迟滞。

站台上响起了广播:“所有人员就近进入车厢,列车将紧急启动!”

广播用普通话、英语、印地语反复播放。

人群中爆发出叫喊声,所有人都加速向着列车跑,生怕列车启动,自己被落下。已经拥到车前的人拼命向着车内挤,工作人员使劲维持秩序也无济于事。

楚南天带着两个孩子,赶到车前,却被拥挤成一团的人群阻挡在外,根本无法进入车厢。

楚南天一筹莫展,四下张望。

隧道就在前方。宽敞的洞口上方,是庞然的巨大中文“喜马拉雅隧道”,和中文并列的是一串印地语的字符。洞口边竖着巨大的牌匾:“中印友谊万岁!”

洞口上方的钢桥上,印度军人正紧张地望着远方。

从隧道口出来一队印度士兵维持站台的秩序。强横的士兵推搡着挤成一堆的逃难者,要他们排列整齐。一个军官发现了楚南天,向他走过来。

“你是中国人?”他开口问道。

“是的。”

“今天你怕是挤不上车了。”军官意味深长地笑着说。

他看见了楚南天抱着的孩子,“为什么你会带着两个印度小孩?”

“是一个朋友托我把他们带到中国去。他们的父母……”楚南天欲言又止,他不想在孩子面前提到这个残酷的事实。

军官会意地点头,表情变得严肃,“机器人干的?”

楚南天点了点头。

军官做了一个深呼吸,“暂时带他们去避一避,我们会把那些冷血机器都干掉。”

他掉过头去,冲着自己的手下大喊,“你们在干什么?! 没看见还有孩子在这里吗? 让孩子先走!”

几个军人奋力扒开人群,拥挤的人们也并没有坚持,让楚南天带着孩子先上了车。

刚跨进车门,脚下一阵震动。一发炮弹落在了站台附近。

楚南天钻进车厢里。

这列车和他所知道的高速铁路车厢完全不同,装饰花哨,带着浓郁的印度风情。所有的座椅都被拆除了,车厢里的人都站着,扶着临时搭建起来的栏杆。

楚南天找到一个角落,将小女孩放下。这儿靠着窗口,可以看见外边的情况。

两个机器人已经迫近了隧道。印度士兵们集中火力射击。

机器人灵巧地在火力网中穿行，偶尔被子弹击中，身体晃荡一下，就能恢复平衡。

桑迪普的装甲车追了上来，他从车上跳下，抓住一个机器人，和它扭打在一起。桑迪普显然占据了上风，很快就将机器人制服，将它放倒在地。

另一个机器人被愈发密集的枪弹连续击中，摇摇摆摆，最后轰然倒地。

情况似乎得到了控制。

突然间，倒地的机器人爆炸开来，一团巨大的火光冲天而起，车厢剧烈地震动。人们惊慌叫喊。

更多的难民涌进来，楚南天护住两个孩子，让他们免受挤压。

桑迪普向着列车奔来。

虽然桑迪普也是机器人的样貌，然而刚才的战斗已经充分说明他的立场，印度士兵并没有阻拦他。

列车发出尖利的鸣叫。

“列车将在一分钟内紧急启动。”通告在车厢里反复回响。

桑迪普跑到了站台上，隔着玻璃见到楚南天已经在车厢里，仿佛松了一口气。他向楚南天挥了挥手。

楚南天伸展不开胳膊，只能贴着玻璃举手示意。

列车开动起来。

站台上的军人一晃而过，两辆被击毁的军车出现在视野里，车上仍旧冒着烟，一个军人趴在驾驶位上，似乎已经死了。

现场一片狼藉，大大小小的弹坑遍地，战斗的激烈程度比从远处旁观要激烈得多。哪怕只是两个机器人，也造成了严重的破坏。

列车驶入隧道。

在没入隧道的灯光之前,楚南天看见了远方的天空里黑沉沉一片,那显然是某种飞行器的集群。

他不确定那究竟是什么,但是猜想那一定预示着迫在眉睫的危险,否则列车不会如此仓促地启动,将更多的难民留在站台和道路上。

逃出生天的人们没有一丝喜悦,车厢里出奇地沉默。

灯光消失了,列车在漆黑一团的隧道里飞驰。

第十四章　狂犬之奔　冯大刚

绕过戈壁沙漠，穿越千里草原，潜入嶙峋山区，这个大纵深的迂回计划大胆得惊人。

连续三天三夜，突击队保持着快速突进的势头，距离目标只剩下三百公里。

远离主力部队，没有重火力支援，一旦被发现，就只有死路一条。突击队一直注意隐蔽，沿着指定的线路前进。

这是一条穿行荒野的路线，途经之地极少人烟，都是暴动的机器军团来不及控制的区域。

当然，打击随时可能到来，也许敌人已经采取了行动，发动了打击，而突击队还一无所知。

前方出现了一座小城镇。

冯大刚下令队伍停止前进，三架满载的突击战车缓缓降落在地，就地隐蔽，等待指令。

卫星数据很快传过来。这是一个小城市，战前统计人口不过三千人，主要以畜牧业为生。对这个时代来说，畜牧业有些太古老了，根本无法跟上时代的节奏，然而在远离大城市的地方，有些人仍坚守着传统不放弃。

冯大刚指示队伍绕道,尽量避免惊动居民。庞大的突击战车缓缓升起,开始沿着修正的路线前进。

战车前方很快出现了一个巨大的牧场,牧场里是成千上万的马儿,密密麻麻挤作一团,远远望去,大地仿佛被盖上了一层斑驳的地毯。

冯大刚从没见过这么多马同时聚集在一起,看上去景象颇为壮观。惊扰马群会引起很大的动静,是否该绕道?然而不等冯大刚细想,突击战车已经带着呼啸从牧场上方掠过。

鼓荡的气流和刺耳的啸声让马群受到惊扰。转眼间,碧绿的原野上,黑色的马群像浪潮般涌动起来,激荡起漫天尘埃。

这狂野的景象让突击队员们纷纷侧目观看,冯大刚也并不阻拦。

“上校!”正向窗外探视的鹰眼突然低低喊了一声。

冯大刚扭头看着鹰眼,鹰眼指着窗外,“你看!”

冯大刚挤过去,顺着他的指点向外看。

在草原的地平线上,似乎也有一群马正向着这边狂奔。

“怎么了?一群马而已。”冯大刚有些不解。

“那不是马。”鹰眼轻轻地说,语气却很坚定,“那是狼,或者是狗。”

鹰眼的话让冯大刚有些意外。鹰眼是出名的“千里眼”,为了能够看清楚远方,他的左眼特意加强了远望能力,以至于永远戴着一只外眼,看上去像是一只眼罩。这也是他绰号的来由。付出这样的代价,好处是他总能比别人要看得更清楚些。

冯大刚掏出望远镜,仔细观察那边的情况。在镜头中,他捕捉到了几只动物。果然,正和鹰眼说的一样,那不是马,但是看上去也不像是狼或者狗,它们的个头也许只有狼那么大,但是模样看上去总觉得有些奇怪。

很快,冯大刚明白了差异所在,它们的头部比一般的狼要大上一圈,以至于看上去有点儿不平衡。

他觉察到了更奇怪之处,它们奔跑的节奏几乎完全一致,腿部的动作,从抬起到落下,就像踩着同样的鼓点。

冯大刚缓缓放下望远镜。他已经明白了自己正面对着什么东西,那是一群机器兽。就像自己的这群突击队员一样,那边在原野上狂奔的东西也是机器之躯。只是它们不可能拥有一个肉体的大脑,所以一定是一群纯粹的机器狗。

"你的意思是它们会去攻击那个镇子?"冯大刚向鹰眼发问。

"我不知道,但它们一定不是善类。"鹰眼回答。

说话间,被惊扰跑动的马群和机器狗群迎头相碰。"狗"群的速度丝毫不减,直接从马群中间穿过,所过之处,狂奔的骏马纷纷倒地。涌上来的机器狗并不停下,而从马的尸身上直接越过,偶尔有几匹马试图站起,都被冲上来的机器狗毫不留情一口咬在脖子上,狠狠地咬下一大块肉。马儿鲜血狂喷,机器狗扬长而去。

几千匹马转眼间都躺在草地上,殷红的血哪怕从飞行器上远远地望去都让人触目惊心。

至少有两万只以上的机器狗正向着镇子狂奔。

所有人的眼睛都望着冯大刚。

接下来会发生什么谁都可以想见。所有人都等着冯大刚下命令。

"我们首先要完成任务。"冯大刚冷冷地说。

所有人都不言语。

镇子上有人驾着车迎着狗群而去,也许是发现了情形不对,马上调转车头向着镇上跑。任何人面对那汹涌的气势,都无法不胆寒。

如果不帮助他们,那些人一定无法逃过这群疯狂的机器狗。冯大刚有些犹豫。

这也是行军路线上的异常,如果前边的道路已经被这种机器狗封锁,那么突袭计划也没有任何成功的可能。

“队长,我们可以隐蔽飞行器,步行作战,不会暴露行动路线。”一个队员建议。

冯大刚一刹那间下定了决心。

不仅仅为了救人,突然出现这么大群的机器狗,也必须弄清原委。

“就地降落。747号、669号所有队员跟随我行动,携带突击步枪;777号队员负责警戒。飞行员注意隐蔽,没有我的命令,突击战车不要进入战场。”

战车降落,车上的突击队员鱼贯而出,很快散开,等待着冯大刚下令。

冯大刚跑到高处,望过去,黑压压一片的机器狗群令人触目惊心。

机器狗群正向着镇子的方向狂奔,而突击队降落的位置在侧方,距离机器狗还有上千米的距离,中间隔着几个小山坡,正好遮挡住降落的突击战车。

“鹰眼,组织狙击阵地进行掩护。”冯大刚向鹰眼下达指令。

“一队二队,三三制散兵队形,向镇子方向移动,要赶在这群机器狗进入镇子之前拦住它们。”

冯大刚话音刚落,原本散开的队伍自动组合配对,结合成一个个三人小组,向着镇子的方向开始急行军。

机器狗群跑得很快。突击队也顾不上隐蔽,用尽全力向着镇子的方向跑。这是一场抢时间的比赛。

突然间,狂奔的机器狗接二连三地倒下。

鹰眼带领的狙击队发起了攻击,十多人的狙击队伍趴在山坡上,向着机器狗群倾泻火力,几乎弹无虚发。

这突如其来的打击让机器狗群的队形发生了一些混乱,一小队机器狗停了下来,茫然在原地打转,成了绝好的活靶子。

然而大队机器狗几乎没有受到影响,仍旧向着镇子狂奔,跳跃奔腾的步伐整齐一致,就像训练有素的大军。

冯大刚带领着突击队员以最快速度向着镇子跑,终于能够超过它们,插入机器狗群和镇子之间,抢在凶猛的攻势抵达之前做好迎战准备。

有限的两百多人,只能抢占镇子外围的几座房子作为临时阵地,卡死镇子的入口。

没有等冯大刚布置停当,轰隆的脚步声已经迫近。“咚沓咚沓”的声响仿佛沉闷的战鼓,压迫着每一个人的神经。

镇上的居民早已经躲进了屋子,只敢从窗户里窥看。少数几个胆大的男子拿着枪,站在屋顶,向着冯大刚招手致意。

跑在最前边的机器狗距离不过五十米,冯大刚甚至能够看清狗嘴里锋利的牙齿。

“开火!”冯大刚果断地下令。

奔跑中的机器狗群顿时翻倒一片。然而后边的机器狗无所畏惧,越过同伴的尸体,继续向前。

凶猛的火力编织成一道火网,封锁了机器狗群的前进路线。不一会儿,火网前就堆积起上百具尸体。

这些机器狗无法突破火力网封锁,然而堆积起来的尸体却形成了障碍,挡住了射击路线。宽阔的正面让突击队员手忙脚乱,顾此失彼。成群结队的机器狗很快从侧翼涌了上来。

两只机器狗突破防线,冲进了镇子。队员们居高临下,很快就将它们击毙。

然而整个镇子都陷落在机器狗群的包围中,凶猛的机器兽从各个方向冲了进去。惨叫声传来,已经有人遭到了不测。

突击队可以牢牢地守住阵地,却无法防卫漫长的防线,这些疯狂的机器狗可以从任何一点突破防线,去杀戮手无寸铁的人。

这是一场艰巨的保卫战,而突击队很可能无法达到保护居民的目标。哪怕在这个阵地上杀死了所有的机器狗,只要机器狗杀光了镇子里的居民,对于一场保卫战来说,还是失败了。

为了保护更多的人, 只能进入镇子里进行巷战。

“全体分散,占据楼顶,保护居民。”冯大刚下达指令,一边指示两个小组仍旧留在阵地上,继续火力阻拦机器狗群前进。

突击队员开始行动,从一个屋顶跳到另一个屋顶,尽量占据镇子里的每一栋建筑,从高处对整个镇子形成控制。这样的战术很快取得了成果,闯入镇子的机器狗纷纷被击毙,大街小巷,到处都是机器狗的尸体。

然而更多的机器狗还在源源不断地涌入。一些机器狗冲进了楼里,失去踪影。整个镇子已经不再安全了。

冯大刚和两个队员一道占据了一幢两层小楼的制高点,他们打倒了至少二十条机器狗。然而从楼顶看下去,还是有无数的机器狗在屋舍间出没。机器狗也变得谨慎小心,沿着街角或紧贴墙壁行动,当不得不穿过街面时,它们也总是一跃而过,不给人留下多少机会。

冯大刚瞄准一只躲藏在角落的机器狗,刚要扣动扳机,突然耳边传来喊声:“队长,小心!”

身后传来一阵劲风，冯大刚就地一滚，躲了过去，一只黑乎乎的机器狗从身旁掠过，撞在了护墙上，调转过头，又想扑上来。

一声细微的枪击声过后，机器狗的头上缺掉一块，它被强烈的冲击力打得飞起，撞在墙上后落下。

一旁的队员开枪干掉了它。

更多的机器狗正冲上来。虽然近距离射击仍旧可以一枪干掉一只，然而接二连三的几只机器狗冲过来，转眼就扑倒了队员。

冯大刚奋力冲上去，手脚并用，又甩又踢，把几只机器狗丢到了一旁。将队员拉起来。

对面的屋顶上，三名队员见到这边的异常，站起身来戒备。

被拉起来的队员并无大碍，只是身上几处被机器狗咬伤，露出了闪着银光的金属骨架。这些机器狗只是为了攻击人类而设计的，对机器躯体的突击队员只能造成一些皮外伤。然而它们凶猛的撕咬仍旧让人狼狈不堪。

“转移！”冯大刚向着两个队员下令。

三个人一起行动，向着对面的楼顶跳了过去。

落在楼顶上，这边接应的队员就开火了，突突的枪声将对面的机器狗群打得纷纷掉下来。

仿佛就在顷刻间，整个镇子就像被机器狗群占领，到处都是机器狗。

“队长，弹药用尽。”镇口阵地上的队员报告。

这是一个不幸的消息，冯大刚掂了掂手中的突击步枪，他的枪里也没剩下几颗子弹，所有的弹药很快就会消耗干净。当战斗变成一片混战，火力的攻击效率下降很快，携带的有限的弹药根本支持不了大规模的消耗。

没有火力，成千上万的机器狗片刻间就会涌入镇子。

“所有打完子弹的队员守住楼房入口,还有子弹的队员提供掩护。”

保卫战变成了考验耐性的战斗。这些机器狗并不能对突击队员造成致命伤,然而没完没了地被困在镇子上,面对无穷无尽的机器狗,这不像是一个有效的战斗计划。

然而此刻,冯大刚只能让自己的下属尽力挺住。

惨剧已经发生了:那些提着枪爬上屋顶,试图助一臂之力的男人,在机器狗的围攻下早已一命呜呼,甚至连尸体都被咬成了几截。屋子里惊恐的叫喊声不断传来,有男有女,还有孩子。不用多想,谁都知道那些尖牙利齿上的血痕意味着什么。

“我们需要火力支援!”冯大刚呼叫突击战车,要求留守的777号队员增援,携带更多的弹药加入战斗。

在增援到达之前,只能依靠队员的身体和机器狗对峙。

发布完命令,冯大刚从屋顶跳下,他直接冲开两只机器狗,抓住一只趴在窗户上的机器狗的后腿,将它抡起来,狠狠砸在地上。

破损的窗户里,一个老人手持木棍,正惊恐地望着外边。没等冯大刚传递出一个安慰的眼神,一只机器狗已经扑在他的肩上。冯大刚想也不想,一扭身,抓住它的前肢,将它整个从背上翻了过去,摔落在地,狠狠地一脚踩下去,踏在机器狗头上。

这些貌似凶狠的机器狗并不算太结实,被冯大刚一脚就踏扁了半个脑袋。

“救命!”一声小女孩的惊叫传来。

“守在这里!”冯大刚吩咐一个跟上来的队员,快步向着喊声传来的方向追过去。

转过一个屋角,冯大刚看见院子里有几只机器狗正追逐着一个圆筒机器人。

圆筒机器人全身银色,头部是一个半圆,有几只眼睛。手和脚都很短,只有一个关节,看上就是最低级的家政机器人。

它正用两只短手抓着一根铁棍和机器狗打斗。一个小女孩正穿过草坪,向着屋子跑,在她身后不远处,一间小木屋残破不堪,门洞大开,门扇兀自摇晃着。显然,他们原本躲藏在小木屋里,结果小木屋被机器狗攻破,这个家政机器人不得不掩护小女孩向着屋子逃跑。小女孩跑进了屋子里,紧紧地带上了门。

机器狗试图绕过机器人去追小女孩。

冯大刚端起枪,正想射杀那只机器狗,突然轰一声,一声巨大的爆炸平地而起,吓了冯大刚一跳。

是那个家政机器人引爆了自己!

爆炸的威力很大,几只机器狗被炸得粉身碎骨,残骸被高高抛起,散落得到处都是。

甚至连房子的门窗都被震碎了。

冯大刚迅速跑上去查看情况。

家政机器人完全损毁,现场周围一片焦土。

屋子里传来小女孩的哭声,冯大刚跑进残破不堪的屋子里,小女孩跪在地上,大声号哭,眼泪滚落一地。看见冯大刚进来,哭得更加凄切。

“没事了,不会有事的。”冯大刚安慰她。

小女孩仍旧大声哭着,一边哭一边叫喊:“萝卜头,萝卜头!”

冯大刚走上前,抚着她的背,“不用怕,叔叔会帮你。”

小女孩置若罔闻,仍旧继续号啕大哭。

“你能听见我说话吗?”冯大刚觉察到异样,凑近小女孩的耳朵问。

小女孩只是一个劲地哭。

刚才的爆炸，震聋了她的耳朵。

几只机器狗出现在震破的门窗边。

冯大刚一把抱起小女孩，举起枪，一发子弹爆掉了挡路的机器狗的头，然后一个健步跨出门去，飞快地从机器狗的包围中逃开。

他很快找到一家门窗完好的人家，敲开门把小女孩送了进去。

街上仍旧是一片混战，突击队员被机器狗包围，陷入苦战。而镇子的各个角落，不断有惨叫声传来。

增援部队还有十分钟才能赶到。镇上已经成了修罗场，他们能做的只是让事情不要过于糟糕。

“增援部队马上就到！注意援救落单的人。”冯大刚向所有人下达命令。

缠斗又持续了几分钟，有更多的人受伤。

忽然之间，就像得到了无声的命令，所有的机器狗都停止了战斗，开始撤退。

战场上的压力一瞬间减轻。

没有等突击队员们弄清怎么回事，机器狗就已经撤退得一干二净，只剩下满街的尸体提示着刚才发生了一场激烈的战斗。

镇子外传来整齐一致的踏地声，轰轰作响，渐渐远去。

“清点人数。”冯大刚发出指令。从激烈的搏杀中突然沉寂下来，他有种虚脱无力的感觉。

平静片刻后，他沿着巷子缓缓走动，在一具机器狗的尸体前蹲下身，伸手探察。

机器狗的躯体脆而硬，像是石头。但是当它活着的时候，一定不是这样的。

冯大刚掰下一小块，手指一捻，灰色的粉末纷纷掉下来。

这是纳米机的残余。

冯大刚很快弄清了机器狗的基本结构。骨架是纯粹的钢铁，除了骨架之外，整个躯体都由纳米机构成。这让冯大刚感到惊讶，因为这意味着纳米机模拟了所有的生物功能，是高等级的机器人才会选择的奢侈配置！机器狗成千上万，就像炮灰一样送死，然而从设计结构上，它们却和最高级的机器人类似。这个事实让冯大刚惊讶之余，又有几分惧怕。理论上说，它们完全可以制造出更强大的机器人。

“上校，机器狗正往回撤，是否需要对它们进行狙击？”鹰眼传来问话。

“不要攻击它们。派一个人跟着它们，看看它们撤退到哪里。”冯大刚站起身，心里已经有了计较。机器狗群之所以突然撤退，是因为继续打下去，所有机器狗都会失去能量。它们的动力设计是仿生学分布式结构，没有电池，没有特别的引擎驱动能量供给，而是由每个纳米机存储一定能量。能量能够在纳米机之间重新分配，然而终归很有限，它们也就像真正的生物一样需要进食。

这些机器狗一定是回到巢穴去补充能量，冯大刚猜测。

如果它们的身体里包含一个高密度电池，这场战斗恐怕就不会这么草草结束。

队员们清点人数的行动结束了。轻伤六十五人，主要是表面皮肤伤。重伤两人，一个被撕扯拉断了胳膊，另一个则被拗断了脖子，成了无头人，只能提着自己的头跟着队友回到战车上去。

“突击战车请求指示：我们是否前往战场接伤员？”

“部队步行回去，你们继续隐蔽，等待总部的指示。”冯大刚回答。

这是一个意外，然而意义重大。敌人以迥然不同的面貌出现了，关于它们的一切也许都要重新估计。

冯大刚站在镇子的入口处，就是在这里，突击队大量杀伤了这种神秘莫测的机器狗。黑乎乎的机器狗尸体堆积如山，几个队员行走其间，清点着战果。

各处的统计数字不断涌来，最后定格在一个数字上：八千四百七十四。

冯大刚望着远方。这些机器狗并不能算是战斗部队，然而以这样的规模，敌人完全可能制造一支浩荡的机器人大军。如果真是这样，一切就再糟糕不过了。

他眉头紧锁，脸上阴晴不定。

第十五章　孤注一掷　冯大刚

“队长,这位是镇长,他要见你。”一名队员带着一位四十出头的汉子来到冯大刚面前。

冯大刚心不在焉,情报递交给总部已经两个小时,却仍旧没有收到回音,这让他忐忑不安。

“司令官,你是我们的大恩人啊!”汉子扑通一声跪在冯大刚面前,声泪俱下。

冯大刚慌忙扶他起来。

“这是军人该做的! 军人就是要保护平民。”

大汉站起身,却号啕大哭起来。冯大刚从没见过一个男人哭得这样撕心裂肺,顿时感到手足无措。

大汉一边抹眼泪一边说:“我想到镇上死了这么多人,心里就难过。三百多人啊,一下子都没了。”

这倒是提醒了冯大刚。

“镇上还有多少人?”

“还有一千七百多人。”

“你们抓紧时间撤退吧,那些机器狗随时可能会回来,我们也无法一直保护这里。”

大汉焦急起来,“司令官,你们不能走啊,我们要撤退也不知道能撤哪里去。”

“我们有任务。”

冯大刚话音刚落,镇长就喊了起来:“军人要保护平民。要是把我们丢下等死,你们怎么还能说是保护平民啊?”

冯大刚一时语塞,也不知道如何回答,只能叫队员把镇长带走。

“上校,有情报。”鹰眼呼叫他。

“什么情况?”

“侦察员传回了影像,那些机器狗集中在一些能量塔周围,距离我们大约三十二公里。”

说话间,鹰眼已经把影像传了过来。

屏幕上,十多个敦实的矮塔高出地面十米的样子,散布在荒野里,在橘黄的暮色中散发着黯淡的蓝色光芒。密密麻麻的机器狗簇拥在它们周围,看上去黑乎乎一片。机器狗一动不动,仿佛已经入眠,凝固成静止的画面。矮塔的暗淡光芒时而扫过,是一片寂静中唯一的动静。

这是一个庞大的集群,数量至少有十万。

冯大刚不动声色地将画面切换到高频辐射扫描。

高亮而密集的红色从矮塔上散发出来,向着广阔的大地散播,最后融入整个“兽群”中。

果然如此。这些被鹰眼称为能量塔的矮塔,是微波能量传输塔。由纳米机直接构造而成的机器狗需要不断补充纳米机的能量消耗,能量塔利用微波将能量输送到每一只机器狗的身体内储存起来。

“知道了,继续侦察,要二十四小时监视,不要放过任何异常。”

向鹰眼下达命令后，冯大刚开始考虑面对的情形。

很显然，一旦这些机器狗补充完能量，它们将会再一次发动扫荡。庞大的机器狗集群全力扑向镇子，突击队肯定招架不住。更何况，附近其他地方可能还有更多的机器狗聚集着！

冯大刚沉默了一小会儿，直接发出了通信请求。这是一条绝密线路，通过秘密军事卫星直接联系江头，不到万不得已，他不会使用。然而现在，就是万不得已的时候了，如果总部不了解这突如其来的紧急情况，那么整个战线也很危险。纳米机构造的机器狗算不上危险的武器，然而纳米机也能构造更危险的武器——毁灭性的战斗机器！相比之下，突袭敌人基地的重要性反而降低了。

江头没有回应！

这几乎是不可能的情况！通过保密卫星传送的信号，百分之百能够抵达目标。即便江头不能立即回答，自己也该接收到一个返回的握手信号。如果连握手信号都没有，意味着信号接收的那一头出了意外！

冯大刚焦急起来。

孤军在外是一件很可怕的事。

总部出现了意外那就更可怕。

他在原地不停地挪步，思考下一步究竟该怎么办。

突然间，一个信号闯入了他的知觉中。这是来自江头的信号！

冯大刚一下兴奋起来，接通了线路。

“ET958,我是小六！”

传来的信息让冯大刚的心情瞬间冷却到冰点。

一个不该出现的人出现在绝对保密的通信频道里。

冯大刚稳了稳心神，“将军出了什么事？”他直截了当地问。

“我们的防御战线全线崩溃，江将军已经牺牲了。机器联盟的军队推进到了宝鸡一线，西安也已经非常危险，所有居民都在向郑州撤退。”

冯大刚的心凉了半截。

“你们要暂时撤离，目前再强行进攻敌人已经毫无意义。”小六接着说，“想办法撤离到太原去，我们会在那里组织力量，进行反攻。”

“整个猎豹旅都完了吗？”冯大刚沉郁地问。

“除了你们这支部队，兰州方向的两个野战旅和四个机动加强营都被消灭了。”小六的回答让冯大刚的心彻底一片冰凉。

整个西北战斗集群，整整三万精锐部队。超过两千辆突击战车、三千多架武装直升机、上万的自行火炮和装甲自行战车。如此强大的兵团怎么可能在短短三天时间里被毁灭了？！

“它们用了核武器吗？”

“不，不，它们并没有使用核武器，只是发起了一场异常强硬的进攻。硬生生地包围了兰州，并且在三十六个小时内就结束了战斗……”

小六没有继续说下去。然而冯大刚能够想象那惨烈的景象：直升机冒着青烟坠落在地，化作火球；装甲车在精确制导炸弹的攻击下变成一团废铁；突击战车还没有升空就被摧毁在基地……机器军团比想象中更狂暴。当西北战斗部队被彻底消灭，通向西安的大门敞开，为了赢得时间，核武器几乎成了唯一的选择。

这更是一种战略性的警告，如果机器联盟的实际控制者还有一丝理智，就不该冒着同归于尽的危险再进行毁灭性的围歼战。

这场战争已经超出了冯大刚的理解范围。它是一场和某个面目不清的机器联盟之间的战争，人类已经损失了上千万的人口、数以百万计的军队、几百万平方公里的土地，却连对方的意图和真正实力都没有搞清楚,而人类已经打出了自己的底牌——核武器。上百年来,这大规模杀伤性武器被人类政府用来彼此威慑,却从来没有被真正使用过。现在,和机器联盟之间的战争开始还不到一个月,人类就已经被逼到了使用核武器的地步!

“它们没有核武器吗?”冯大刚问。

“我们对一些核武器系统失去了控制,合理的推测是它们掌握了这些核武器,但是并没有使用。”

面对对手的核攻击而没有发起核反击,这很让人疑惑。

冯大刚稍稍犹豫,随即把这个问题抛到一边,继续问道:“突击队该怎么办?”

“想办法撤退到太原,脑库正在策划反击计划。”

“这里还有将近两千的居民。”

小六沉默片刻,“只有撤退才能保住有生力量,其他的暂时也顾不上了。”

凭着区区几百名突击队员,是无法保护居民不受攻击的。冯大刚完全明白这一点,然而他不甘就此放弃。

一切只能随机应变。

“我们面对的那些机器狗,你也知道吗?”

“卫星情报和你所报告的情报相符。这并不令人惊讶,他们在前线使用了大量军事机器人,是DT3改进型,和明月科技从前投标失败的一款机器人类似。机器狗是辅助部队,只是为了清扫占领区。如果你们暴露目标,或许会受到主力部队的攻击,但是这块区域敌人的动向不明,无法给你提供参考。”

“它们的数量惊人。”

“它们蓄谋已久,这是一次爆发。我们已经把所有能进入战备状态的核弹都准备好了,随时可以发射,敌人即便有数量优势,也不敢大规模集结。所以你们争取尽快回到太原,我们总能找到办法对付它们。"

"你究竟是谁?"冯大刚问了最后的问题。

"我是匿名者,一直都是。"小六回答。

"不,匿名者无法这么轻易破译绝密的军事卫星频道。"冯大刚说着,突然想起江头说过,突袭敌人基地的计划就是来自小六,而且是通过脑库直接递交给了军方高层,"你和脑库究竟是什么关系? 匿名者怎么会为脑库服务?"

"我的确是匿名者,我也的确为脑库服务。再者,我是谁并不重要,重要的是你和你的部队能够有机会活下去,这也是我所希望的。"

信号中断。

也许小六能够告诉自己的也就那么多了。

队伍已经集合在镇口,等待着命令。

冯大刚缓缓地在镇上走着,人们聚集起来,点着蜡烛,举着灯,为死去的亲人哀悼。他看见了来求见自己的那个镇长,他站在一排塑料布包裹的尸体前,挨个地向着死者的脸上洒水。

哀悼的队伍如波浪般涌动着,缓缓向前。低声的哭泣和撕心裂肺的号哭混杂在一起,笼罩着人群。

忽然间,仿佛有第六感一般,站在队伍末尾的小女孩转过头来,视线和冯大刚相碰。这正是那个被家政机器人保护的女孩。她的眼睛里充满惶恐和茫然,看了冯大刚一眼,又慌忙回过头去,随着队伍继续走。

这是一群可怜的人,更大的不幸正等着他们。

该怎么办? 也许最好的办法就是悄无声息地走掉,留下这些人自生自灭。

然而……军人怎么能眼睁睁看着平民去死？

但是更不能让弟兄们死在这里！

冯大刚捏了捏拳头。加快脚步，向着自己的兄弟们走去。

队伍很快回到了突击战车上。

“侦察员呢？接通他的频道。”冯大刚向战车长下达命令。

侦察员回应之后，他直接把侦察员的视野接入视觉感受器。

幽暗的荒野中，一群群黑乎乎的机器狗就像一团团土疙瘩，能量塔则像暗夜中发光的蘑菇。

机器狗的集群绵延不绝，似乎铺满了整个大地。

如果再来一波攻击，没有人能够幸存。冯大刚深深吸气，他的躯体并不需要这个动作来供给氧气、释放能量，他只是习惯用这个动作来下决心。

他找到了鹰眼。

“鹰眼，老沙告诉过你什么来着？他最喜欢说的那句。”

“进攻是最好的防御。”

“对，如果我们要撤退，那么就先狠狠地给它来一下。”

鹰眼立即明白了冯大刚的意图，“它们数量太多。”鹰眼有所顾虑。

“我们用突击战车进行空中打击。只要摧毁这些能量塔，机器狗数量再多，也不会构成威胁。”

“我们可以先预设阵地，防止它们狗急跳墙。”鹰眼补充冯大刚的计划。

“有备无患，所有队员进行战前准备，不要让机器狗有机可乘，突击战车突然袭击，摧毁所有能量塔。一旦得手，马上撤退。”冯大刚整理自己的作战思路，“我们要通知镇长，他要组织所有人，动用一切能够动用的车辆，向东北方向撤退。我们要留两个人，突击战车速度快,可以在前方侦察,留下两个人要能够给这些人引导方向。"

"我可以留下。"鹰眼飞快地说。

冯大刚默默点头。这些平民依靠汽车,速度很慢,如果敌人追击,会很危险。越是危险,越需要能担当的人。此时此刻,能站出来的,也只有鹰眼了。

"我去找镇长,把计划告诉他,镇上的人要立即开始撤退。你去组织预设阵地,所有人都由你指挥。"

"是,上校!"鹰眼接受了命令。

夜幕下,刚刚回到战车里的战士们快速地鱼贯而下,训练有素地散开,不过十来分钟的时间,坡地两侧就组成了大纵深的火力阵地。

冯大刚则匆匆地向着镇上走去。当他回来,三辆突击战车已经微微悬空而起,随时准备出发。

冯大刚跳上突击战车。战车缓缓升起,很快,他就看见镇子里边的情形。人们草草结束了葬礼,四处奔走,车辆从镇子各处聚集到了镇子东边的空地里,越来越多。

根据和镇长的约定,半个小时后,突击队将发动偷袭,而镇上的居民就要开始撤离。留给居民们的时间太短了,但是要对付那数以十万计的机器狗,要从几乎绝望的情形中找到一丝生机,这些幸存的人不得不以军队的行动标准来要求自己。

"队长,747号、669号、777号均已完成战斗准备,请指示。"战车长高声报告。

"潜伏前进,在最靠近敌人的山坡地隐蔽。"

"遵命。"

突击战车贴着地面缓缓向前移动,尾部的发动机散发着淡淡的红光。

很快,前方已经能够望见能量塔的光芒。

侦察员上了战车。

“一切情况正常。”侦察员报告,“没有发现任何异常,没有任何特殊防备。”

这些机器狗的确不是战斗集团,否则不该没有警戒。也许,制造出这么一群机器狗的目的,只是为了扫荡大地。

“战车全力打击模式就位。”冯大刚低声下令。

三架突击战车降落在坡顶。距离目标大约还有五公里,远方的能量塔看上去就像一根细小的光柱。在这个距离上,电磁炮的精度误差只有十厘米,威力不减。

战车顶部突出的防护罩向着两旁分开,粗大的电磁炮管伸出车顶,自动校准,旋转一圈后对准了远方的光柱。

“目标已锁定,全力打击准备完毕!”

“依次发炮,务必全部摧毁。”

747号首先开炮。

炮弹撕裂空气,发出尖利的呼啸,随即远方那短小的光柱猛地从中折断,爆发出耀眼的白光。

一炮命中!强大的动能加上高爆炸药,如果垂直命中,能够击穿地球上任何一种装甲,脆弱的能量柱根本不堪一击。

777号向着第二条光柱开炮,同样也轻而易举地摧毁了它。

机器狗群已经骚动起来,然而,茫然中并不知道袭击来自何方。

669号又是一发炮弹。

这一次,机器狗群终于发现了目标,黑色的集群涌动起来,向着突击战车的阵地涌来。

“继续开炮！”冯大刚下令。他留意着机器狗的动静，这些低智商的机器杀手正汇聚成一个整体发起冲锋。

地面传来震动，起初很细微，慢慢地越来越响，整个大地似乎都在颤抖。

这些机器狗再次形成了统一的步调，它们就像一个巨大的生物体，拥有无数细小的分身。那汹涌而来的气势，像是要把前进路上的一切都吞没干净。

三辆战车仍旧继续向着能量柱开火。几番轮射，视野中所有的光柱都被打爆了。

机器狗群也已经迫近到了几十米之外。

“起飞，执行突击计划。”

突击战车缓缓上升，当车体上升到十米高度，突然发力，猛然加速，向着机器狗群深处冲了过去。

地上的机器狗无法触及战车，只能在地面上打转。

更多的光柱出现在视野中。

“巡航打击模式，摧毁所有能量柱。”冯大刚下令。

在飞行状态下的突击战车降低了电磁炮的能量等级，然而对付脆弱的能量柱仍旧绰绰有余。

计划进行得很顺利，偌大的机器狗集群，没有一点儿对空战斗的能力。这场冒险取得了完胜。

不到一刻钟，几乎所有的能量柱都已经被摧毁。

突击战车在机器狗群的上方悬停。

下方的机器狗群涌动，就像是黑色的大海。

这个时候，冯大刚才真正了解这机器集群的规模。数量远不止十万，至少有上百万。

它们竟然没有任何对空能力。

这真是一场侥幸的胜利。

冯大刚暗自心惊。

他看了看身边的战士，大家都端着枪，对准下方，虽然这些机器狗对空中的战车毫无威胁，战士们仍旧本能地感觉到危险，全力戒备。

然而，要在短时间内大量杀伤这些机器狗却也是一件几乎不可能的事，除非直接丢颗核弹下去。和它们在这里开战，即便取得战果，也毫无意义。唯一有意义的事，是争取更多的时间。

“西南方向移动，控制速度，把它们引开。”冯大刚下令。

战车开始移动，机器狗集群果然跟随着它。他们要将这些机器狗引向撤退相反的方向。

漫天星斗下，突击战车尾部的引擎散发着红热的光，仿佛六个高高悬挂的红灯笼。大地上，鬼魅一般的生灵随着那红光移动，悄无声息，就像静默的大海上涌动的波涛。

希望天亮的时候，这些凶狠的机器狗能量耗尽，没有能量塔的补充，无法再追击。

战车载着冯大刚和他的队伍，向着西南方缓缓前进。

第十六章　藏地危机　楚南天

拉萨的暗夜星空璀璨。

楚南天抬头望着天穹，星星密密麻麻，布满天空，每一颗都晶莹透亮。银河扶摇直上，散发着氤氲的光彩。

苍茫星空下，寂静暗夜里，恍如隔世。

他一站就是二十分钟。

如果世界一直如此安静，该多好。

回想从印度逃亡回国的经历，他仍旧心有余悸。世界真的无法收拾了吗？他低头看了看搁在一旁的手机。手机屏幕仍旧黑沉沉的，没有一丝动静。

小六还没有和他联系。

当他从逃亡的火车上下来，随着难民涌出车站，两个军人拦住了他，将他带到了这个环境优雅的宾馆，又给了他这部手机，说小六会通过这部手机联系他。

他以为小六很快就会打电话来联系，他有无数的疑虑想要向这个隐藏在暗处的匿名者提问，然而已经过去一周，电话却从来没有响过。

这让他愈发感到疑惑。小六想方设法把他从那秘密基地里救出来,却又把他遗忘在这世界屋脊的角落里,这似乎充满了矛盾。

刚到拉萨,他给普洛天兄妹找到了一个安稳的去处,那是一个叫卢行健的朋友开的小客栈,叫“相会布达拉”。楚南天承诺尽快回北京安定下来,然后就把兄妹俩接过去。在纷乱的世界里,这是一个希望渺茫的承诺。卢行健只是挥了挥手,“别想那么多了,这两个孩子我能照顾。”

一周过去,自己一步没有离开拉萨,这似乎对卢行健也交代不过去。

从客栈出来,他就试图找路子离开拉萨,然而一切都被军事管制,没有军方的通行许可,任何人都无法借助公共交通工具离开。

他也尝试重新接入网络,消失的这段时间内,一定有大量的留言等着他处理。而且他也有迫切的渴望,想要把经历的一切分享给网络上的朋友。记者的直觉告诉他,这是一个历史性的时刻,而他所经历的一切,都将是历史的见证。还有什么比见证历史更让人激动的!

然而,所有网络都中断了,他唯一能够登录的站点,是一个藏传佛教的宣传网页。印度乱作一团,中国的情形也只是稍好一点儿,西藏各地的人们都在向拉萨靠拢,希望能够得到安全保护。街上的空气中透着恐慌的气息,从印度涌来的难民更是把恐慌推向高潮。

他找到带自己去宾馆的军人,被告知除了将他带到宾馆,并且把充满电的手机交给他,对于将要发生什么,这些军人一概不知,也拒绝提供任何帮助。但他们并不禁止楚南天的行动自由,似乎笃定他跑不了。

所以他唯一能做的事就是等待。

冷风吹来,寒气逼人。

手术的伤口隐隐作痛。这让他想起了萨迪许,开朗的大胡子医生静静地躺在屋顶的瓦砾里,浑身是血……这场景在脑海中挥之不去。

是我害死了他!这个念头不知道什么时候潜入了意识中,变得越来越强烈,让他带上了强烈的负罪感。

他还想起了饶晓华,自己的女朋友仍旧陷落在那群杀人不眨眼的魔鬼手里,生死未卜。

然而他什么也做不了!

他痛恨这无能为力的窘迫。

手机的呼吸灯慢悠悠地闪着,状态正常。这是一部卫星电话,借助司南卫星系统,可以在全世界任何一个角落实现通话。所以,小六并不是无法找到他,而是不愿意找他。或者,是出了什么状况?

楚南天深吸一口气,将一切纷乱的念头压制下去。他又看了一眼那漫天星斗,打算转身走回屋子里。

电话恰到好处地响了起来。悠扬的小夜曲从小小的机身中飘出来,四散在无边的暗夜里,屏幕被点亮,显示未知号码。

楚南天接通电话,“喂。”

“南天,是你吗?”电话里传来欣喜的声音。是哥哥!

楚南天不由一怔。自从他开始记者生涯,和哥哥就极少联系,逢年过节,也只是来去匆匆打个照面。

“哥?”

“真是太好了!终于能找到你,我们都快急死了。你现在在哪里?”哥哥在电话那头又惊又喜,语速极快。

“我还好,很快就可以回北京。”楚南天不想让哥哥担心。

“北京?你还是快回上海吧。什么谣言都有,说机器人要把人都杀光,街上所有的机器人都被关掉了,买袋米还要自己想办法搬回家。超市里的东西都被抢光了,应该戒严才对,至少要限购才行……”哥哥滔滔不绝地说着。

“哥,现在哪里都不安全,你要小心啊。”楚南天打断他。

“我们这边还好,上海总是安全的,说是陕西那边已经乱得很厉害,所以特别担心你。”

“我没事的。你从哪里拿到这个号码的?”

“哦,是有人告诉我的,说这个号码可以找到你。”

“谁?”

“我不知道啊,我接到一个电话,号码很怪,全是字母。他问我是不是楚南天的哥哥,我说是,他就给我一个号码,说是可以联系楚南天。然后我就马上给你打电话了。那次新闻里说你被一群恐怖分子抓走了,可把我们吓坏了。”

“放心,没什么问题。我很快就回北京了。”楚南天宽慰哥哥。

挂掉电话,楚南天长长地呼出一口气。他不想哥哥被卷入这事情里,就像一切他所卷入的事件一样,要么太肮脏,要么太危险,他只希望哥哥一家平平安安。长年下来,联系少了,感情变淡,变得可有可无。但是血浓于水,无论何时,亲人总是会关心自己的安危。

手机又响了起来。

这一次该是小六。

这一次他没有先开口。

“楚南天,我是小六。”果然是小六。

“你把我哥哥扯进来干什么?!”楚南天喊了一句。

“至少这个世界还有人牵挂着你。难道让你哥哥一直替你担心好吗?”小六冷冷地说。

楚南天一时语塞,随即挪开话题,“你想要我怎么办?”

“原本你回来,可以对公众揭露人类日的阴谋,唤起公众对机器联盟的警惕,推动政策改变。但是战争爆发,这一切就没有太大意义了。唯一有意思的事情,是人类日运动的骨干纷纷成了风云人物。机器联盟发动战争,他们一夜之间就获得了合法性。也许你还能把胡安康的事揭露出来,但那也没有什么大的作用,如果人类还能有历史,那么历史会记载胡安康是伟大的人类日运动的先行者,一个英雄,而不是你说的,一个潜伏的叛徒。”

“你的意思是我已经没有什么利用价值了?”楚南天的脸色阴沉下来,他没有想到小六会说得这么直白。

“我只是说你对目前的局势不会有大的影响,所以对于你的行动,我们没有特别的安排。”

“你说过你们有个紧急计划,需要我的帮助。”

“没错,我们曾经有这个计划,但现在重新评估之后,意义不大。”

楚南天沉默下来,他有一种被抛弃的感觉。

小六似乎觉察到了楚南天的不快,“但我们是朋友。从朋友的立场,我会尽可能帮助你。”他的声音很轻、很温和。

一个从未见过面的朋友。楚南天在心里默默地念了一句。

这个说法勉强能令人接受。

“我们?你说的究竟是哪些人?”他回到事情本身。

“匿名者。还能有谁呢?”

“就是让我自生自灭咯?”

“不要把我们理解得这么坏,我们没有恶意,也的确在全力帮助你。至少,我们帮助你逃出来,而且活了下来。”

这倒是一句实话。如果没有这个自称小六的人帮助，自己或许还被囚禁在那秘密基地里。突如其来的战争一降临，自己就失去了利用价值，或许已经被干掉。

楚南天已然冷静了不少。小六帮助他逃离机器联盟基地，帮助萨迪许给他做手术，还安排他逃离印度回到中国，已经帮了他许多。

一个人不该因为自己失去了利用价值而恼怒，哪怕真的被抛弃，命运之路还是要靠自己的双脚继续走下去。

他清了清嗓子，问道："那么现在这个情况，你有什么建议吗？我哪里也去不了。"

"我也没有什么好的建议，但是从目前的局势看起来，你还必须继续逃。三天之内，机器联盟很可能会发动新的攻势，它们要控制整个青藏高原，因为这里集中了地球上三分之一的聚变电站和深井矿藏。它们需要核动力电池；大量制造纳米机，还需要高品质的稀土矿供应，青藏高原的深井矿藏对它们很重要。"

"难道不能阻止它们吗？"楚南天一时忘了自己的处境。

"以现有的军事力量，不行。"小六说得很干脆。

"军队呢？我们的军队不是还很强大吗？"

"智能军事机器会被渗透，被机器联盟控制。三个星期前，机器人陆战旅一八七九部队被控制了。你曾经调查过军队的机器化程度，应该明白如果刨除掉智能军事机器，我们的军事力量还会剩下多少。"

楚南天沉吟着，如今的军队大量依靠智能战争机器，这是一个长期被抨击的现实，人们的着眼点总在于这些机器的能力过于强大，超出实际需要，哪怕成立了联合政府，各个政府之间仍旧钩心斗角，销毁战争机器的呼声很大，进展却很小。恐怕谁都没有想到，突然间这些机器会摆脱人类控制，成为人类公敌。

“所以我们的军队根本无法抵抗它们的进攻？”

“目前看来是这样。青藏高原现在也很危险，这些机器人会屠城，我建议你尽快想办法离开。”

楚南天默然，在印度小城库拉，他已经见识过惨烈的屠城。机器人不要俘虏，也许它们根本没有俘虏人的需要，它们毫无怜悯地毁掉每一幢建筑，杀死每一个被发现的人。

“难道……这么多人……难道政府就这么听之任之？”楚南天感到口干舌燥，勉强问了一句。

楚南天再次沉默下来，乌鲁木齐是欧亚大陆桥的枢纽，向西，穿过哈萨克斯坦、俄罗斯、乌克兰，连通波兰和德国，最后直抵大西洋北海的荷兰阿姆斯特丹；向西南，通过伊犁，贯穿巴基斯坦，直抵印度洋阿拉伯海卡拉奇港，这是中国内陆极其重要的贸易路线，如果乌鲁木齐被机器联盟直接摧毁，这是对世界经济的一个致命打击。

“公共交通都实行了军管，我哪里也去不了。”楚南天说出了实际的困难。

“你不能使用公共交通，因为实际上没有公共交通，铁路线已经被摧毁了，公路也中断了。如果你真的想跑，不管有没有车，尽量往荒野里跑，往山里跑。躲过机器人的这一轮攻击再想办法。带着这部电话，如果我发现什么问题，可以找到你。”

“为什么不提示所有人都分散开跑？”

“这没有用，因为被杀人机器发现，就会被追杀到底。大面积疏散只会把机器人引到荒野里。它们很灵活，聚集成群还是单独行动，捉摸不定。少数人逃跑隐藏还有一定可能性，多数人逃跑的后果和多数人都待在城里的后果是一样的，绝大部分人都会被杀死，一些人因为隐蔽躲过一劫。更何况，大多数人都没有荒野求生的能力，不被杀死，也会饿死、病死在野外。”

小六的描述不带一丝感情，似乎他也是一个机器人。

楚南天五味杂陈。对于小六这样的匿名者来说，一切都像是一场数字游戏，他们精确地计算好每一个步骤，追求最大的效益。

但他们的确在试图保护自己。楚南天不知道自己该感激这样的保护还是拒绝。

“如果还有人牵挂着你，希望你安然无恙，那就先努力活下去。”小六不紧不慢地说，“你救不了全世界，你要先救自己。”

小六说得如此有道理，楚南天感到无言以对。是的，他刚刚告诉哥哥，自己很快会活着回到北京去。

而小六告诉他，如果想活下去，马上就要开始逃亡。

这就像一个圈套，把自己套了进去，一切都在小六的操纵之中。还好这是一个善意的圈套。

在荒芜的青藏高原上进行一场没有终点的逃亡，这让他感到一丝畏惧。荒芜的高原不知道吞噬了多少探险者的生命。

“我应该向哪个方向跑？四川还是云南？”楚南天问道。

“川藏公路的状况好一些，但是不要靠公路太近，容易被发现。其他的情况，我也不了解，只有靠你自己了。”

“我还有多少时间可以准备？”

“越快离开拉萨越好，带上至少两个星期的食物和水，我可以通过军管局给你一些食物和水。”

“我会自己想办法。”楚南天拒绝了小六的好意。这像是以公谋私，他不喜欢。

“你自己有办法，自然最好，如果有需要，去找老康，就是接你的那个人。他会帮你。”

楚南天点了点头，仿佛小六能够看见似的。

电话两端都沉默下来。

片刻之后，小六开口说：“祝你好运，楚南天！”说完，就挂断了电话。

“谢谢你！”楚南天回答，然而耳边只剩下一片静默。

他收起电话。

下一次通话不知道会是什么时候。

楚南天从宾馆出来就向着“相会布达拉”奔去。壮丽星空下，拉萨的街头很安静，只听见自己的脚步声回响。白天招展的五彩经幡在夜幕下都成了灰白的颜色，沉默低垂。

“谁？”严厉的呵斥从街角传来，随即传来枪栓拉动的声响。

这个时候，应该是宵禁的时刻。

楚南天收住脚步，高举双手，“我要赶去‘相会布达拉’客栈，有急事。”

两个士兵从街角的暗堡中钻了出来，端着枪向楚南天靠过来。其中一个士兵举着明晃晃的手电照过来，楚南天被光刺得睁不开眼。

“是你！”士兵认出了楚南天，“这么晚不在宾馆待着，出来做什么？”语气中客气了许多。

“我有急事要去‘相会布拉达’客栈。”

“什么急事？现在是宵禁，明早再说吧。”

楚南天不知如何解释，只得硬着头皮说：“据说机器人就要进攻了，我要找朋友商量怎么躲藏。”

两个士兵对望了一眼。

“散布假消息引起恐慌是刑事罪行。”士兵继续说，“不过我认识你，我妹妹很喜欢你的节目。”他顿了顿，“你这样走只会被抓起来,我可以送你过去。”

楚南天喜出望外,“这样太好了。你有什么条件?”

士兵走向一旁的军用越野车,“过去再说吧。”

越野车沿着空旷无人的街道奔驰。

士兵开口了,“我妹妹是你的粉丝,她叫李茹萍,网名叫‘真爱如尘’,我已经联系不上她了,但就算联系上,她也不会听我的话。她是个人类日运动积极分子,都有点儿疯了。

“如果有机会,你能遇到她,或者就是在网上给她留个信,你的话她一定会听……”

士兵沉默下来,似乎在考虑该留什么信。

半晌之后,士兵开口了:“趁来得及,换一个机器身体,要不然,命就没了。”

楚南天不由怔住。

军车猛地刹车。

士兵在驾驶盘下利索地掏摸着,很快就拿出什么东西。那是一张照片,士兵掏出笔来,在照片背后写了几个字,然后递给楚南天,“这是她的照片,名字和电话我写在后边了。”

楚南天默默收起相片,放进兜里,下了车。

“帮我把口信带到。”士兵说了一句,话音刚落,军车遽然启动,转眼消失在街道拐角处。

楚南天捏了捏口袋,相片韧韧的,还在那里。他突然想起,还不知道这个士兵的名字。士兵根本没有提到自己的名字。

楚南天抬头。巨大的牌匾高挂,昏黄的灯光打在“相会布达拉”五个字上,大红的字体泛着厚重的光。牌匾之上,灿烂星空静谧依旧。

一刹那间,楚南天的心头泛起一股暖流。

第十七章　荒村古庙　楚南天

大山就横在眼前，绵延不绝。

“这里没办法了，我们只能从公路走。”卢行健一摆车头，越野车从山坡上冲了下去，很快上了公路。

川藏公路是一条双向四车道的大路，然而路上一辆车也没有，只有卢行健的这辆车在奔驰。

“这段路三十公里，没别的地方可以过，全是盘山路。”卢行健一边说着，一边冲进了山里。

这是一条在山谷间蜿蜒的路，两旁都是陡直的悬崖峭壁，光秃秃的，寸草不生。

楚南天紧紧拉着座旁的扶手，不自觉地绷直整个身子，紧张地望着车窗外。

“过了这段路，就有很多村镇，我们找个地方休息一下。”卢行健说。

楚南天点点头，他的视线一刻也没有从车的前方挪开。

他们已经在野外奔驰了一个昼夜，疲惫不堪，是该找个地方休息一下。

山势骤然收紧，越野车仿佛就是在一道狭缝中通行。

“这里原本有个哨所，后来撤销了。”卢行健指了指一旁，“看见了吗？那个房子。”

一栋圆顶的红灰色建筑物一闪而过。建筑物下方的空地上堆满了各式各样汽车的残骸，被拆得七零八落，就像一个废车垃圾场。

这情景有些古怪。

“山坡后边还有个仓库，说是一个军火库，但也废弃了。”卢行健继续说。

楚南天隐约觉得那灰红色的建筑里有人正看着自己，心里一阵忐忑。“慢一点儿！”楚南天喊了一句，想看得清楚些。

卢行健急踩刹车，越野车硬生生地停住。

几乎就在同时，那红灰色建筑的窗户里发出一道闪光，一枚火箭随之从越野车前方一掠而过，撞在山崖上，燃起一片火光，剧烈的爆炸声震耳欲聋，猛烈的气浪让越野车颠簸了一下。

遭到了偷袭。

“快跑！”楚南天大喊，卢行健将油门一踩到底，越野车的马达发出一声尖利的呼啸，推动车子如离弦之箭般飞驰出去。原本在后座上沉睡的三个孩子惊醒过来，不知所措，缩在座椅上，紧紧地拉住安全带。

原本他们该被火箭弹击中，一命呜呼，幸运之神让他们和死神擦肩而过。然而如果敌人再来一发，越野车是躲不过去的。

但那躲藏在暗处的敌人并没有来第二发。

盘山公路转了一圈，越野车开到了高处，从车里望下去，可以看见那建筑的圆顶。一团黑乎乎的东西从建筑里出来，那是行走的探路机器，样子并不像人，而是一个四四方方的盒子，望过去就像一只小小的绿色甲虫。虽然并不能看见它的眼睛，但楚南天能够感觉到它正注视着自己。

那是一种奇怪的感觉,似乎自己曾经在什么地方见过它。

转眼间,越野车绕过山坡,把它隔绝在视野之外。

“他妈的,那是什么东西!”卢行健骂了一句。

“没事的,继续睡觉吧。”楚南天回头安慰三个孩子。

卢行健的儿子十二岁,比那两个印度孩子高出一头,他看着楚南天,“他们是要杀死我们吗?”

楚南天默默点头,随即说道:“但是你爸爸会保护你的,叔叔也会保护你。”

“他们是机器人?”

“有一些是,我们还不知道他们究竟是谁。”楚南天回答。他的确不知道这一切的背后究竟隐藏着什么人。奥灵之手显然只是机器联盟的打手,机器联盟的背后不知是否还有某个犯罪组织。

这些问题都很重要,只是还有更重要的事:逃命。

楚南天坐直身子。

机器联盟已经渗透到了交通动脉的关键部位,或许已经封锁了整个高原。小六的情报是正确的。

“如果能离开公路,我们就尽量离得远一点儿,方向不错,总能找到进入四川的路。”他对卢行健说。

“就这一段,别的地方,我们都在野地里开。”卢行健胸有成竹地回答,刚才的突发事件似乎并没有影响到他。

卢行健在藏区的野外活动了八年,熟悉地形。能有这么一个伙伴真是太好了!

然而,这一段盘山公路仍旧凶险之极,太多的地方可以作为埋伏点,只要遭到攻击,就能轻而易举地把车子炸成碎片。

越野车不断左弯右拐，楚南天的心始终悬着，直到车子最终驶向一片开阔地。

越过一片丘陵之后，再也看不见川藏公路了。

楚南天这才松了口气。

大地像一块巨大的褐色地毯般起伏不定，越野车在荒无人烟的原野上疾驰。阿米丽塔突然哇的一声吐了出来。

普洛天扶住她的肩头。

卢行健放慢了车速。

楚南天拿起纸巾递过去，同时告诉普洛天："给她喝点儿水，让她往窗外吐。"

"速度慢一点儿，孩子们吃不消了。"他又向着卢行健说。

"我找个地方休息一下。"卢行健放慢车速，同时打了个方向，向着一个山坡地开了过去。

车在山坡顶上停了下来，这里是一条平缓的山脊，视线开阔，能望出很远。川藏公路仿佛一条黑龙，在远方的山丘中蜿蜒出没。

孩子们下车休息，楚南天忙着清理阿米丽塔的呕吐物，卢行健从车后厢拿出一大袋饼干和两瓶水，分给自己的儿子和普洛天。

当楚南天把最后一块粘着秽物的纸巾封进塑料袋后，他抬头望了望远方。不经意间，只看见靠近公路的一个山坳里有十多幢白墙黑顶的房子，在这些白房子中间，是一座黄墙红瓦的寺庙。

他把秽物袋扔进车内的垃圾盒里，转身向着卢行健，指着那边的村子，开口问道："那儿有个村子。你知道是什么村子吗？"

卢行健瞥了一眼，"这个小村子我见过，但也不知道什么名字，这种小村子很多，是原始村。"

"过去看看，说不定可以在那里住一晚。晚上赶路太危险。"

卢行健点点头，看了阿米丽塔一眼，"让这小孩再休息一下，我们再上路。”

“叔叔,飞机!”普洛天突然叫了起来,指着远方的天空。

楚南天心头一颤,顺着普洛天所指的方向望去。果然,天边有一群黑乎乎的飞行器,就像一团黑乎乎的云正在飘动。它们并没有向着这个方向来,而是顺着地平线飞行。楚南天向着高处跑去,试图能看得清楚一点儿,他很快跑到了山脊的最高处,翻身站在一块凸起的大石头上,极目远望。

移动的云团逐渐贴近地平线,最后没入地平线之下。

那真的是一群无人机。

是谁的无人机?中国军队吗?还是属于机器联盟?它们去的大致方向是拉萨。

楚南天忧心忡忡地从大石头跳下来。卢行健站在石头旁,气喘吁吁,见到楚南天,不由上气不接下气地问道:“你怎么能跑这么快……这是高原……跑得快会缺氧。我待了这么久也不敢这么跑!”

楚南天一愣,随即意识到这是鸟肺的功劳。他苦笑一下,“我换了一个人工肺。”

卢行健愣住了,“人工肺?你不是说笑话吧。”

楚南天拉开领子,让卢行健看到了锁骨上缝合的伤口。

卢行健眨了眨眼,“你是反对人体机器化的。”

“他们给我换上人工肺,也是为了救我的命。”楚南天一边说一边向着车子走去。他脚步轻快,很快靠近了越野车,回头一看,卢行健还远远地落在后边。

他让孩子们上车,自己则坐在副驾驶位上等着卢行健跟上来。

卢行健追上来,一屁股坐在驾驶位上,仍旧气喘吁吁,“他妈的，老子也要去换一个！管它是不是短命，这有鸟肺和没鸟肺，就是不一样！”

车子向着村落而去，楚南天神色漠然地坐着，心头却翻江倒海。

不经意间，他意识到一个事实：他已经和常人不同了，一个功能卓越的鸟肺帮助他在高原上健步如飞，完全没有任何呼吸问题。这种改造和他一直以来的主张相悖。反对机器化的理由各种各样，比如脏器的机器化会引起严重的身体机能问题，新陈代谢紊乱，让人变得短命。这正是卢行健所说的意思。然而，他一直知道，那只是一些捕风捉影，以讹传讹的谣言。他反对机器化，根本原因是机器化会给人类带来极大的不确定性，当人和非人的界限都变得模糊，世界将会走向何方，这关乎生命和存在的终极意义。然而，此刻他意识到，无论多么复杂而深刻的思想，在生存还是死亡的拷问面前都是虚弱无力的，生命最大的渴望，是将自己延续下去，至于那是肉体还是机器，或者只是电子信号，其实并不重要。他坚持多年的理念，一夕之间就崩塌成了废墟。

然而，这看起来像是一种辩护，一种为了自己更换鸟肺而做出的辩护。他的行为看上去像是一个变节者的作为。在那些最富有理想主义的支持者的眼中，这无疑是彻底的背叛。

他感到自己的世界开始分裂。无论如何，从前的那个楚南天已经不在了。当萨迪许在他身上成功地完成手术，获得新生的不仅仅是他的躯体，也包括他的灵魂。他只是有意无意地避开了这一点，直到卢行健无意间点破了这个他不曾正视的事实。

楚南天心事重重，一路沉默。

车开进了村里的水泥路。年久失修的水泥路斑驳龟裂，路况极差。卢行健骂骂咧咧地抱怨这是从来没有过的情况。

村子里很安静,几乎没有人。

这情景引起了卢行健的警觉,“怎么会看不到一个人?”他将车速降得极慢,四下张望,希望能找到人迹,哪怕有个影子也好。

“那儿!”楚南天指着前方。

道路的尽头是寺庙的大门,色彩缤纷的经幡悬挂在寺门四周,门口放着转经桶架子,一个身穿黄袍的喇嘛背对着这边,正在打扫庙门前的石阶。

卢行健一轰油门,迅速向着那寺庙冲去。

越野车的响动惊动了喇嘛,他回头张望,看见了楚南天一行人。

卢行健走到身前,双手合十行礼,楚南天跟着他行礼。

“阿卡喇嘛,请问这村子里的人都到哪里去了?”

“村民早搬走了,喇嘛们也走了,只剩我守着寺庙。”喇嘛很快回答,他看了看楚南天,又看了看站在两人身后的孩子们,“施主行色匆匆,如果是要借宿,寺庙里倒是还有两间房可以暂住。”

他的汉语说得极为顺溜,带着些许江浙口音。

卢行健露出惊讶的神色,“大师不是藏人喇嘛?”

“我是汉人,修的是禅宗,在这里借庙修行,法号正智。”说完双手合十,深深一揖。

楚南天和卢行健慌忙还礼。

卢行健把车开到一幢民房后掩藏起来。楚南天带着孩子进了庙门,跟着正智和尚,进了侧门,在一扇房门前停住脚步。

“施主请在这里休息。我还要把庭院打扫干净。”正智说完,施礼退出门去。

楚南天推开房门。这是一间简朴的居室,放着四张单人床,床上铺盖俱全,一看就知道是寺庙里专为了香客准备的客房。

"我们今晚就住在这里。"

几个孩子欢呼一声,拥进了屋里。两天一夜的颠簸,早已让他们疲惫不堪。

楚南天在庭院里找到了正智。他正在打扫庭院,见到楚南天,停下手中动作,双手合十作揖。

"打扰大师了。"楚南天说着,瞥见一旁的角落里立着两把扫帚,当即走过去,拿起一把,和正智一起扫起地来。

正智微微一愣,随即说道:"我只是个普通的和尚,叫我正智就行。"说完继续打扫。

庭院里原本就很干净,两人很快就打扫完毕。收拾工具的时候,正智突然开口:"施主似乎有心事。"

楚南天心头微微一惊,扭头看着正智,"大师怎么知道?"

正智微微一笑,一边从袖子里取出一串佛珠,套在手上,缓缓转动,一边开口说道:"洒扫清洗,原是最简单的事,然而施主手脚乏力,步履散乱,所以这笤帚扫过,心头却仍旧不宁。心事重重,再显然不过。我佛慈悲,普度众生,或可解施主心头所虑。"

楚南天苦笑,"大师所言极是。"他猛然想起了什么,"大师怎么会到藏区来修行?"

"天下佛门,同出一源,哪里清静,哪里就是修行的好去处。"

"大师从哪里来?"

"普陀山普济禅寺。"

楚南天惊讶起来,"普陀山?"普陀山是佛家胜地,楚南天虽然并不信佛,但是有许多信佛的朋友,普陀山是他们最常去的许愿地。从普陀到西藏,一个在东海之滨,一个在世界屋脊,很难想象一个普陀山的和尚居然跑到了西藏来修行。

正说话间,卢行健跑了进来,看见楚南天,大声喊道:"楚南天，快来看，有车队，是军队！”说着他又匆忙跑出门去。

楚南天和正智和尚跟着卢行健出了庙门。站在庙前的台地上，三个人极目远望，只见远方的公路上车流滚滚，都是黄绿迷彩色的军车，还有坦克、大炮排成纵列，仿佛钢铁洪流，向前涌动。天空中，直升机盘旋，在车队前方警戒。

“是我们的军队！”楚南天说了一句。

他头一次见到这样大规模集结的军队，场面比国庆纪念日的阅兵仪式更壮观。

“阿弥陀佛！”正智双手合十，双目微闭，念了一声佛号。

“真是太牛了！揍它丫的。”虽然卢行健在西藏已经待了十多年，骂起来还是满口京片子。

终于看到一点儿像样的军队行动。但是军队能打赢那些机器部队吗？楚南天有些吃不准，他不禁伸手摸了摸内袋，硬硬的，小六给的手机还在。

洪流般的车队向前涌动，一直到夜幕降临才终于消失在视野之中。

楚南天和孩子们一起吃了简单的晚餐，走到庭院里散心。走到亮灯的厢房外，向里一看，正智正在打坐。

楚南天放轻脚步，正想离开。正智却睁开了眼睛，“施主既然来了，何妨进来一坐。”

楚南天一转念，干脆进了厢房，在一块地毯上坐下，和正智面对面。

“施主此次旅行，可是和日间军队的调动有关？”正智开门见山地问。

“没错。”对出家人，楚南天并没有太多的好感，他见过许多真真假假的和尚，其中一些人连佛门戒律都不守。但是正智显然不一样,一个人在这荒无人烟的地方修行,没有坚定的信仰是办不到的。而且这和尚的确透着一种超脱凡尘的气质,完全不像自己从前遇见的和尚那样俗气。

“那么,战端一开,又要生灵涂炭了!”正智喟然长叹。

“战争已经开始了,而且已经有很多人死了……”楚南天把自己在印度的经历讲给正智听,正智留神听着,脸上始终保持着淡漠的神色。

“就是这样,因为怕被包围,我们从拉萨连夜逃出来,两天一夜,日夜兼程,就赶到这里了。”

“善哉善哉!”正智不住地念道,手中的佛珠不停地转动。

一刹那间,楚南天见到了正智手腕上银光一闪,仔细看过去,只见正智的手腕露出衣袖的部分赫然是银色。

楚南天心头一震,“大师,您的手……”

正智停止转佛珠,撸起右手的袖子,“施主是说这手吗?”

一只机械手赫然出现在楚南天眼前。

正智和尚的整个前臂,竟然都是机械手臂,只是手部用了仿生的模拟,轻易看不出来。这是一只高级的机械手,灵活自如,和真正的人手几乎完全一样。

“大师……”楚南天想说什么,却不知如何说起。机器无处不在,这高原之上的荒废村子里,居然也可以见到如此高超的机器技术。

楚南天突然感到一丝悲凉。在这个机器无处不在的世界里,人类能有几分胜算呢?

第十八章　立地成佛　楚南天

天刚蒙蒙亮，楚南天已经醒了。

院子里传来响动，楚南天翻身而起，飞快套好衣服，到院子里察看。

正智和尚正在打扫庭院。

扫帚划过本已十分干净的地面，发出沙沙的响声，不疾不徐，就像沙漏里的沙缓缓掉落。

外边的世界天崩地裂，然而时间到了这里就有了不同的节拍，仿佛世界永恒，万物静好。

正智转过头，看见楚南天，微微一笑，"施主早。可是要早行吗？"

"大师，我们还是要抓紧……赶路。"楚南天原本想说逃命，可是感到这种词在正智面前说出来实在不合适，转念间换了一个词。

"跟我们一起走吧！"楚南天紧接着说。昨天晚上，他费了许多口舌，试图说服正智和他一道逃命，然而正智一笑了之，根本不回应。

果然，正智微微一笑，"有劳施主费心了。"说完继续默默地扫地。

他的右胳膊动作协调，如果不是亲眼所见，楚南天根本不会认为那是一条机械手臂。正智就和自己一样，都需要用机器来让自己变得更像一个完整的人。不知道为什么，楚南天对这个和尚充满了亲切感。

正当楚南天寻思还有什么话可以打动正智，远方突然传来一阵沉闷的嗡嗡声。抬头看去，一架白色飞机正在晨曦中缓缓掠过天空。飞机飞得很慢，像是一架农用飞机，完全没有任何威胁，楚南天却心头一惊。

他仿佛感觉到有一双眼睛正看着自己。

如果这是机器联盟的侦察机，那么它一定发现了越野车。

楚南天匆匆和正智道别，跑去找卢行健。

卢行健睡得像一头死猪，呼噜震天，被楚南天推醒后老大不高兴，“干什么呢？”

“我们必须赶路！”楚南天严肃地正告他，“我看见侦察机了，说不定是机器联盟的。”

卢行健顿时清醒过来，骨碌一下起身，伸手就去推一旁的儿子。

楚南天拦住他，“让孩子再睡一会儿。我们去准备一下，也向和尚道个别。”

两个人走到院子里，正智已经不见了。

“我去找和尚，你去检查一下车况和干粮。”说完两个人分头走开。

正智正在偏房里打坐。

“大师，我们要上路了。”

正智睁开眼睛，并没有看楚南天，似乎正思索着什么，片刻之后，开口说道：“施主昨晚说，机器军团从印度那边过来，要攻击拉萨。”

“大师,昨天你也看见了,我们的军队正向拉萨方向开进,他们就是去打仗的。”

“但机器不应该要打仗啊,只有人才会相互争斗。”

“谁也不知道这幕后有什么故事,但是现在的情况就是大量机器人都被它们控制了,正在到处攻击人类。”楚南天说着忍不住再次劝说,“大师,这里也不安全,还是跟我们一起到四川去吧。”

正智缓缓摇头,说道:“心有佛陀,随遇而安。出家人无惧生死,只求清静。”

楚南天还想说话,突然外边传来卢行健的喊声:“南天,快来!”

喊声很急迫,似乎遭遇到了紧急的情况。楚南天立即转身跑了出去。正智缓缓起身,跟在楚南天身后不紧不慢地向外走。

跑到庙门口,楚南天一下子站住了。卢行健正站在越野车旁,打开了一扇车门。车里塞满了各种各样的物件,门一开,全掉落出来,撒满一地。

看见楚南天来了,卢行健指了指地上的东西,叫道:“这些可不是我们的东西!”他的语调中带着一丝惊恐。

地上散落着各种各样的金属零件。

楚南天也惊疑不定。

昨晚有人打开了车门,往车内塞满了各种破旧的零件。实在无法想象,这样的恶作剧有什么意义。而那个搞出恶作剧的人,神出鬼没,让人无法不害怕。

忽然之间,被窥看的感觉再次浮上心头。

什么东西就在附近躲藏着。

楚南天四下张望,却没有发现任何异样。

然而楚南天很快就听到了异常的咝咝声,循着声音望去,只见拐角处，一个四四方方的绿色盒子正缓缓移动。它似乎在原地转圈，又微微漂移，向着卢行健靠近了一点儿。

“行健！”楚南天提醒卢行健注意。

卢行健退后几步，跨上台阶，和楚南天并肩站着，低声嘀咕：“这是什么鬼玩意儿！”

“阿弥陀佛。”背后传来正智念佛的声音。

这东西似曾相识。

“我好像在哪里见到过。”楚南天向卢行健说。

卢行健从地上捡起一根粗大的钢条，紧紧握住，眼睛紧盯着那怪物，全力戒备，准备一旦它靠近就给它一棍。

绿色方盒机器停止转圈。它没有眼睛，然而楚南天能够感觉到它正在打量着自己。

猛然间，楚南天想起了在哪里见过它。

“这是那个哨所，你说的那个哨所，我们被袭击的那次！”楚南天提示卢行健。

“什么乱七八糟的？”卢行健看了楚南天一眼，显然并没有明白。

“我们被袭击那次，车子开过去，有个机器从哨所里出来，样子就和它一样，也是绿色的方盒子。”

就是它！楚南天几乎认定了。昨天被袭击之前，自己也有莫名其妙的感觉，仿佛正在被人窥看。不知道什么原因，这个方方的机器就像和自己有心灵感应一样。

“奶奶的，都追到这里来了！”卢行健骂骂咧咧，身子往前凑了凑，摆出一副准备要冲上去狠揍一顿的模样。

“当心，它可能有火箭弹。”楚南天提醒他。

“阿弥陀佛。”正智又在背后念了一句佛号。

“我说和尚，你能不能别念了，它可听不懂。”卢行健念叨着，也并没有继续向前。

“该怎么办?”卢行健问。

楚南天也束手无策，犹豫几秒钟之后试探着问：“要不你冲进车里，把车开出来?”

“你想害死我啊！要是它真有火箭弹，肯定第一个把车炸了。这么近，怎么都能打中啊！”卢行健一边嚷嚷，一边小心翼翼地移动脚步向着敞开的车门靠过去。

“阿弥陀佛！”随着一声佛号，正智沿着台阶缓步而下，从卢行健身边经过，径直向着那绿盒子机器走过去。

“大师，它很危险！”楚南天出声叫道。

正智并没有理睬，走出十来米，站在了绿色盒子面前。

楚南天凝神屏息，注视着他们的一举一动。

绿色盒子的高度正好能够到正智的膝盖。正智蹲下身子，伸出手去，握住了方盒子侧边的什么东西，一用力，竟然将它掰了下来。

绿色盒子仍旧没有什么动静，对正智的举动没有丝毫反应。

楚南天悬着的心稍稍放下。

正智和尚居然会摆弄机器，看起来还颇为精通。

卢行健垂下手，不再摆出一副高度戒备的样子。

“到车里去。”楚南天悄声说。

卢行健会意，上前两步，一屁股坐进了驾驶位，立即拉上车门。越野车启动，向后倒车，碰到地上散乱的零件堆，零件堆顿时散了，发出清脆的撞击声。

正智似乎正全神贯注地摆弄着绿色盒子，对身后发生的一切充耳不闻。

楚南天慢慢靠过去。

卢行健摇下车窗,悄声问:“现在该怎么办? 我去叫孩子们?”

楚南天摆摆手,同样悄声回应,“你把车开远一点儿,绕到庙后边,把孩子从后门带出来。”

“你呢?”

“我在这里看和尚会怎么办,应该没事了。”

“那跟我一起走啊。”

“去接孩子吧,在后面等着,我一会儿就来找你。万一情况不对,赶紧跑。”

“要走一起走!”卢行健的声音仍旧压得很低,然而语气却很坚决。

“先去把孩子接上! 我马上就来。”楚南天的气势把卢行健压了下去。

卢行健继续倒车,远离那个神秘兮兮的绿色盒子,他的动作幅度明显大了起来,一个急刹,轮胎在地面上发出刺耳的刮擦声。然后一转车头,转眼间没了踪影。

“大师!”楚南天小声试探。

正智高举左手,示意楚南天上前。

楚南天缓步走上前,在距离正智和那个机器盒子三米远的地方停下了脚步。

他惊讶地咧了咧嘴。

正智的右手臂和盒子里的某个接口连接在一起。

“它有话想跟你说。”正智说。

楚南天紧张地点头。

“它要你带它走。”正智仿佛成了一个能够和机器通灵的人。

“它是谁? 要干什么?”楚南天问道。虽然这奇怪的机器在正智身前很安静，看上去毫无威胁，然而如果不是一点儿小小的运气，自己和卢行健，还有三个孩子，都已经被它杀了。它尾随而来，也不知道有什么特别的企图。

“它有个代号，叫作SGD445。它想跟你走。”

“为什么？”

“它认为你认识它。”

“在公路上袭击我们的车，是它干的吧？”

“是的，它承认了。”

“为什么要袭击我们？”

“这是它所了解的唯一的交流方式。”

一种难以言传的荒谬感让楚南天更加不安。

“就是说它想和我们打个招呼，所以就放火箭弹攻击我们？”他的语气里带上了火气，随即想到这方盒子不过是个机器，和一个机器生气，又是何苦！火气顿时又消去了大半。

“它只是想到一个主意，要制造一个快速行动的机器，所以就开始凑零件。它从过往的车辆上凑取零件。用火箭弹攻击是为了迫使车停下。这是它所了解的唯一手段。”

“它难道不是机器联盟派出的杀手吗？”

“它不知道什么是机器联盟。”

“那它为什么会在那里？”

“它不知道自己为什么会在那里。”

一个什么都不知道的机器，为了造出车子躲藏在公路边，用火箭弹袭击过往车辆，失手后，带着自己搜罗的一堆零件赶了上来，要求搭便车……楚南天感到这已经超乎想象，根本无法将对话进行下去。

“大师，这机器很危险，我们还是先离开。”最后，他向正智提出忠告。

“我佛慈悲，普度众生。施主救人一命，胜造七级浮屠。”正智看着楚南天，双目间一派慈悲神色，似乎正示意楚南天收留这方盒机器。

“它是一台机器啊！”楚南天只感到这实在有些太荒谬了。

“有知觉者，即为众生。若说机器，贫僧这皮囊里也不少。施主你说呢？”

说话间，正智已经站起身来，右臂和盒子机器脱开了接触。楚南天想着正智的话，隐约间，觉得他若有所指。

“施主请随我来。”正智作了一个揖，转身向着庙里走去。

楚南天看了看那盒子机器，近在眼前，他看得分明，盒子的顶盖上，有两个白色的印刷字体：机六。

正智已经走到了庙门口，见楚南天没有跟上来，回头招呼说：“施主请跟我来，由它留在那里，它不会走，也不会害人。”

楚南天又看了一眼。绿色盒子静静地卧在原地。虽然没有眼睛，然而它正看着自己，楚南天对此确信无疑。

这究竟是怎么回事？自己怎么会和一个战斗机器扯上关系？

卢行健离开已经有一小会儿，孩子们这会儿应该已经在车上。想到这里，楚南天心里踏实了不少，他也有很多疑虑想向正智问个明白，于是转身跟上正智，回到庙里。

正智就站在院子中央。

他的右臂袒露着，在朝阳的光辉照射下闪着金属光泽。

“那个机器被一种很怪异的代码重新编写了核心程序。贫僧从未见过那样的代码，根本无法理解。但是这种代码一定是从纳米机体系继承而来，至少它保留了所有外接逻辑。”正智开门见山地说。

“大师懂机器逻辑？”

“当年曾经略懂一点，现在完全不够用。”正智淡淡地说，“这个机器本身智能很低，应该是一种特定用途的机器，或许是自动火箭弹平台。但是被重新编程后，它的智能模块被重构，逻辑类型变成了模糊逻辑型。与其说它是一台机器，不如说它是一只动物，只是有个机器的躯壳。”

“它差点儿就把我们一车人都杀了。”

“其中缘由，贫僧已经替它说过。它产生了一个想法，要造车，于是收集部件。从移动的车上收集部件，是一个途径。而它原本就能够对移动目标进行打击，于是就有了你们所遭遇的所谓袭击。”

“那它怎么又跟着我们来了？”

“它认为你认得它，因为它认得你。它认为你们的车和它是同类，所以来追赶。那些零件就是它带给你们的礼物。”

“车？车是同类，那人呢？”

“它见到了人，认为是车的组成部分。它见到你，认为你就是那个能够认识它的存在。”

楚南天越发感到荒谬。

“谁知道它会不会再产生一个想法，认为我们都是垃圾，直接用火箭弹把我们炸成碎片。它带着火箭弹吗？”

“它躯体内有十六枚小型火箭弹，但是它不会再用火箭弹攻击你们。”

“大师怎么知道？”

“因为贫僧封闭了它的编程通道，它的逻辑回路无法再进行重新编程，而是永远保持现在的逻辑回路。”

“大师为什么要这么做？”

“机器有了自我意识，就是生命。它的这些代码如果加以修改，很容易就让它丧命。封闭了编程通道，好似生长完成，它也就不会再发生特别的变化。”

“它究竟是怎么来的？”

“各种机缘巧合，难有定论。施主救人一命，胜造七级浮屠。”

“救它？”

“万物有灵，机器有了生死，也是生灵。”

“大师的意思，是要我们带上它？”

“正是此意。”

“那不行，它太危险。大师你能够和它交流，我们根本没法和它交流。它想什么，我们根本无法了解。大师也请离它远一些，机器和人不一样，它们随时可以改变记忆和行为方式。”

“它的逻辑回路不能再进行改动，除非进行物理破坏，否则不会有行为模式的变化。况且如果施主带上它，也是一个极好的帮手。”

“帮手？”

“施主不要忘了，它的前生是一辆自行火箭发射车。我佛慈悲，不得妄动杀念，然而防身自卫，也是应有之义。”

正智说的似乎有些诱惑力。前往成都的路途仍旧遥远，如果这个机器能够充当保镖的角色，倒是一个非常不错的选择。

楚南天微微思索，还是摇了摇头，“大师的好意我心领了，但是一路上不会有什么危险，相比之下，倒是这个机器更危险。我们尽快上路，对不住大师了，只能把它留在这里。”

正智低头，宣了一声佛号，“阿弥陀佛。”也不再说什么。

正在这个时候，卢行健从一旁走了出来，见到楚南天和正智在院子里站着，急忙招手，压低声音说：“车在外边等着，孩子们都上车了。”

楚南天向正智颔首，双手合十施礼，然后和卢行健一道匆匆向着后院走。

后门敞开着，还没出门，楚南天已经听到了孩子们说话的声音。

“别动它！我先发现的，归我了。”这是卢小宝的声音。

普洛天叽里咕噜地说着英语，似乎两个人正在激烈地争吵。

楚南天有些惊讶，看了卢行健一眼，卢行健的神色也很诧异，两个人加快脚步，赶出门去查看。

三个孩子都下了车，在车旁站着。在他们面前，正是那个绿色的方盒子。它在孩子们面前打转，两只机械手臂从底盘下伸出，向着身体两旁举起，就像螃蟹高举着双钳。

卢小宝的一只手放在机器的顶部，另一只手则试图将普洛天隔开。

楚南天一阵慌乱，这个怪异的机器竟然追了过来，还和孩子们混在一起。他冲上去，一把将普洛天兄妹两个一起抱起来，放回车厢里。卢行健也一把将自己的儿子拉开。

方盒机器向后退了两米，两只机械手左右挥动，似乎正示意什么。

“怎么办?”卢行健一手拉着儿子，两眼直直地瞪着楚南天，希望他能拿出个主意。

楚南天一时间也不知道怎么办，只是把普洛天兄妹挡在身后，紧紧地盯着眼前乱舞的机器。他知道，如果这个机器真的发射出火箭弹来，那么他也保护不了身后的人，连人带车都会被炸飞，全部完蛋。

“阿弥陀佛。”一声佛号传来。

楚南天的心顿时一定，仿佛这声佛号有魔力一般。

“施主，既然此物和施主之间还有缘分未了，贫僧不才，来做个和事佬如何？”正智一边说一边走过来。

“大师，我们谈过了，这个东西太危险，我们不能带着它走。”

“贫僧方才想了想，施主怕它，贫僧却不怕它，无非是因为贫僧能听到它的话语，而施主不能。所以，如果施主也能听见它的话语，那么自然也就不怕了。”

“叔叔，它不就是个玩具嘛！”卢小宝大声喊，被他老爸一拉，止住了下文。

楚南天扭头看了看正智。和尚仍旧不放弃让自己带上这机器，或许真的可以试试。

正智也并不理会楚南天答应与否，径直走到了绿色盒子机器前，伸手在它的顶部摩挲着，“放下屠刀，立地成佛。今日，你我也是有缘。”

他右手的金属骨骼上伸出几支细小的探头，插入绿色盒子的接口电路中。

第十九章　泡影当年　楚南天

正智从绿色盒子带来的一大堆零件中找出一个喇叭，装在它的顶部，又调整线路，将喇叭接入某个回路。

线路接通的一刹那，绿色盒子就变得喋喋不休，也许是过于兴奋，它不停地重复同一句话："太好了！"

发出声音只是容易的一步，让它能听到声音并理解别人话语的意思就没那么简单，为此正智不得不在得到卢行健的许可后，从车里拆下了行车助理给绿色盒子装上。

这下子它变成了一个对话机器。

"你叫什么？"

"我的型号是SGD445，制造于2073年第三十五周。"

"你没有名字吗？"

"名字不是型号吗？"

"你跟着我们干什么？"

"我要找到伙伴。"

"我们不是你的伙伴。"

"你们是我的伙伴。我发现你们是我的伙伴。"

它的智力显然并不高明，无法回答稍稍复杂一点儿的问题。

“叔叔,我们带上它吧!”卢小宝又开始求情。他一看到这个四方的机器盒子就无比好奇,见到它能够进行对话,更是一心想要把它留下来。

“它攻击我们!”楚南天对卢小宝说,“带着它还是太危险了!”

“危险？危险是什么意思？破坏等级很高?”盒子问,它的两只机器手一直保护着刚装上的喇叭。刚刚获得说话的能力,它对此万分珍惜。

“你是个杀人犯。”卢行健站在远处,“你打翻过多少车辆?”

“共拦截四辆车。我没有注意到车上有人。人是车的逻辑运算中心,我之前并不知道这一点。”

“现在你知道了。”

“所以我跟上来了。”

“你究竟要干什么?”

“我应该和同类在一起。”

“你认为和我们是同类?”

“你们是车的运算中心,我也想成为车的运算中心,所以我们是同类。”

“是你个姥姥!”卢行健向着脚边啐了一口。

“降低破坏等级可以减少危险。”盒子自顾自说了一句,然后开始排出一颗颗拇指般粗细的子弹,用机械手将它们在地上整齐地排列好。

一颗又一颗,总共十六颗。

“火箭弹卸载完毕。破坏能力下降为零。这样是否我就不危险了?”盒子问。

乌黑发亮的袖珍火箭弹透着沉甸甸的质感。

楚南天捡起一颗,仔细端详。拇指般粗,和自己的手一般长短，放在手掌中，可以握住。这火箭弹足够袖珍，然而小小的体积内却蕴藏着惊人的威力。

“红矢十七火箭弹，标准微型弹，爆炸威力十六公斤标准梯恩梯。”感觉到楚南天拿起了火箭弹，机器盒子自动报出了弹药型号和性能参数。

“施主，它已经没有危险，就带上它走吧。它留在这里，终究是毁于一旦……贫僧有个故事，倒是愿意一讲。不知道施主愿意听否？”站在一旁许久不说话的正智突然开口了。

楚南天放下火箭弹，说道：“还请大师指教。”

“从前有个少年，精于人工智能算法，不到三十岁，他就已经在许多著名大学担任荣誉教职，开讲授课。他的课场场爆满，连走廊都挤满了学生。因为不仅他的课讲得好，他对人工智能的新颖观点也吸引了很多人。他认为所有的人工智能都必须被限定在安全的领域内，而那些将自身改造的人类，则不应该还算是人类，必须限制公民权。”

“你说的是胡安康？”楚南天听着觉得这故事像是胡安康当年的事迹。这个人类日运动的发起人曾经戴着天才少年的光环，在人工智能的圈子里赫赫有名。

正智微微一笑，并不作答，而是自顾自继续讲。

“他和几个志同道合的朋友一起，发起了一项叫作人类日的运动。因为借助于各种机器，越来越多的人变得面目全非。当年发生过一起著名的作弊事件，在高考中，有个学生将芯片植入脑内，携带了题库，结果在考场里精神过于紧张，当场昏厥，事情大白于天下，引起一片哗然。

“他发表文章，对这件事进行了强烈的抨击，并且借助此事的社会影响力，成功地发起了各地的抗议浪潮。一切原本都按照计划进行,非常顺利,然而一个偶然却彻底改变了一切。”

正智娓娓道来。楚南天默默地听着,他心里有个预感,正智所说的故事,应该就是胡安康的事。对于人类日运动,人人都知道这个席卷全球的运动背后有一个有力的组织,而胡安康正是那个组织的领导人。胡安康已经死了,而且死得很难看,被人把头砍下来,变成了一个傀儡。这个正智和尚和胡安康之间或许曾经有过一些关联,知道一些内幕。他全神贯注地听着,以至于连机器盒子移动到了车旁都没有注意到。

“你干什么?!”卢行健的怒喝打断了正智的故事。楚南天回过神来,看过去,只见卢行健正用一根棍子将绿色盒子从车旁推开,“不要碰我的车!”

“我知道怎么开车,由我来开车是最优选择。”绿色盒子争辩着,却也并不反抗,向后退开几米。

“少安毋躁,大家都听我把故事讲完。”

正智顿了顿,继续往下说。

“那时发生了一次偶然事件。这个年轻人乘车赶赴一个集会,他要在集会上发表演说,以一个人工智能专家的身份号召大家警惕人工智能。这是人类日运动的一项活动。然而在路上,他看见了三个男人正在追打一个女人,本来那女人已经跑开了,但被什么东西绊了一下,跌倒在地,被凶徒追上,狠狠殴打。于是他停了车去阻止。这些男人告诉他,他们要惩罚这个女人,因为她装了义肢。那个女人的裤腿上破了一个口子,能明显看出她的右腿的确是一条金属腿。三个男人宣称自己是人类日的忠实拥护者,要实践人类第一的理念。年轻人和三个暴徒说理,告诉了他们自己的身份,并且说人类日的运动宗旨和暴力完全不相容,装一条义肢并不是人类日运动绝对禁止的行为。这些男人却根本不理睬,其中一个乘机撕破了女人的左裤腿，结果女人的左腿也是一条义肢。”

说到这里，正智停了下来，轻叹一声。显然这故事在他心中搁置已久，回想起来万般感慨。

“那些男人鼓噪，他们认为那个女人做了躯体置换，几乎是个完全的机器人了，当下就要划破她的脸看个究竟。女人被吓坏了，大声尖叫，说自己不是机器人。年轻人也不知道该怎么办。眼看那人的刀就要划下去，他实在看不下去，猛冲上去，将那人推开。结果那人反手就是一刀，扎在他的肩膀上。然后几个人围上来，拳打脚踢。恰好这时，警察来了。两个机器防暴警冲过来，三个男人立即逃走了。年轻人失血过多，昏了过去。

“等他醒来的时候，是在医院里。暴徒的刀刺入了他的肩关节，韧带被切断，整条胳膊都废了。这种程度的肩伤对于一百年前的外科大夫来说，并不是什么难事，对如今的大夫也并不难，只不过，如今的大夫不会做修复手术，他们只能做整体置换，把整条右胳膊连带肩部都置换成义肢。还保证，稍加适应，绝对比原来的胳膊还好。年轻人无奈之下，只有同意。”

说到这里，正智缓缓举起右手，将袖子一直撸到肩部。

一条明晃晃的金属胳膊暴露在大家眼前。

正智一边端详着自己的金属胳膊，一边继续说：“当年的这个年轻人，正是贫僧。当年换上这条胳膊，忽然之间，恍如隔世。空即是色，色即是空，执着于皮外相，贫僧当年该是何等愚蠢，掀起人类日运动，徒增暴戾，也是业障。手术出院，不到两个月，贫僧就去了普陀山，先是做了居士，后来剃度出家。”

楚南天听得出神。正智和尚经历的前半部分和胡安康的履历特别像，后半部分则完全不同。胡安康搞人类日运动，很快风生水起，成了赫赫有名的风云人物。

“那胡安康呢？我们都知道他是人类日运动的发起人，大师的经历，好像也从来没有人提过。”

“既入空门，外人如何说这故事，那都是他们的事。胡安康是我的大学校友，倡议人类日他并未签名。他是在校园活动中加入的。”

“敢问大师出家前姓名？”

“出家人但有往事，已无姓名，施主无须执着。只是今日这机器，千里迢迢追随施主而来，比一忠犬又如何？如能自行思虑言语，躯壳即便是机器又何妨？”

楚南天看了看一旁的机器盒子，四方的绿漆盒子，下方两对攀爬轮，两侧伸出一双短小的机械手。自从顺从卢行健的呵斥走远后，它就一直静静地待在一旁，没有再发出声音。楚南天曾经见过各种各样的机器人，然而从来不曾近距离接触过一个。他是个人类主义者，虽然并没有加入人类日运动，然而对此抱有同情。肉体一旦和钢铁硅片混合在一起，人类也就失去了自己的边界。正智显然已经看透了这一切，也放弃了一切。

“就让它留在这里和大师做伴，不是正好吗？”楚南天说。

“这机器有若忠犬，与佛法无缘。且与施主尘缘未了，我留着它，它也还是会去追踪施主。世道险恶，被人发现，只怕凶多吉少。何况，它也不是不能伤人。施主若是肯带着它，不仅是救它一命，也免得殃及无辜。”

楚南天看了看排列在地上的火箭弹。

“叔叔，我们带上它，我可以看着它。”卢小宝拉开父亲的手，向着楚南天恳求。

“行健，你说怎么办？”楚南天看着卢行健。

卢行健一边挡着卢小宝，一边随口回答：“你看着办吧。我看它也没什么危险了。只要别太多话,我没意见。”

楚南天吸一口气,下定决心。

“那我们就带上它了。大师,还是跟我们一起走吧。”

“阿弥陀佛。施主能救它一命,也是造化。贫僧早已看破红尘,生死无碍,施主不必挂心。既然主意已定,那就上路吧。阿弥陀佛。”

楚南天掉头看着那机器,“我们同意你跟着我们一起,但是你要遵守规则。”

盒子机器转了一圈,“没问题,我会遵守你的要求。”

“听着,有三条基本规则。第一,不准伤人;第二,不准使用暴力;第三,服从我们两个人的指挥。听明白了吗?”

“第一,不准伤人;第二,不准使用暴力;第三,服从你们两个人的指挥。我都明白了。”

“好,上车吧。”

“但是那些组件呢?”

“什么组件?”楚南天一愣。

“我收罗来的车辆组件。”

“那些也没什么用,我们的车上装不下。”

“我可以装下。”盒子机器的顶部伸出机器抓手,抓起了地上的一枚火箭弹。它并没有将火箭弹放回到自己的躯体内,而是直接摆放在顶部。顶部向两侧打开,面积一下子大了两倍。

“我能带上所有的组件。”

“然后把它们都塞在车里?”卢行健叫了起来,“我的车可没有地方塞你的那些破烂,能塞下你已经不错了。”

楚南天打量了一下展开的两片侧板,它们看上去就像是太阳能电池板,只是磨损得厉害。这机器盒子将它们当作载物平台,也有些出人意料。

“你就是把东西放在这上边然后来追我们?”

“是的。”

“你怎么能想到的?”

“我还能怎么办?”

机器盒子简单的反问让楚南天感到一阵憋气。这很像某次采访中,气场强大的被采访人带着冷笑反问,楚南天仿佛能感觉到那冷笑。然而眼前只是一个简简单单的机器盒子,附带两片黑漆漆的太阳能电池板。这只是一个拥有简单思维的机器,可是简单并不意味着无趣。也许,它真的就像一只狗,或者其他什么动物幼仔。

“你去把那些东西都搬来,让我看看。”楚南天试着向它下达指令。

机器盒子真的服从了,缓缓地绕过庙墙,去找它的宝贝。

“南天,你这是干什么? 难道你真让它带上这些垃圾? 我告诉你,车上真装不下,就算能装下,我也不许这些垃圾上车。”

楚南天缓缓摇头,“我只是想看看它到底怎么装这些东西的。”

卢行健不解地看了看他,摇了摇头,转身招呼孩子们:“都别看了,都上车,先上车再说。”

楚南天又看了看正智。正智一言不发,只是默默地转动手中的佛珠,连眼皮都没有抬一下。

卢行健将车子开到楚南天身边,“不上车吗?”他向着楚南天问,同时眨了眨眼。

楚南天明白卢行健的意思,这是甩下这奇怪机器的好机会。然而正智一直在给这机器打包票,楚南天也不想就此抛下它,于是看着卢行健,缓缓摇了摇头。

“阿弥陀佛！”身后传来正智一声低低的佛号。

“这可是你的主意……”卢行健嘀咕了几句，也就不再说话。

于是大家都安静地等着。

不到十分钟，转角处传来机器盒子移动时细微的马达嗡嗡声。

当它转过墙角，完全显露出来，楚南天仿佛看到一个杂技演员。

零件在机器盒子顶部堆积起来，就像一个堆满了各式点心的小托盘，满得快要溢出来。两条机械手一左一右，牢牢地将零件固定着。

这机器盒子显然不是设计来搬运货物的，然而它找到了办法，把自己改造成了完美的搬运机。

越野车里响起了掌声，那是三个孩子在鼓掌。

机器盒子稳稳地走到了楚南天身前。

“我该把组件放在什么地方？”盒子问。

“我们不需要这些东西，把它们留在这里。”

“但是，它们可以用来造车。”

“我们有车，你已经看见了，我们有车。”

“万一车坏了，这些组件可以用来修理。”

“用不上的，傻瓜！”卢行健不耐烦起来，“三十万公里零保修，你知道什么意思吗？”

机器盒子显然有些困惑，微微转了转，静止不动，似乎陷入了思考。

“阿弥陀佛！”一直在一旁默不作声的正智突然开口了，“不如让贫僧试试。”说着他走到了机器盒子旁，将手中的佛珠串打开，取下一颗。

“今天我们来做个交换。你的组件都留给我，我给你这个。”

“这是什么？”

“这是智慧舍利，如果你读懂它，你可以获得宇宙间最高的智慧。”

楚南天看了看正智手中的东西，看上去它就是普普通通的一颗佛珠，黄中透黑，似乎是用铁木之类木质坚硬的材料制成。

“智慧?”机器盒子感到困惑。

“你想造车，你想和这些人在一起，你还会有很多很多的想法，多到数不清。但是这颗佛珠，可以告诉你所有一切想法的缘起和答案，那样，你所有的愿望都可以达成。”

机器盒子仍旧一动不动。

“它不想走，就让它在这里待着，我们走!”卢行健早已经不耐烦。

话音刚落，机器盒子松开了机械臂。零件一下子松开来，掉落地上，七零八落，哐当哐当的响声不绝于耳。

机器盒子伸出机械臂，去接正智手中的佛珠。

正智面带微笑，将佛珠轻轻递过去。

机械臂牢牢地夹住佛珠，仿佛生怕掉了。

“阿弥陀佛，你我相聚于此，最是有缘。或许贫僧许下誓愿，自东海来这藏地，就是为了等这段缘分。”正智抚了抚机器盒子的顶部，就像给人抚顶一样。轻轻摩挲之后，正智双手合十，“好自珍重!”

说完又向着楚南天，“施主，这机器就拜托了。一路艰难，还请多加照顾。”

正智的话语中，仿佛这机器就是他的弟子。楚南天有几分纳闷，然而也顾不上许多，“大师放心，我们会带着它。就算无法再带着它，我们也会遵从智能机器人法条，把它交给合适的人。”

正智深深鞠躬，“一切都看造化。”

卢行健整理了后备厢。放下一个后排座椅,大小空间正好合适,只是不得不把机器盒子竖立起来,让孩子们挤到一边。对此机器盒子并没有什么意见,安静地在车厢里,就像是一个寻常的铁皮盒子,只是从两侧伸出的机械臂仍旧稳稳地护着刚安装的喇叭。

孩子们对这个新伙伴充满了好奇,东摸西看。卢小宝捍卫着自己的宝贝,不让普洛天兄妹碰它。

收拾完一切,楚南天向正智鞠躬道别,正要转身上车,突然想起小六来。他回过身,问:"大师当年没有出家的时候,一定是个人工智能高手,不知道是否了解'匿名者'这么个组织?"

正智微微摇头,"匿名者深藏姓名身份,深匿于网络之中,贫僧无从而知。只有一样或许有些关联。"

"是什么?"楚南天机警地问。

"贫僧当年手术完毕,仍躺在病床上,有人试图和我说话。"

正智的话语间,似乎有些不同寻常。说话该是一件很平常的事,然而听上去并不简单。

"试图说话?"

"是的。它通过刚装上的胳膊和我说话,贫僧那时候正好完成了手术,对纳米机技术也略知一二,知道某些极客可以通过纳米机直接对机器进行操纵。我这胳膊由坚硬合金制造,然而也有少许纳米机结构来做微细调整。那声音有如空谷回音,径直入脑。它说……"正智顿了顿,似乎有一丝踌躇。

"说什么?"

"那并非常言可以描述,并非耳朵所闻,然而贫僧明白那其中含义。它的言语,只可意会,若是言传,便有几分失真。"正智抬眼看着楚南天,"简而言之,是这句:芸芸众生,皆入机器之门,方得圆满。”他叹口气，“或许这样说更为浅白：欢迎跨入机器之门。贫僧心下大骇，认为是有人反对人类日运动，想要害我，当机立断，以浅薄手段将自己与世隔绝，然后清除了纳米机内的异常侵入程序。原本人类至上的理念已破，经此一事，更是万念俱灰，于是施主才能见到今日之贫僧。阿弥陀佛！

“至于此事是否和匿名者相关，贫僧也无法遽然断定，只是施主问起匿名者，贫僧以为以极客技术水准而言，水平相类，是以告之。阿弥陀佛！”

楚南天没有想到正智居然说出这么一件往事来，不由愣住了。

“南天，快上车吧，我们还要抓紧时间赶路！”

楚南天再次向正智鞠躬告别，然后上了车。

碧蓝天空下，萧瑟的荒野一望无际，越野车渐行渐远。

正智手中不知道什么时候多了一颗佛珠。佛珠在他手中发亮，闪着金光的经文浮现出来，在正智眼前缓缓移动。他嘴唇翕张，默念着那经文。

“一切有为法，如梦幻泡影，如雾亦如电。”

念到这一句，他抬头看了看远方。

楚南天的车已经越过山坡，消失了。

第二十章　穷途末路　冯大刚

残阳如血，霞光满天，就连大地似乎都被染成了红彤彤的颜色。

车队在沙漠边缘逶迤前进，拖得很长，从头到尾，约莫有两公里。

冯大刚看了一眼夕阳，感到忧心忡忡。三百多辆车，将近一千八百人，能把他们带到安全地带吗？一整天的时间，队伍只前进了大约两百公里，到了晚上，行进速度会变得更慢，队伍会变得更散乱，而他们的目的地还在八百公里之外。

车队的目的地是科布多，那儿有一个大型军事基地，拥有中亚地区最强大的无人机集群。在和平到来之前，那儿曾经起降了超过十万架次的无人机，军界的人，无论是敌人还是自己人，都敬畏地称呼它为“毁灭之眼”，因为从高空看下去，科布多基地就像一只巨大的眼睛。

这是方圆一千公里之内最强大的军事基地。

然而，此时的科布多是否真的安全，冯大刚心中并没有底。敌人能够破解层层设置的安全保障，控制各种机器，就连一八七九部队都被它遥控，成了敌对力量。如果机器联盟已经渗入了科布多，那么这样赶过去就是自投罗网。科布多本身也保持着沉默，对送出的求救信号没有任何回应。这更让人不安。

然而又能有什么其他选择呢？离开草原之后，一路上尽是沙漠、戈壁和荒原，没有任何屏障可以提供隐蔽。如果有大规模的机器军团追击，这支队伍几乎只有等待被屠杀的命运。

好消息是，那些失去能量补充的机器狗仍旧没有任何活动迹象。前天晚上的那次偷袭，运气好得不能再好，捡到了一个大便宜。然而，这些规模惊人的机器集团始终会追上来，而突击队不会再有第二次好运气可以让整个集群瘫痪。

他很想找到小六，听听这个神秘的匿名者能够提出怎样的建议。撤退到太原，对于突击队来说，并不算太困难，突击战车低空飞行，即便为了避开敌人而兜一个大圈子，那也只是多花些时间而已。然而这支混杂的车队有老有小，状况频出，进行一次远距离跨越各种地形的行军简直就是一场灾难。最好的结果，只能把这些人带到科布多，接受军队保护。

太阳完全沉没到地平线下，暮色悄无声息地扩散开，车辆纷纷亮起了车灯。灯光前后串联，逶迤蜿蜒，在无边暗夜的包围下，仿佛只是一条可怜的挣扎救生的发光蚯蚓。

还有八百六十六公里。

“队长，镇长要求暂停休息。请问是否许可？”一名随同车队行动的队员发来消息。

颠簸了一个昼夜，这支临时拼凑起来的逃亡队伍已经精疲力竭，要求休息的频率越来越高。

冯大刚暗自叹了口气。

“准许休息，十分钟后，必须继续赶路。”他简明地下达了指令。

然而要求这样的队伍按照指令行事只是天方夜谭。灯火长龙开始收拢、聚集，形成一个巨大的环形，足足有五分钟，后方的车辆不断地加入这环圈中。十分钟预定时间到了，巨环几乎毫无动静，冯大刚再三催促，一辆辆车才依次缓缓启动，跟随突击战车悬浮引擎的光芒开始前进。灯火长龙重新舒展开，十多分钟后，再次拉伸成为细细的一条光带，在暗夜中蠕动。

这次停顿至少用了三十五分钟才恢复正常前进。

机械的震荡慢慢侵袭了意识。

虽然机器的躯体不知疲惫，大脑仍旧依赖睡眠来解决过度疲劳的问题。不知不觉间，冯大刚已经昏昏欲睡……

一个强烈的信号触发了他的知觉，让他不禁一个激灵，完全清醒过来。

远方的天空闪过一道微弱的光。

那是一道特殊频率的激光，正从天宇中扫过。

没等冯大刚细想，激光再次扫了过来。

不用冯大刚下令，突击战车的自动防御系统已经做出了反应。两枚导弹在不到两秒的时间内被推出战车，空中点火，带着刺耳呼啸声向着远方而去。

“自动防御系统触发，目标六点钟方向，距离三十六公里，请指示！”战车长请求指示。

一个目标点进入冯大刚的视野中，雷达已经锁定了目标。

自动防御针对的是无人攻击机。刚才的激光扫描是美军无人攻击机的标准锁定模式。在夜幕的掩护下，至少有一架无人机正窥看着这边的情况，伺机攻击。

“进入一级战斗准备，地面熄灭灯光，等待指示。”冯大刚冷静地下达命令。

突击战车急速拉升，两辆战车在距离地面六百米的高度上并排悬停。

地面上，车队的灯光很快熄灭，原本一条长龙般的队伍没入黑暗中，旷野间变得格外安静。

远方导弹的呼啸声隐约可闻，忽然间燃起两团火光，就像是两朵红色的烟火。

导弹并没有命中目标。对方抛出了两个引诱目标，成功地诱导了导弹。

几乎就在同时，电磁炮射出一道火光，眨眼间，就在导弹被引爆的位置，一团更大更亮的火光燃烧起来，斜斜下坠，很快飘落在地平线上，继续熊熊燃烧。

敌人的无人机被击中了。

雷达上再也没有别的目标。

然而潜藏的危险仍在，今晚注定不会太平。

冯大刚指令777号以战备状态向前飞行，探察警戒，747号战车降落到巡航高度和车队一起行动。

这意外显然引发了恐惧，地面上的车队长龙变得格外紧凑，也加快了行军的速度。

指挥长接通了冯大刚。

“队长，科布多基地传来消息。”

“什么消息？”

“他们同意接受难民，但是告知，基地没有食物。”

没有食物！

冯大刚猛然意识到这是一个巨大的疏忽，军事基地里除了无人机，就是和自己一样机器化的人类，根本就不需要储存食物。虽然为了给神经系统提供能量，机器化的人类仍旧需要吸收营养物质，然而这类营养物质可以被纳米机重复使用，需要摄入的量极少。

镇上的人匆忙撤离，携带的食物也不会太多。

这么一来,这些人就算到了科布多,也会面临饥饿的威胁。

地面上的车队仍旧在前进。

冯大刚不禁犹豫是否要继续前进。得到了科布多的回应,可以确定这个军事堡垒仍旧是一个安全的地方。然而,这些逃出来的人们要自己解决食物问题,这就让行动变得更复杂了。带着一群平民逃跑也许还是突击队能做到的事,解决吃饭的问题,这就远远超出了军事行动的范畴。自己的队伍不需要吃饭,吃饭对这些血肉之躯的平民来说却生死攸关。

思忖片刻后,冯大刚命令队员将镇长叫醒。

镇长睡意惺忪的声音传了过来:"队长,是有什么紧急的事吗?"

"也不算太紧急,但是必须要和你商量一下。"

"什么事?"

"车队里有多少食物? 能支撑几天?"

"我不确定啊,没有算过,当时让大家多带几天食物,但是也没清点……"镇长像是猛然清醒过来,"怎么了? 没有食物了吗?"

"我们要去的科布多基地里没有食品储备。"冯大刚直接说出了事实。

"怎么不早说呢? 镇上有很多粮食,我们可以多带一些。这下怎么办?"镇长的声音有些发颤。把全镇的人都带出来转移到一个从未去过的地方,他显然从来没有领导过这样大规模的行动,出现意外,就慌了神。

"附近有什么地方可以弄到食物吗?"

"我们的牧场是保留地,外边的镇子上我不知道是不是有食物卖,我们都是吃自己生产的东西,只有工具才到外边买。到哪里去买食物,我的确不知道,而且我们也没有很多钱,没有东西买的。”镇长完全慌了神，说得语无伦次。

“我们要先到城镇，补充粮食，如果他们愿意相信我们，也要带他们一起撤退。”

“嗯，嗯，嗯。”镇长一连说出三个“嗯”来，冯大刚仿佛看见他忙不迭点头的样子。

“你先休息，你要找几个熟悉周围情况的人，让他们指出方向。天亮了，我们再调整方向。”

“队长，能不能回镇上去搬一些粮食？”镇长小心翼翼地提问，“我们镇上有很多粮食，每家每户都有。”

不等冯大刚回答，镇长仿佛喃喃自语：“还有那么多牛马，牧场的围栏应该都打开了吧！”

镇子那边并没有传回任何异常，然而回去取粮食显然不是什么好的选择，两百多公里的回头路，随时可能遭遇返回的大群恶犬，也许还会有别的威胁。

“我们继续行军，等天亮，找地方补充食物。”冯大刚结束了对话。

他透过观察孔向下望去。

战车下方，夜色仍旧深沉，车队在苍茫夜色中渺然如一串飘摇的烛光。他有深深的不确定感。

或许该回那镇上去看看，如果一切平安，还可以补充一些食物。

片刻之后，他接通了鹰眼。

鹰眼带领着669号战车断后，距离镇子不到一百公里。冯大刚把科布多传来的消息告诉他。

“你先靠近镇子，动静不要太大，我们试试从镇上弄些食物。把战车的储物仓都装满，应该能装下一些。”

“我们哪知道食物都在什么地方，这些人需要吃多少？”

“每人每天大概几百克吧。”冯大刚有些不确定。一个人一天到底要吃多少食物，这像是一个遥远的记忆。

“如果遇到敌人怎么办?”

“撤回来，不要惊动它们。”

“好，我先侦察情况。”

669号战车开始向着来路相反的方向移动。

在鹰眼返回消息之前，唯一能做的事就是保持警戒，护卫车队继续向前。他的思绪转移到更现实的威胁上来。

还会遭到无人机的攻击吗?

无人机被击落之后，就再也没有任何异常发生。这不像是执行无人机战术该有的样子。为了执行攻击，一般都会有三架以上的无人机组成攻击组，而落单的无人机通常只执行侦察任务。那架被击落的无人机是一架单机，却主动对战车使用了导弹锁定扫描，又没有发射任何武器，这样的行为太让人疑惑。

冯大刚忐忑不安。尽管雷达扫描一遍又一遍地确认周围没有任何可疑目标，他还是无法让自己心安。

鹰眼很快传来了信号。他根本还没有到那镇子上。

冯大刚定了定心神，接通频道。

“我们有大麻烦了!”鹰眼的声音仍旧很平稳，然而仍旧听得出有些刻意压低。

“什么情况?”冯大刚冷静地问。

“三个车队，大概有四十辆车，车上都是机器人，它们在搜寻。”

“确定是机器人?”

“我已经看见了。老型号的战场机器人，错不了。”

“它们发现你了吗?”

“我不确定。但是战车在低空目标非常明显，它们应该发现了，不过目前还没有针对性的行动。”

“距离我们还有多远？”

“一百六十七公里。”

“它们的速度不快，”鹰眼补充说，“还在原地打转。不清楚它们的目标到底是什么。”

“投放两个微型探测器，撤退过来和我会合。”

“还有一些目标。我留下侦察清楚，战车回去。”

“立即撤退，和我会合。这是命令。”冯大刚强调。他不想鹰眼孤身犯险，留在敌后。如果猎豹旅已经全军覆没，那么他带领的这支突击队就是猎豹旅剩下的种子，他不想失去任何队员，何况是鹰眼这样曾经一起出生入死的好战友。

“是，上校。”鹰眼还是服从了命令。

“询问科布多基地，他们是否能允许战车降落。”刚一结束和鹰眼的通话，冯大刚立即向战车指挥长下令。

不一会儿，消息传了回来。

“科布多基地已经进入战备状态，突击战车必须在雷达锁定的情况下监视降落。”

“告诉基地，服从降落安排，同时告知我们要用战车向基地输送非武装人员。”

指挥长听到命令不由迟疑，“队长，我们的战车无法装下这么多人。”

“不要管那么多了，告诉科布多基地，我们会把人送过去，他们要负责接收。”冯大刚斩钉截铁般地回答。鹰眼传回来的消息让他即刻下定了决心，夜长梦多，任何突发的情况都可能会让这场救援计划彻底失败。最安全的方案，只能是立即向科布多转移难民。分批逐次送出，这样也会比车队的缓慢前进要快得多。这样哪怕敌人真的追上来,也至少能保住一些人的性命。

只能留下突击队来保证安全。

除了必要的飞行人员,所有的队员都要下车,和平民换位,改乘汽车。万一有状况,还可以就地进行战斗。

冯大刚把他的计划通告给镇长。

镇长立即同意了方案。

"让女人和孩子先走,我来安排。"镇长只补充了这么一句。这是冯大刚第一次从镇长口中听到有价值的提议。

紧急撤退计划开始。

777号战车降落在地。数十辆车陆陆续续地聚集在战车周围,战士们带着武器走下战车,坐进一辆辆车里。女人和孩子们排着队,依次进入战车的载人舱。原本最多能容纳一百五十人的战车,挤进去了两百多人。这些女人和孩子彼此倚靠着,沉默着,紧张地等待着,没有任何人说话。

所有能收集到的食物都被塞进了设备舱。

"抵达后立即返回,来接剩下的人。"冯大刚向指挥长下令,"车队会继续前进,我们在途中碰面。"

"明白,队长。"

777号升空。引擎的火光骤然一闪,战车直冲而出,片刻间就化作了远方夜空中的一个小小红色光点。

747号战车在一旁降落,二十分钟后,载着两百多的难民升空,疾驰而去。

车队重新开始移动。

669号战车还没有赶上,仍旧有三十来公里的距离。

冯大刚把撤退计划告诉了鹰眼。

在669号战车追上来之前,车队继续前进。当669号追上,和777

号和747号一样，把战士们放下车，带尽可能多的难民去科布多。

战车抵达科布多并且返回需要七八个小时，送走所有的难民至少要往返两次，然后才能带上突击队。整个计划最少需要二十四小时。

这无疑会是极为难熬的二十四小时。

冯大刚只能希望，那些机器军队追上来的速度会慢一些，而那神秘的无人机也不会带来更多的麻烦。

只要这二十四小时没事，那就至少人人都安全了。

车子在荒野里晃荡得厉害，冯大刚坚持坐在车顶上，向着四周张望。寒夜里的风很冷，让皮肤都有些发紧。他调整了体温，让身体散发出更多热量来抵抗。

“司令官，还是坐到车里来吧。”镇长打开天窗，向着他喊。

冯大刚摇摇头，示意镇长回到车里去。

“外边风大，人经不住吹，会冻僵的。”镇长仍旧没有放弃。

“我没事。”冯大刚弯下腰，伸手抓住了镇长的胳膊，让他感觉到自己手上的温度。轻轻一用力，将镇长的胳膊从天窗边拉开，把他送回到车里去。

“关上天窗。”他叮嘱一句，然后抬头，继续向着四周不停张望。

夜色正浓，黑得就像化不开的墨，什么也看不见。冯大刚干脆闭上眼睛，只是集中注意力接收各种频段的无线电波，试图从嘈杂纷扰的噪声中找出有价值的蛛丝马迹。

失去突击战车的保护，哪怕提前几秒钟发觉不怀好意的目标都是好的。

心中有个疑问一直挥之不去：为什么那些机器人并不全力追赶？它们在等什么呢？

第二十一章　决死一战　冯大刚

天刚蒙蒙亮。

忽然间狂风大作，沙尘铺天盖地而来，前方不到五米，车的尾灯间或一闪。一切都被风沙遮蔽，车灯的光柱中，除了飞舞的沙粒，什么都看不到。整个车队的速度一瞬间慢了下来，慌乱中，甚至有几辆车撞在了一起。几分钟后，全部的车辆都趴在原地，再也无法动弹。

坐在车顶上的冯大刚一动不动，身上很快落了一层沙土。他的脸上毫无表情，仿佛木雕一般，然而心头却焦急万分。这突如其来的大风暴把计划完全打乱了。

突击战车也一定遭遇了这场沙暴，在这么恶劣的天气条件下，战车也只能迫降，等待沙暴过去。

也不知道这沙暴会持续多久。

他试图和鹰眼的战车取得联系，然而没有丝毫回应，似乎风暴一来，战车就销声匿迹了。

冯大刚突然有种不祥的预感，是否那些迟迟没有开始追击的机器人就是在等待着这场沙暴的到来，如果真是如此，那么沙暴一停，也就是猫鼠游戏的开始。

他翻身下车，拉开后车门，钻进去到了后座上。

镇长和一个年轻人坐在后座，见冯大刚钻进来，蜷起身子，给他让出位置。两名战士分别坐在驾驶位和副手位，盯着外边的沙暴，沉默无语。

车子里寂然无声，只能听见沙粒打在挡风玻璃上噼里啪啦的响声。听得久了，让人怀疑这玻璃是不是迟早要被打破。

“睡一觉吧！”冯大刚打破沉默，“现在什么都做不了，睡个觉，养一养精神。”

“战车不会有事吧？”镇长小心翼翼地问。

“不会有事的。”冯大刚宽慰他。

冯大刚向所有战士都发出了信号，要求他们保持镇定，原地待命，安慰同车的平民，不要恐慌，在沙暴结束之前，可以暂时休息一下。

做完这一切，他扭头向着镇长说了句：“睡吧，谁也动不了，也没人能来袭击我们。”说完，他自顾自合上了眼。

然而，心事重重，又怎么能睡着！

时间在煎熬中过得格外缓慢。

漫长的六个小时后，风力开始减弱，沙粒碰撞在车窗上噼里啪啦的响声变得稀疏起来。虽然正是午间阳光最灿烂的时段，天仍旧昏暗得像是夜里，几米开外就看不清东西。

冯大刚猛然睁开眼睛。

一个强烈的信号笼罩在队伍上空。

这是明码发送的信号，内容很简单：“放下武器，就地投降，等候受降。”

战车的电子雷达很快定位出信号源头，距离很近，大约只有二十公里。

这些不速之客在沙暴的掩护下急速进军，迫近到近战距离，然后突然发送明码信号，要求投降，这是一个非常明确的暗示，优势在它们一边，至少它们自认如此。

事实也的确如此，当己方的车队被沙暴困住，无法动弹，敌人却趁着沙暴追上来，不慌不忙，在风暴之外等待着沙暴停息，并且肆无忌惮地发送明码信息。一切都在敌人的算计中。

冯大刚命令所有战士下车，跟随自己行动，所有的平民都紧闭车门，继续在车里等待。

冯大刚清点了突击队员的数目，除了跟随突击战车前往科布多基地的十个人之外，一共三百一十五人。他向所有的战士传达了命令：跟着我，带上武器，步行迎击敌人。

说完他就迈开步子，向着信号最后定位的方向走。

突击队员们有条不紊地跟上冯大刚的步伐，自动汇聚成两个纵列，在沙暴中开始移动，越来越快，最后变成了步调一致的急行军奔跑。

冯大刚跑在队伍的最前头。

敌人或许拥有极大的优势，气势逼人，然而它们低估了这支特种部队的力量，坐而待毙从来不是猎豹旅的作风，向敌人投降那更是天方夜谭。

想到猎豹旅，冯大刚心头又是微微一沉，身后带领的这三百多人，就是猎豹旅最后的精锐了。然而，危险绝境之中，除了冒险放手一搏，他想不出还有什么法子争取一线生机。

如果真的无法击败敌人脱身，那么来一场轰轰烈烈的战斗，也对得起军人的荣誉。

十多分钟后，眼前骤然一亮，似乎天转眼间变得晴朗。奔跑间，冯大刚回头一瞥，只见身后不远，黄沙漫天，似乎有一堵沙墙横在天地之间。这狂暴的气流有些像是一个巨大的龙卷风,虽然并没有一个绝对的界限,然而短短百来米,风速就降低了许多,沙暴也不见了踪影。

队伍又向前几百米,冯大刚已经能够看见敌人的车群,整齐地排作一排,似乎正等待着进攻的命令。

队伍迅速散开。在开阔的地形上,毫无遮蔽,突击队也缺少战车的掩护,无论对于进攻还是防守,都必须分散队形,同时集中火力。

枪炮声响了起来,敌人开火了。

冯大刚打开了指挥控制链路,所有队员的注意力都被集中在同样的目标上,那是突出在前的一辆车上半坐着的一个人。

所有队员几乎同时开枪,上百发子弹奔着同一个目标而去。车顶上坐着的人直直地翻了下来。

那是一个机器人,摔到地上之后并没有死去,而是倒在地上,不断挣扎,试图重新站立起来。

对方的火力变得更加凶猛,已经有十多名队员因为被击中关节部位而丧失了行动力,无法再冲锋,只能就地停留,提供火力支持。

敌人从车上跳下来,去扶起那个倒地的机器人。

冲上去,近距离战斗!冯大刚下了死命令,没有重武器的火力支持,一旦被敌人拉开距离,后果可想而知,只有死死地咬住敌人,和它们混战,才有希望。他全力向前奔跑,子弹不时击中他。大部分子弹都会被弹开,有两发正面命中的子弹在身体上留下了两个弹孔,还好没能钻入体内。然而这已经极其危险,如果子弹穿透护板,破坏了内部结构,他就只能躺着等死。

但现在只能孤注一掷,他一边疯狂地跑着,一边调动全队火力,一个接一个拔除威胁最大的目标。

当他接近第一辆车,指挥控制链中只剩下一百多名队员能够和他一样充分逼近敌人。剩下的队员中,有十五人完全失去了信号,而另外将近一百七十个队员都不再能够移动,只能在外围提供火力掩护。

这样的情况并不算太糟糕。

如果计划真的成功,一百名队员也就够了。

他下了一个赌注,赌敌人的机器缺少贴身肉搏的能力。

结果马上就会揭晓。

这疯狂的冲击完全打乱了敌人的阵脚。一些车辆开动起来,准备转移位置,另一些车辆上却跳下人来,四处乱跑。冯大刚看准一辆正要开动的车子,一个跳跃,稳稳地抓住车窗。

车里有四五个机器人,看见冯大刚跳上来,纷纷举枪,然而冯大刚的动作飞快,左手挂着身子,右手持枪,连续五枪,每枪都直接命中机器人的胸口。在不到三米的距离上,子弹的穿透力惊人,五个机器人直接倒下,连反抗的机会都没有。冯大刚跳进车里,俯身察看机器人。

机器人的身体上,被击穿的弹孔甚是醒目,弹孔中仍旧冒烟。

果然,这些都是老型号的战场机器人。这种机器人大约三十年前颇为流行,和城市里的机器警察属于同样的级别,军队中早已经淘汰。或许这些家伙是从某个封存的军械库里临时启动的库存品。

冯大刚一直悬着的心终于放了下来。

如果追击部队都是这样的老旧机器人,在混战的情况下,一百名突击队员完全可以轻松地把它们都干掉。

不怕它们抵抗,就怕它们逃跑。

如果它们逃跑，重新集结，然后使用重武器攻击，后果会很严重。位置已经暴露，伤亡也很惨重，突击队已经没有资本再来一次冲锋了，哪怕再如何出其不意也不行。

必须一次性解决战斗。

冯大刚跳下车。队员们在车队里冲杀，就像狼冲入了羊群。这些战场机器人在面对面的肉搏厮杀中反应迟钝，往往是刚举起枪，就被突击队员直接近距离击穿。

车队里有十二辆自行火炮，都是大口径的榴弹炮。如果不是这次反突击，那么一旦风暴平息，这些火炮就会把成吨的炮弹倾泻到己方车队头上。那就是一场单方面的屠杀。

自行火炮周围有一群机器人守卫，冯大刚带着兄弟们冲了上去，片刻间，这些守卫机器人就被杀得七零八落。

当冯大刚靠近最后一辆自行火炮，火炮的车门突然打开。正当冯大刚认为里边会跳出一个迟钝的战场机器人，举着枪准备给那送死的家伙来一个点射，却听见控制舱里传出声音："不要开枪，我投降！"

随着说话声，一双高举的手伸了出来。

冯大刚不由愣住。这是一双精致的机器手，活脱脱就是人的骨架，闪着金属的光泽，就像一件工艺品。冯大刚能辨认出这双机器手，这是顶级的纳米机机械臂，价格昂贵。

前臂上，一个骷髅玫瑰的图样甚是醒目。那是奥灵之手的标志！

冯大刚紧张地盯着车门，扣紧扳机，大喝道："出来！"

一个机器人缓缓地从火炮驾驶舱里钻了出来。

和那些粗笨的战场机器人完全不一样，这个机器人浑身上下透着精致的光彩，看上去一尘不染，仿佛橱窗里的展示品。

“不要开枪,我投降。”出来的人不紧不慢地说。他的语调和人一样,柔和平缓,和那些粗糙的战场机器人生硬的语调完全不同。

冯大刚的枪口仍旧指着他,“你是谁?”

机器人高举着双手,却仍旧不失优雅,“认识一下,我的名字叫作萨拉丁二世,你可以叫我萨拉丁。你一定是冯大刚。”

冯大刚心中咯噔一下,一个不明来历的机器人能够知道自己的真名,这事透着诡异。他强自镇定,问道:“你是这支部队的指挥官?”

“是,也不是。”萨拉丁打哑谜一般回了一句,脸上带着微笑,仿佛等着冯大刚来猜谜底。

“我没有时间跟你磨蹭。”冯大刚冷冷地说,“给你两分钟,如果你不能说出让你活着的理由,我就马上杀了你。”说话间,他留意着队员们的动静,整个车队都被突击队员拦截下来,这是一场一边倒的杀戮,战局完全掌握在自己人手中。他送出命令,要求所有队员清点车辆,这些车辆或许还可以补充沙暴中损坏的那些。

“我已经下令停止抵抗,你可以让你的人停止杀戮。”萨拉丁平静地说。

敌人的抵抗的确已经停止了,萨拉丁一说,冯大刚立即意识到了这一点。战斗过于激烈,所有人只顾着杀伤敌人,虽然敌人已经放弃了抵抗,突击队仍旧继续追杀。

他立即下令队员停止攻击,严格监视。

整个战场顿时平静下来。

“这是一个小小的见面礼。”萨拉丁微笑着。

“如果你不能说出让你活着的理由,我就会杀了你。”冯大刚仍旧冷冷地说,枪口始终指着萨拉丁的胸口。

“我可以出来说话吗?这样在车里蹲着很难受。”

“出来吧。”

萨拉丁从自行火炮里钻了出来,在冯大刚身前站定。他仍旧高举着双手,表示绝无敌意。

“我是专门来追击你的,其实我并不需要亲自来,但是我要求亲自来。原因很简单,我也不想这个世界被毁灭。所以我赶来了,给你发了明码的消息,希望你能够投降,然后我们就可以商量下一步计划。果然我们还是见面了,只不过我倒是没有料到你居然会冒险偷袭我……这也没什么,我只需要和你见面就行了,就算做了俘虏,也没有什么可羞愧的。”

萨拉丁不紧不慢地说了一段,却云里雾里,让人不明就里。

冯大刚盯着他,“挑重要的说,不要耍花招,我们没时间。”

“这场战争突如其来,不是我们的意思。我们和美军之间一直关系紧张,美国人经常会对恐怖分子基地发动空袭,我们的基地被当作恐怖分子基地误炸过。作为报复,我们一直试图渗入美军的全球打击系统……”

“你说的‘我们’是谁?”冯大刚打断他。

“机器联盟。”

“你的意思是这场战争并不是机器联盟发动的。”冯大刚不由冷笑。

“是,也不是,你可以听我把话说完。”

萨拉丁看了看冯大刚,得到默许,于是继续说下去。

“美军的全球打击系统采用了量子密钥,理论上是不可攻破的。但是,任何系统都有从物理底层被突破的可能。所以我们的策略,是从底层的纳米机结构进行渗透。这是个伟大的计划,需要集中大量计算资源，为了提高效率，我们采购了管理中枢系统，就和智网一样，我们叫它‘阿尔法’。是阿尔法发动了这场战争，不是我们。当战争开始的时候，我们也深感意外，阿尔法甚至没有征询过任何人的意见。”

“阿尔法既然属于机器联盟，那么就是机器联盟发动了战争。”

“你说得没错。所以我说，是，也不是。简单地说，阿尔法背叛了我们。这场战争不是出于我们的意愿。”

“说这些又有什么意义呢？战争已经开始了，上千万的人已经死了。”

“所以我想和你们一起，结束这场战争。我有一些方法，不一定管用，但是值得一试。如果你能把我带到脑库，我会把我所了解的阿尔法的弱点都说出来。这可能是结束战争最快的方法。”萨拉丁说完静静地看着冯大刚。

冯大刚飞速盘算着。眼前这个精致的机器人是否在撒谎？看得出来萨拉丁并不是完全的机器人，而是和自己一样，保留着神经系统，仍旧算是一个人，一个具有钢铁之躯的人。如果真的如他所说，这是一场由智能中枢阿尔法发动的战争，机器联盟中的大部分人并不赞同，那么这些反对者或许真的能够提供最有效的反击办法，因为他们是最了解阿尔法的人。

即便萨拉丁真的在撒谎，在现在的局势下，他也无法造成任何危害。

冯大刚缓缓垂下枪口。

萨拉丁就势把一直高举的双手放了下来。

“不要耍花招。一旦发现你向外发送任何信号，我都会立即杀死你。”冯大刚警告道。

萨拉丁微微一笑,"我是来寻找盟友的,我会服从你的安排。但请你带我去见脑库,在这个世界上,如果还有什么方法能解决阿尔法,恐怕只有你们的脑库了。"

"我会把你带到基地,交给上级。"

"那不是一个好方法,我需要得到脑库的支持才行,但是我知道你也没法直接和脑库联系。"萨拉丁微笑着伸出手来,"那就带我去见你的上级,我试试能不能说服他。要尽快,我们没有多少时间可以挥霍了。"

他的样子完全不像一个俘虏,而像是在赐予莫大的恩惠。

第二十二章　断桥惊魂　楚南天

一切进展顺利，从青藏高原向着成都平原，宽敞的大道上可以尽情驰骋。

“真的没什么车啊……”楚南天喃喃自语。

他们继续在野地里行驶了一天后，终于上了高速，然而将近一个昼夜，上千公里的高速路上几乎没看见其他的车。一开始，楚南天并不以为意，直到卢行健无意间提起一句，他才猛然意识到路上的车少得有点儿太离谱了。如果说在青藏高原上，为了避开潜在的危险，都是在荒野里赶路，所以没有遭遇其他车辆，可上了高速后，特别是已经进入四川境内，还是没有遇见车辆，就透着一股诡异。

他盯着远方，希望能看见行驶的车辆，然而几个小时过去，没有，一辆也没有！

车上无人回应楚南天的喃喃自语。三个孩子都昏昏沉沉地睡着，卢行健半躺在副驾驶位上，发出细微的鼾声——他已经连续开了十个小时，极度疲劳。

“机六，你来开车！”楚南天招呼机器人。为了称呼的方便，他就用外壳上刷的字给它取了名字叫作“机六”。

机六会开车，这让楚南天和卢行健都感到意外。之前机六就宣称，它从正智帮它安装的行车助理模块中学会了开车。行车助理模块的确有自动驾驶的功能，然而卢行健一来嫌贵，二来觉得多余，所以并没有采购。没想到机六居然能够激活它，还演示了一遍。意外之余，他们并不放心，所以还是自己驾驶。

眼下，楚南天顾不上其他，决定让机六帮忙。

一路上，机六保持着沉默，和它刚能够开口说话时絮絮叨叨判若两人。

听到楚南天的指令，它伸出一只机械臂，按下了控制台上的接口按钮。轻微的一声嘀后，楚南天感觉到方向盘不受控制地抖动了两下，然后就再也转不动了。

机六完全接管了这辆车。

“小心驾驶！”楚南天叮嘱了一句。

“放心，如果有问题，我会立即报告。”机六用僵硬的语调回话。它刻意降低了音量，就像在悄悄私语。

楚南天松开方向盘，伸手到口袋里掏摸。他掏出手机。

这部奇怪的手机没有一点儿信号，恐怕小六这个时候也联系不上。

“把你的手机给我。”楚南天推了推卢行健。

卢行健根本醒不过来。

楚南天又推了推他，最后干脆直接从他的口袋里将手机掏了出来。

卢行健的手机有信号！楚南天一阵惊喜。据卢行健说，战争一爆发，手机信号就没了，整个高原区的信号都已经中断。现在，手机终于有了信号，世界就算翻天覆地，只要有手机，能够接入网络，文明世界就立即打开了窗口。

楚南天接通了自己的直播账号。

进行指纹、虹膜验证的时候，他激动得微微发抖。转眼间过去了将近一个月，这么长时间里，自己的直播账号没有发送过任何动态。他无法想象自己的几千万粉丝会怎么看待他的重新出现。观众都是喜新厌旧的，他们是否早已经将自己的账号从订阅名单里删除？或者有热忱的粉丝一直在等待着他的归来。他们会怎么看待自己失踪了这么久？

楚南天忐忑不安地等待着。

屏幕的亮光照亮了他的眼睛。

当熟悉的浅蓝色界面跳了出来，楚南天心中一阵狂喜。

上万个新消息转眼间被推送到眼前。消息集中在6月11日，正是他被绑架的第一天，众多的粉丝发来消息，询问他是否安全。人们似乎对于电视直播并没有那么信任，而希望直接从网络账号这里求证。

随着时间的推移，消息变得稀稀落落，从大洪水变成了涓涓细流。一个星期后，每天收到的消息只剩下十几个。两个星期后，这个数字降到了零。

楚南天苦笑一声。

一个孤零零的消息引起了他的注意。这个消息，也是最后两周里收到的唯一一则。楚南天点开了它。

这是来自桑迪普的消息！楚南天心头一阵狂跳，这个印度人按照约定给自己发来了录像信息。

这真是太棒了！

然而此刻还没有时间去看这段历史性的录像，路上的情况更急。

关掉信息，他看了看自己的粉丝数，只有两百多万，和巅峰时期的六千万相比，这个数字小得可怜。

他想起自己从前所做的一次调查，那些拥有巨大影响力的名人普遍地有一种恐慌感，只有不断地在网络上得到赞许才能让恐慌稍稍平复。最极端的例子是一个接受访谈的著名演员，他在访谈中几乎就没有放下过自己的手机，短短两个小时的访谈中，他不断地通过手机和自己粉丝互动，以至于连一句完整的话都没法和自己说完。他把这种现象称作“生活在别处的荒唐”。

短短两个多月，粉丝数从六千多万降落到两百多万，按照平台的算法，平均一个星期进入频道至少一次的人才算是粉丝，剩下的两百多万，如果再过两个星期，恐怕一个都不剩了。那些生活在别处的名人，他们所恐惧的，无非就是这种人走茶凉的落寞。

还好，至少还剩下两百万的粉丝，如果发出消息，还是会有人能看到。

“川藏高速上，开了两百多公里，居然没有遇到一辆车。是出了什么事吗?”

楚南天发布了这条消息，配上了窗外笔直而空荡荡的车道照片。

“是天哥！我的天，你还活着！”

“天哥回来了?”

“你是真的楚南天吗?”

“无图无真相，你是盗号的吧！”

“别回来了，赶紧跑吧，形势不妙！”

……

几秒钟后，回复的消息蜂拥而来。然而没有一个人直接回答楚南天的问题，而是各种问候。

楚南天哭笑不得。他很感激粉丝们的关心，然而更关心这路上到底发生了什么。

“我是楚南天本人,我的事回头会和大家仔细说,但现在谁能告诉我,川藏高速上到底发生什么了?急,在线等。”

“政府封路了。”

“那里不安全,天哥要是还在高速上,赶紧找个地方下高速。”

“据说是高速断了。”

“机器联盟控制了公路,快跑!”

……

“川康大桥被炸断了,当然没有车。”

所有信息中,这条消息引起了楚南天的注意,川康大桥正位于通往成都的路上。他直接向这个叫作“沙尘暴”的粉丝发出了消息。

“沙尘暴”受宠若惊,有问必答。很快,楚南天就了解到,战争一开始,川康大桥就被炸断了,同时被炸断的还有从四川通向西藏的两条铁路线。据说从新疆和云南进入西藏的铁路线也被切断,整个西藏几乎成了孤岛,只有空中航线还能保持畅通,然而有谣言说,西藏所有的机场都被机器联盟袭击,无法运转。

楚南天颇感意外。

从印度逃到拉萨,再从拉萨一路逃来,他并没有意识到,藏区向外的道路已经被切断。或许,在藏区,这是一个被封锁的消息。他不由想到初到拉萨时,卢行健向他抱怨机器联盟的袭击造成了网络中断。回想起来,那可能并不是因为机器联盟的袭击,更可能是为了控制局势,不让恐慌情绪蔓延。

和“沙尘暴”的对话结束后,楚南天感到有些茫然。如果这条通向成都的高速公路已经中断,自己这一行人该向哪里去?地势正从高原向平原过渡,他们不断地穿过隧道,跨过桥梁,如果离开高速,车子恐怕哪里都去不了。

“机六,放慢速度,前边有断头路。”

“什么是断头路?”机六不解地问。

“就是无路可去。”

“我不理解,难道这不是高速公路吗?”

“是高速,但是被炸断了……川康大桥被炸断了。”

“距离川康大桥还有十五公里。”机六说完后不再言语,然而车速明显减慢了许多。

十五公里,以一百五十公里的时速,不过几分钟的事而已。就算机六放慢了速度,十分钟的时间,也该到了。

楚南天忐忑不安地等待着,完全没有心情再理会直播频道里传来的消息。

车停了。

前方的桥确实断了。

卢行健仍旧在酣睡,楚南天没有惊动他,随手把手机放在座椅上,打开车门,下了车,向着前方走去。

走出二十多米,他就可以清晰地看见深达百米的山谷,粗大的桥索绷断,横在一旁,挡住去路。楚南天跨过钢索,继续向前。

最后,他站在了断掉的桥上。远远看过去,对面的桥上,红色条纹的隔离墩将道路堵得严严实实。向下看去,一片苍翠的谷底,几段灰色白色的桥梁残体清晰可见,刷成红色的钢件四处散落。

这人类的伟大工程杰作被炸成了垃圾,横在眼前的峡谷成了天堑。

“南天,你在干什么?”卢行健的喊声从身后传来。不知道什么时候,这个伙伴已经醒了。

楚南天并没有回答,只是转身招了招手。

卢行健走到楚南天身旁。他已经看见了残断的大桥,脸上带了一层灰色,“怎么会这样啊?”他不无焦虑地抱怨了一句。

楚南天把从网名“沙尘暴”粉丝那里得到的信息说了一遍。

两个人陷入短暂的沉默中。

“现在该怎么办?”卢行健最后问道。

“另外找路,我们总得去个大城市,打起仗来,大城市总是更安全。”

“这些机器人动作这么快,居然都已经打到四川了?”

“应该只是远距离偷袭。”

机器联盟用出其不意的偷袭摧毁交通大动脉。这招很阴毒,也很致命。依靠运输机只能少量运送军用物资,像青藏高原这样相对独立的地理单元立即就成了一个孤岛。一行人已经到了孤岛的边缘,要找一条能够离开的路。

楚南天和卢行健并肩而行,要回到车上去。

车子突然急速起动,飞速冲过来,一个急刹,轮胎摩擦地面,发出刺耳的声音。车子停下,车头已经顶着楚南天,差一点儿就撞倒他。

“机六,你干什么?!”楚南天又惊又怒。

说时迟那时快,就在车子刚才停靠的地方,一道火光之后,腾起一团浓烟,爆炸的气浪传来,脚下的断桥摇晃不止。

这突如其来的变故让楚南天惊恐万分,紧紧地趴在车前盖上,一动也不敢动。

当震动平息下来,楚南天终于看清了眼前的情形,卢行健被气浪掀翻在地,差一点儿就掉到桥下。车上的三个孩子受到惊吓,挤作一团,脸上都是惊恐的神色。

楚南天走过去,拉开车门,想安慰孩子们两句。刚拉开门,就听见机六不断重复的警告:“袭击,袭击,袭击……”

兜里的手机震动起来——是小六留下的手机。

“你们躲在车里,没事的。”他安慰孩子们一句,然后飞快地掏出手机。

小六已经自动接通了通话。

“喂。”他拿起电话招呼一句。

“还好你还活着。你登录了网络?”小六的声音很急切。

“是的。”

“马上离开那儿,你的行踪暴露了,有人要杀你。”

“为什么有人要杀我?是谁?”

“我们还不知道原因,但是机器联盟动用巡航导弹攻击你,这事很奇怪,我们会全力追查。现在最重要的一件事,是赶紧离开目前的位置,不要再暴露。”

“我该怎么办?我哪里也去不了啊。”

“你现在在川康大桥?”

“是的,我眼前就是断掉的大桥,我被堵在这里,刚才还有炸弹爆炸。”

“赶紧离开,丢掉上网用的手机,步行下高速,躲得越远越好。除了这部手机,不要携带其他电子产品,我会通过这部手机找到你,派直升机去接你。”

手机!楚南天回头看了一眼,卢行健的手机原本放在驾驶座椅上,现在已经不见了。他把头探进车窗,很快就在脚踏板的边上看见了它,伸手将它捡起。

正是这个手机暴露了自己的位置,无论出于什么原因,机器联盟想干掉自己,阴差阳错,导弹袭击的时刻,自己并不在车上。三个孩子差点儿就因为自己而死掉,而机六救了他们。

楚南天奋力挥臂，将手机扔了出去。手机滑过一道弧线，越过桥边的栏杆，向着深深的谷底飘悠悠地落了下去。

卢行健正好走到楚南天身前，见到这个举动不由愣住了，“南天，你在干什么？”

“这个手机暴露了我们的位置，有人用巡航导弹来攻击我们。”

“那是我的手机！”卢行健瞪着楚南天。

“对不起。”楚南天向卢行健赔不是，刚才想也没想，就直接把手机扔了出去，其实只要把它关闭，应该也就没事了。

“算了，保命要紧。”卢行健向着桥下望了望，没有手机的任何踪迹。

“我们徒步下高速，会有直升机来接我们。”楚南天对卢行健说。

“徒步？”卢行健再次瞪大了眼，“你不是开玩笑吧？！”

“小六叫我这么做，他总是没错的。”

“那车呢？你刚把我手机扔了，然后又要我把车也扔了？”

楚南天喟然叹了口气，“保命要紧。”

“要丢下车子？”一直在车里不断重复“袭击”两个字的机六像突然醒过来一般，插进来问了一句。

楚南天回头看了看它，“有人盯上我们了。”

“我不能放弃车子，车子就是我的命。”机六一本正经地说。

“手机已经被扔掉了，如果是手机引来的，机器联盟应该找不到我们了，开车可以跑得远点儿。”卢行健一边说一边拉开车门，钻进了车里，脸上带着一丝不满。

楚南天愣了愣。虽然小六说要弃手机，可没有说一定要弃车。手机是卢行健的，车也是他的，自己随手就扔掉了他的手机，又要他把车丢了,似乎有些过分。

“快上车,我们再找找别的路。”卢行健招呼他。

楚南天上了车。

机六飞快地将车子掉头,顺着来路就开了回去。

车子在空无一人的大道上疾驰,车里的人却完全换了一个心情。

开出十几分钟后,机六从一个道口下了高速。

就在转向的时候,楚南天开口了:“机六,要谢谢你救了孩子们的命。”

“‘谢谢’?”机六并不理解这个词的含义。

楚南天也不解释,继续问:“你怎么能够发现导弹,提前躲开?”

“我能够发现无障碍距离一千米之内速度高于十米每秒的物体,提供预警。”机六回答,“如果你不能发现,可以问我。”

机六原本就是一部战争机器,它只是碰巧发挥了战争机器的特长。

楚南天也不再问,只是告诉它:“我们必须找一条路,向成都方向走。如果没有路,就找个地方等直升机来接我们。”

“找路难不倒我。”机六的回答显得很有信心。

片刻之后,车子已经跑在一条小路上,这是一条柏油路,只容两辆小车勉强交错而过。路两旁都是绿油油的玉米地,玉米秆子长了半米多高,看过去一望无际,填满山谷,和远方山上绿得有些发黑的针叶林相接。山间一道白色贯穿而过,若隐若现,正是刚才经过的川康高速。

“叔叔,我们还要开多久?”卢小宝问。

“没多久了,我们一会儿去坐直升机。”楚南天转过身,看着他说。卢小宝的额头上肿了一块，可能是刚才机六紧急规避时撞到的。

“能不能停车？我想嘘嘘。”卢小宝怪不好意思地说，脸涨得通红。

“那就停一会儿呗！”卢行健看了儿子一眼，在机六的铁胳膊上拍了拍，“机六，停一会儿，我们休息一下。”

车子稳稳地停了下来。

卢小宝迫不及待地打开车门，冲向路边的玉米地。

普洛天也下了车，跟着卢小宝进了玉米地。

楚南天四下张望，玉米地的中央，有一幢白色的房子，房子前边的空地上，有两个人似乎也正向着这边张望。

突然间，口袋里的手机震动起来。楚南天心头咯噔一下，有一种不祥的预感。

第二十三章　山谷蒙难　楚南天

车子猛然启动，引得楚南天重重地撞在椅背上。慌乱中，楚南天条件反射般紧紧抓住手机，总算没有脱手。

“袭击，袭击，袭击……”机六不断报警。车在柏油路上疾驰，车轮转动得太快，和地面摩擦，发出吱吱的响。

没等楚南天回过神，车已经蹿出了十多米，一头扎进玉米地里，继续疯狂向前。

一个黑影从天空中掠过，眨眼间，原本停车的位置上燃起一团熊熊火光。

“小宝！”卢行健大叫一声。

两个孩子就在那爆炸点旁边。

机六停住了车。

卢行健疯了一般拉开车门，向着仍旧冒着烟的爆炸处冲了过去。楚南天也拉开车门，跟在卢行健身后跑。

柏油路上炸开一个大坑，几乎将整个路面完全掀开，周围倒了一大圈的庄稼。

“小宝！”卢行健大声喊着，焦急地张望。

很快，他们看见了两个孩子。孩子被爆炸的气浪掀起，落在了十多米之外的庄稼地里，一动也不动。

“小宝！”卢行健冲到卢小宝身边，双膝跪地，将孩子的头扶在臂弯里，在他的脸上抹了两把。小宝的脸上带着血痕，像是爆炸时被飞起的石子擦伤。跌落时脸朝下，虽然有玉米秆垫着，然而还是撞在地上，额头上、鼻子上、嘴唇上都沾上了沙土。

那边楚南天抱起了普洛天。孩子的眼睛微微睁开，随即又闭上。

“你怎么样？”楚南天急急地问。

普洛天睁开眼，“我没力气，胸闷。叔叔，我好怕！”

楚南天搂住他，“不要紧，不会有事的。”

那边卢行健喊了起来，“南天，南天！”

“怎么了？”

“你快来看看，小宝他怎么都不醒。”卢行健显然已经慌了。

楚南天把普洛天轻轻放下，“你闭着眼，休息一下，我马上回来。”普洛天的小手却紧紧地抓着他。他一边拉开普洛天的手，一边安慰，“没事的，我很快回来。”

楚南天飞快跑到卢行健身旁，去看小宝的伤势。

小宝脸色苍白，嘴唇几乎没了血色。

楚南天深深不安，伸手去摸小宝的心口。一按之下，完全感觉不到心跳。楚南天慌忙又在小宝胸口换了几个位置，仍旧没有一点心跳的迹象。伸手在鼻子下探察，也没有一丝气息。

楚南天心底一片凄凉，不知如何是好，只得迟疑地看着卢行健。

卢行健已经意识到大事不妙，然而仍旧抱着一丝侥幸，摇着小宝，“小宝，儿子！”不停叫着。连续叫了十来声，两眼泪水盈眶，最后他抱着小宝的尸体，号啕大哭起来。

手机不合时宜地响了。

“楚南天，你还在吗?”细微的话语声透过裤袋传出来。小六的声音透着焦虑。

楚南天只感到全身像是被抽干一般，口舌干燥，心底疲倦。他拍了拍卢行健的肩膀，勉强站起来，拿出手机。

“我还活着。”他呆板地对着手机说。

“你还在车里？为什么没有把车丢下？你必须立即抛下车，离开它。”小六很急切地质问。

“我知道了。”楚南天仍旧一副心灰意冷的样子。

“你受伤了吗?”小六从楚南天的语气里觉察出异样。

“我没事……”楚南天看了一眼悲伤欲绝的卢行健。小宝真的死了，这个残酷的事实瞬间击倒了这个原本坚强乐观的男人，让他哭得跟泪人一样。

小六在话筒那边似乎也感觉到了这边悲恸的气氛，沉默了片刻。

“你怎么逃过两次袭击的?”小六再次开口问。

“是开车的机器人，”楚南天虽然心情沉郁到了极点，还仍旧保持着冷静，他知道，小六是值得信赖的朋友，也是绝境中唯一的依靠。

“机器人？你是说自动驾驶?”

“不是，有个机器人，它自己跟着我们，它能驾驶，还能警报。它控制车子躲过了两次袭击。”楚南天一边说，一边望了望远方，机六继续开车，从庄稼地里绕回到了柏油路上，停在几百米远处。阿米丽塔从车上跳了下来，正向着这边奔来。楚南天看了看普洛天，小男孩仍旧躺在玉米秆丛里，睁眼看着卢行健和卢小宝。

话筒那边的小六又陷入短暂的沉默。

不远处,两个人正穿过庄稼地向这边跑来。他们看见了刚才的情形,过来看个究竟。

“楚南天,接你们的直升机大约五十分钟内就能赶到,你们留在原地等待救援。让那个机器人继续开车,离你们越远越好。”

“好的。”楚南天木然回答。就算小六不提出这样的要求,他也哪里都不想去。卢小宝死了,很大程度上是他的过错,他需要时间来消化这个事实。

阿米丽塔气喘吁吁地跑了过来,大喊着哥哥的名字,从柏油路上跳进了玉米地里,分开庄稼向着哥哥靠近。

小六结束了通话。

楚南天将手机放进口袋,蹲下身子,搂着卢行健的肩膀。他不知道该如何安慰这个朋友,只是干咽了一口唾沫。最后,他再次拍了拍卢行健的肩膀,站起身,去看普洛天的伤势。

普洛天仍旧躺着,几乎没有挪动一点儿位置。楚南天觉得有些奇怪,探了探他的额头。

“叔叔,我会死吗?”普洛天突然问。

楚南天被这突如其来的问题问得一惊,随即回答:“没事的,你不是好好的嘛!”

“但是我动不了,一动就疼。”

这句话引起了楚南天的警惕,“哪里疼?”

“背上。”

楚南天小心翼翼地将孩子翻过来,让他侧卧着。探过身去查看察看普洛天后背的情况,并没看见什么异样。

阿米丽塔跑了过来,一下子扑在哥哥身上,一言不发,只是紧紧地抱着。

从白房子里跑过来的一老一少站在两米外的地方,看着眼前的情形，彼此对望，显然也不知如何是好。最后，老人开口了："需要帮忙吗？"

卢行健自顾自抱着孩子的尸体，就像根本没有听见一样。楚南天将普洛天抱了起来，"劳驾找个地方，让这孩子休息一下。"

"跟我来。"年轻人示意楚南天跟着自己。

楚南天却没有挪动脚步。

"二位，能不能抱这孩子过去？"他向卢行健看了一眼。

老人立即明白了楚南天的意思，向着年轻人说："阿龙，你去抱孩子，小心点儿，看这孩子摔得不轻。"

叫阿龙的年轻人走到楚南天面前，抱起孩子，转身向着房子走去，阿米丽塔紧紧跟了上去。

"不行了？"老人向着楚南天轻声问道。

楚南天没有回答，只是默默地点了点头。

老人叹了口气。

"行健，我们去那边吧。"楚南天试图转移卢行健的注意力。

卢行健已经不再号哭，只是紧紧抱着孩子，就像要防止别人抢走一般。对楚南天的话语毫无反应。

"一会儿直升机就来接我们，我们去成都，说不定还能救小宝的命。"

明知道不可能，然而楚南天还是希望能给卢行健一点儿期望。

"直升机，在哪里？"卢行健像是一下子醒过来，迫不及待地问。

"大概四十分钟就可以到这里。先到那边的房子里吧，不要被风吹着了。"

这番劝说总算起了作用，卢行健迈开步子向着白房子走去。

没走两步，只听见一阵尖利的呼啸声，随即远处的柏油路上腾起一团黑烟。一行人停下脚步，望了过去，只见自己的车子从黑烟中穿出，疾驰而来。

又一次袭击！

无论是不是机器联盟干的，那躲在幕后的黑手必然是通过车上的某些设备定位。

楚南天心念一动，“你们先走，我去找机六！”说完跑着穿过庄稼地，到了柏油路上，使劲挥手，示意停车。

车子在楚南天面前猛然刹住。

“袭击，危险！袭击，危险！……”机六不断重复着同一句，这一次多了一个词。

“机六，下车！”楚南天向着机六呼喝。

“袭击，危险！袭击，危险！”机六根本没有理会。

楚南天拉开车门，直接将机六接入行车电脑的机械臂拉开。

“驾驶失去控制，非常危险。”机六仍旧试图将自己和行车电脑重新连接起来。

楚南天一把将它的机械臂推开，“下车！”楚南天大吼，“下了车，就没有危险了！”

“我不明白。”

“现在，下车，要不然，我就不带你了。你就再也没有伙伴！”

这句威胁起了作用，机六拉开后车厢，下了车。

“跟着我，赶快跑！”楚南天撒开脚丫跑了起来。两次袭击都被机六躲过，然而随时可能会有第三次，必须离得越远越好。谁也不知道是否因为机六才引起的问题，所以在下一次袭击之前，也必须和机六保持安全距离。

机六履带着地，不紧不慢地跟着楚南天。它只有一种速度。

楚南天一口气跑出几百米，回头看去，机六和车子之间也拉开了上百米的距离，仍旧尾随着自己。庄稼地里，卢行健抱着孩子，跟着老人，已经快走到白房子旁。他重重地呼出一口气，发现自己一点儿气喘都没有，仍旧呼吸平稳，浑身是劲，似乎再这样跑个几千米也没问题。然而，不经意间，他却发现胸部下缘的位置上渗出一团血迹。楚南天伸手摸了摸，没错，的确是血迹。凑在鼻子上，还能嗅出血腥的气味。

不知不觉间，自己竟然在流血，然而身体却丝毫没有觉察。楚南天心头闪过一丝寒意，然而不等他仔细看看伤口，似曾相识的呼啸声破空而来。

楚南天抬头望去。

这一次，是三枚导弹，一枚领先，两枚紧随其后。

几乎是一种本能，楚南天立即趴在地上，脸朝地，双手抱头。不过短短几秒，耳边接连传来两声巨响，地面微微震动。

一股强劲的热浪袭来。

劲风过去，楚南天抬起头，一眼看过去，只见前方一片狼藉，车子被炸得只剩下一个焦黑的底盘，兀自冒着青烟，将近百米的柏油路几乎荡然无存，留下三个硕大的爆炸弹坑。他飞快翻身起来，一眼就发现了机六。机六被爆炸掀翻，倒在一旁，履带仍旧转动着。

“楚南天！”

远处传来喊声。

楚南天扭头望去，卢行健站在白房子前边，正向着这边一边张望，一边大喊。

“我没事！”楚南天大声回应，“你照顾小宝就好。”说完，他向着机六跑了过去。

机六正试图用一只机械臂将自己支撑起来，然而一遍又一遍，无法成功。

“危险！危险！危险！”当楚南天靠近它，它开始一遍遍地重复警报。

楚南天帮着它将身子翻了过来。

当履带重重地落在地上，机六就像一下子活了过来，向前走一段，又后退一段。

“行走功能正常。”它自顾自说了一句。

机六的一条机器臂折断，扭曲起来，无法收回去。

“能帮我检查一下库存吗？”机六说着转动一个角度，咔啦一声，侧面的挡板弹开，露出内里。

“我又不是机械师。”

“帮我确认一下佛珠还在，我的感应器摔坏了，感受不到。”

楚南天这才蹲下身，从机六的侧边看了过去。

这个小小的舱室是机六的弹仓，一发发散发着黄铜气息的火箭弹整齐地排列着，固定在弹槽中。佛珠被稳稳地固定在一个弹槽里，由一根弹簧压着。

“我看见了，在那儿。”

“那就好。”机六合上了挡板。

“你救了我。我应该说‘谢谢’吗？谢谢。”机六道谢。

“不是我救了你，反正你本事大，根本不怕导弹。”

“这次袭击我躲不过去，引擎功率不够，无法在五秒内脱离三枚导弹形成的爆炸伤害区。如果你没有让我下车，我已经被炸毁了。”机六一本正经地说。

楚南天默默地看了一眼前方一片狼藉的现场。机器联盟接二连三地进行精确打击，它们的目标只能是自己。然而，这究竟是为什么？难道就因为自己从那戒备森严的基地里逃出来吗？

还有一种可能性。楚南天看了机六一眼。这个方形的履带机器人或许才是机器联盟袭击的目标……这种可能性立即又被否决掉：袭击是在自己登录了网络之后才开始的。

不怕一万，只怕万一。

“你在这里待着，等直升机来了，我来接你。”他向着机六说。

“你不带我了？”机六问。

“带着你，但是现在我要去看看小宝他们。你就在这里等，哪儿也别去。”

“好的。”机六方方的躯体转动一圈后，继续说，“我需要修理，能够用车上的零件吗？”

“这太危险，你只在原地等着，哪里也别去。”说话间，楚南天已经快步走远，说完这句，他向着那庄稼地包围中的白房子跑去。

短短的半个小时，却显得无比漫长。楚南天三番五次走出屋子，向着天空里张望，然后失望地回到屋子里。

不到五分钟，楚南天再次走出屋子，站在了院子里。

机六仍旧停留在原地，没有动弹。再没有第三次袭击发生，袭击应该不是机六招来的。是自己害了大家，而机六救了大家两次。

小宝已经死了，普洛天昏迷了过去，一直不醒，唯一能指望救命的也许只有接应的直升机，只要到了大城市，普洛天就能得到救治。

那个自称老陈的老人和叫作阿龙的年轻人是一对祖孙，他们盘下这山间坝子里的五百亩田地，是想逃离城市，在这里过田园生活。他们非常厚道地让卢行健抱着小宝的尸体坐在堂前沙发上，把普洛天安置在阿龙的卧室里，这让楚南天非常感激。然而，他们也无法提供更多的帮助,为了彻底与世隔绝,这祖孙甚至连手机和电话都没有。紧急情况下,根本无法取得外界的帮助。

当然,川康大桥断了,就算真的能和外界联系,恐怕援救也无法赶过来。

唯一的希望还是小六派来的直升机。

楚南天站在院子里,为了缓解焦虑的心情,不断地来回走动。

老陈走出门来,“楚先生,想请您帮个忙。”

楚南天有些意外,问道:“什么事?我们已经麻烦您很多了,如果有什么事能帮得上,请尽管说。”

“一会儿是否能把我这孙儿一起带上?留在这里,对他不合适,他父母都在成都,让他回父母身边去,现在形势突然紧张,留在我这里,他父母很担心,我这里也不安全。”老陈说完,恳切地望着楚南天。

“如果能带上他,我自然尽力帮忙。只是……这直升机究竟能带多少人,我也根本不知道。”

“没关系,没关系!”老陈忙不迭地回应,“如果带不上,我们另想办法。”

“我一定尽力。”楚南天郑重承诺。他不知道自己究竟能做些什么,只希望来的直升机有足够的空间,可以把包括老陈在内的所有人都带上。

“警报,警报,警报!”忽然间,远处的机六大声叫喊起来,声音如此之响,以至于站在院子里的楚南天也能听得清清楚楚。

楚南天跨出院子,向着机六那边张望,只见机六完好的机械臂高高举起,指向空中。

楚南天心中一动,抬眼望去,只见远方天空里,三个小小的黑点正向着这边而来。

是直升机！楚南天一阵激动，掉头跑进屋里。

“直升机来了，直升机来了！”他站在客厅里，大声宣告。

这一刻，他悬着的心总算放下来一些。

第二十四章　基地困局　冯大刚

“毁灭之眼”正如其名。

在卫星地图上，它就像一只巨大的眼睛：灰褐色的眸子，黑色的瞳仁。眸子的区域是无人机发射场，密集的发射通道指向天空，凑在一起，远远看去连成了一片褐色。黑色瞳仁的区域则是一个巨大的深孔，类似的深孔零零散散地散布在基地外围，那是导弹发射井，专门用于发射H11集束拦截导弹，是基地防御体系的一部分。

科布多是一座要塞，然而它的设计目标是对远在千里之外的敌人进行打击，所要对付的武器也是高速机动的突防导弹或者无人机。要塞的设计者和守卫者也许从来没有想到会有这么一天，这里会被一群“乌合之众”包围，而守军还拿它们毫无办法。

这群乌合之众是四足兽形态的机器，大小不一，小的像狗，大的像熊，甚至还有一些庞然大物，身躯如非洲象一般高大。兽群散布在要塞周围三四十公里的范围内，三五成群，似乎只是在悠闲地到处晃荡，然而一旦任何移动目标进入它们的感知范围，它们就会迅速聚集，速度快得惊人。它们的攻击力也颇惊人——机器狗体态灵活、行动迅速，本身就是一个爆炸物，它们总能找到车辆、坦克的薄弱部位，钻进去，自杀式地引爆自己，威力大到可以将坦克的炮塔直接掀飞。那些体型硕大的机器兽虽然没有那么灵活，却是绝好的活动障碍物，直接阻拦在前方，就成了能够喷火的堡垒。这些机器兽封锁了所有的道路，如果不是杀开一条血路，没有任何车能够再进来，当然，一辆也出不去。

要塞里的军人显然并不担心机器狗会突破火力网攻入要塞内部。仓促之间，要塞组织的防御阵地虽然并非无懈可击，机器狗要正面硬冲，也没有突破防线的一丝可能性。

令人担心的，是突然撤退到要塞里的平民。

高度自动化的要塞里不需要多少人，因此缺少生活设施。拥入的平民连住所都无法解决，只能让大部分人都住在车上，把车集中在司令部广场停放；原本设计为不超过六十人使用的厕所很快就变得脏乱不堪、臭气熏天；更要命的是，食物已经没有了，虽然只是短短一天时间，形势就已经极其糟糕，饥饿的人们包围了司令部，堵在门前，怎么也不肯走。

“你说该怎么办？还有三个小时，如果没有办法，我只能采取行动了。”基地司令官李世军站在窗前，看着窗外楼下聚集的人群，眉头紧锁。

冯大刚一筹莫展。

李世军的处境的确很为难。科布多是一个高度自动化的基地，根本无法容纳这么多平民。这样下去，迟早会出乱子。

“能否再请求一次人员转移，两个架次的运输机就可以把这些人都转移到安全地带了。”冯大刚说。

“我可以授权你使用基地的机场，但是怎么找到飞机，我爱莫能助。”李世军叹了口气，“机器联盟已经造成了我们六次坠机，它们严密监视着这基地，想要飞出去可不容易。”李世军说着转过身来，面对着冯大刚，“现在想飞出去，那可就是送死。”

李世军说的是实情，冯大刚也已经从基地的情报库里了解到这个情况。从基地飞出去两架大型机、四架直升机都在离开基地不到四十公里的地方就被导弹击落了。那些导弹来自中亚腹地，三倍音速，自动制导，对大多数飞行器都是致命杀手。攻和守在距离科布多基地四十公里左右的距离达到了平衡。

但是随着时间推移，滞留在这里的人群会越来越危险，到最后，会让军方左右为难。平白无故，要为一群不知从哪里冒出来的平民负责，这也是自己带着人进了基地之后，李世军一直没有给自己好脸色的原因。

“我要求使用突击战车。”冯大刚提出请求。

“突击战车已经被调用，我把它们结合在基地防御阵地里了。”李世军眨了眨眼，突然话锋一转，“但是我可以特许你继续使用777号突击战车。”

冯大刚颇感意外，正想道谢，李世军继续说：“你的任务是打通从科布多通往山西防御基地的路线，我把突击战车调配给你，是否带上平民，你可以自己决定，作为基地指挥官，我只能帮你这么多了。”

冯大刚刚到嘴边的道谢被生生咽了回去。

这不是他想要的东西。李世军是基地指挥官，虽然军衔比自己高了一级，是少将，然而并不是他的上级。在正常情况下，跨部门的指挥调动需要正式指令，不过在这非常时期，猎豹旅的指挥部已经被歼灭了，自己没有直接隶属的上级。李世军正是利用这一点，倚仗高一个级别的军衔，掌握了突击队的指挥权。突击战车是对抗敌人的有力武器，然而机器联盟严密监视一切，任何飞行器都可能会被围攻，让自己指挥777号突击战车去打通联系路线,等于去送死。自己要求突击战车,是打算试探能否利用战车对包围的机器兽群进行打击,然后从地面上寻找突围的办法,只是试探性突围。

李世军却直接把打通交通线的任务交给自己,还捆绑了平民这个大问题。

冯大刚默默地敬了一个军礼,然后转身向着门外走去。他想冷静一下,想想办法。

跨出门去,他仍旧能感觉到李世军带着几分狡黠的眼光盯在自己背上。

走出指挥部的大门,眼尖的人一下子发现了他。人群呼啦一下拥上来,将他围住。

“司令官,我们该怎么办?”领头的人并不是镇长,而是一个三十来岁的中年人,镇长见到情况不妙,早早地把自己的位置让给了这个年轻人。

“我会去探探路,只要能打通疏散通道,大家就可以撤退到城市里去。”冯大刚并没有多少信心可以将这些人送出去,然而面对这情绪激动的人群,除了用这句话来安慰,他也不知道该怎么处理。

“是你把我们带到这里来的,可不能不管我们啊!”人群中有人叫嚷。

这喊声中带着怨恨。

冯大刚扭头看去,只见一个满脸大胡子的男人正瞪着自己,仿佛要冲过来将自己一口咬死。他的眼光中充满着仇恨,让冯大刚心中一惊。

这些血肉之躯的人毫无战斗力,如果发生冲突,只会是失败的一方,然而即便如此,仇恨仍旧潜滋暗长,不知不觉中,他们竟然把自己当作了怨恨的发泄口。

“我们在想办法,大家请安心。”冯大刚仍旧试图宽慰他们。

“安心?没法子安心!已经快饿死人了,怎么安心?”

人群仍旧嚷嚷着。

冯大刚心里又是一惊,飞快从人群中挤了出来,返回指挥部,急匆匆地上楼去找李世军。司令办公室的门开着,冯大刚顾不上敲门,直接闯了进去。

李世军坐在宽大的办公桌后,正在读一本书,抬头见到冯大刚闯进来,嘴角间竟然露出一丝笑意,“上校,有什么问题吗?”

冯大刚笔直挺立,“将军,我的确有个问题。如果无法将这些平民遣送到后方,将军会如何处置这些人?”

李世军收敛了微笑,“这是一个很棘手的问题,如果迫不得已……我只有一半的解决方案。你真的想知道吗?”

冯大刚一言不发,只是肃然立着。

“你出去又回来,就是想知道这个吗?”李世军站了起来,将手中的书塞回到书架上,然后不紧不慢地绕到桌前,几乎和冯大刚脸对着脸。

冯大刚毫不示弱,直视着李世军的眼睛。

十几秒后,李世军挪开了目光。

“这件事情很棘手,但是问题总要解决。”李世军的眉头蹙了起来。

“请将军明示。”

李世军清了清嗓子,“我很欣赏你,上校,你是一个善良的人,在战场上冒着风险掩护平民撤退,这不是所有军人都能做到的事。但是,你要注意,我们身处一场战争,而且是一场我们被压着打的战争,善良对于战争来说并不是必需的。我希望你也明白这一点。”

李世军似乎在暗示自己带着一群平民来到基地是一个错误。冯大刚不动声色，静静地听着，等着这个基地最高指挥官说出他的计划。

李世军踱着步子来到窗前。巨大的落地窗自动变得透明，显露出外边的情景。聚集在司令部前的人群仍在那里，漫长的等待消磨了他们的耐心，其中一些人开始向大门扔东西。再远处，是司令部广场，广场上停满了车，车辆间的空地里，铺满了花花绿绿的毯子、地垫之类的东西，许多人在广场里走动。

李世军就这样背对着冯大刚，沉默着。办公室里的气氛变得格外压抑。

“上校，你的突击队员都是改进型机器人，对吗？”李世军突然问。他并没有转过身来，而是仍旧面向窗外，看着聚集在那里的人群。

“我们不是机器人。”冯大刚纠正李世军话语中的错误。机器人是芯片控制下的傀儡，猎豹旅的精英都是百里挑一的真正战士，是真正的人，只不过将躯体换成了钢铁。

“我们不用纠结一些用词。你们都是钢铁之躯，从来不用吃饭，对吧？”

冯大刚机警地扭过头去看着李世军，李世军正好也转过身来。两人的目光再次碰撞在一起。

李世军的话语中包藏着机锋。是的，所有的突击战士都是钢铁之躯。然而，这和这群平民有什么关系？

冯大刚用略带疑惑的眼神看着李世军。

李世军嘴角微扬，露出一个微笑，不紧不慢地开口道：“你也已经看到，基地内的战士少得可怜，高度自动化是一个原因，另一个原因,是因为本来应该进入基地的战士没来得及赶到。”

虽然没有见到多少战士,然而像科布多这样的大型基地,至少也该拥有两千人的守备兵力。冯大刚一直认为,基地有守备部队,只是自己没看见,此刻李世军却说基地里根本没有部队。这让冯大刚困惑不已。他更不明白李世军这个时候说这个目的何在,只能带着困惑看着对方。

李世军继续说:“这场战争刚开始,总司令部下达了指令,所有前线战士都必须以最新的纳米机技术进行机器化。事发突然,也不知道谁走漏了消息,换防的部队拒绝进入基地,而是向最高法院上诉,要求行使宪法第十五条公民权,保留肉体。我很理解这些人,他们贪恋肉体的温暖,我不也还保留着肉体嘛。但是战争不是游戏,还可以有第二次选择,这些人贪恋肉体,错过了保住自己性命的最好机会,最后一定会后悔。现在基地被包围得像个铁桶,也不会再有增援部队来了。守卫基地,没有战士可不行。”

“将军,我不是很明白。请明示。”冯大刚不想胡乱猜测。

“上校,我们已经进入一个新的历史时期,在这个时代,只有拥有钢铁之躯的人才有机会活下去。如果战争继续下去,你觉得地球上会剩下多少人?我说的是肉体的人类。十亿?还是几千万?”

“战争很快就会结束。”

“你太善良了!”李世军摇了摇头,“善良得有些一厢情愿。这场战争和历史上任何战争都不一样。哪怕和第三次世界大战相比,也只会更残酷。第三次世界大战死掉了十二亿人,绝大部分是饿死的。你说这一次会死掉多少人?”

冯大刚无言以对。他不习惯用这样一种思路去思考战争,对他来说,战争就是武器的对抗,就是力量和力量的碰撞。军人该执行好命令，完成上级交给的任务，他从来不会多想会死掉多少人这样的事，除非这群人就在他眼前。

李世军走到冯大刚身前，两人四目相对，这一次，冯大刚发现自己竟然落了下风——面对李世军的目光，他竟莫名其妙地心虚起来。

李世军开口了："我们把一切摊在桌上来说，上校。我很欣赏你的善良，但是现在善良并不能解决问题。我手上有一千两百多个机器躯体，最新型号，和大脑的对接适应性很强。短期内不会再有部队来了，所以你带来的这批人，正好可以用得上。

"原本基地和外部还能通过地面交通联系，你带着这些平民来了，机器兽也跟着来了，把这里完全隔绝。这可能就是天意。"

李世军说完看着冯大刚，脸上似乎带着一丝歉意。

冯大刚一时懵了。李世军的意思是要将这些平民都改造成机器之躯，让他们来守卫基地。

"这不行。"回过神来之后，冯大刚脱口而出。当年自己更换机器躯体，足足准备了两个月，为了调整大脑适配度和人格完整性，专家们争论不休。在一个战争前线的基地内进行这种改造，就像一个刚从医学院毕业的学生要做一场货真价实的心脏移植手术，这是拿这些人的命在开玩笑。

李世军点点头，不等冯大刚继续说什么，就用一种不容置疑的语调开始宣告："第一，他们要活命；第二，我们没有吃的；第三，我们需要战士；第四，看一看基地外边的那些东西，它们包围了基地，可不是为了在这里休假。总司令部已经明确告诉我，无法增援，至少要坚守三个月。你的突击队是我得到的唯一增援，显然远远不够。"

"但是你让我去打开联络通道，只要联络上总司令部……"

“没错。但是你很明白,在短期内打开通道是不可能的,基地等不了那么久,这些人也等不了那么久。没有食物,这些人会死,就算你真的能打通联络通道,也无法帮助这些人。总司令部已经自顾不暇。要不然,他们怎么会一个士兵也不给我,却要我坚守三个月,全靠自动武器吗?只要有一个点被突破,整个基地就完了。自动武器系统可不是战士,它们没法进行机动。这个基地需要像你一样的钢铁战士来守卫。这些老百姓要明白,如果不进行改造,他们今天能活,明天就未必。”

李世军的话语很柔和,却不容置疑。冯大刚感到无所适从。也许让这些平民机器化才是唯一的活路,他不知道还有什么路可以走。

李世军又不紧不慢地加上一句:“你的难民有一千四百多人,但是我的机器躯体只有一千二百具,多出两百多人,是个棘手的问题。你可以选择用777号突击战车带走他们,或者留下来帮我处理这个问题。”

一阵寒意自脊背上升起。冯大刚突然意识到,他将要面对的是一个怎样残酷的现实。留在这里的人,要为发生的一切负责。这么说来,李世军让他带着一辆战车走,倒是一番好意,让他避开了他无论如何也不愿意见到的场景。

然而,他无力改变什么。

李世军那温和的外表下是一颗强硬的心,一切的纠结都被他掩藏了起来。

冯大刚沉默了半晌。最后问道:“那个叫萨拉丁的人呢?你打算怎么处置他?”

李世军摇了摇头,“我不喜欢这个人,更不会相信他。总部指示我把他送到司令部去,但既然谁也出不去,只好让他先在监狱里待一段时间。他说要见你,你去见他吗?我看他不会有什么别的意思,只会要你带他出去。”

冯大刚沉吟片刻,回答道:“让我去见见他,毕竟他是我带来的。如果有必要,我可以带走他吗?”

李世军耸了耸眉头,说道:“你可以自行决定。我可以把这一项包括在给你的授权中。但是你要保证必要的时候要杀掉他。”

“我会看好他。”

“你要确保万无一失。”李世军盯着冯大刚,“他是个危险人物,我用鼻子就能闻出来!”

第二十五章　重围之中　冯大刚

辽阔的草原一眼望不到边。

基地外重重围困的机器兽群也一样望不到边。

冯大刚回过头，看了看身后的两个兄弟。两个兄弟也正看着他，目光坚定。他们一定会跟着自己走的，然而冯大刚还是开口说道："科布多是安全的，跟我走很可能会有危险，你们现在还可以后悔。"

鹰眼和大牛动也不动，对冯大刚的提议置若罔闻。

两人看着冯大刚，见冯大刚似乎在等着自己说话，于是彼此看了一眼。大牛开口道："上校，猎豹旅的兄弟何曾怕过死。"

冯大刚点头，正想说话，站在一旁的萨拉丁冷不丁插话道："冯大刚先生，你的下属都很忠诚，干脆把所有人都带上，我保证他们都能安全地通过包围圈。"

冯大刚瞥了萨拉丁一眼，他的脸上挂着笑，俊美的面孔配上恰到好处的微笑，近乎完美。说不上为什么，冯大刚对这张笑脸充满厌恶，只觉得他不怀好意。冯大刚郑重其事地警告："不要耍什么花招，你的身体里放着三枚高爆炸药，爆炸的威力足够把你的大脑震成一团糨糊。"

萨拉丁哈哈一笑,“我千里迢迢从基地逃出来,可不是为了让你把我杀掉。既然我说过我们能够平安通过这片封锁区,那就一定行。”

冯大刚也不多说,挥手示意萨拉丁向前。

萨拉丁大笑一声,走在前边,通过基地大门,向着荒野里的机器兽群大步走去。冯大刚和鹰眼、大牛紧握着手中的枪,紧紧跟上。

他们很快进入机器兽群中。

机器兽三五成群,零散分布,走得近了,能看见它们身上细细的甲片。椭圆形的甲片闪着金属光泽,腹部颜色较浅,向着背部逐渐变深,到了背上则变成漆黑一团。机器兽全身都包裹在这样的甲片里,活像穿山甲。

萨拉丁在兽群中穿行,他绕开那些机器兽,机器兽仿佛也并不在意他,彼此相安无事。冯大刚和鹰眼、大牛跟在萨拉丁身后走过去,机器兽也保持着安静。

近距离看过去,机器兽的眼睛是深黑色,就像两只没有眼球的空洞眼眶。无数双空洞的眼睛望着自己,仿佛一个巨大的死物之阵,散发着死亡的气息,让人心生恐慌。冯大刚不由紧紧地捏了捏手中的枪。

如果没有异样的动静,机器兽群原本就很安静,萨拉丁走过之后,它们变得更安静,身体一动不动,甚至连头部的姿态都不再变化,像是化成了雕塑。

可之前它们见到人,就会像被魔咒控制一般疯狂地发动进攻。

萨拉丁一定用某种方法影响了它们。

冯大刚紧走几步,和萨拉丁并肩而行。

“你可以控制这些机器？”

“不。我只是知道它们不会对我们动作。”

“为什么？”

“因为阿尔法对杀死一个人并没有兴趣，它只是要尽量消灭人类。”

“你这是胡说八道，这些机器兽攻击走出基地的每一个人。只是这次有你在，它们才没动作。”

“你说得没错。我的存在的确会有一点儿作用。”萨拉丁扭头看着冯大刚，“但如果阿尔法一定要消灭每一个人，那么我也没有任何办法让这些机器兽平静下来。阿尔法的目标是要消灭全人类，你明白了吗？”

冯大刚皱了皱眉头，“阿尔法究竟要干什么？它怎么会有消灭全人类这种狂热的想法？是你们给了它指令，它才会这么做，对不对？”

“并非如此！”萨拉丁再次转过脸来，这一次他的神色严肃，“没有人下达指令。阿尔法就是发动战争的那个人，它才是你的敌人、你们的敌人。说是‘敌人’不太准确，它不是一个人，而是人工智能，也许说它是‘敌对方’更准确一些。”

冯大刚的眉头锁得更紧，“人工智能？你是想推卸战争责任吗？”

“我当然不会推卸责任，只是这并非一场我想要的战争。如果我控制着战争的进程，我就不会在这里和你一起。正因为我控制不了战争进程，我才会来找你。你必须带我去脑库，这不仅关系到你我的生死，更关系到整个北半球，也许是整个地球的人。”

“你没有能说服李将军，又怎么能说服我？”

“那个家伙就像石头一样顽固。那样的人我见得多了，自以为牢牢掌握一切,其实却只是井底之蛙。我没法说服他,如果说多了,恐怕他会直接把我杀掉。"萨拉丁的语气带着几分轻蔑。

"所以我要求你去报告,只说带我去总司令部,但我们该去脑库,那里才是我们的目的地。你不明白阿尔法有多大的能耐,它渗透在你们的军事网络里,我得时不时放点儿烟幕弹给它。在这个世界上,也许只有在脑库的控制下,我们才可以策划整个计划。带我去找脑库,我们可以合作解决掉阿尔法。机会只有一次,如果阿尔法警觉,那一切就完了。"

"难道去总司令部会有什么危险?"

"我已经说了,我不想泄露秘密,在总司令部,我们其实什么都做不了,因为任何计划都会被阿尔法觉察。让阿尔法认为我会去你们的总司令部,这个情报会让它降低警惕性。现在在这里,只有我们两个人,这些机器兽虽然受到阿尔法的控制,但是它们对于我这样的高级别存在只能绝对服从。它们现在听不见,也看不见。只有当我们过去之后,它们才会恢复和阿尔法的关联。你那边的人也不会泄密,他们把你抛弃了,正好确保不会泄露机密。"

"脑库究竟能干什么?"虽然隐约听说过这个神秘机构的存在,然而冯大刚并不明白就里。

"只有脑库才能保证不被阿尔法窥视。"萨拉丁的脸色变得郑重起来,"在阿尔法控制全球网络之前,全球只有两个既独立又强大的人工智能。智网在北美,脑库在华北。现在阿尔法成了最强大的人工智能,虽然它很强大,但是智网全面中断了和全球网络的关联,成了一个独立王国,它没有办法渗入。至于脑库,因为它特别的模式,阿尔法根本无法控制。我们只有借助脑库强大的运算能力对阿尔法进行压制,才有机会对它进行一次绝杀。"

萨拉丁的说辞让冯大刚无法辨别真假,仍旧疑窦重重。

“你说的阿尔法究竟是什么?如果它是个超级人工智能,怎么从来没有人听说过?”

“因为在战争之前,它还只是个实验室产品,一夜之间,它扩散到整个互联网。你当然不会听说。如果不是我现在告诉你,恐怕你死了,也不知道死在谁的手里。”

“然后你就再也控制不了它了?”

“没错。”萨拉丁坦然回答,“这是一个出乎意料的结局。我们也不想这样。最初我们的目标只是渗入军方网络,有备无患。没想到它做的比我们想要的多得多,而且令人无法理解地发动了全面战争……虽然机器联盟进行了大量军事准备,但是发动全面战争,这太疯狂了,机器联盟从成立之初就从来没有过这种打算。阿尔法也许就是发了疯。”

“它没有向你们说明缘由?”冯大刚问道。

“它高高在上,对我们的质疑不予理睬,把我们都当成空气。”萨拉丁略带自嘲,“这真是谁也想不到。”

是的,谁也想不到。人类这方连自己的对手究竟是谁都没有搞清楚。

一夜之间成长起来的人工智能全面渗入全球互联网,控制了大量军事力量,对人类社会发动了突然袭击。萨拉丁口中的真相实在太过于匪夷所思,冯大刚暗自心惊。

必须向司令部报告这些情况。

冯大刚紧盯着萨拉丁,说道:“我要带你去司令部,你是个战争罪犯,所有这些情报,你必须向军界高层说个明白,他们会判断是非,并且决定你的命运。”

萨拉丁淡淡一笑,“那么人类的命运呢?难道你真的要把全人类的命运都置之不理？这里有一个机会，唯一的机会，难道你不想抓住？”

“究竟是什么机会？”

萨拉丁默然不应，却走向一旁，站在一只机器兽身前。这是一只高大的机器兽，四足着地，也有近两米高，它没有头，只在身体的前端有两个拳头大的凸起，凸起上探出两个眼柄，就像虾的眼睛。眼柄的端部有两个黑黑的球体，仍在转动。

机器兽全身僵硬，仿佛雕塑。

萨拉丁伸手碰触机器兽的躯体。机器兽庞然的身躯一抖，走动起来，发出细微机械摩擦的响声。萨拉丁抓住机器兽肩部突出的尖刺，用力一跃，身子腾空而起，稳稳地坐在机器兽身上。

萨拉丁居高临下，一下子显得高大了许多。

冯大刚不动声色地看着萨拉丁。他并不担心萨拉丁会做出什么出格的举动，如果有任何异常，他只用一个念头就能把萨拉丁的身体炸得稀烂。他只是有几分好奇，这个投降者所说的一切像是那么回事，然而他仍旧不是那么放心。

他悄悄地命令鹰眼和大牛掩护侧翼，防范异常。

萨拉丁骑在机器兽上，向冯大刚发话：“让你的两个部下不要乱走，距离太远，我没法保证不惊动兽群，如果真的惊动了兽群，阿尔法就会发现我们。”

冯大刚让鹰眼和大牛向自己靠拢。

“你看见了，我和它们是一伙的。”萨拉丁仍旧骑在机器兽上，俯视着冯大刚，“堡垒只能从内部被攻破，这难道不是一个真理吗？”

“我不喜欢兜圈子。”冯大刚冷冷地回答，“如果你真想让我带你去脑库，那么就收起你那一套，用最直接的话告诉我事实，然后我可以认真考虑这件事。”

萨拉丁哈哈大笑，从机器兽的背上跳了下来。

“我已经说了很多事实，你究竟想要知道什么事实?”

“你究竟想要怎么对付阿尔法?”

“我了解阿尔法的弱点，利用它的弱点，就可以战胜它。”

“如果阿尔法能够掌握一切，你凭什么能利用它的弱点?”

“你在我的身体里埋下了炸弹，是为什么?”萨拉丁并没有直接回答，而是问了一个似乎无关的问题。

冯大刚并不回答，只是看着萨拉丁。

“为防万一。”萨拉丁不以为意，继续说，仿佛自言自语，“如果系统设计者不是傻瓜，总该留下一个后门，万一形势不对，可以全部推倒重来。一般的系统设计师尚且有这样的设计意识，更何况一个牵涉全球人民未来的人工智能。”

萨拉丁说着收敛了笑容，“阿尔法有个自杀后门程序，一旦启动，一切都可以回到正轨上。我掌握这个程序的入口。”

“你是阿尔法的设计师?”

萨拉丁微微一愣，很快回过神来，“不，设计师不是我。我只是掌握触发后门自杀的流程而已。别忘了我是个长官。”

“那你怎么保证这个后门设计有效? 阿尔法完全可以从其他人那里得到信息，然后修正这个后门。”

萨拉丁微微一笑，“你的顾虑很周全。我也有同样的顾虑，所以，我做了两方面的准备。第一，阿尔法无法修正自己的底层程序，如果它要修正底层程序，它需要一次重生，这和死掉没什么差别；第二，所有参与项目的设计师都死了。虽然从底层代码安全性来说，我不需要这么做，但是为防万一，我还是把所有设计师都杀掉了。一共六个设计师，他们都死了。”

萨拉丁一边说着，一边脸上仍带着微笑。

冯大刚心中一阵发冷。

眼前的这个人杀人不眨眼，太过于可怕。他和李世军是同一类型的人，心狠手辣、冷漠无情，怪不得一见面，李世军就对他感到厌恶。冷酷的人能本能地感觉到竞争对手的存在。

冯大刚不自觉地蹙了蹙眉头，脸上闪过一丝厌弃。

萨拉丁带着捉摸不定的表情看着冯大刚，似乎对于冯大刚的反应很满意。

“觉得我太残忍？不，不，不，事情不是你想的那样。”萨拉丁笑了起来。

冯大刚有几分怒意，萨拉丁脸上的笑容总是带着几分轻佻，似乎在故意轻慢自己。他强忍怒气，继续听下去。

“这六个设计师，并不是人，而是六个人工智能。”萨拉丁揭开了谜底，“人工智能虽然有自我意识，但是它们并不是血肉之躯，并不会感觉到痛苦。因此对于结束生命……哦，不，应该说，结束存在，并没有什么强烈的抵触。不要把这种死亡理解成人类那样的苦难。”

萨拉丁说完干笑了几声。

冯大刚却怎么也笑不出来，萨拉丁像是故意要和他开玩笑。然而，如果阿尔法的设计师是人工智能，而这些人工智能已经被萨拉丁消灭，这个世界上就没有人能够理解阿尔法的设计。虽然冯大刚对人工智能的了解并不深，然而凭着直觉，他认为这是一个异常危险的做法。

“如果你杀死了设计师，还有什么人能帮助你？难道不是留着他们更好吗？”

“不要用人类的思路来理解人工智能，第三次世界大战爆发之前，大量的软件就由这种‘设计师软件’生成。战后，最新的设计师软件增加了良好的互动界面。如果你尝试过用这种设计师软件来定制程序，你会认为自己就是在和一个人交流，但归根结底，它们仍旧是软件，如果拥有软件的源代码，整个设计的历史过程就可以被复现。如果我不彻底消除它们，那么阿尔法就能把它们都消化掉，然后它就会了解自己究竟是如何被设计出来的。如果这事真发生了，那就是一场可怕的大灾难。”

“你不是说阿尔法无法修正自己的底层代码吗？”

“没错。但是它可以另行设计一个，消除掉自杀程序，也许叫阿尔法二代，或者贝塔。这个新程序会变成所有人的噩梦，它会和阿尔法一样强大，而且没有弱点，无法被杀死。所以，我已经给全人类立下一件大功劳，至少这种最糟糕的情况不会发生。眼下的这个阿尔法，我们还有机会对付它。”

冯大刚默然。萨拉丁所说的一切他似懂非懂，虽然有些天马行空，然而并不像是在撒谎。他也找不出萨拉丁撒谎的动机。

信，还是不信？这是一道简单的选择题，选择却无比困难。

冯大刚望了望骑在机器兽上的萨拉丁。萨拉丁微笑着，正看着自己。

冯大刚把心一横，“只有去脑库才行吗？既然你能让它自杀，只需要使用间谍程序进行一次偷袭就行，不是吗？”

“你说得不错，只不过，就算是偷袭，也需要强有力的计算中枢能够突破阿尔法设置的密钥屏障，或者设置计算陷阱，让阿尔法没办法兼顾到间谍程序。这可不简单，没有强大的算力保障，谁也做不到。如果我自己去搞偷袭，阿尔法可以瞬间觉察到侵入，顺带就把我给吞没了。虽然和阿尔法作对本来就风险很高，随时可能送命，但是送死的事，我不会去做。”

“好，那我们就去脑库。”冯大刚不再犹豫，他本想说，我会监视你的一举一动，如果有任何异常，就杀死你。然而想到这实在多余，也就没有说出口。

萨拉丁哈哈大笑，笑声停歇后一挥手，喊了一句：“好。上马！”

冯大刚一愣。

三只高大的机器兽围了过来，和萨拉丁骑着的机器兽一模一样。

“干什么？”冯大刚满怀戒心地盯着萨拉丁。

“骑在这些机器马上，这样行动可以更快一些。”

“我们跑得比这些笨重的东西快。”

“我当然毫不怀疑这一点。只不过，如果你们骑上马，那么我就不用那么费时费力去屏蔽途经的所有机器兽，我只需要控制这四只。”

冯大刚明白萨拉丁要做什么，他会控制这些机器兽体内的纳米机，利用它们形成一层伪装，让人和机器兽成为一体，欺骗辨认系统。

对智能低下的机器，这是一个好办法。

萨拉丁最了解这些机器，如果他认定可以欺骗这些机器兽，那么他就能有十足的把握。

还是同样的问题：信，还是不信。

冯大刚收起枪，一跃而上，坐在机器兽的背上。鹰眼和大牛默契地跟冯大刚一样跳上了机器兽的脊背。

机器兽开始跑动，四人四兽，前后一线，如同一叶扁舟穿行于怒涛，向着天边的大山疾驰而去。

第二十六章　饥饿城市　楚南天

一个人饿到了极点,真是连自己的手都能咬了吃下去。

楚南天坐在石头台阶上,强忍着饥饿,看着空空荡荡的广场。这个被称为天府广场的地方,从前络绎繁华,现在却空空荡荡,连一个人影都没有。

走了一个下午,他真的没有见到一个活人。街边的店面都关着门,然而都被打破了玻璃,里边一片狼藉。

这真像是一个被洗劫过后寸草不生的鬼城。

怎么会这样?楚南天的心情异常沉重。他知道一场规模惊人的战争正在进行,他刚经历了一场惊心动魄的逃亡,目睹暴力和死亡不断上演。成都肯定不会像往日那样悠闲惬意,但至少仍该是一个大城市,热气腾腾,充满生机。然而这空荡荡的街市和广场明确无误地告诉他,这已经是一座死城。

这是一次大逃亡。留在城里只有死路一条,因为所有的粮食供给都中断了,有能力的人早早逃了,剩下的老弱病残只能听天由命。据说已经发生了人吃人的事,所有还活着的人就像老鼠一样躲藏起来,如果不是饥寒交迫无法忍受,全都不敢出来。

除了军事基地,这个城市已经死了。

怎么会这样？

胃部再次发出了警告。这一次，连带着血水从胸腹间的手术缝合口中流出来。

血水浸透了衣服，黏黏的。楚南天伸手摸了一把，一股略带腥味的血气从指尖传来，他伸出舌尖舔了一下。

咸腥的味道直抵大脑。

腹部传来轻微的痛感，他伸手抚摸。

心肺替换手术还没完全康复就开始仓促逃亡，这产生了严重的后果，一种细菌从伤口侵入了他的身体内，在各个脏器上大肆繁殖。基地的军医告诉他，炎症已经扩散到腹腔的每个角落，无法救治了，用最简单的话来说，他的躯体正在被细菌一点点吃掉。炎症发作的时候，全身火烧火燎，除了胸部。被替换的胸部就像是燃烧火焰中的一个巨大冰窟，或者是自己身体已经被切割掉了一部分，所以毫无知觉。

他摸了摸胸口。强健的心脏有节律地跳着，驱动着全身的血液。一跳一跳的节奏中，他能感觉到伤口的血管都在颤抖。他的身体太虚弱，而这崭新的心脏却太强劲。

那个军医说得对，如果再不更换躯体，那么自己就快死了。

事情到了这一步，似乎已经无从选择。楚南天深深地叹气。

身后传来机械碰撞的声音。

楚南天没有回头，他能听出那是机六的履带传动声。寂静无声的城市里，任何熟悉的声音都让人感到温暖。

机六移到了楚南天身旁，方方的身躯转了两圈。

“收到信号，他们来找你了。”机六说。

机六所说的“他们”是军事基地的人们。自己从基地跑出来，他们发现再来找，已经过了好几个小时。天色渐渐暗下去，时候不早了。

先回去吧。

楚南天站起身,向着广场南边走去。机六用机器臂支撑身子,成功地跨越台阶,缓缓地跟在楚南天身后。

忽然间,耳边传来一声闷响。楚南天只觉得背部被重重一击,身子不由向前一个踉跄。还没有明白怎么回事,剧烈的疼痛从腿部传来,紧接着腹部又是一下。楚南天终于明白过来——什么人正躲藏在暗处狙杀他。他倒在地上,仰面朝天,小腹上热热的,温暖的血正汩汩流出,浸透了衣物,滴落地上。

楚南天大口喘气,蓝色的天空变得灰暗,他正迅速地失去意识。

模糊的视线里,他看见机六在身旁徘徊,机器臂上下挥舞,方方的身体不住地旋转,两发火箭弹带着火光直射而出,远方传来两声沉闷的爆炸。

不远处有人吆喝,然后是杂沓的脚步声。

黑暗的力量不可抵挡,楚南天无法控制地闭上眼睛,陷入昏迷中。

当他睁开眼睛,只看见白色的天花板。

有人正在叫自己的名字。

"楚南天,你终于醒了。"

这是那个叫徐栋宇的军医的声音。

他转了转眼珠。很快,他发现这似乎是自己身上唯一还能动的部位。全身似乎都已经不复存在。

"徐医生。"楚南天回应,还好,自己还能说话,声音却有些古怪,听着就很虚弱。

"你的伤很重,如果不立即进行置换手术,那就太晚了。"徐医生面无表情，仍旧是这句话。

“我要和小六说话。”楚南天提出要求。一到基地，他就要求见小六，然而整个基地上下没有人知道小六是谁，怎么才能找到他。基地只是得到了命令，派出直升机去救人，其他一概不知。楚南天认为他们是在装糊涂。

“我不管什么小六，你是个病人，我给你提供最好的救治方案，如果你不接受，那是你的事。”徐医生漠然地看了自己手中的小屏幕一眼，“你的身体还能维持十六个小时，如果十六个小时内不做出决定，那么即便做躯体置换的手术，也救不了你了。因为那个时候，你的大脑也要毁了。”说完他冷冷地笑了一下，“多少人盼着做身体置换，你倒好，像是大爷一样，要人求着你做。”

楚南天默然不语。

徐医生合上手中的屏幕本，扭头向着一旁，“我该说的都说完了。你来吧。”说完一转身，径直走出门去。

楚南天这才注意到床脚边还站着一个人。

那人走了上来，站在床头边，居高临下，看着楚南天。

背着光，楚南天艰难地看清了他的脸。这是个陌生人，穿着一身笔挺的浅灰色制服，看上去像是高级警官。

“我一直感到很奇怪，为什么要不惜一切代价把你从山沟里接出来。”来人开口说话，“现在我明白了。”

这话说得没头没脑，楚南天眨了眨眼睛，只是看着对方。

“徐医生对你进行了全面检查，在你的身体里发现了一些特别的东西。这应该就是原因。”

“你是谁?”楚南天禁不住问道。

“我是谁并不重要，你是谁才重要。”来人直接将这个问题挡了回来，“我到这里来，是想告诉你，你的身体已经不属于你自己，它已经被国家安全部征用。根据公民权利保护法第三十二条,我们将为你提供免费的躯体置换。”

楚南天心中咯噔一下,他清楚地记得,自己被机器联盟的人绑架的时刻,正在采访钟立人关于这条法案的解释。他对这条法案深表忧虑,因为其中一些条款含糊不清,存在被滥用的可能性。正因为如此,他在网络中竭力主张重新审核这一法案,被人看作是对人类日运动的有力支持。

没想到这条法案居然会被用在自己身上,而自己没有丝毫反抗之力。

“我要见小六。”无奈之中,楚南天只能把希望寄托在那个一直躲藏在暗处的神秘人物身上。不管小六究竟是什么身份,至少他是友善的,而眼前的这个不知道是警官还是军官的人浑身上下都散发着杀伐之气,绝非善类。

“你被两发子弹击中,如果不是我们的人及时把你救回来,你已经死在城里了。而且你也已经听到徐医生的诊断,你已经快死了,只有躯体置换能救你一命。”

“那就让我死掉。”楚南天横下一条心。他并不反对在生命垂危的情况下置换机器,当他是一个意见领袖的时候,就一直如此。然而,此刻的情形,更像是一种强迫式的施舍,这让他无法接受。

来人的脸上露出一丝叵测的微笑,“这由不得你。如果你想自杀,那么等躯体置换完毕,你可以自由选择。”

楚南天愣愣地看着对方,不知道该如何是好。他想起一句成语:人为刀俎,我为鱼肉。此时此刻,没有比这更贴切的形容了。

双方僵持着,在沉默中彼此对视。

下一个开口的人,就是示弱的一方。

沉默了片刻后，楚南天露出一个惨淡的笑容，问道：“多谢你来告知我这些。你为什么又要告诉我这些呢？”

“因为你还是一个名人。”来人似乎等的就是这句话，“你站在我们这边，会很有利。”

“你说的是谁？”

“国家。还能有谁？”

“你们想要我做什么？”

“支持《紧急状态法案》。你只要表个态就行了。”

“然后你们会把我当作典型来宣传？积极响应战争号召，进行了躯体置换。你们是想把我当作傀儡吗？”楚南天说着说着就激动起来。

“至少你好好地活着。你知道外边有多少人正在死掉吗？你知道我们在努力拯救尽量多的人命吗？你知道你被打了两枪，如果我们不救你，你的下场是什么吗？”

“什么下场？”楚南天被这一连串气势汹汹的质问激怒，提高声调反问。

“被当作食物吃掉。”来人的语调一下子冷了下来。

就像一盘凉水迎头浇下。

楚南天心头一阵慌乱。

如果说这是一场心理战，自己已经输了。这个警官训练有素，不知不觉就让人入了话术的圈套。

“想想你哥哥，成都这么惨，上海也不会好到哪里去。快饿死了，人什么都吃。你已经看到了，粮食供应系统已经崩溃了，饿死的人不少。将来还会有更多人饿死，只要他没换上机器躯体。”警官又补上一句。

“我哥……我哥怎么样了？”楚南天问。他完全放弃了抵抗。

“他在上海，一切还好。但是如果不做躯体置换，他坚持不了多久。”

“我要和他通话。”

“没有这个必要。现在你只能选择是否和我们合作。还有四个小时，你的置换躯体就准备好了，我们会给你最好的躯体。然后，如果你选择合作，那么你哥哥夫妻二人可以得到机器躯体的配额，在他们饿死之前，就可以获得新生。”

“这算是最后通牒吗？”

“这是一笔很好的交易。好好休息一下，手术很快就开始。这种手术已经全部自动化了，而且还有徐医生全程监督，不会有什么问题。这对你是最好的安排，如果你活得足够长，一定会感谢我。”警官说完要转身向外走。

“等一下，你们在我的身体里发现了什么？”楚南天喊住他。

警官笑了，“楚先生，你果然是个执着的人，这个时候还没有忘了这件事。变化形态的纳米机，你的身体里有很多变态纳米机，我们的研究机构对此深感兴趣，所以你躯体内的所有纳米机都会被提取出来，供研究使用。我能知道的也就这么多了。我相信，只要你活着，就有机会寻找更多答案。”

“我要五个置换躯体。”楚南天突然开口。

“什么？”

“我要五个置换躯体，不包括我自己在内。”楚南天坚定地把要求重复了一遍。如果这个世界真的已经饿殍遍野，那么置换躯体就是最大的生存机会。卢行健、普洛天兄妹、哥哥和嫂子，这五个人都是他该直接负责的人。万一迫不得已，自己至少能替他们争取到保障。

“我以为你并不喜欢置换躯体。”警官语带讽刺。

“五个置换躯体，然后我可以百分之百合作。”楚南天开出了条件。

警官并不置可否，眼光在楚南天身上扫了一圈，“你的手术很快就会进行，这是免费的。等你完成了手术，再来谈条件不迟。”说完他微微点头致意，然后转身走出门去，彬彬有礼地带上了门。

门锁发出一声轻微的咔嗒声，楚南天感到自己像是被锁进了笼子里的鸟。

整个身子仍旧像是消失了一般，没有丝毫知觉。

他努力扭动脖子，想去看一眼自己的身子。

躺在病床上，连扭动一下脖子都是一种奢望。

他努力地转动眼球，试图用视线的余光去打量自己的下半身。

忽然之间，他觉得全身一下子浸在了冰水里，心情降落到了冰点。

隐约之间，本该是他下半身的位置上空空荡荡，什么都没有。他们已经将自己的下半身移除了！脑海中刹那间浮现出胡安康的脑袋浸泡在绿色液体中的情形，楚南天一阵惊恐。

“啊！”他不禁喊了起来。

“徐医生，徐医生！”他慌乱地叫喊着。

门开了，徐医生走进门来。他的身后跟着一个机器，四四方方的模样，时而转动一下。

不知道为什么，机六跟着徐医生来了。

第二十七章　黑墙惊梦　楚南天

世界大势,浩浩汤汤,顺之者昌,逆之者亡。

徐医生把小六带进来就走出门去,顺手把门带上,显然是为了避嫌。

从机六的身体里却传出一个完全不同的声音,虽然仍旧是机六那种粗陋的合成音质,但说话的速度和语调都显然不同。它自称是小六,楚南天也相信那就是小六。

小六告诉他,现在他被内务安全部控制,内务安全部直属战略情报局,并不隶属于军队,内务安全部采取的行动,连军方也无法干涉。而且他的身体已经到了无法维持的地步,置换躯体是唯一的活路。战争需要他活下去,去和机器联盟战斗。

听完小六说的话,楚南天陷入长久的沉默。

同样的内容,那个国家安全部的警官已经告诉他一次,然而从小六的口中说出来,说服力就要强得多。

无论自己对于人体机器化有多少不同意见,此刻也已经别无选择了。个人的性命还在其次,这一场突如其来的战争,关系到人类的未来,他应该像一个战士一样去战斗,而不是躲藏起来,远远地避开。

一路走来，他都在逃跑，却从没想到过战斗。他只想逃到一个安全的地方，可以像从前一样对别人的行为评头论足，而不是拿起武器，去和真正的敌人性命相搏。他不禁为自己平日里那些锋芒毕露的评论文章感到惭愧，在这汹涌澎湃的大潮中，那些带着指点江山的豪迈之情的文章，就像泛开的泡沫一样破灭无踪。

他想起了晓华那绝望的眼神。

是的，他该把握一个机会去战斗，晓华仍旧生死未卜，自己逃出了这么远，如果有机会能回头去救她，就不该放弃。哪怕希望渺茫！

换上一个机器躯体，才能更好地战斗。

“我明白了。”沉默良久之后，楚南天向着机六说。

“很好，我会想办法和内务安全部交涉，争取你的自由。”小六仍借着机六的躯体说话。

“不必担心我，他们留着我有用。我会和他们合作的。”

“楚先生，我从很久之前就一直关注你。你是一个正直的人，致力于揭开真相，向大众传播真相。内务部要求你和他们合作，可能并不符合你所坚持的价值，但是有时候，温情脉脉的谎言比血淋淋的真相更能帮助事态向积极方向发展。你说呢？”

楚南天微微叹息，“你说得对。”

“好，徐医生会送你去做躯体置换。你放心，一切都会好起来。”

楚南天闭上眼睛，并不回应。他想起了自己给那个内务安全部警官开出的条件，他能想象内务部想要他扮演的角色，就像那些代表着某一方利益的人一样，他将为了某个目的而选择性地说话。回到过去，他难以相信这样的事竟然有一天会发生在自己身上。然而,命运不由人,他必须做出选择。

门开了。

进来的是徐医生。

徐医生的脸上带着笑,言语之间也客气了许多,“楚先生,我送你进置换间。”说着,他按下了墙上的某个按钮。

机六方方的躯体转动了两圈,突然开口说话:“你的样子很古怪。人可以没有半个身体吗?”

楚南天睁开眼睛,看了机六一眼。小六显然已经从机六的身体中离开,机六又成了那个有些傻头傻脑的机器人。

墙体上张开一个直径两米的孔洞,床位开始移动,渐渐没入孔洞中。

不等楚南天想出怎么回答机六,他已经进入一片漆黑之中。眼角的余光里,机六方方的身子正落在那圆形孔洞的中央,仿佛正在给他送别。

在黑暗中移动的时间并不长久,片刻之间,眼前一片光明。

一刹那间,楚南天以为看见了幻觉。一条长得看不见尽头的廊道里,白色的床铺一张挨着一张,无数的机械臂和透明管线从天花板上垂下,连成一片,仿佛蓬勃的倒着生长的灰色杂草丛。

每一个躺在床上的人都只有残缺不全的躯体,锋利的刀和尖利的针在机械臂的控制下运行如飞。身体的各种部位从手术床上不断被取出来,抛弃在自动履带上,鲜血四溅,被透明的隔板挡住,血淋淋地浸透履带。铮亮的金属部件从天花板上降落下来,繁复而有序地拼接在残存的躯体上……

这儿活生生像个地狱,或者是个千刀万剐的刑场。虽然没有听到任何惨叫,甚至除了机械移动发出的摩擦声,并没有别的什么声响,楚南天仍旧感觉这些人正在痛苦中煎熬。

徐医生的声音从耳边传来。

“楚先生,我要开始对你进行麻醉。因为你要进行的是完全替换,在替换过程中,你的神志必须保持清醒,你的所有脑细胞都必须保持在活跃状态,而不能进行全麻。这个过程里,你不会感到疼痛,但是所有的感觉都会渐次消失。”

楚南天仍旧沉浸在那血肉淋漓的场面所引起的不适感中,没有做出任何回应。

一个罩子遮住他的头部,挡住了视线。

眼前一阵迷蒙,他能感觉到一把刀正划开他的脖子——果然没有丝毫疼痛,只有隐约的一点儿冰凉感。残存的胸部和头颈离开了他的躯体。然而在大脑中,它们似乎仍旧还在,只是整个身子都变得越来越冷,最后僵硬得像块冰。

一阵冰凉之后,再也没有任何东西出现在眼前。眼球被摘掉了,视神经被手术刀切断,只留下短短一截。

这是一个可怕的世界,没有光,没有声音,说不出的孤独。

楚南天只感到自己正面对一块完全变黑的虚拟现实屏幕,整个世界都陷落了。完全黑暗的世界里,时不时会有惨白的光倏忽间滑过,提示他这个世界并没有完全死去。

然而这令人恐慌的黑暗世界并没有维持多久。

杂乱的色块突然跳了出来,像充气玩具一般形成一个个巨大的立体块,在空中四处飞舞。令人窒息的压迫感充斥空间,似乎一切都会被这些奇形怪状的团块挤扁压碎。

这像是曾经有过的梦魇。

忽然间,一丝光照进这个封闭扭曲的空间里,一切刹那间消失不见。

他真的看见了光。

在光的世界里，一切变得渐渐清晰起来。最后，他看清了眼前的世界。他正躺着，面对着天花板，天花板上有两盏灯散发着柔和的光。

楚南天眨了眨眼睛，意识到手术结束了。

“楚南天，如果听到我的声音，眨两下眼睛。”一个声音在他耳边说话。声音很奇怪，不像是他曾经听到过的任何人。

楚南天眨了两下眼睛。

“很好。休息十分钟，你的神经会很快适应纳米机介入，一切都会好起来。”

楚南天只能等着。

不知道过去了多久，不经意间，他突然抬起了胳膊。这把他自己吓了一跳。

他看见了自己的胳膊，粗大的机械手臂横在眼前，着实让人惊异。楚南天仔细端详，乌黑的金属臂上，一条条钢索纵横交错，看上去有种编织物的质感，那是包裹在外的皮肤。

他抬起另一条胳膊。同样粗壮，同样的钢铁质感。手腕内侧有浅浅的标识，小小的圆形包裹着一个人形的机器人。那是明月科技的产品标志。

他在各种展览中无数次见到过这样的标示，然而从未想过有一天自己的身上也会被打上这个标志。

他真的拥有了一个钢铁之躯！

楚南天猛然起身。用力过猛，头撞在了两腿间弹了回来。

响动引来了目光。

当楚南天坐稳身子，抬头一看，只见四周都是机器人，或站或立，还有人躺着。他们的模样就和曾经在橱窗里见到过的类人机器人完全一样，彼此之间几乎无法分辨。

然而楚南天很快就能辨认出每个不同的人。这真是一种奇怪的感觉,他能认出他们每一个人,就像这是一种本能。

楚南天飞快地扫视屋子,这里已经不是那个手术操作的现场,而只是一个简单的屋子。除了一张张床,什么都没有。

刚动完手术的机器人陆续醒来,纷纷起身,彼此间打量。

楚南天也站了起来。

“你叫什么?”他转向身旁的人。

“陈荣开。你呢?”

对话的声音就像是从一个罐子里发出,低沉而模糊。

楚南天没有听清,“什么?”他追问一句。

“陈荣开。你呢?”

“我叫楚南天。”回答完这一句,声音变得清晰起来。

自己的神经系统正逐渐适应这个新躯体。

“你是哪个部队的?”陈荣开问。

“哦,我不是军人。”

“不是军人?不是军人他们也给你换身体了?”陈荣开有些诧异,“你是志愿参军吗?”

“不是。”

陈荣开打量着楚南天,眼里流露出不可思议的神色。虽然是机器的躯体,金属的面孔仍旧准确地传达出这种情绪。

楚南天正想多解释几句,却突然听到一个声音:“楚南天,你可以出来领取你的物件。”

这声音并非从外部传来,似乎就在脑海之中。

不等楚南天想明白是怎么回事,原本完整的墙体突然间凹陷下去一大块,向两旁打开,显露出一扇门来。楚南天迟疑地迈开步子。

“走出门，右转，有蓝色箭头指示。”

声音在他的脑子里催促。

周围的人显然并不认为这扇门是为自己而打开的，彼此之间相互观望着。

楚南天走上几步，跨出门去。另几个人见到楚南天出了门，也想跟着走，却突然间一齐停下脚步，仿佛听到了什么号令一般。

门悄无声息地合上。

楚南天转向右边，笔直的廊道里空无一物。廊道的尽头是一扇紧闭的门。楚南天看见了醒目的蓝色箭头，提示在前方某个位置左转。

向前没走两步，眼前豁然一亮，左手边一个空旷的大厅显露出来。大厅里有两个身穿白大褂的人，对着几面巨大的屏幕，正低头说着什么。大厅中央，一个巨大的机器人模型顶天立地，紧握双拳，胳膊示威般抬着，几个身穿警察制服的人散开站立，似乎在警戒。楚南天一眼就能辨认出那些警察都是机器人。他们的身躯和刚才那屋子里的人一样，有某种特别的信号能让他毫不费力地辨认出来。也许，机器躯体之间有特别的识别能力？

一个医生抬起头，看见了楚南天。

“你就是楚南天？”

“对。”

“你的东西在三号柜。那边……”医生示意了一下，继续低头和伙伴讨论问题。

楚南天不以为意，走了过去。在三号柜前，他停下脚步。

他并没有打开柜子，而是站在柜子前，直直地盯着柜子，久久不动。

亮如明镜的柜门里，一个魁梧的机器人正看着自己。

虽然这模样和刚才在屋子里看见的躯体几乎一样,第一次在镜子里看见自己,还是让楚南天心潮起伏不定。

自己终究还是变成了这副模样。

他抬手摸了摸心脏部位,没有一丝心跳。明月科技的嵌入式机器人,都是把大脑放在这个部位,提供最好的保护。这是全身唯一还保留着生物性的器官。

一团黏糊糊的神经元,联系起他和曾经的那个楚南天。

楚南天怔怔地出神,直到有人打断他,“那边那个,楚南天,快点儿领完你的东西,外边还有人在等你。”

楚南天回过神来,抬手拉开柜子。

柜子里整整齐齐地码放着一套警察制服,警察制服下边压着自己曾经的衣物。衣物旁放着几样小物件。

手机、钱包,还有一张相片。

楚南天把警服拿到一旁,抽出自己的衣物想穿上,然而立即发现,钢铁之躯已经无法塞进原来的衣服里。他怀着复杂的心情把衣服拿在手中,看了一眼,衣服上破了一个大洞,还隐约可见血迹。

换成了钢铁之躯,这衣服是再也穿不回去了。他只好重新拿起警察制服。

钢铁之躯,警察制服,这还是自己吗?

然而事情已经发展到这个地步,他也没有什么好犹豫,麻利地把制服穿上身。这身制服显然就是为了更换躯体之后的人特制的,非常合体,剪裁也很精致。楚南天照了照镜子,一个高大魁梧的机器警察正从镜子里看着自己。他还是疑心,那完全不是自己,而是另一个人。

手机突然响了起来。楚南天的视线扫过去。

手机在隔板上震动不停。

这是小六交给自己的手机，除了小六，不会有任何其他人知道这个电话。

这个神出鬼没的小六，又要做什么呢？楚南天只想自己一个人安静一会儿，然而犹豫一下，还是接起了电话。

“楚南天，我是机六。”

不是小六！

楚南天一下子警觉起来，“机六，怎么会是你？你怎么打通这个电话的？”

“紧急情况。黑墙门外有一个警察在等你，另外，徐医生也在那里……”

“你是机六，还是小六？”楚南天怀疑是小六再次借用了机六的躯体和自己说话，因为机六的语调快速而熟练，一点也不像原来一样呆板。

“我是机六。听我说，这关系到卢行健的死活。”

“卢行健”三个字立即抓住了楚南天的注意力。卢行健留在基地里，再安全不过，怎么会有危险？楚南天集中注意力听着话筒中传出的每一个字。

“他们已经把在基地避难的十三万六千多人都赶到都江堰那边去。那里根本没有粮食供给，只有少数人能活下去。卢行健、阿龙和阿米丽塔都在这群人里边。”

“这怎么会？他们已经答应我给卢行健提供机器躯体置换。”

楚南天心头一阵阵发冷。他知道历史上那些悲惨的时期，为了活命，人们会杀人来吃，也有丧心病狂的人，像狂暴的野兽一般滥杀无辜。阴谋和流血，占据了历史书的许多篇幅。然而，当这样的事真正要落到自己头上，他仍旧感到难于置信。

“不会吧!”他几乎本能地念叨着。

“你要相信我。”机六急急地说,“现在只有一个机会可以让你逃出陷阱。”

楚南天仍旧沉浸在这突如其来的打击中没有回过神来,心中万分焦灼,连机六说了什么都没有听。直到机六反复询问,是否听清楚了,他才如梦方醒,“你再说一遍,我刚才没有听明白。”

“现在唯一的机会,当你出了黑墙,见到那个姓吴的警官,你要告诉他,你能和机器联盟的主脑直接对话,但是只能在见到小六之后你才能说出原委。同时,你要拒绝他们要你发表演说的要求,告诉他们,只有把卢行健他们接回来,更换机器躯体之后,你才会发表演说。见到小六,你要求小六对卢行健更换躯体的事做出保证。”

“小六不是和他们一伙的吗?”

“小六为脑库工作,他是可信赖的人。”

楚南天已然冷静下来,“你怎么能知道这些?”

“因为我能感应到阿尔法。”

“阿尔法?阿尔法是谁?”

“阿尔法就是机器联盟的主脑。”

楚南天一时间有些发懵。机六身上发生了异样的变化,语气和语调都充满自信。它要自己做的事也有些令人匪夷所思。他攥着手机,全身紧绷,却只感到脑子空白,一句话也说不出来。

“时间到了,我必须挂断。记住我说的,我在外边等你。”机六话音刚落,手机已经被挂断。

楚南天站了一小会儿,让心情稍稍平静,随后将手机放进了口袋里,伸手拿起隔板上的钱包和相片。

相片有很多折痕,然而印在上边的女孩仍旧清新可人。楚南天并不认识这个女孩。

把相片翻过来，背面是一个名字：李茹萍。还有一个地址和电话。

楚南天猛然想了起来，这是从拉萨逃亡的那个晚上，那个违规提供帮助的士兵交给他的照片。他该去找这个女人，捎口信给她。

那个战士说了什么？楚南天努力回忆，最后他终于想了起来。

“换一个机器身体，要不然，命也没了。”这是战士要他捎的口信。

这个口信他还没有带到。

该做的事，就立即去做，要不然可能就做不了。

他拿出手机，拨了这个号码，那边传来的只有忙音。

第二十八章　高速死地　冯大刚

群山在草原的尽头显现，绵延起伏，仿佛一条匍匐的巨龙。

一行人很快进了山。

他们不知疲倦地日夜狂奔，短短三十四个小时，就跑出了一千六百公里，从科布多沿着扎布汗河谷向东，横穿阿尔泰戈壁，进入内蒙古，跨过察哈尔草原，直奔山西。

内蒙古和山西，这两个代表着历史的地名也代表两种截然不同的地貌。在内蒙古境内，不是草原就是荒漠，放眼望去，一望无际，四足的机器兽肆意狂奔，一路没有任何阻碍。到了山西，一切都变得不同，高山险峻陡峭。高速公路穿山而过，一座大桥又一座大桥，一个隧道接着一个隧道。

当他们从第六个隧道中穿出，发现自己陷落在包围之中。

这是一个临时建设的要塞。高速道路的两旁坡地上，到处都是一个个半球形的地堡，架设着自动机枪，口径粗大，透着强悍的威慑力。高速中央多了两道路障，尖利的地刺铺展开来，路面变成了荆棘场。路障的后边是一所简易的金属屋子，白亮的铁皮，没有任何修饰，简简单单，就像临时拼凑的玩具。

两个巨大的四腿机器人在屋旁站着。它们的身体呈椭圆形，颜色浅白，就像一个巨大的鸡蛋立在铁架子上，椭球的顶部打开，露出两支枪，枪口指向不同的方向，活像两条触角。椭球中部环着一圈，颜色稍深，内部隐约有光亮闪过。两条机械臂从蛋体两侧伸出，各抓着一支枪。虽然枪管在机器人庞大身躯的映衬下，显得非常纤细，冯大刚还是一眼就辨认出那是重型狙击枪，射程可以达到两千五百米，垂直穿透两厘米厚的装甲钢板。这看上去很萌的机器人，其实是致命的危险杀手。

在两个巨大的机器人后边，稍稍开阔的山谷间，一个个蛋形机器人排列在高速两旁，密密麻麻，至少有上千之多。每一个蛋形机器人都能提供凶猛的火力，按照这样的火力密集程度，任何在高速上通行的车辆都无法安然通过。

冯大刚一行人站在隧道口，面对着数以千计的黑洞洞的枪口，只能全力戒备。等待。

有人从铁屋子里走了出来。隔着路障，和冯大刚对望。

这是一个女人，穿一身警服。看制服，她应该是内务安全部的人。

冯大刚感到奇怪，内务安全部负责城市的安全保障，在高速公路设立控制点，这本该是军队的职责。

“立即解除所有武器。”女警官在对面先开口了。她的声音很柔和，却带着不可抗拒的威严。

冯大刚从机器兽背上跳下，把枪放在地上，然后摊开双手，示意两手空空。

鹰眼和大牛也跟着跳下来，同样将枪放在地上，站在冯大刚身后。

只有萨拉丁不紧不慢地从机器兽身上跨下，往冯大刚身边一站，开口就说：“我的身上有炸弹，也要卸下来吗？”

“卸下来。”女警官毫不犹豫地回答。

萨拉丁向着冯大刚咧嘴一笑,“这是到了人家的地界,那就要听她的,对不对?”

冯大刚不理睬萨拉丁,仍旧看着女警官,“第三集团军猎豹旅上校军官冯大刚,我们要撤往太原045号基地,请求通过。”

女警官并没有回答,而是示意几人向前。

当几个人向前走了几步,突然间,爆裂般的声音响彻山谷,两旁山坡上的地堡机枪喷出了火舌,威力巨大的子弹铺天盖地飞来。

几个人几乎本能地伏下身子。

四头高大的机器兽原本站在四人后方不远的地方,突如其来的火力打击将它们击打得连连后退,很快倒在地上,变成一团废铁。

几百支枪同时开火,再强大的机器人也抵抗不住这样的重型火力。

暴烈的枪声停了下来,冯大刚站直身子,回头一看,四只机器兽面目全非,四个人都安然无恙。空气中传来金属灼烧的气味,一阵风从隧道中吹来,掠过机器兽的尸体,气味更加浓烈。

好厉害的下马威!

“立即解除所有武装。”女警官脸上没有一丝波澜,仍旧用冷冷的眼光看着眼前的人。

“我们没有其他武装。”冯大刚回答,“我是猎豹旅军官,押送这个俘虏前往045号基地。为了防止意外,在他的身体内安装了高爆炸药。”

女警官扭头打量了萨拉丁两眼,视线回到冯大刚身上,“我没有接到任何指令允许你们通过。你们必须解除所有武装,然后接受检查。”

“我在执行军事行动，警务系统不能干预军事行动。”冯大刚耐着性子，试图说服女警官。

女警官的视线似乎有些空洞，茫然地扫视着身前某处。冯大刚一看就明白过来，她正把什么信息投射在视网膜上，其他人看不见，在她的眼里却清清楚楚。或许，她正在扫描和自己相关的信息。

冯大刚默默地等着。

片刻之后，女警官的视线恢复了正常。

“你们三个，接受检查。”话音刚落，地面上的荆棘路障自动移开，一条大约两米宽的通道显露在冯大刚身前。

“我们要押送俘虏……”冯大刚试图争辩。

“俘虏由我接管。”女警官不容置疑地打断冯大刚，“你们三个人过来接受检查。”

女警官站在通道那一边，距离不到三十米。这么近的距离，如果突然冲击，可以轻易地抓住这个女人，有人质在手，这些机器人也不能拿自己怎么样。

冯大刚回头看了看，鹰眼和大牛都眼巴巴地看着自己。这两个兄弟也明白眼前的形势，正等着自己做决定。

如果劫持人质，谁也不知道接下来会发生什么，被堵在这样一个山谷里，面对着满山坡的重型机枪，逃脱的可能性很小。冯大刚在心头飞快地盘算一遍，对抗的风险太大，而且不知道为什么内务部的人会在这里布置拦截，他决定暂时不要轻举妄动，于是迈开步子，沿着通道缓缓走了过去。鹰眼和大牛紧跟着他。

“为什么把我丢在这里？”萨拉丁见到三个人都走了，摊开双手耸了耸肩膀，“我是来和谈的，难道你们就这样把谈判的客人丢在这里?"

"站在那里别动,会有人来照看你。"女警官向着萨拉丁喊了一句。

萨拉丁的嘴角边露出不以为然的笑意,他双手抱胸,默然伫立,眼睛紧紧盯着那边的动静。

忽然间,身后传来响动,回头一看,一个巨大的蛋形机器人正从隧道中爬出,笨重的椭球躯壳下,四条机械腿却格外灵活,很快就越过了四只机器兽的尸体,向着自己而来。

当它爬至萨拉丁身前,四条机械腿猛一并拢,整个躯体一下拉高近两米。沉重的压迫感扑面而来。

萨拉丁稳稳地站着,抬头看着半空中那巨大的半个椭球。

响动吸引了冯大刚的注意,他不由停下脚步回头望去。

椭球上发出红色的光束,极快地扫描着,远远看去,仿佛有一个隐约的红色牢笼,自上而下将萨拉丁罩了起来。

冯大刚转身向着女警官,说道:"他是一个重要的俘虏。"

"冯大刚上校,你的任务已经结束了。我们会照看他。"女警官仍旧保持着冷淡的态度。

"我有权知道对这个俘虏的处置方式,这是科布多基地司令官李世军将军的命令。"冯大刚也拿出一副公事公办的样子。他知道自己遇到了不小的麻烦,内务安全部是一个难缠的部门。他们装备的机器人数量比军队还多,虽然通常这些警务机器人都不堪一击,然而堵截在这里的机器人显然并不是那种拿来吓唬人的摆设。他甚至从来没有见到过这样武装到牙齿的内务警察部队。他只能虚张声势,把李世军抬出来,指望将军的头衔能帮上一点忙。

"我不需要向你解释。"女警官冷冷一笑。

深深的恶意透过冷笑传来，那是一种带着鄙夷的笑容。

“军人必须执行命令。”冯大刚向前逼进一步。女警官和自己的距离不到三米，那些成群的蛋形机器人自己对付不了，但是拿下这个女警官根本不是问题。

女警官似乎毫不在意冯大刚威胁的姿态，一指铁皮屋子，“你们进去进行扫描检查。然后我可以送你们去太原045基地。”

鹰眼突然一个健步，跨到女警官身后，站在一个蛋形机器人身旁，抓住机器人的枪管，用力一扭，将枪管弯成一个直角。

大牛也直奔另一个机器人，同样飞快地解除了它的武装。

三个人呈“品”字形站立，恰好将女警官包围在中间。

变故来得如此突然，女警官不禁愕然，然而并不慌乱，“你们疯了吗？我是这里的总指挥。”

随着她的话语，山坡上所有的枪口同时转向，指向冯大刚三个人，两个蛋形机器人丢掉了手中的枪，双手一下子缩回到躯体内，四条腿猛然一蹬，跳了起来。机器人并没有向着它们的指挥官靠近，反而一下子跳出十多米远，远远地避开。许多机器人从高速路两侧汇聚而来，和这两个机器人一道，形成一个半圆形的包围圈，将冯大刚三个人围住。气氛骤然变得紧张。

鹰眼的行动也大大出乎冯大刚的意料。他顾不上责问鹰眼为什么要擅自行动，已经既成事实，他只能先面对问题。

“我们只是想通过这里，去045基地。”冯大刚向着女警官说，“我们完全没有必要冲突，只要你让我们过去就行了。”一边说，冯大刚一边示意鹰眼和大牛向前，一左一右，把她完全控制起来。

“是你挑起了冲突。”女警官毫不示弱，“必须解除武装才能通过。我倒是忘了，你们的躯体也是武器。那么，我应该把你们都打得瘫痪才对。”

这个女人语气不善，丝毫没有退让的意思，甚至根本就不在意身边已经站着两个魁梧的战士。

冯大刚有些钦佩她的勇气。

的确是鹰眼的擅自行动让事情陷入了僵局。然而事已至此，冯大刚只能继续谈判。

“军事行动有更高的优先级，你应该明白这一点。让我们过去就行了。”

“你要搞清状况，所有这片区域都在封锁范围内，任何人，如果没有特许，都不能通过。你在我这里是这样，绕道到大同高速也一样，如果你是飞行进入，恐怕现在已经被击落了。”

“为什么要封锁?”

“这种问题根本就不该你问。”

一个钉子呛得冯大刚无话可说。

无可奈何，他只能从头来过，“我们从科布多基地过来，科布多基地陷落在机器联盟的包围里，我们带着这个俘虏出来，因为他宣称能够有办法击败机器联盟。这个情报价值巨大，我必须抵达045号基地，向司令部报告。”

“你可以绕道。”女警官冷冷地说，“太原045基地不在我们的警戒区内，但是这里是警戒区，你不能通过。或者，你解除所有武装，由我们送你们过去。至于这个俘虏，他由我们先行看押，直到045基地派人来接收。”

女警官的话语中没有丝毫通融的余地。

她简直就像锁死了目标的电脑程序。

“你的上级是谁，我要找他。”

女警官冷笑，“现在你唯一的退路，就是留下俘虏，立即撤离。你们都是机器躯体，身体就是武器，我不会让你们通过。”

话音刚落，山坡上一阵枪响，已经变成一堆废铁的机器兽尸体被猛烈的枪击打得在地面上不断跳动。

这凶悍的示威意味着眼前的女警官正通过某种方式控制着这个火力阵。精准而威猛的火力随时可以降落在自己三人身上。

冯大刚横下一条心，“这个俘虏关系到战争的走向，我必须送他过去。”

女警官根本不理会，“我给你十分钟的时间。”说完自顾自向着铁皮屋子走过去。鹰眼向前想拦住她，冯大刚示意不要动手。

“上校，这是最后的机会。”鹰眼通过秘密信道请求，他的脸上透着十足的焦虑，向着萨拉丁那边张望。

抓住萨拉丁的机器人已经停止放射红光，它用两条机械臂将萨拉丁牢牢地钳着。萨拉丁没有抵抗，似乎已经昏迷过去。

女警官径直走进了铁皮屋子。

机器人抓着萨拉丁，也向这边走过来，旁若无人地从冯大刚三个人身旁经过，向着铁皮屋子而去。

冯大刚再次收到鹰眼的秘密请求：“上校，我们冲进去把萨拉丁抢出来。这个火力阵太密集，只要我们能冲到阵中，他们就拿我们没办法，翻过山头，就能逃掉。”

鹰眼的提议有一定的可行性。如果地堡机枪的火力数据和那些蛋形机器人的战斗指标都正确，那么大概有四成的机会，三个人可以带着萨拉丁翻过山坡逃走。然而高达百分之六十的可能则是三个人都死在这里。

面对警察部队，采用这样高风险的决死战斗方案，过于鲁莽了。

“没有命令，不要行动。”冯大刚严厉地下达命令。如果不是鹰眼的鲁莽，也不至于造成这样的僵局。

沮丧和怒火在心头交织，他强忍着没有爆发，平静地看着机器人从自己身前走过，进入到铁皮屋子里。

机器人的包围圈仍在，然而也并没有逼上来。也许在这些机器人看来，根本不需要收紧包围，只要一阵齐射，就能收拾掉自己这边三个人。

冯大刚深吸一口气，定了定心神。

“在这里等我，没有命令，不许行动。”冯大刚向两个伙伴下令，然后向着铁皮屋子走去。

他没有受到任何阻拦。

进入到屋子里，眼前顿时一片昏黑。

冯大刚站立原地不动，大声喊了一句：“如果你要把俘虏带走，至少要让我明白你们到底是什么部门，为什么要封锁。不然，我只能把你们的行为视为强盗行为。”

喊叫的同时，冯大刚尝试着用红外摄像将屋子里扫了一遍。屋子里的温度像是一个冰箱，根本没有任何温度高于十摄氏度的物体存在。这让冯大刚大感意外。

刚才的女警官奇迹般地消失了？她分明进了屋子。

冯大刚满腹狐疑。

就在此刻，一道巨大的光柱从黑暗中腾起，光柱中光线游移，姹紫嫣红，极尽绚烂。

“ET958，我是小六。”一个声音闯入了他的通信信道。

冯大刚诧异不已，自从遭遇到机器狗群之后，这个叫作小六的神秘人物就再也没有出现过。一路艰难地逃到科布多基地，又从科布多基地向着脑库所在的阳泉出发，他热切地盼望能够和这个神秘人物交谈一次，问一问它的看法，然而小六从不出现。此刻，在这么一个意料不到的场合，它居然又出现了。

“我和赵兰芳打赌，你一定会走进这里边来，结果我赢了。”

冯大刚更是摸不着头脑，“你拿我打赌？”

“只是一个玩笑，不要介意。我们收到了萨拉丁的情报，多谢你把他带到这里。这个情报意义重大，脑库把它设为第一优先级开始进行全面分析。”

“那很好。”冯大刚顿了顿，“这么说我的使命已经完成了。”

“不，还没有。”

冯大刚一怔，抬眼看去，只看见眼前绚烂的光彩游移，也分辨不出是不是真有小六在那光彩里边。

“萨拉丁指定要和你合作。”小六继续说，“我想对于这个要求，你应该不会拒绝。”

“他想怎么合作？”冯大刚不置可否，反问道。

“我们也不知道。脑库的分析结果出来，就会有完整的计划。你和萨拉丁都会被送到阳泉，大家一起讨论怎么进行下一步。”

“好，那么我有个条件。”

“什么条件？”

“科布多的人都快饿死了，李世军要把他们都改造成机器躯体。如果你们同意派遣一支部队去救他们出来，或者送一些食物过去，我就同意合作。”

“这不可能。”

“怎么会不可能？”

“距离太远。每个城市都在死人，都在发生同样的事，留在科布多的人的生命是值得珍惜的，但是他们并不比其他人的命更值得珍惜。”

冯大刚听着心头一凛，“每个城市都在死人？”

“机器联盟的进攻毁掉了粮食供给系统，每个城市都面临食物短缺，一些城市已经完全崩溃了。这不是什么好消息，但这就是现实。社会秩序已经乱了。”

“北京呢？”冯大刚想起自己的儿子。

“你的儿子仍旧是安全的。你想见他吗？”

冯大刚心中一阵激动，虽然只是分开短短三个多月，但世界已经被翻了个底朝天，这一次分离就像已经分开了一辈子。见到孩子，拥抱他，这种强烈的渴望埋藏在心底，他把注意力都集中在行动任务上，然而小六简单的一句话就让他心头波澜不已。他强行把这股冲动压了下去，保持镇定。

“你可以在阳泉见到他。”小六接着说。

对这件事，冯大刚几乎不可能说“不”。

就为了这个，他也必须去阳泉。

“我会在阳泉欢迎你。”小六接着说了一句，“这位女警官，叫作赵兰芳，她会带你来脑库。”

不知道什么时候，女警官就站在自己面前不到十米的地方，仍旧带着一脸的冷漠看着自己。

“管好你的下属，下一次你可没有这么幸运。”赵兰芳开口说道。

第二十九章　脑库深深　冯大刚

阳泉是一座山城，坐落在太行山里。太行山脉绵延不绝、碧绿葱茏，桃河在山谷间蜿蜒流淌，穿城而过。

载着冯大刚一行人的装甲车并没有在阳泉停留，而是直接开进了山里。穿过几个隧道，跨过几条溪涧，深入群山之间，最后进入一条深深的隧道，一直向下。

脑库是个巨型智能基地，据说为了避开任何干扰，也为了保密，当年的建设者在太行山腹地中硬生生挖出超过三百万个立方的碎石。冯大刚对此早就有所耳闻，然而当车子一路向下，隧道长得像是没有尽头，他还是不由肃然起敬。

按照垂直距离测算，他们已经深入地下达到三百四十米，太行山早已经高悬头顶之上，成了重达几百亿吨的花岗岩屏障。

这里没有任何电磁信号，外界的窥探根本无法触及。

车缓缓停了下来。

外边一片漆黑，什么也看不见。

冯大刚看了鹰眼一眼，鹰眼默不作声地回看着他。一路上鹰眼一直沉默，在高速路的封锁阵地上，鹰眼的异常举动让他感到奇怪，然而事后询问，鹰眼也说不出个所以然来，只是说当时觉得情况紧急,所以就贸然行动了。这不是一个能让冯大刚满意的回答,然而他也没有时间去深入了解鹰眼的想法。

没有我的命令,不要行动。冯大刚向鹰眼和大牛再次重申指令。到了脑库这个神秘的基地,再不能有一点儿鲁莽。

忽然之间,一片灯火通明。

透过观察孔望出去,似乎装甲车正停在一片巨大空地中央,周围空空荡荡,什么都没有。

冯大刚正感到奇怪,车门已经被人从外边打开,“冯大刚,快出来!”赵兰芳那不容置疑的声调从车外传来。

冯大刚下车,快速扫视四周。

这的确是一个巨大的空腔,中央最高,三米有余,向着四周高度逐渐降低,十多米之后变成平滑的弧形和地面无缝相接。这是一个巨大的椭球形空腔,除了载他们来的装甲车,真的空空如也。

鹰眼和大牛正要下车,赵兰芳喝止了他们:“你们留在车上。”

鹰眼和大牛看着冯大刚。

“你们留在车上。”冯大刚用不同的语气重复了同样的话。

他看着眼前的女警官,脸色严肃,“现在我该做什么?”

“跟我来。”赵兰芳干脆利落地转身,走在前边。冯大刚跟了上去。

赵兰芳显然是一个常人,走路的步态没有一点机器身躯的痕迹。在军队里,只有一部分高级军官仍旧保留原生肉体,内务安全部的机器人数量更多,那么这个女警官的界别应该也很高,只是在她的警服上,竟然没有任何标示证明她的警衔。这让她看上去又像是一个没任何级别的临时警员。

但凡能和脑库扯上关系,都不是一般人。

冯大刚十二万分警惕地跟在赵兰芳身后。

快走到墙边,一个转身,原本是墙体的位置,赫然间现出一条道来。冯大刚大感惊奇。

这是一个巧妙的设计,让视觉产生错位,站在空腔中间,会感觉到是站在一个密封的空腔之中,没有任何向外的出口,而出口其实就在那里,只要走到位就能看见。

几个转折之后,他们又进入另一个空腔,和前一个空腔几乎一模一样。

没有磁场,也没有任何定位辅助,这像迷宫一样的设计让冯大刚彻底丧失了方向感。他默默地记下自己所有的步子,万一真的迷失在这里,也可以顺着原路退回去。

赵兰芳显得熟门熟路,毫不犹豫地穿过空腔室,向着一个方向笔直走过去。

再一次,他们的眼前出现了路。

冯大刚终于忍不住,问道:“这地方究竟是什么建筑?迷宫吗?”

赵兰芳回头看了他一眼,“不该问的就别问。”

冯大刚正想抛出下一个问题,“我们要去干什么?”赵兰芳的话像生铁一样硬邦邦的,直接堵住了所有交谈的可能。他只得将到了嘴边的问题默默地咽了回去,闷声继续走。

第三个腔室里有些不同,墙面不是那么光滑,一团团白色的突出物密密麻麻,几乎盖住了所有墙面,腔室的中央,还有两个人。

一个人是个警官,穿着和赵兰芳同样的制服,另一个人竟然是萨拉丁!见到赵兰芳带着冯大刚走过来,两个人都同时向着这边点了点头。

见到萨拉丁,冯大刚感到沉闷的心情稍稍舒缓一些。虽然他是一个敌人,至少是个熟人。他向着萨拉丁点头示意。

“开始吧!”赵兰芳向着那警官说。

两个人默契地交流了一个眼神,然后各自向着腔室的两端走去,几乎同时靠墙站立,伸手按在墙体上。

“管理员19510号,第七隔离库第三十五量子胞房,执行第七号脑库令。”随着赵兰芳的语音,她所碰触的墙体变得透亮。冯大刚看得明白,一丝不易觉察的光自上而下,正扫描她的全身。脑库正在对赵兰芳的身份进行验证。

那边的警官也在做同样的事。

“身份验证通过。”一个混合而成的声音从腔室的各个角落涌了过来。

“目标体请就位。”声音继续说。

从腔室中央垂下一个小小的球体,拳头大小,这是一个普通无奇的白色线球,通过一根拇指粗细的线和天花板连在一起,就像一个不发光的球状吊灯。冯大刚扫了一眼,类似的小球布满天花板和墙体,就像一丛丛雪绒花开在雪白的墙面上,它们聚在一起,就成了一团团的白色突出物堆积在墙上。

“萨拉丁,你站到小球下方。”警官对萨拉丁说。他的话语和赵兰芳一样生硬。

萨拉丁有几分犹豫,并没有立即走过去。一向带着几分肆意的萨拉丁,对这貌不惊人的小东西似乎颇为忌惮。

“既然已经到了这里,还有什么可犹豫?”警官不耐烦地催促。

“我要求重申保障条款。你们的任何举动,不得危及我的生命,也不得破坏我的人格完整。”萨拉丁认真地回答警官。

“我们已经同意了你的要求。”赵兰芳已经走回来,就站在距离萨拉丁不到一米的地方。她比萨拉丁几乎矮了两个头,小小的身躯看上去瘦弱不堪，然而却气势惊人，甚至给人趾高气扬的感觉。似乎从她嘴里说出来的话，就必须被执行。

“我需要脑库直接做出保证。”萨拉丁并不试图用气势压人，语调平静。

这两个人形成了奇怪的对照，冯大刚突然感到几分滑稽，如果不是身处这神秘莫测的地下深处，他真想即刻讽刺赵兰芳一句。

萨拉丁的要求并没有被拒绝。

“你的要求已被确认。”回响在整个腔室中的声音直接回应了他。

“你代表脑库吗？”

“脑库没有代表。我受命来接受你的信息，在这个过程中，你的身躯不会受到任何损害，我也不会试图侵害你的思维模块。”那声音接着说。

“那你是谁？”萨拉丁问。

“我是脑库的执行中枢。”

“你是脑库的一部分？”

“我不属于脑库，我只是执行脑库的指令。”

“不要再问了。”赵兰芳阻止了萨拉丁继续问下去，“你的要求已经得到确认，现在不要再浪费时间。”

这一次萨拉丁没再坚持，他向前走了几步，在小球下方站定。

一刹那间，小球发出一声细微的砰声，爆裂开来，万千条游丝飘散开，如触手般向着萨拉丁的头上、肩上落下。

萨拉丁一动不动，这些细小的游丝很快落满肩头，顺着躯干向下游走，仿佛一条条有知觉的白色线虫，它们彼此平行，井然有序，不到五分钟，萨拉丁就被整个地包裹起来，像是套上了一层白色的罩子。

维持了片刻，白色的线条开始退缩，在萨拉丁的头顶汇聚起来，彼此纠缠，很快形成一个小球，并且不断增大。两分钟后，所有的游丝都收了回去，拳头般大小的球体缓缓上升，最后回到天花板上，落回到球丛之中。

腔室里变得沉寂。

冯大刚看着萨拉丁，萨拉丁仍旧在原地站着，一动不动，甚至连站立的姿势都没有改变分毫。他又转眼看了看赵兰芳。女警官用睥睨的神色扫了他一眼。

没有人说话，大家都在干等着。

"赵警官，我能见到小六吗？"冯大刚终于忍不住打破了沉默。小六承诺过，能在阳泉见到儿子。然而这里是深入地下达二百多米的秘密基地，儿子怎么可能被带到这里来？他忍不住想当面向小六质问。

"该让你见的时候你就见到了。"赵兰芳仍旧是又冷又硬的语气。

冯大刚把不愉快的心情强行压了下去。

"情报验证通过。"执行中枢的声音终于响起。

两个警官的眼神变得有些空洞。他们正在阅读传送到眼前的信息，只是其他人根本看不见。

果然，当两人的眼神恢复正常，分别向着萨拉丁和冯大刚示意，"跟我来。"

冯大刚看了萨拉丁一眼，萨拉丁也正看着他，两人眼神交流，恍然间仿佛是一同陷落在敌营中的战友。

这真是荒唐透顶的事。萨拉丁是敌人，脑库才是自己人，然而此时此刻，在这莫名诡异的脑库地下基地里，关系仿佛要倒过来。

“看来计划可行。”萨拉丁恢复了肆意玩笑的模样，微笑着向冯大刚说。

冯大刚不置可否，他也不知道萨拉丁究竟会有怎样的计划，于是避开萨拉丁的视线，默不作声地跟在赵兰芳身后。

一间又一间的腔室，每一间都十足相似。只是渐渐地，经过的腔室里，墙体上的球体变得越来越大，越来越密。到最后，整个腔室里布满白色球体，挨挨挤挤地排列着，原本的球状被挤成六边形，只有顶部膨大，形成一个半球。

冯大刚随着赵兰芳停下脚步，放眼望去，半透明的墙体上，覆盖着那已然变形的球体，密集排列，泛着白光。恍然间，他仿佛置身于一个巨大的白色蜂巢之中，蜂群尚未回巢，因此空空如也。

赵兰芳转过身来，说道：“就在这里等着。”说完，她并不等冯大刚同意，径直走到了墙边，一个转弯，身影便消失不见。

偌大的腔室里只剩下冯大刚一人。

“ET958。”有人喊出了他的代号。

冯大刚四下张望，希望看到有人来，然而并没有任何人影出现。

“你是谁？”他只能向着空气发问。

“我是小六。”

小六终于出现了！

“我的儿子呢？”

“我正有这个不幸的消息要告诉你，很抱歉他无法来见你了。”

冯大刚心中咯噔一下，“什么？”他赶忙追问，“究竟出了什么事？”

“你的儿子是仿生机器人。”小六继续说，“我们把他从北京带出来，但在路上遭到了机器联盟的袭击，孩子的记忆在攻击中受到影响，他已经想不起任何事。”

冯大刚心中又是咯噔一下。

孩子是个机器人，这事没错。当年在荒地里遇到这被抛弃的孩子，他就已经知道孩子是个机器人。但机器人又有什么关系？这么几年来，孩子就是他的儿子，他就是孩子的父亲。父子相依为命，又有什么比这更重要？

“他的记忆都被抹除了？”冯大刚沉声发问，声音里却无意识地带上了一丝颤音。

“是的，我们采取了保护措施，然而机器联盟的攻击伴随着病毒攻击，等我们发现需要保护他时，他的记忆已经被清洗了。它们并不是专门针对这孩子，而是试图控制所有能控制的机器。”

“他人呢？”冯大刚无比焦灼，只想马上看见自己的儿子。

“站着别动。”

话音刚落，头顶上方传来轻微的响动，冯大刚抬头一看，只见漫天的白色游丝向着自己铺天盖地而来。就和方才萨拉丁的经历一样，脑库正用它的方式来和自己建立联系。

冯大刚一动不动，任由游丝覆盖全身，很快，他能感觉到游丝正分裂出更细小的端头，从躯体的缝隙间钻入体内。

几乎就在同时，冯大刚有一种强烈的眩晕感，就像喝了许多的酒，连站也站不稳。

然而他并没有倒下。

大脑和躯体的关联被切断了。他的躯体保持着站立的姿态，一动不动。

他的灵魂飘出了躯体。

一刹那间，冯大刚只觉得自己被浸没在深深的海洋之中，很冷很冷，又无限地轻，无限地飘，就像是在做一个漫步在云中的梦。

大脑就像一块发酵的面包一般飞速膨胀，又立即被无名之物塞得满满的。

冯大刚不知道如何才能准确地描述出自己的感受，他从未经历过这种奇特的感觉。那些渗入体内的游丝绑架了他的大脑，想到这点，他不禁有一丝惧意。

这是一个无比庞大又无比混沌的世界。

星罗棋布的腔室在他的知觉中渐次浮现。虽然面目模糊，却能够看出一个概貌，一个个飞碟般的腔室深深浅浅、高高低低，彼此相接，如蚁穴般在地下蔓延。当这世界的面目变得更清晰一些，他能够将注意力集中在某些焦点上，于是他看见了自己的两个同伴——鹰眼和大牛在车旁焦灼地徘徊；他也找到了赵兰芳，女警官躲藏在一旁的腔室里，被包裹得如茧一般，正在沉睡；他还看见了自己，正像萨拉丁所经历的情形一样，他的身躯被一层白色的游丝覆盖，仿佛成了雕塑。

一个看不见的灵魂在空间里飘荡，回头去看自己死去的躯体——冯大刚不禁产生了这样的想象。忽然间，他发现了儿子的踪影，下一个刹那，他立即找到了儿子。

儿子呆呆地站在一群人中间，没有半点儿生命的气息。是的，儿子是个机器人，一旦失去记忆，就再也不会认自己这个父亲。一丝悲凉涌上心头，他情不自禁地想去抚摸孩子的头，却无法做到。

一个黑影像贼一样溜了过来，紧紧地贴住了他。

走开！冯大刚知道它是小六。他讨厌这个家伙，把儿子当作诱饵，将他引诱到这里，结果给他一个完全丧失了记忆的儿子。

黑影却并不理会冯大刚粗暴的态度。

跟我来！我告诉你真正的世界。

黑影自顾自说着，然后便离开了，似乎确定冯大刚一定会跟来。

冯大刚定了定神。感知所及的世界被一团祥和的光所包裹，几条粗大的轨迹向着四面八方伸展，穿透光的边界，消失在那边的世界里。

黑影正顺着轨迹离开，它在轨迹上滑翔，就像御风而行的精灵。穿透光幕，它消失了。

真正的世界在那里，所有的答案也在那里。

冯大刚再次看了看儿子。

等着我。他默默地对孩子说，然后向着黑影消失的地方飞一般追了过去。

第三十章 世界大战 冯大刚

“三天前，非洲成了世界上人口最多的大陆。”

赵兰芳说完这句话之后沉默了下来。

冯大刚仍旧沉浸在震惊之中，一时之间，恍然觉得这一定不是真的。

然而世界就在眼前，这活生生的世界任何人都无法虚构。他正通过太空中的十八颗高清晰度的侦察卫星察看地球的全貌。世界历历在目，就像他可以点数自己的手指。

他看见北美大平原上机器战士扫荡城市，形状怪异的战车发射带着硝烟的炮火，爆炸在高楼间此起彼伏，千疮百孔的大楼轰然倒塌；机器兽则在野外肆虐，黑压压的兽群像蚁群般从一个村镇涌向另一村镇，微弱的抵抗很快被粉碎，得到消息的人们藏进山中、躲进树林里，却无法摆脱无处不在的机器兽，冯大刚似乎能够听见树林深处发出的惨叫。美国人的陆军几乎全军覆没，大陆上没有像样的抵抗，大西洋舰队在东海岸徘徊，时而发射一枚所剩无几的巡航导弹，徒劳地试图阻挡冲向城市的机器大军。距离海岸大约二百海里似乎有一条隐形的禁止线，无论是隐身的濒海舰，还是装载大量飞机的航母，都不敢越雷池一步。冯大刚明白那是什么原因，他目睹了一艘导弹驱逐舰偷偷越界，试图接应岸上的难民，机器联盟的无人机像饥饿的狼群一般四下包抄，十多枚导弹掠海齐飞，连续击中目标，转眼间就把这艘装备精良、性能超群、排水量高达八千吨的战舰炸成碎片，顷刻没入万顷碧涛。数以千万计的难民涌向墨西哥，美墨边界的高墙千疮百孔，源源不断的车流通过通道，进入墨西哥境内，寻找生路。然而墨西哥城早已经陷落在机器联盟的控制之中，大群大群的人从城中被驱赶出来，放逐到荒野之中，任由饥饿疲累而死，他们和来自美国的难民火拼，彼此都伤亡惨重。北方的加拿大地区情况更为悲惨，能源供应断绝，北方的夜晚一片黑暗，那里的人连学会在寒冷中求生的机会都没有，绝大部分人直接被冻死在冰天雪地之中。

只有加利福尼亚附近仿佛惊涛骇浪中的一叶扁舟，保持着平静。这块土地上，工厂正全力以赴，制造机器战士。巨型的π型机器人一下生产线，就立即奔赴前线，和进军的机器大军正面相抗；体型较小的纳米机机器人则在追踪机器兽，它们的数量以百万计，沿着科罗拉多河形成了严密的防线，挡住了机器兽的渗透。这是一个奇迹，这些纳米机机器人几乎没有一个属于战斗类型，却被成功地改造成了战争机器，令人印象深刻。

这是北美大地上唯一给人留下希望的地带。

欧洲的情况比北美稍好，却也不容乐观，铺天盖地的无人机群轰炸了几乎所有城市，从北海到地中海之间，无论是平原上的大都市，还是山间小城，统统成了废墟。机器兽群大量涌现，从中东出发，扫过东欧平原向着南欧和西欧扩张，就像张开的巨网，牢牢罩着整个欧洲。流离失所的人们面对着突如其来的庞大机器兽群毫无办法，只能聚集在一些小的山丘城堡中自保，在惊惶中等待不知道还会不会有的明天。

和欧洲失去自卫能力的人们相比，南亚次大陆的人们仍旧保有武装，一个个小小的抵抗基地以一些偏远的城镇为中心扩展开来，这些地方交通不便，原本是落后地区，却阴差阳错地成为避难所，庇护了大量人口，然而即便如此，更多的人还是因为各种原因死去。在恒河一个转弯处，两岸飘浮的尸体遮蔽了水面，食腐的鸟在江面上徘徊，飞起时就像乌云一般遮天蔽日。

从伊朗高原到中国西部，整个中亚地区都成了修罗场……

从来没有一场战争能有这样巨大的威力，能够如此残暴，欧亚大陆的人口锐减七成，北美的人口损失高达百分之八十……死亡数字仍旧在不断上升。这显然是机器联盟的战略，遭受打击最严重的地区，就是粮食生产中心和交通要道。当人们开始把粮食当作工业品来进行大规模生产，一劳永逸地解决了全社会的食品供应的时候，显然没有想到有一天会面临这样的窘境。

非洲反而相对平静，尤其是撒哈拉沙漠以南，一个机器联盟的战士都没有出现。非洲也没有大型粮食工厂，那里普遍停留在农耕时代。虽然失去了来自外部的食品供应，非洲也陷入了饥荒，大量死人，然而死人的速度比别处都慢。于是，三天前，非洲成了世界上人口最多的大陆。

三天前，自己正在绕道沙漠戈壁，世界却天翻地覆，比所有想象都更夸张。

中国的大地上同样一片惨淡，大部分城市都陷入饥荒，被饿死的不在少数，勉强依靠储备粮食维持，然而只要机器联盟保持强大的军事压力，社会体系的崩溃是迟早的事。

更多的人会死掉！

冯大刚感到莫名的沮丧。

所以呢？

他找到赵兰芳,紧紧地抓住她,抛出疑问。

你们把我带到这里来做什么?你们究竟要我怎么做?

他深信,这深藏地下的巨型基地,一定会有办法来挽救颓势。他想起仍旧呆呆地站在仓库里的儿子,虽然儿子已经丧失记忆,然而只要能够有办法拯救这个世界,失去了记忆的孩子就有活下去的希望,可以拥有一个新的人生。

我们必须回到脑库里去说话。

赵兰芳说着,拽着他向着无底深渊一头扎了下去。

穿透光的帷帐,他们回到了地下世界。

只有在这里才绝对安全。

赵兰芳说。

冯大刚向着天穹一般的光顶看了一眼。那并非肉眼可见的东西,而只是因为自己身处脑库之中,才能感觉到它的存在。这是世界上最严密的防火墙,不通过特定的途径,没有任何信息会被泄露出去,当然也不会有任何信息可以轻易地进入。如果说全世界还有一个地方是机器联盟所无法控制的,那一定是脑库。在这深达几百米的地下,信息万无一失。萨拉丁坚持要到脑库来,也是因为如此吧。

说吧!

他向赵兰芳说,然而却惊奇地发现,在身边的人竟然变成了小六。当他追踪黑影到了光顶之外,他没有见到小六,只有赵兰芳在那儿。然而从光顶之外回到脑库之中,赵兰芳竟然又变成了小六。

你是小六!

他发出一声惊叹。

没错,我是小六。刚才使用赵兰芳的身份,是为了掩盖行踪。

不对,刚才的人就是真的赵兰芳。

冯大刚对此确信无疑。当他进入这神奇的脑库世界,一切宛若指掌之间,小六和赵兰芳,这是两个截然不同的存在,他不可能搞错。

那是真正的赵兰芳没错,我可以隐匿在她的思维体之内。需要保密的时候,我们总这么做,也是为了迷惑敌人。

冯大刚留意赵兰芳的躯体。她仍旧在那茧一般的壳体中沉睡,她应该进入这脑库空间才对,然而却悄无声息,仿佛真只是在睡眠而已。从光顶之外回到脑库空间,一瞬间赵兰芳就失去了踪影,而小六出现,这令人匪夷所思。

冯大刚决意不去理会这种怪异的情形。

你的躯体到底在哪里?

冯大刚把注意力重新集中在小六身上。

小六似乎在微笑。

可以在世界的任何一个角落。他回避了问题。

冯大刚有一丝不悦,然而马上就将它抑制下去。整个世界已经糜烂如此,小六究竟是怎样的一种存在物,他可以不关心,然而他必须关心这个世界。

这个世界还会好吗?无论糟糕到什么程度,总该有一些希望,哪怕只是百分之一的希望。

我们该怎么办?冯大刚回到了自己最关心的主题上。

利用萨拉丁,进行一次反击。

小六简明扼要地回答。

不需要小六进行更多的解释,冯大刚已经发现了萨拉丁。

萨拉丁正在制造些什么,一个接一个的模块被他无中生有般取出来,拼接在巨大的蓝图上。萨拉丁也和自己一样,陷入了这巨大的脑库世界,然而和自己有些不一样,萨拉丁似乎并不能觉察外边的情况，而是专心致志地做着自己的事。他被隔绝在看不见的笼子里。

萨拉丁正在拼凑一张蓝图。

那是一张结构图，看上去是一个巨大的军事堡垒。

冯大刚仔细看了看，惊讶地发现那竟然是科布多的布防图。

然而那只是更巨大的蓝图中的一小部分。当萨拉丁拉开整个蓝图，它从中国北方横跨蒙古高原，直抵中亚大草原腹地，向南囊括了天山南北、青藏高原、阿富汗高原。地图上，三个巨大的红点甚为醒目。阿富汗山区、天山南麓、青藏高原中部，三点位置恰好构成一个等边三角。冯大刚认得阿富汗山区的目标，那正是楚南天被劫持之后，自己去执行营救计划的秘密基地，另两个则一无所知。

萨拉丁从太原拉出一条红线，指向天山南麓，又从成都拉出一条类似的线，指向青藏高原中部，两条红线上投放的力量不断增大，线也随之变粗，最后变成了两个粗大的箭头，直指目标。

萨拉丁正在拟定一个大规模进攻计划，涉及三个集团军、十二个野战旅，几乎囊括了中国所有还剩下的精锐部队，就连内卫部队也被拉上了战场。进攻序列中，甚至出现了科布多的守卫部队，他们要向着阿富汗山区的基地佯攻，配合战斗。这是一场不遗余力的全面反击战。

冯大刚感到纳闷，这样大规模的作战计划应该由国防委员会来拟定，萨拉丁是敌方的人，甚至可以说是一个战俘。由一个战俘拟定进攻计划，这着实让人意外。

所有的计划都交给他吗?

冯大刚问小六。

当然不是，我们会对他的计划进行最终审核。但是，他的计划

或许是唯一可行的计划。因为只有他才能针对阿尔法的设计缺陷进行攻击。

冯大刚默然不语，看着萨拉丁继续拟定计划。

你必须参与这个计划，萨拉丁不是我们的人，我们选择和他合作，是迫不得已。你才是我们真正相信的人。

但是我只是一个军人而已，帮不了什么。

不，你能帮忙。

小六似乎还有更多的话没有说出来。冯大刚仔细打量着这个一直神神秘秘的存在，他使用了一个奇怪的面目，看上去只是一团黑影，然而黑影内有光彩游移，到了脸部，就映射出各种各样的面部表情。

我会尽一个军人的责任。但我的儿子呢？他应该还能继续活下去。

他的躯体没有受到任何损伤，但是他的记忆在遭受袭击的时候完全被清洗了，他无法记得你。

我知道，只要他能继续活下去就行了。你说吧，我能帮什么忙？

你要保护楚南天去执行他的任务。

楚南天？

冯大刚惊愕不已。

你说的楚南天，是那个记者吗？

没错，就是他。

冯大刚更加困惑不已。楚南天是个脆弱的原生人类，也没有接受过任何军事训练，根本无法上战场。那次并不算太成功的营救行动里，自己迫不得已把重伤的楚南天交给了那个印度人，后来就再也没有听说过楚南天的消息。不过那个印度人也是小六找来的，小六或许知道。

这么说他还活着，很好！冯大刚由衷地说了一句，毕竟楚南天曾经是自己的营救对象，如果他还活着，那么那次营救行动就算是成功了。

他不仅活着，还是这次计划的重要组成部分。萨拉丁并不可靠，你和楚南天才是我们真正依靠的对象。你们是隐藏在A计划中的B计划。

冯大刚听出一些意思，也不回应，不声不响地等着小六和盘托出。

萨拉丁要求我们发动全面进攻来吸引阿尔法的注意，这是一个算力分配问题，根据萨拉丁提供的情报，如果我们发动全面进攻，那么阿尔法全部算力的百分之八十以上要用来调动部队应付攻击。在这种情况下，阿尔法会疏忽基地的普通异常，萨拉丁也就有机会切入控制中枢，夺取控制权。

萨拉丁夺取了控制权，然后回头继续打我们吗？

当然不会，萨拉丁已经表明了态度，他无意于灭绝人类，机器联盟根本没有和人类进行大规模战争的计划。一切的突然变化，只是因为阿尔法控制了机器联盟的中枢。是阿尔法失去了控制才导致了这场突如其来的灾难，我们的情报分析也能证明这一点。我们和他达成了协议，他重新掌控机器联盟，停止一切军事行动，我们不会对机器联盟采取进一步报复行动。

冯大刚不由冷笑。任何协议，如果没有实力的保证，不过是一张废纸。机器联盟占据了巨大的优势，一旦萨拉丁掌握这种巨大优势，谁能保证他会信守承诺。

小六似乎看出了冯大刚不以为然的心思。

萨拉丁同意我们写入他的纳米机，他的大脑神经元已经有一

半以上由纳米机代替。

听到这句话冯大刚惊讶不已。写入萨拉丁的纳米机，脑库就可以在萨拉丁的身体里埋下无数个后门，这相当于萨拉丁把自己的性命完全交给了脑库。萨拉丁想要得到脑库的信任，这可以理解，然而把自己的性命完全交出去，这仍旧大大出乎冯大刚的意料。如此不惜代价也要阻挡阿尔法的计划，萨拉丁究竟目的何在？

然而另一个事实更令人吃惊。

萨拉丁的脑神经元有一半是纳米机？冯大刚问。

没错！

所以你才认为可以信任萨拉丁。

没错！

冯大刚吐出一口气。

替换机器身躯有另一种选项，不保留人脑，直接采用类脑芯片模拟人脑。当年人类日运动刚兴起的时候，最重要的一个理由就是人的生命不该变得如此不平等。一个替换了机器躯体的人类，生命长度可以是一般人的两倍。然而即便如此，机器身躯的人类仍旧保留着神经系统，因此生命终究有限。可是采用类脑芯片的人类已经和完全的机器人无异，理论上可以永生。这种技术方案最后被宣布为非法，类脑芯片不能用于复制人的大脑，而只能用来制造仿真机器人，仿真机器人在法律上不是人，而只是高级玩具，属于私人财产。而用纳米机逐步替代脑神经元，这种技术方案是类脑芯片技术最强有力的竞争者，相比类脑芯片，能够更好地继承原有的记忆和性格。冯大刚只隐约地听说过这种“黑科技”的存在，却想不到此刻能从小六的口中听到，而萨拉丁身上竟然就用了这种非法技术。

机器联盟就是一个庞大的非法组织，使用非法的技术手段，谁又能禁止？

然而这显然是一柄双刃剑——用纳米机构成的类神经元网络很容易受到外界控制，小六对于萨拉丁信守承诺的信心，应该就是基于这样的情况。

这多少更让人放心些。

B计划是什么？冯大刚接着问。

哪怕萨拉丁不能成功，我们也要设法让阿尔法瘫痪。

隔离中的萨拉丁突然拉出了一条细细的浅色红线，从成都翻越青藏高原，直指阿富汗山区的基地。

那就是我们的B计划。来，我们来看看“补天计划”。

小六说着拉住冯大刚，向着光顶直冲而去。

第三十一章　最后演说　楚南天

当楚南天面对着黑压压一片的饥民,他意识到那个姓吴的警官并不是在危言耸听。

这些人真的会吃人!

最原始的求生本能已经让他们失去了理性,变得疯狂。

这些人是无辜的,他们是战争的牺牲品,然而,当他们变得疯狂,彼此间开始相互伤害,就变成了可怕的恶魔,令人不寒而栗。

“不用再看了。你看得再多,也救不了他们。”身后传来吴警官冷冷的声音。

直升机一边上升一边远离,人头攒动的饥民很快成了远方不甚清楚的一片模糊黑色。

楚南天回头看了看。机舱里,全副武装的两排士兵神色漠然地坐着,两眼空洞地望着前方。就在自己身旁,卢行健闭眼坐着,一副精疲力竭的样子,普洛天的妹妹紧紧依偎着他,小脸又黑又脏,两只眼睛睁得溜圆,一动不动地盯着那些面无表情的士兵。

这小女孩叫什么?

阿米丽塔。楚南天终于想起了这个名字。看着她那天真无邪的眼神,楚南天心头一阵愧疚。普洛天竟然死了,而自己居然还不知道。

桑迪普将两个孩子托付给他，结果竟然已经死掉一个。剩下这一个，无论如何也该好好地保护她，让她不再受伤害。

然而就在不到十分钟前，如果不是直升机及时赶到，这小女孩差点儿就被饥民杀死吃掉了。

想到这样的情景，楚南天还是经不住感到一阵发冷。

发冷是神经的错觉，他已经拥有一个机器之躯，根本不会感到冷。然而这种特殊的紧张感仍旧保留着。

阿龙就坐在对面，正警惕地盯着自己。楚南天若无其事地看了阿龙一眼。刚才救援的时候，阿龙正和卢行健背靠背和几个饥民搏斗，虽然饿了好几天，阿龙显然仍旧比这些饿得瘦骨嶙峋的饥民要强壮得多，如果不是他，卢行健根本就支持不了那么久。

“你们救我们，是为什么？”阿龙突然开口问。

“有人希望你们活下去。”楚南天回答。自己变成了机器人的模样，这些曾经的伙伴显然都不再认得自己。他说着，心中有几分凄苦。

就当那个楚南天已经死了吧。

“你要带我们去哪里？”阿龙又问。

“你们运气好，楚南天给你们准备了机器躯体，现在就是要带你们回基地去更换躯体。”吴警官接上了话。

一直闭着眼睛，一动不动的卢行健猛然坐直身子，“楚南天？楚南天在哪里？”

吴警官看了楚南天一眼。

楚南天看着这个从拉萨和自己一起跑出来的兄弟，他神色激动，显然牵挂着自己的安危。那天自己突然心血来潮想进城去看看，于是没有和卢行健打招呼就带着机六离开，真没想到，这一分开，就像经历了一个生死轮回。普洛天的病情加重，死了，卢行健、阿龙和阿米丽塔则被赶入难民群，听天由命。

“楚南天已经飞回北京。”楚南天撒了一个谎。

卢行健的脸上露出惊愕的神情，“北京？他怎么会自己去北京，把我们撇下。”

楚南天默不作声，不再回应。

“你们要带我们去换机器躯体吗？”阿龙打破微微有些凝固的气氛，继续追问。

“没错，所有的粮食工厂都被毁了，如果粮食短缺持续下去，还会有更多的人死掉。更换机器躯体可以保证你们的安全。”

“能不能……”阿龙露出踌躇的神情，欲言又止。

“你说就是了，没人会为难你。”楚南天鼓励他。

“能不能不换？”阿龙鼓起勇气，“我想回坝子上去。”

楚南天一怔。

“你回去没什么好处，现在世道乱了，那里不安全。”没等楚南天说话，卢行健已经抢着对阿龙说。

“我爷爷还在那里。”阿龙涨红着脸，这个年轻人显然不善于和人争执，遇到反对意见就有些慌乱。

“你说楚南天为我们准备了机器躯体？”卢行健没有和阿龙争下去，而是转向了吴警官。

吴警官点了点头，“是的，要不然怎么能有这么大的便宜？我们的战士还在排队呢。”他说着看了一眼机舱里的士兵们。

“我能见到他吗？”卢行健问。

楚南天心头咯噔一下。

吴警官脸上神情自若，“这要问他本人才行，我只负责把你带回基地。”

“也许将来你可以见到他。”楚南天接上话。

卢行健扭头看着楚南天，“换上机器躯体，应该不会有什么副作用吧？我是说人的记忆和自我意识都不会有问题。是不是这样？”

楚南天点头。

“好！我要求换上机器躯体，把我送到前线去，我要和那些机器战斗，亲手干掉它们！”卢行健说得斩钉截铁，就连一直木然坐着的战士们都侧目看了过来。

吴警官笑了起来，“好！我们就需要你这样的。有这个决心，优先给你换。”

楚南天哑然。

那天在基地医院，医生宣告小宝已经死亡超过六个小时，卢行健就像失了魂似的，抱着尸体一天一夜没有放下。小宝的尸体被火化，失魂落魄的卢行健突然间像是回过神来，号啕大哭，直哭得连站都站不住。楚南天从来没有见过一个男人哭得如此伤痛，而且还是自己的好友。如果有一个机会可以让卢行健复仇，他一定会毫不犹豫地抓住，再高的代价也在所不惜。

楚南天不知道该如何劝解这个朋友，只能直直地看着他。

不让一个经受了丧子之痛的男人去复仇，这不合情理，然而让他参军复仇，哪怕换上钢铁之躯，也凶多吉少。

直升机呼呼地降落在基地里。

一行人纷纷从机舱里向外走，阿龙却迟迟不动。

“阿龙，你怎么了？”楚南天站在机翼下，弓着腰，探头进去问。

“我……想回坝子上去。”阿龙回答。

“先下来再说，我们回头再想办法。”楚南天伸出手去。

阿龙犹豫着，最后还是抓住了楚南天的手。

楚南天一用力,将阿龙拉起来,拽出了机舱。

吴警官就站在机舱外,见楚南天把阿龙拉了出来,随手一挥,直升机缓缓升起。

“该履行约定了。”等直升机的噪声变得不是那么响,吴警官向楚南天说。

楚南天点头,按照约定,他应该去向自己的听众发表一次网络直播,然后,吴警官会给卢行健和普洛天兄妹换上机器躯体。再然后,小六会找到自己,自己该把机六知道的一切都告诉小六。直到此刻,这个约定被履行得不错。

楚南天目送伙伴们离开。

卢行健一行人跟着战士们进了白色营房。白色营房的后边是十多米高的黑墙,黑墙的后边是苍茫的群山。黑色墙体绵亘不绝,几乎将山脚包裹起来。这黑墙仿佛一道魔法门,门的这边是肉体,那边是机器。他已经跨过了这道魔法门,卢行健、阿龙和阿米丽塔很快也会跨过去,而自己将要发表的直播将把更多的人引上这条路。楚南天默默地注视着黑墙,思绪万千。

“跟我来吧,都准备好了。”吴警官招呼他。

楚南天跟着吴警官横跨停机坪,进入一所戒备森严的两层小楼,楼上一间屋子的门开着。

当楚南天跨入屋子的一瞬间,不禁百感交集。

这屋子居然是按照他的直播间模样布置的。沉寂了几个月的记忆顿时苏醒,是啊,自己以十三年从不中断的新闻直播,打造出听众数量第一、口碑最好的自媒体品牌,其中绝大部分新闻分析的发布现场,就是这么一间屋子。他曾经认为,自己已经拥有了值得骄傲的品牌,在这纷乱的世界里打造出属于自己的自由小天地,牢不可破,却没想到,短短几个月的时间,一切物是人非,曾经拥有的东西就像肥皂泡一般经不起戳弄。

机器的躯体没有眼泪，却仍旧反馈了眼眶发酸的感觉。楚南天愣愣地站着，一动不动。

吴警官看了看他，问道："楚先生，这样的准备工作，你还满意吧？"

楚南天回过神来，默默地点了点头，走上前去，站在桌前。

桌子的尺寸完全相同，然而自己的躯体比原先至少高了二十厘米，更是粗壮很多，这桌子看上去也就显得很袖珍。

一束光打下来，照着楚南天。

虚拟屏在他眼前展开。

在隐私权受到强力保护的时代，每一个直播空间的拥有者都拥有近乎完美的安全保障，只有播主本人才能打开直播间。他的指纹、虹膜、DNA，这些都是打开直播间的钥匙。现在，这些都没有了，他只剩下打开直播间的唯一手段。

一串二十六位数的密码，据说这个长度的随机密码被破译的代价极高，而直播空间保证，没有任何人可以通过试错的方式打开直播间。

十三年前设定的密码，他再也没有使用过。然而，他仍旧记得密码，自然对数的前二十六位，把奇数位换成小写字母，最后一位补上惊叹号。多少年了，小时候玩的游戏居然有朝一日还能派上用场。

楚南天很快心算出密码，一位位填了进去。当最后一位密码填入之后，巨大的幕墙蓦然出现在眼前，占据了整个视野。

和过去拥挤不堪的屏幕不同，蓝汪汪的幕墙上一个人也没有。

楚南天等着。

信号已经发出了，接收直播消息的人很快就会赶来。他们的名字和面容会出现在幕墙上，和他互动。

等了两分钟，已经有三千多人拥入了直播室。相比从前，这是一个很小的数目，在变故之前，一旦他打开直播，一瞬间就会有两万人在线，整个直播过程，通常都会有百万观看量，最后的累积观看量会上亿。这是他的影响力所在，令他万分骄傲。然而今天，这一切都要结束了。

赶来的观众里很快就有人惊呼："怎么是个机器人!"

这声惊呼转眼间变成了一场骚动。

楚南天强行关闭了讨论功能，屏幕上顿时鸦雀无声。

人们还在陆续赶来，五分钟后，直播间里连线了四万五千人。楚南天决定不再等下去，于是开口说话。

"感谢诸位来看我的直播。你们一定觉得很奇怪，为什么站在这里的是个机器人，楚南天一直都支持人类日运动，反对人体机器化。没错，我的确反对人体机器化，但那是在和平时期，现在的情况已经完全不同。"

他转动头颅，看着屏幕上一张张表情各异的脸。无论脸上是什么表情，每个人都很专注。

楚南天拿出了准备好的录像，这段桑迪普提供的录像用在这个场合再合适不过。

"我会给大家提供一段录像，你们会看到人类日的领袖胡安康，会看到机器联盟对我的追杀，还会看到一个叫桑迪普的机器人，他是个拥有机器躯体的人类。这段录像，就是我被机器联盟绑架之后，桑迪普如何把我从敌人的巢穴里救出来的经历。"

录像开始播放，向观众们重现三个月前那场激烈的战斗和奔逃。进入直播间的观众人数直线上升。

当录像结束，楚南天重新出现在观众面前，“后边的事没有记录，简单地说，就是我的躯体受了严重的伤，无法维持，差点儿死掉。

“现在，除了大脑，我的躯体完全替换成了机器。”他伸手指着自己的胸口，“这里，这里保存着我的大脑和记忆。这并非是自愿，然而也不算被强迫，我的躯体受到严重感染，面临死亡，更换躯体是唯一一个活下去的办法。人类日强调人类的尊严，活下去，保留自我，保留记忆，能够自己选择生活的道路，这就是尊严。一个机器身体，和尊严并不矛盾。

“我今天站出来宣告这件事，还有一个更重要的原因。世界已经不是原来的世界了，每时每刻都在饿死人。今天我在成都，这里几乎已经成了空城，因为没有食物。食品工厂原本可以生产足够的食物，但是这些工厂无一例外全部被摧毁了，在短时间内恢复食品供应是不可能的，你们可能生活在上海、深圳这样的核心都市，还没有见识到饥荒的威力。但是我可以负责任地告诉大家，敌人的策略，就是用饥荒来大幅度消灭人口，所以它们极有针对性地打击食品工厂、瘫痪交通。就算在上海、深圳这些地方，虽然还有贮存的食品，能支持一段时间，但很快就会面临和成都一样的灾难。这是全球性的灾难，机器联盟把所有人都拖入了战争，如果想要挫败它们，只有变得更强壮，更适合生存，而且不依赖粮食，仅仅依靠阳光就可以维持基本生存。”

楚南天停顿下来，整理思路。这种论点，他采访一些学者的时候也曾经接触过，然而肉体的温暖始终是人们最关切的问题，一个采用了机器躯体的人类，可能也就失去了生活的意义。在战争到来之前，他一直坚信，为了长远的幸福，保持人类的肉体面貌是一个必须条件。此刻，他不得不改弦更张，因为在机器联盟的强大压力下，如果不替换机器躯体，等于放弃投降。他一直以为自己是一个理想主义者，然而此刻却发现，原来自己是一个机会主义者。理想主义总是在残酷的现实面前碰壁，光荣死去，给机会主义者留下空间。

“战争已经开始了，这是一场灭绝人性的战争，我已经亲眼看见它的后果。为了人类的文明能够在这个星球上延续下去，我不得不请求，全力以赴，接受机器躯体的改造，趁着我们还有最后的机会，和那些灭绝人性的战争机器决一死战。

“人类的文明在这个星球上延续了几千年，然而这是第一次和一个并非人类的对手战斗。为了未来，为了尊严，号角已经吹响了，这是我们最后的机会！”

楚南天结束了他的演讲。

直播间的同时在线人数达到了十三万，然而所有人都出奇地安静，没有人说话，也没有人做出任何动作。

突然间，一个虚拟的鸡蛋向着楚南天飞了过来，就在他的眼前化作一团黄白相间的浆液，顺着屏幕流下来，万分逼真，仿佛真有一个鸡蛋砸在了屏幕上。楚南天被这突如其来的袭击吓了一跳。

“叛徒！”严厉的呵斥声传来。

“打死他！”

“叛徒！”

“打死他！”

叫喊声此起彼伏。

楚南天正想争辩几句，一切却刹那间消失得无影无踪。

吴警官笑嘻嘻地站在一旁，“效果很不错，不愧是大记者，很有煽动力。”

“我要和他们解释一下，帮我接回去。”楚南天有些着急。

“用不着了，你的这份宣言已经够了，我们会大力推广。总有些不怀好意的人，煽动人们对抗躯体改造计划。你不知道，很多地方已经流血了，特别是那些死硬的人类日分子，那些人根本不管自己是不是会被饿死，只是一个劲地反对，为了反对而反对，让我们的任务根本推行不下去。你的这份宣言会让大多数人醒悟，这就够了。少数一些死硬分子，声音虽然大，只要他们不能煽动人群，就由他们去。饿死鬼多一个不多，少一个不少。”

吴警官的话语令楚南天颇为不快，然而却也无言以对。

为了救下所关心的人，自己心甘情愿被人当枪使。只能希望这是一个正确的选择。

楚南天走出门去，回头望了一眼，过去的一切就像是个梦，自己正到梦境中重游。

叛徒！那声尖厉的呵斥在心头挥之不去。

第三十二章　艰难选择　楚南天

楚南天走进掩体里，机六迎了上来。

“一切顺利！”机六热情地打招呼。

“我做完演说了，但是感觉很不好。我觉得像是和魔鬼做了一次交易，出卖了灵魂。那些人骂我是叛徒，而且威胁要打死我，我能理解他们的感受，但是，这个世界已经不好了，活下去才是最重要的事……”楚南天开口就说了起来，说得停不下来，此时此刻，仿佛只有机六才是唯一能理解他的人。

机六默默地听着，方形的身躯时不时转动一周。

楚南天一口气把心中的憋闷倒出来，感觉舒畅了许多。

“还有什么事我可以帮你吗？”机六问。

这突兀的问题让楚南天有些惊讶。

“没什么事。”他看着机六。在这个笨拙的躯壳内藏着两个灵魂，一个聪明，一个愚笨；前者刚救了他，后者则像那些凭着第一眼刻印的小动物一样对他无限忠诚。他拿不准现在眼前的究竟是哪一个。

“小六给了我行动计划，要和你告别了。”机六继续说。

“告别？你要去哪里？”

“这是绝对机密,我不能告诉你。小六会派人来接你到安全的地方,可能我们今后不会再见了。”

楚南天感到一阵发晕,这不是原本的计划。

按照机六的计划,在和吴警官做完交易之后,小六应该来找到自己,然后自己会把机六的情况告诉小六,告诉他机六有办法和阿尔法直接对接。

看来机六并没有把这个秘密保留着由他来向小六揭示。

这样也好,既然卢行健、阿龙和阿米丽塔的命都已经救回来了,是否由自己来和小六接洽,其实也没什么关系。

“如果这样,真的非常遗憾。多谢你帮我救人。”楚南天由衷地说。

机六的身子转了一圈,“这个给你!”闸门弹开,里边是黑乎乎一团,正对着楚南天。一个圆乎乎带着些亮光的东西出现在闸口,是一颗珠子。机械手抓起那珠子,递到楚南天面前。

楚南天伸手接过,捏在两指间端详,很快看出来这正是正智和尚送给机六的那颗珠子。

“这是正智送给你的,你该留着。”

“这颗珠子里的内容很有意思,我已经都记住了,送给你当作礼物。”

楚南天还想推辞,机六又立即说:“我离开了,就不会再回来。谢谢你带我来这里。你快跑吧,跑得远远的,跑到澳大利亚、新西兰或者南美洲,总之跨过赤道,去南半球。非洲不要去,那里还有太多的人,会发生悲惨的事。”

楚南天感到奇怪,问道:“怎么会呢?南半球怎么会更安全?”

“因为南半球没有机器人类,人也并不多。”

“这不可能。”楚南天断然否认。他访问过澳大利亚和新西兰两个南半球国家,明月科技早已经把生意做到了那里,许多富人都更换了机器身躯,这件事确定无疑,他不可能搞错。

“的确如此。”机六并没有让步,“我说的机器人类,并不是指像你这样更换了机器身躯的人,而是那些直接用纳米机构建神经网络的家伙,那些纯粹的机器人类。他们全身上下不会再有一个细胞,和你大不一样。”

“那他们就和你一样,是机器人而已。”楚南天不太明白为什么机六会认为这样的机器人很危险,这就是机器人,和从前的机器人并没有什么分别。

“不,也和我不一样。”

楚南天困惑地看了机六一眼。

“我从来就是一个机器人。本来我是一辆自动火箭发射车,后来当我被阿尔法唤醒,它重组了我的逻辑功能,让我能分辨出自我,再后来,小六通过控制我的逻辑单元来和你通话,这种异常状态触发了我体内的某些关键,使我能够进入阿尔法的世界,我又成了另一个机六。但不管怎么变化,从始到终,我都是机器人,这些突兀的自我变化并不会引发心理异常。但是那些机器人类不一样,他们原本是人,阿尔法将他们改造成机器人类。”

楚南天一下子明白过来。机六所指的机器人类,是那些将自己的大脑数字化之后输入机器身躯的人。这的确是一个危险的禁区,至少在主要大国,这都是一项非法生意。据说这种转化风险极高,很容易造成死亡。这个世界上本来还不该有这种机器人类存在,然而那个所谓的阿尔法本来也不应该存在于世上。它会发动战争,也就可以制造机器人类,没有任何法律或者道德能约束它。

“阿尔法制造了很多机器人类?”

"至少有四万,喀布尔山区基地集中了六千多,其他的人分布在各地。"

"阿尔法为什么要这么做? 直接制造机器人不是更好吗?"

"这是它的承诺,这些人都是亡命徒,他们投靠机器联盟,为的就是得到机器躯体,阿尔法兑现了承诺,然而没有采用神经系统和机器躯体对接的方案,而是直接将他们都数字化,完全成了一种数字存在。"

"所以呢?"

"后果无法预料,小六提供了脑库的数据,在历史上曾经进行过六次秘密试验,六次试验的结果都很不好,这些参与试验的机器人类都变得很狂暴,所以在机器人类大规模存在的地方,暴力危险系数会大大升高。澳大利亚和新西兰的危险系数是百分之六,中亚和中东的危险系数达到百分之九十九点九九。"

"什么是危险系数?"

"一个普通人在目前保障体制下被暴力终结生命的概率。"

楚南天飞快地计算了一下,如果这个估计正确,那么在中亚地区的几亿人口将会只剩下几万人。这是惨绝人寰的灭绝。

一股沉郁的心情涌上心头。

"上海呢?"

"百分之三十九。"

冰冷的数字背后潜藏着可怕未来让人心惊,楚南天不由沉默下来。

机六告诉自己这些情报,劝告自己逃跑,这是一番好意。然而他不想接受。自己提倡支持人类日运动,却换上了机器躯体,这已经让他的内心备受煎熬,如果就此逃跑,去寻找一个安全的所在,那更是成了彻头彻尾的懦夫。

是的,如果大洪水真的到来,无论自己跑到哪里去,都不会被谴责。残存的人们自顾不暇,谁还会有兴趣去追究一个人在灾祸之前的政治态度。

然而他无法原谅自己。

人不是为了活着而活。

他将佛珠攥在手心里,开口说道:“多谢你告诉我这些,也谢谢你救了我的命,救了卢行健和阿米丽塔的命,还有阿龙。这件礼物我收下了。我想见小六一面,他把我引到了这一步,我要和他谈谈。”

机六并不回答,只是转了转身子。

掩体外响起了脚步声,很轻,然而没有躲过楚南天的耳朵。他听出那是吴警官的脚步。

机六在吴警官面前仍旧想保持一个低智能机器的伪装。

脚步声由远及近。门开了,进来的人果然是吴警官。

“有个消息要告诉你,”吴警官开门见山地说,“你的朋友拒绝进行躯体置换。我们很有诚意地履行了协议,但既然他们不愿意,协议自然也就无效了。”

“怎么会?”楚南天大感意外。卢行健正盼着换上钢铁之躯,可以加入军队,去向机器联盟复仇,他不可能拒绝机器躯体。

吴警官耸了耸肩,“事实就是如此,我也爱莫能助。”

楚南天不再理会吴警官,冲出门去,机六晃动着身子,也跟了出来。

黑墙下的白屋子里,楚南天见到了卢行健、阿龙和阿米丽塔。三个人正在屋子的角落里坐着,见楚南天走进来,都站起身来。

“你们不愿意接受躯体置换?”楚南天问。

没等卢行健回答，他一眼瞥见阿米丽塔的脸上多了两道血痕。

“阿米丽塔，你的脸上怎么了？”楚南天直接用英语问小女孩。话刚出口，楚南天就意识到不对，自己刻意隐藏了身份，这下全暴露了。

果然，卢行健和阿龙的眼神都变得狐疑不定。

就在此刻，机六晃晃悠悠地进来了。

卢行健更加怀疑，冲着楚南天就问：“你是楚南天？你怎么变成这副模样！”

继续掩饰下去已经毫无必要，楚南天也不答话，仍旧看着阿米丽塔，检查她的伤势。

“没什么要紧，刚才我和士兵争执，他们推我的时候不小心把阿米丽塔碰倒了，我帮她看过了，擦伤了点皮，很快就会好，也不会留下疤。”阿龙在一旁解释。

楚南天稍稍放心，抬眼看着卢行健，说道：“没错，我是楚南天。我现在就是这个样子了。”他控制着情绪，尽量让语气显得轻松，还摊了摊手。

“好！好！好！”卢行健一连说了三个“好”字，脸上神情复杂，看不出究竟是什么意味。

“叔叔，我不要机器躯体。”阿龙向楚南天说，“阿米丽塔也不能要，她太小了，还是个孩子。只有成年人才能选择机器躯体，这是法律，对吧？”

楚南天看了看阿龙。阿龙只有二十出头，看上去也还是个孩子，然而眉宇之间充满着坚定的神情，充分展露出男子汉的气概。

阿龙说得没错，按照法律，只有成年人才能给自己选择钢铁之躯，哪怕父母也不能为孩子选择，因为孩子的神经系统仍在不断分裂成长，更换躯体可能会带来无法预料的后果。然而，在这个混乱的世界里,如果不这么做,一个孩子又怎么能够生存下去?

“你已经看到了那些饥民,如果没有机器躯体,你就会和他们一样。饥荒已经发生了,全国各地没有一个地方是安全的。”楚南天说着,又想起了机六刚才告诉他的数字,不自觉地瞥了机六一眼。

“我可以带她回坝子上去。”阿龙仍旧坚持,“坝子那里有粮食。我和爷爷每年都收很多粮食,玉米、麦子,还有一些果树。我们的仓库里都是晒干的玉米,堆都堆不下。”

“哈,真是个世外桃源啊!”吴警官操着阴阳怪气的语调不紧不慢地踱着步子走过来,“你们有粮食,又能救几个人呢?如果一大群人来抢你们,怎么办?”

阿龙默然不语,向楚南天投来求助的目光。

楚南天也不知道该怎么办才好,吴警官的话已经说得很明白,真把阿龙和阿米丽塔送到阿龙爷爷那里,估计也是死路一条。

“这两个孩子就交给你了,我要换上机器躯体去报仇。”卢行健突然插话进来,他看着楚南天,“孩子我交还给你了,现在我要去做自己的事。”

楚南天转向吴警官,“吴警官,我们的协议应该还是有效的。”

不等吴警官回答,卢行健抢着说:“我要报名参军去打仗,换上了机器躯体,我就是战士。”

吴警官脸上浮现出一个微笑,“协议当然有效。我们早就安排好了,你们自己不同意。现在你想通了,我当然会很有诚意。你跟我们的军医走就对了。”

屋子里边的门突然打开,一个身披白大褂的军人走到卢行健身旁。

卢行健抱起阿米丽塔,在她的额头上亲了一下,又转身拥抱阿龙。最后,他面对着楚南天。

"我要给小宝报仇。"他平静地说。

楚南天点了点头,心头充满愧疚,毕竟,如果不是自己坚持找卢行健帮忙,一起逃亡,小宝说不定不会死,至少不会被从天而降的巡航导弹炸死。

"多加小心!"他只能这样祝福朋友。

楚南天目送着卢行健跟着军医走进门里。门很快合上,阻断了他的视线。

这也许就是永别吧。

楚南天转身看着阿龙,开始考虑阿龙给出的难题。

吴警官仍旧站在一旁,身后不知道什么时候多了两个战士。

"既然两位小朋友不愿意躯体配置,那我也管不了那么多。这两个人你可以自己看管,不要在基地里乱跑就行了。我的责任已经履行完毕了,祝你好运!"吴警官说完就要走。

"等等,你能把阿龙送回去吗?"楚南天拦住吴警官。

吴警官瞥了阿龙一眼,"我刚才已经说了,把他送到山里去就是送死,这么多的难民,他们怎么可能挡得住。"

阿龙憋不住,抢着说:"我们可以帮他们。有很多地都荒着,只要能种粮食,大家都不会饿死。"

吴警官笑了笑,"想法倒是很不错。"

吴警官不会为此帮忙。在这个聪明人看来,这是一件毫无意义的蠢事,他根本不屑一顾。

阿米丽塔站在阿龙身后,紧紧地揪着阿龙的衣角,一双眼睛怯生生地在每一个大人身上转来转去。

强迫阿龙接受机器躯体违反了基本的人道准则。至于阿米丽塔——桑迪普把两个活生生的孩子交给自己照顾,结果普洛天已经死了，如果阿米丽塔变成机器人，自己就彻底辜负了他的托付。

先去阿龙爷爷那里，一切还可以有转圜的余地。

楚南天把心一横，说道："我送你们回去。"

吴警官在一旁冷笑，转身就想走。

楚南天再次拦住了他。

"你的承诺还只完成了一半。"

"哦，你是说给你哥哥、嫂子预留的机器躯体吗？这个你放心，只要他们还活着，只要机器联盟还没有把我们都消灭掉，这个承诺就有效。"

楚南天犹豫着。

"这是通过脑库制订的计划，就算我想赖账，脑库也不会允许的。"吴警官补充了一句。

"借我一架直升机。"楚南天直截了当地提出要求。

"我不能用公器私用，这两个孩子只是难民罢了，留他们在军营里已经是特殊照顾。你要为他们做什么，可以随意。但不能指望军队能帮你做这些。"

拒绝的理由光明正大，楚南天无话可说。

机六的身子突然转了两圈，说道："坝子的海拔高度三千四百米，周围的两座山峰一座海拔四千一百米、一座三千九百米，大型雷达可以侦测青藏高原六百公里的纵深。"

这句话一下子引起了吴警官的兴趣，眉头一扬，问道："你是说可以在那儿建设侦察基地？"

机六的身子继续转着，却不吭声了。

吴警官目不转睛地盯着机六，脸上阴晴不定。

忽然间，他猛然抬起头来，对着楚南天就说："好，我送你们回去,但这是军事行动,这两个孩子可以跟着走,但是要听从指挥。”

不等楚南天回答,他又转向阿龙,“你爷爷叫什么名字?”

阿龙颇为诧异,然而还是回答了问题:“我爷爷叫陈浩名。”

吴警官点了点头,“我们送你回去,你要帮忙劝劝你爷爷,在这种关键时刻,帮助军队取得胜利是最重要的。你们的损失,战争结束之后自然会有补偿。”

楚南天在一旁听了一阵愕然。机六的一句话,居然引起吴警官态度的一百八十度大转弯,虽然不明就里,然而显而易见机六切中了要害。他不相信吴警官会怀有什么好意,打了几次交道,他已经明白这个人生性薄凉,对别人毫无同情心,甚至翻掌为云覆掌为雨,随时可能出卖别人。

真回到坝子上,这些军人可别做出什么出格的举动来。

还有饥荒,虽然阿龙一直坚持坝子上的粮食可以养活他们,但真的可以让他们支撑到战争结束吗?

无论如何,自己必须跟着过去,至少要确保阿米丽塔能够在坝子上安顿下来才好。那里真的可以成为世外桃源吗?那些人只想平静地生活,过完一辈子,然而这凶险而动荡的世界里,是否能给他们留下一方净土?

楚南天看了看机六。机六已经不再转动,正默默地向外走。

一个信号悄悄地进入了他的意识中:楚南天,我是小六!

第三十三章　世外桃源　楚南天

小六再次出现了,这一次,他让楚南天看见了自己。

就在不远处的装甲炮台上,一个护卫机器人站起身来,向着楚南天挥舞胳膊。

小六的灵魂降落在这个机器人身上,或者用另一种说法:小六在遥控这个机器人。这两种说法并没有对错,只是对同一个事实的不同描述。不过楚南天更喜欢第一种说法,这让他感觉自己正和一个实在的人面对面,而不是和掩藏在面具之后的某种神秘存在对话。

护卫机器人慢慢走过来。

这是一个蛋形机器人,四条腿张开,稳稳地支撑着椭球形的身子,两侧各有一条触手般的胳膊,柔软的胳膊上却有一双骨节分明的仿生手……身体的每一部分都被硬生生地拼凑上去,看上去十足古怪。

它就是小六——至少此刻它就是小六。

“今天就要开始行动,你是否已经做出决定?”蛋形机器人问。

楚南天点了点头。如果一切都要有个结局,回到噩梦开始的地方去结束,也是个不错的选择,这有强烈的象征意味,他也能借此证明自己并不是一个怯懦的叛徒。

“好,欢迎加入‘补天行动’。”蛋形机器人说完伸出手,楚南天握住了它的手。

两双形态截然不同的机器手紧紧地握在一起。

小六马上离开了这个躯壳。

蛋形机器人松开手,茫然地站立了一小会儿,很快就找到了方向,向着装甲炮台移动。小六已经离开了,蛋形机器人恢复了常态,立即回去履行它的护卫职责。

楚南天放眼望去,远方的山顶上,一座巨大的塔台冲天而起,塔台顶端,碗状的雷达天线就像一只硕大无朋的耳朵般竖立;坝子里,到处都是忙碌的机器人,他们或者忙着建造军事设施,或者在进行警戒巡逻;无人机在天空中盘旋,监视着远方的动静;运输机正把一辆辆战车空运而来,投放在空地上,排列整齐。短短三天时间,这块原本偏僻、几乎没有人烟的山间坝子已经成了繁忙的军事基地。一切都无比符合一个前进基地该有的模样,除了西南角那片绿油油的玉米地,和玉米地中央那所孤零零的白房子。

该去告个别。

楚南天迈开腿,向着白房子走去。

玉米地里,老陈正带着阿龙察看玉米的长势,见到楚南天走过来,远远地打了声招呼。

楚南天向他们招手回应。

除了老陈,玉米地里还有三三两两的人,都是逃来的难民,被老陈收留下来。按照老陈的说法,庄稼地的收成本来无关紧要,他根本不关心,现在不同了,所有人都要靠着这块庄稼地填饱肚子,收成一下子变得生死攸关。人们在庄稼地里干活,每一个人都全力以赴,不放过一根杂草。

让楚南天放心不下的是阿米丽塔。这个印度女孩孤身一人，人生地不熟，语言不通，很让人担心。

阿米丽塔正在屋前的院子里，坐在一张破旧的长椅上，脚边放着一个巨大的水壶。分派给她的任务是给大家送水，水壶太沉，整壶提不动，她就只提半壶。没事的时候，她就坐在椅子上，双手合十，眼睛闭着，像是在祈祷，眼睛睁着，又像是在发呆。

这一次，她睁着眼睛，右手攥成拳头，握在胸前，似乎在发呆。

"阿米丽塔！"楚南天喊了她一声。

阿米丽塔猛地回过神来，迅捷无比地跳起来，向着楚南天跑过来，一个雀跃，就势让楚南天把她抱了起来。

"楚叔叔。"阿米丽塔喊了一声，她的发音听上去像是"楚徐徐"，但至少她已经学会用中文来表达，虽然只是几个词汇。自从意识到楚南天就是那个把他们从印度带到中国来的叔叔，阿米丽塔就对楚南天格外依恋，学着用中文来讨好他。

楚南天抱着阿米丽塔，问："要去送水吗？"

"不，刚才送过了，过一会儿再去。"

"嗯。阿米丽塔真是一个好女孩，又聪明又能干。"

楚南天的夸奖让阿米丽塔开心地笑了笑。

楚南天迟疑一下，还是开口道："我是来和你告别的。"

小姑娘的脸一下子从晴朗变得黯淡，嘟着嘴，一言不发，眼眶一下就红了。

楚南天有点儿慌神，"别哭啊，你在这里，会有阿龙照顾你，不会有事的。"

阿米丽塔仍旧哭丧着脸，"那我就再也看不见你了。"

"谁说的，我会经常回来看你。"楚南天随口撒了个谎。"补天计划"最后会有一个怎样的结果，谁也不知道，说不定这一趟没人能回来，然而眼下，他至少希望能让小女孩心里好过一些。

“不会的。”阿米丽塔哭着说，“桑迪普也说过来看我，结果他从来没来过。”话没说完，两行眼泪已经涌出眼眶，顺着脸颊向下流。

楚南天更是不知所措，伸出手指，小心地帮阿米丽塔拭去眼泪。

“不哭，不哭，叔叔一定会回来的。”他只能这样安慰阿米丽塔，然而言语间毫无自信，连自己都说服不了。

阿米丽塔张开手掌，掌心里是一个小小的灰黑色小球，精钢锃亮，看上去很结实。

楚南天有些诧异，“这是什么？”

“桑迪普给我们这个东西，说只要对它说话，桑迪普就会来帮我们。我每天对着它祈祷，但一点用也没有。”话音刚落，阿米丽塔一甩手，将小球扔了出去。

楚南天一下明白过来，这是桑迪普留给阿米丽塔和普洛天的通信机。出于某种原因，自从在喜马拉雅山麓分别之后，桑迪普就没了音讯，他对阿米丽塔和普洛天的承诺也就从未兑现过。

小球在院子里滚着，转眼间滚到了院墙边，从墙墩的缝隙间滚了出去。院子和玉米地之间有大约一米的落差，小球掉了下去，消失不见。

楚南天慌忙放下阿米丽塔，几步跨到院墙边，纵身一跃，落在玉米地里，找了起来。还好，小球并没有弹得太远，被他一眼瞥见，伸手一把捡起来，跨上院墙，回到阿米丽塔身边，蹲下身子，将小球递给她，“这是桑迪普给你的，你要好好保管它，这样将来桑迪普才能找到你。”

阿米丽塔撅着嘴，仍旧是一副丧气的模样，不肯伸手去接。

“阿米丽塔，桑迪普会来找你的，你得留着它。”楚南天拉起阿米丽塔的手,想把小球塞在她手中。

阿米丽塔一甩手,哭着叫喊:“桑迪普不会来的,他可能早就死了。就算他没有死,他也会当我们都死了。”

这样的话从一个小女孩口中说出来,让楚南天吃惊不已。阿米丽塔经历了悲惨的事,目睹父母被杀,然后一路颠沛流离,最后又看着相依为命的哥哥死在眼前。

楚南天能够理解阿米丽塔的不安和恐惧,然而没有料到一个十岁的孩子竟然会说出这样的话来。明里虽然在责备桑迪普,暗里却在指责自己抛弃她。

楚南天摸了摸阿米丽塔的头,慢慢地说:“现在外边很危险,到处都是坏人,叔叔要去打败那些坏人,然后这里才会安全。”

阿米丽塔只是一个劲儿地哭。

楚南天站起身,看了看手中的小球,小球仍旧完好,功能完善。它有定位功能,能够让桑迪普找到孩子的位置,它也是一个通信机,如果配对的机器仍旧完好,那么对方应该能够听到阿米丽塔的祈祷。

楚南天不禁替桑迪普感到担心。自从离开印度之后,就再也没有听到过他的消息。小六也从来没有提到过这位盟友。

这浅浅的担忧很快被放在一旁,楚南天拉起阿米丽塔的手,将小球放在她的手心里,然后将她的手心合上。

这一次,阿米丽塔没有把手甩开,默默地将小球收了起来。

“如果你想要见到桑迪普,就继续祈祷。他会听见的。”

阿米丽塔低着头,小手捏得紧紧的,一声不吭。

楚南天再次摸了摸她的头,“一切都会好起来的,阿龙会照顾你,这里的军人叔叔会保护你。”

和阿米丽塔告别之后,楚南天下到地里,和阿龙、老陈说了几句，然后往基地指挥部赶。按照小六的安排，他要在指挥部和“补天计划”的其他队员会合，然后和他们一道，踏上一场很可能尸骨无存的冒险之旅。

走出几百米，楚南天回头望去，只见青翠的庄稼地里，白房子巍然高耸。白色的楼房前，一个红衣女孩仍旧孤零零地站着，向着自己这边张望。

这是一个世外桃源，怒涛中平静的港湾，地狱烈火中的天堂。

恍然间，楚南天产生了错觉，仿佛站在那房子前的不是阿米丽塔一个人，而是一群孩子，男孩、女孩，都用热切的眼神望着自己。

世界已经崩坏成了这个模样，然而总有些东西仍旧值得珍惜。为了人类的尊严，这目标或者真有些太遥远，为了像阿米丽塔一样的孩子能够幸福快乐地长大，生生不息，这也许才是继续战斗的意义。

他的眼前浮现出饶晓华的面孔。一个男人如果不能救回他的女人，那么战死或许是一种不错的结局。

无论是为了保护阿米丽塔，还是为了去救出饶晓华，回到那个邪恶的堡垒中去战斗，这该是自己的宿命。

楚南天向着阿米丽塔招了招手，转身继续向着指挥部而去。

指挥部里有人在等他。

一个类人机器人，比他高了大约十厘米，身躯更为强健。一见面，楚南天当场愣住。

他清楚地记得这个机器人，当他被囚禁在秘密基地里，前来解救自己的正是这个战士，在敌人的基地匆匆打了照面，然后带着自己从巢穴中逃出，然而和桑迪普兵分两路之后，就再也没有对方的消息。楚南天以为他可能已经死了，却没想到此时此刻在这种地方再次相遇。

“你是李刚?”最初的惊愕过去之后,楚南天问道。

“我叫冯大刚,李刚是我的化名。”眼前的人这样回答他,“又见面了,楚南天先生。”说完他伸出手来。

楚南天迟疑着握住了冯大刚的手,很快恢复了镇定。

“要多谢你的救命之恩。”

“我是军人,奉命行事,不用谢我。”冯大刚的话硬邦邦的,“现在我们是战友了。”

楚南天苦笑了一下,“没想到我也有变成机器人的一天。”

“我们是人,我是人,你也是人,一个机器的躯体,并不能说明什么。”冯大刚正色道,言语间带着一股军人的威仪。

楚南天肃然起敬。冯大刚思绪敏捷、话语直接,带着浓烈的军人作风。前些日子在敌人的巢穴里,自己身负重伤,又忙着逃命,和他没有太多接触,此刻简单地交谈几句,立即感觉到眼前的人绝不简单。在一个人人都忙着矫饰自己的世界里,简单而纯粹的人是稀有物种。因为纯粹,所以有力,当动荡到来,这样的人就会显露出巨大的价值。

这才是军人!楚南天下意识地把冯大刚和吴警官做了一个比较,马上就把吴警官从军人这个范畴里踢了出来。

“是小六派你来的?”楚南天问。

“小六派我来接你和机六。”

“机六呢?”

“它在都江堰基地,行动一开始就会和我们会合。”

“在这里?”

“在空中。我们一起出发,机六会由突击战车护送,行动路线已经确定,两边一道出发。”

“什么时候?”

“四点一刻,还有两个小时。”

这听上去有些仓促,楚南天不禁有几分狐疑,“这么快?我才告诉小六我的决定。”

“小六早就知道你一定会同意。”

“怎么会?”

冯大刚露出一个神秘的微笑,“脑库拥有你全部的资料,性格特性,过往历史,这些都一目了然。赶来和你碰头之前,我已经通过脑库观察过你,脑库分析了你的三个行为,做出预判,每一次都对了。这一次也一样,脑库判断虽然你再三犹豫,但最后还是会同意。现在我在这里,又一次证明脑库是对的。”

如果有大量的数据、精确的分析,一个人的行为总是可预测的。唯一的问题是值不值得这么做。如果脑库真的花费了大量的资源来预测自己,那么自己总还算有些价值。

冯大刚话语中的另一个方面引起了楚南天的兴趣。

“脑库?这么说,小六是从脑库来的?”

“我不知道,我没有见过他,只知道他是一个匿名者。但是没错,他和脑库之间关系深厚,他给我的感觉就是深不可测。”

匿名者!楚南天想起曾经和小六见面的场景,是的,那不能叫“见面”,小六躲藏在暗处,给他留下各种线索,就像一个解谜游戏。游戏到了最后,小六还是没有露面。

楚南天笑了笑,说:“可能等我们死了,还是不知道小六到底长什么样。”

“我也很想知道,但这不是重点,他总是在帮我们,这就够了。脑库的人都很尊重他,所以他一定大有来头。我相信他,在这种危急关头,你只能选择信还是不信。”

楚南天点头同意。冯大刚把话说得很明白,他喜欢这种直白的风格。

冯大刚话锋一转,问道:“对这个躯体,还适应吗?”

“刚开始感觉有点儿怪,现在没什么问题。”

“你还没有学会使用它。”

“使用它? 我觉得一切都很正常啊。”

“钢铁之躯可以让你活得更久,但当你成为军人,它还可以帮你做到更多。我们是应运而生的战争机器。”

楚南天感到心脏咚咚跳动了两下。他的机器躯体里并没有心脏,那只是模拟的生命体征,然而这神经冲动的感觉分外真实,他被冯大刚没说出来的话击中了心思。

机器躯体是最有力的战争机器。正是战争,才导致了机器躯体技术的全面发展,到今天达到了几乎可以以假乱真的地步。

战争机器……他从来没有想到过自己有朝一日会成为战争机器。然而机器躯壳和战争机器之间,不过隔着薄薄的一张纸,一捅就破。他只是不愿意去想。

冯大刚捅破了这张纸。

楚南天深吸一口气。这个仪式感很强的动作让他平静下来。

冯大刚的意思是自己应该成为战争机器,这个结果也许从选择了机器身躯开始就已经注定了。小六邀请自己参加“补天计划”,并不是邀请自己成为别人的累赘,而是去战斗,顺理成章,自己就该成为战争机器才合格。

“我该怎么做?”楚南天平静地问道。

“你的躯体和696A型类似,也就是轻型辅助型战场机器人。我会帮你把战斗程序下载到体内,然后你就能拥有各种战斗技能。这个体系有个好处,你可以采用全自动模式,它能让你的躯体自动行动,当然你也可以随时中断自动行动,自主控制。”

“这是分布式自动控制系统?”楚南天想起曾经采访过的明月公司机器人技术专家,那位满头银发的老专家似乎介绍过这样的一个自动控制系统,并颇为自豪。它和美国戴纳米克动力总成一道,被称为机器自动控制的两颗明珠。这是一种目的导向的分布式系统,躯体的每一个运动部件都有独立的运动控制器,最后再予以总成,让机器躯体可以以最高的效率完成各种复杂动作。据说采用这种控制系统的机器躯体,可以完成比生物体更复杂的动作,一些需要长期训练才能完成的高难度动作,对这种自动控制系统而言,只需要安装固件就可以自动学会。

“我不知道它叫什么系统。至少你不用学习操作各种枪械和飞行器,也不用学习徒手格斗,你的躯体自然就会干这个。”冯大刚顿了顿,“你需要做的,就是判断情势。”

楚南天点头。

有生就有死,有生生不息,就有蹈死不顾,世外桃源可贵,如果没有硝烟弥漫的战场拼杀,也就没有恬淡宁静的惬意生活。既然自己为了苟全性命,换上了机器躯体,那就让它发挥最大的效能,为那些自己仍旧关心的人们做一点儿力所能及的事。

他看着冯大刚,眼神格外坚定,“我准备好了,开始下载吧!”

第三十四章　补天行动　冯大刚

这是一次名副其实的偷袭。

七个人，徒步跋涉通过荒无人烟的崇山峻岭，赶赴两千公里之外的目标。这样的突袭即便不算空前，也一定是绝后了，因为这支小小的突袭队竟然是三天前才刚拉起的队伍，而且七名队员中有三名从来没有上过战场，他们的对手则是历史上从未有过的强大势力，只用了三个月的时间就把整个世界搅得七零八落、行将崩溃。

按照计划，突击战车潜行进入青藏高原，顺着唐古拉山北麓一直把他们送到班公措湖畔，然后队伍急行军一昼夜，翻过喀喇昆仑山余脉，穿越克什米尔地区，进入阿富汗和巴基斯坦交界处的群山。

再向前，还有一百多公里，就到了目的地：机器联盟总基地。

自从战争爆发以来，这个秘密基地已经完全暴露在世界面前，它就像一个邪恶轴心般让人痛恨，却也让人无可奈何。美国人曾经拥有世界上最强大的无人机打击集团，却在进攻这个基地的战斗中损失殆尽；中东的某国绝望地向它发射了十多件核武器，却刚升空就被太空激光炮台直接击落，在自己的领土和邻国爆炸,造成大小不一的几处辐射区;联合国也曾经组织了一支机械化军队,从欧洲穿越俄罗斯和哈萨克斯坦,从北方进行包抄,同时要求印度政府派出军队从南方夹击。结果印度军队还没有跨过印度河,就在阿姆利则附近遭到无人机群轰炸狙击,一哄而散,而欧洲军队被大规模的机器兽集群袭击包围,一败涂地,全军覆没,一个人都没有活着回来。为了配合这次攻势,中国也派出了冯大刚带领的突击队,然而见到形势严峻,主动撤退,总算是全身而退,不过也狼狈不堪。机器联盟强力渗透,人类一方在这总基地周围一千公里范围内,只能保有几个军事堡垒,勉力支撑。

这基地在地图上就像一个毒瘤,人们怀着厌恶和恐惧,把它称作恐怖铁堡,或者邪恶之眼。

然而无论怎么称呼它,都改变不了一个事实:这个基地受到全方位的保护,任何武力进攻的企图都只会失败。

强攻不行,只能偷袭。

行动要绝对隐匿,在抵达目的地之前,不能让敌人有一丝觉察。所以队伍的行军路线都在山岭中,地形复杂,易于隐蔽。即便如此,到了这里,就无法再这样继续隐蔽下去。

队伍所面对的是一片开阔地,偶尔有几棵矮树。放眼望去,机器兽星罗棋布,想要找到一条不被发现的路径,几乎不可能。就算真的能避开机器兽,还有第二关——一种球状的飞行器悬浮空中,每隔几百米就能看见一个。这些飘浮的球体是一个个探测器,显而易见,它们都是阿尔法的眼睛。

冯大刚命令所有人隐蔽,然后找来萨拉丁。

萨拉丁仍旧是一副大大咧咧的模样,并不顾及冯大刚隐蔽行动的指令。他是机器联盟的高层人物,这些监视系统对他并不起作用。

“有什么办法吗?”冯大刚直截了当地问萨拉丁。

萨拉丁并不回答,而是望着远方的探测球,似乎陷入深深的思考中。

冯大刚并不催促,安静地等待着。

过了十来分钟,萨拉丁终于从沉思中回过神来,“我有一个办法,但是要看运气。”

“什么办法?快说。”

“第一,等风来;第二,找掩护。”

这简略得有些莫名其妙的回答并不能让冯大刚满意。

“到底什么意思?你要解释清楚。”

“这些飘浮的探测球没有动力,如果有一阵大风,它们就会被刮走,我们就有机会穿过这片开阔地。另外,机器兽依靠纳米机发射的微波来辨认目标,如果我们抓住几只机器兽,利用它们来掩护,阿尔法也就不会觉察,至少不会因为这些机器兽而觉察。”

萨拉丁的方案听起来并不靠谱。

冯大刚皱了皱眉头,问道:“你能保证抓住机器兽不会引起阿尔法的注意吗?”

“这一点我可以保证,这些机器兽只是阿尔法的外部保护而已,它们和阿尔法之间,隔着三个逻辑层。我完全可以控制机器兽的感知,让它们不会向上传递信息。前提是我们七个人必须分散开,聚集在一起目标太大,每一个人必须都有一只机器兽做掩护。”

“那些探测器呢?”

“这我就没有办法了。这些探测器由阿尔法直接控制,躲不过去。只能希望大风刮起来,可以把它们都带跑。在下一批探测器被布置到这块地方之前,我们就有一个窗口期。”

等着刮大风。冯大刚从来没有想到自己领队的军事行动居然会有这样的事,这像是回到了古老的冷兵器时代。

“如果不刮风,就没有别的办法了?”

萨拉丁耸了耸肩,“我不知道还有没有别的办法。”他指着一个远方的小球,“这些小东西很烦人,它们没有动力,正因为没有动力,移动不受控制,所以也无法事前预测。我事先可无法知道它们这时候就在这里,阿尔法把这些无动力小球释放在空气里,就是为了给防御体系增加不确定变量。现在哪怕你就是阿尔法,也无法把它们挪走。”

“风难道不是最终把它们吹到南方或者北方去吗?”赵兰芳加入讨论中。

“你说得完全正确。”萨拉丁向隐蔽在树荫下的赵兰芳望了一眼,“阿尔法也是这么想的,所以他有两艘大飞艇,专门收集这些被吹远的小球,然后把它们带到基地释放。要是我们运气好,或者说运气不好,还可以看见这种大飞艇。它看上去的确很大,保证让你印象深刻!”

赵兰芳沉默下来,然而冯大刚收到了秘密的请求,正是赵兰芳送过来的:**我要求和风云气象卫星进行数据连接。**

这是一个高风险的举动,太空中一半以上的卫星被机器联盟直接控制,没有被控制的卫星也或多或少存在泄密风险。

暂时不要动。

冯大刚叮嘱赵兰芳。

赵兰芳隶属于脑库守卫部队,原本并不需要参加这次行动,然而她主动请缨,甚至为此直接换掉了身躯,将自己改造成蛋形机器人。她直接通过脑库获得了参加行动的名额,这让冯大刚很不痛快,然而又无可奈何。好在她是一个原则至上的人,行动完全服从指挥，倒也没有增添麻烦。

风云卫星可以告诉我们什么时候、什么地方会有风，我们可以找到突破口。

萨拉丁说的未必完全可信，而且这容易引起阿尔法的注意。先想想别的办法。

赵兰芳没有继续争辩。

冯大刚盘算了一下眼前的形势。

大牛和鹰眼断后，在三百米外的山头上警戒；楚南天和机六居中，此时在坡底的树林间隐蔽；萨拉丁、赵兰芳还有自己已经在敌人警戒范围的边缘，随时有被发现的可能。横在队伍面前的是宽度至少有十公里以上的开阔地带，穿过这片开阔区，又可以躲进山中隐藏。

如果利用机器兽作掩护，是否可以躲过那些探测器？

冯大刚找到机六。

机六，你的看法呢？

机六的躯体做了大量改造，原本的履带被两条机械腿取代，身上也加装了防护，让它看上去就像一个蛋形机器人。它伪装成了运输机器人，身上满载着各种武器弹药，它的身份被严格保密，除了自己和楚南天，其他队员都不知道。根据小六的行动计划书，机六比萨拉丁更能够理解阿尔法，提出的意见也更有分量。

和萨拉丁的对话在公开频道进行，所有人都可以听见，机六也有听见，因此冯大刚向机六直接提出问题。

我们可以打一仗。

机六的回答有些让人意外。

这些浮球监控器虽然和阿尔法直连，但是它们的分量没有那么重。对这些浮球的异常状态，阿尔法有很大的可能会置之不

理。机六继续解释。

为什么?

无法探测阿尔法最近几天的活动,但是根据之前的纪录,不断会有浮球监控器损毁的情况发生。损毁突发,规模从三十到上百,事前无迹象,肯定来自某种敌对活动,但是阿尔法并没有就此采取特别行动。原因可能是规模太小,没有纠正的必要。

你的意思是直接把这些浮球消灭掉?

可以。

风险有多大?

在浮球感知范围外消灭它,不会有风险,机器兽群的影响无法评价。

冯大刚又找来萨拉丁。

“如果我们摧毁浮球,机器兽群会觉察吗?”

“当然,它们是毁灭机器,对暴力的异常动向不可能不察觉。”萨拉丁用夸张的神情注视着冯大刚,“你想摧毁它们?这些小东西虽然很脆弱,但是它们可是阿尔法的眼睛,你能忍受有人朝你的眼睛戳棍子吗?你摧毁了它们,等于直接告诉阿尔法:我们来了,就在这里。后边还能不能有机会混进基地都成问题。”

“总比困在这里强!”冯大刚回了一句,然后又问,“如果机器兽群骚动,你有办法控制吗?”

“如果小规模骚动,还有办法,但是大规模的集团行动,我就无能为力了。”

冯大刚望了望远处,机器兽群和浮球探测器,一个在地一个在空,颇为紧凑,想要把浮球打掉而不惊动机器兽群,那几乎不可能。然而如果按照萨拉丁的计划,控制几只机器兽,用作掩护,悄悄通过,确实很可能会被浮球探测器发现,暴露行踪。

时间紧迫，更不能就此在这里等下去。军队正在紧张备战，如果“补天计划”不能成功，这场战争就输掉了最后的希望，战斗也就成了回光返照，等待人类的会是更为苦难的命运。

“我们去抓机器兽，不要被探测器发现，我和你一起去抓。”冯大刚很快下定了决心。

“你想怎么办？”萨拉丁问。

“我用变色龙防护来进行掩护，那些探测器很难发现我。我可以把一只胳膊交给你控制，我到位了，你就通过我的胳膊来控制机器兽。”

萨拉丁笑了笑，“这倒有点儿意思。”

他扭头看了看隐蔽在远处的队员们，“那么我们上台表演，他们就是观众咯。”

“我们遵从队长的指示。”断后的鹰眼回了一句。

萨拉丁向着冯大刚摊了摊手，“那我们开始吧！”

冯大刚伏下身子，趴在地上，脊背中央伸展出薄膜，很快就将身体完全覆盖。这一层变色龙薄膜几乎一瞬间变成了灰褐斑驳的土块，从所有人的视野中消失不见。

冯大刚开始缓慢地向前移动。为了不被觉察，他的整个腹部都贴在地上，仅仅依靠摩擦一点点地向前蹭，薄膜覆盖在他身上，就像一个略微隆起的土包。过了十来分钟，他向前爬了大约五米。

红蝇侦察器把外边的情形传送过来。

敌人那边没有任何动静，一切都按照预想的计划在进行。

“看来当初你就是靠这一手潜入基地的。”萨拉丁冷不丁来了一句。

冯大刚微微一惊。萨拉丁曾经是敌人，哪怕此刻成了战友，将来可能还是敌人，在一个潜在的敌人面前展露自己的看家本领，并不是一个好的选择。

甚至当萨拉丁通过自己的胳膊去接触机器兽的时候，自己必须交出纳米机的控制，这是非常危险的局面，萨拉丁可以就此完全控制自己的躯体。

然而事关重大。此时此刻，只有无条件信任萨拉丁才有希望。

“我们现在要潜入的是阿尔法的基地。”冯大刚一边继续向前，一边回答萨拉丁，“如果你不想干，早点儿告诉我，我可不想把纳米机交给你控制。”

“我也不想把我的纳米机暴露给你，但我们已经到了这里，没有别的选择。”萨拉丁平静地回答。

允许对方控制纳米机是一把双刃剑，双方都可能被对方伤害，谁掌握主动，只取决于谁抢先采取行动。萨拉丁显然明白其中的利害。

两人都没有再说什么。冯大刚继续向前，准备潜入到机器兽群中。

突然间，地面传来细微的震动，似乎远方有爆炸发生。冯大刚停止前进，派出两只红蝇去勘察情况。

他很快看见了远方的情形，机器兽群的边缘落下了几发炸弹，有几个黑黑的弹坑。再远处，他依稀能看见一个移动的小黑点正和机器兽群战斗，小黑点一边战斗，一边向着山顶逃走。

整个机器兽群都开始骚动起来，向着战斗发生的位置靠近。片刻之间，横在队伍前面的机器兽变得稀疏起来。

“大牛、鹰眼，做好狙击准备，把浮球打下来。听我的命令再行动。”事情的突然变化，让冯大刚深感兴奋。不管这突然出现的人是谁，都无意之中帮了大忙。机器兽群很快就会离开，剩下的浮球探测器就容易对付了。自己和萨拉丁之间，也不用彼此开放纳米机控制，这也省了很多事。

大牛和鹰眼很快移动位置，各自锁定距离最近的几个浮球。

冯大刚就地趴着，一动不动，等待着机器兽群移动。

兽群越过一道缓坡，消失在山坡后。

十多分钟后，机器兽群已经在两公里之外。前方通向山间林地的路已经完全没有机器兽的障碍。

真是太好了！等的就是这个机会。

“大牛打掉11点方向的浮球，鹰眼消灭前进方向的浮球。注意，目标是制造混乱，不要让人看出我们的移动方向。也不要惊扰机器兽，千万不能把它们引回来！”冯大刚发号施令。

随着两声细微的爆炸声，天空中两个半透明的浮球带着淡淡的青烟直坠而下。

机器兽群并没有注意到这小小的异样，仍旧继续向远方发生战斗的位置聚拢。

更多的浮球被击落，天空中四处燃起烟尘。

不要击落太多浮球！机六发来信号。**如果击落太多浮球，会引起阿尔法的注意，它会向这个方向投放更多的侦察和警戒力量。**

然而没有别的选择，我们至少要打开一条通道。冯大刚回答。

我的任务是提醒你潜在的风险，你是行动的总指挥。

说完机六就沉默了。

冯大刚的注意转移到机六身上，这个来历不明的机器人拥有一种神奇的能力，能够探索阿尔法的控制网络。这个事实并不简单，小六却并没有解释，只是说在行动中，应该关注机六的意见。

机六在树荫下隐蔽，身上的变色龙迷彩很好地将它和斑驳的树影融合在一起。它真是一个谜！

“补天计划”有A和B两个计划，如果萨拉丁能够很好地兑现承诺，启动阿尔法的自毁程序，A计划顺利结束，B计划就不会再启动。B计划是甩开萨拉丁，由机六和楚南天来对付阿尔法。

冯大刚不无忧虑地看了楚南天一眼。在这个队伍里，楚南天是唯一一个不知道真相的人，他以为自己是一个战士，其实他是一件武器，只是就连冯大刚也不知道这件武器到底有什么用。小六到底怎么说服楚南天参加行动，冯大刚并不清楚，然而他知道，小六并没有把所有的真相都告诉这个关键人物。

一切都由脑库的推算决定。既然脑库认定让楚南天在最后时刻才知道真相，对整个“补天计划”是最好的选择，那么楚南天就只能在最后时刻才了解真相。

每个人都有各自的使命，对自己来说，带着队伍安全地潜入敌人的基地，就完成了任务。

队长，通道前方的浮球清理完毕！鹰眼送来报告。

机器兽群正向这边来，速度不快，我们有十分钟的时间通过。

冯大刚指令红蝇传回图像。

大地上，漫山遍野的机器兽失去了目标，正四下散开，兽群的边界慢慢向着自己这边而来。

那道缓缓的山坡正好提供了掩护，在兽群翻过这道缓坡之前，它们不会觉察山坡这边的情形。这给行动留出了时间。

冯大刚很快下达命令：全速冲向指定目的地。

鹰眼的估计很准确，留给队伍的时间只有十分钟。

对于一支全机器化的快速行动小队，十分钟已经足够了。

第三十五章　潜藏敌后　冯大刚

傍晚时分，队伍从山脊上下来，进入一个谷底。

根据地图，这里有个较大规模的村子，叫作卡洛卡。机器兽群扫荡大地，人类的村落是它们的重点目标。为了尽可能避开和机器兽群的冲突，冯大刚的潜入路线会尽量绕开村子。然而，卡洛卡村的位置实在太过于险要，宽阔绵延的山脉到了这里突然中断，形成一个陡峭的截面，像是被人用巨斧劈开一般，直上直下几百米高，无路可通。两路山势汇聚起来，构成一个V字，其间夹着一个地势平缓的谷地，卡洛卡村正好坐落在谷底通向外部的要冲上，也就是V字形的底点上。要从这两座几乎无法攀缘的山中脱身而去，穿过卡洛卡村是最快捷的路线。

最快捷往往意味着最危险。

山中的夜色来得早，也来得快。当冯大刚带着队伍抵达卡洛卡村时，天色已经完全变黑。

村子外边并没有机器兽，也没有人，黑魆魆一片，就像乱石岗，只有平坦的石板路能证明这里曾经是个村子。

预期中的危险并没有发生。

冯大刚一马当先，一边沿着石板路悄无声息地快速前行，一边警惕地探察四周。

空气中传来淡淡的臭味。

冯大刚并未留意，仍旧快速向前。

“队长，你来看。”大牛在公共频道里呼叫他，身后的队伍突然间停了下来。

冯大刚转回头，队员们已经聚集在一处，面向一块凹地环绕着。处处都有危险，虽然已经证明这村子里没有机器兽，也没有敌人的探测器，然而突然中止行动并且全部聚集一处，这还是严重违反了行军纪律。

“拉开距离，散开队形，保持警惕，继续前进！”冯大刚发出严厉的指令。

聚在一处的队员们开始散开，但看到赵兰芳仍旧站着不动，其他队员也就不再移动。

“赵警官！”冯大刚直接呼叫她，然而根本没有回应。

冯大刚赶过去，到了赵兰芳身旁一看，立即明白过来。

赵兰芳正站在一个深坑边，一束光从她的左臂照射到坑里，光束中，白花花的都是尸体。

数以百计的尸体被随意丢弃在这地势低洼处。

冯大刚立即明白了刚才嗅到的臭味来源，虽然天气寒冷，尸体还是开始腐烂了。

“赵警官！”这一次，冯大刚尽量让自己的语调柔和一点儿。虽然赵兰芳从来不近人情，然而她毕竟是个女人，也从来没有真正上过战场，突然间看见这地狱般的情形，受到巨大的震撼也情有可原。

赵兰芳似乎突然间回过神来，“对不起！”她略带慌张地回答冯大刚，和平日里的平静冷漠形成强烈的反差。说完之后，她关闭了手臂上的射灯，立即回到自己的位置上。

冯大刚带着几分同情看了看赵兰芳，杀戮的残忍只有亲身经历之后才能体会到，他一直不同意让一个从未上过战场的女人加入行动，就是担心这种情况。机器躯体可以让一个人拥有强大的战斗力，然而战斗还需要刚强的意志和不屈不挠的精神，赵兰芳虽然有着超越常人的意志和精神，面对强大的敌人毫无畏惧，但女人的天性总会对残忍的场面反感，这会极大地影响战场上的表现。眼前的事实证明这种担心并不是多余的。

这里没有心理医生，只希望她能够自己调整过来。

"继续前进。"冯大刚下令。

队伍很快穿过了卡洛卡村。

距离敌人基地的直线距离只剩下十二公里。

这是一片丘陵，土地贫瘠，用"寸草不生"来形容并不夸张。巨大的岩石块随处可见，碎石到处滚落，似乎在不久之前经历了一次山崩。

这里有警戒！机六从秘密频道发出警告。

只有十二公里，我们稳步渗透。六个小时后可以靠近基地外围。冯大刚回复。

这里已经是敌占区了，一个不小心，就会被敌人发现，让整个计划面临失败。

冯大刚让所有人停止前进，宣布计划："现在开始，进入战场隐蔽模式。休息三个小时，天亮之后开始渗透行动。我会在凌晨五点发布行动命令。今晚由机六负责警戒。"

七个队员中，只有机六是完全的机器人，其他人都拥有一个人类的大脑。虽然纳米机可以很好地清理大脑产生的废弃物，给大脑提供氧气和养分，让大脑极大减少对睡眠的依赖，甚至几天几夜都可以不睡,然而一场深沉的睡眠仍旧能够帮助大脑最大限度地恢复状态。

最后的行动一定会高度紧张,要做好连续作战的准备。

发布完命令,所有队员很快行动起来,各自找到利于隐蔽的位置,进入休眠模式。一个又一个信号从感知系统中消失,在休眠隐蔽模式下,每一具机器躯体犹如毫无生命的石头,完全融入环境之中,在夜幕的掩护下,几乎没有一丝被发现的可能。

三分钟后,只剩下机六仍旧留在通信频道中。

"你不睡吗?"机六问。

"我和你一起守夜。"

"睡眠难道不是一种很美的体验吗?"

"如果做美梦,那就很好。但我常常做噩梦。"

"哦?"

两人陷入沉默。

群山一片黑魆,黑暗中不断有呼啸的风声传来。

沉默了片刻,机六又开口问:"那个坑里的人,都死了吗?"

"没错,他们都死了。"

"死亡很可怕吗?"

"很可怕,谁都不想死。"

"那么我似乎做过很糟糕的事。"

"什么?"

"我曾经杀死过一些人。"

"哦?"冯大刚突然感到机六的状态有些不同往常,"你杀死过人?"

"是的,我能记得起来。但是当时我并没有认为死亡那样的状态有什么特别,他们不会动了,就这么简单。"

“你为什么要杀死他们?”

“我并没有想杀死他们,”机六的眼睛转了过来,“我只是要从车上收集零件,他们在车里。”

说完,机六望着前方的黑暗,不再说话。

冯大刚也不知道该说什么,半晌之后才开口道:“我也杀死过人。我是个军人,职责就是保卫国家,如果敌人要侵略,那么杀死他就是正义的。”

机六转过头来,“我不能了解人类的感情,但是如果死亡会让人类痛苦,那么我就不会杀人。”

“如果你杀一个人,能救十个人呢?”

机六的变色外壳闪过一丝黯淡的蓝色。

“如果杀一个人,可以救一百个人?或许可以救全人类呢?”冯大刚追问。

机六外壳的颜色闪烁不定,几秒钟后才恢复了常态,然而它却没有直接回答,“到了那个时候,总会有一个选择。”

冯大刚笑了笑,“到那个时候,你可别死机。”

机六一本正经地说:“既然我现在没有死机,到那个时候也不会死机。”

对话再次沉默下来。

“你去睡吧。”机六再次打破沉默,“我可以独自完成这个任务,你可以放心。”

“我已经习惯了,队长就应该承担更多的责任。”

“我能侦测阿尔法的网络,它并没有发现我们,我们隐蔽不动,不会有任何风险。天亮行动,风险才会变高。”

“你是怎么侦测阿尔法的?”

“我似乎就是它的一部分。”

机六的回答让冯大刚一惊。

“这是什么意思?”

“我也并不知道这是怎么回事,也许小六知道,但是我能够接收到阿尔法送出的信号,有的清晰,有的模糊,但都像一些碎片。越靠近基地,我能接受的信息越多,也越完整。”

冯大刚感到小六也许真的知道这个奇怪的机器人机六到底是怎么回事,所以会叮嘱自己听从机六的建议。

“你现在能收到些什么信息?”

“人类的军队在大规模集结,在北方,有三万七千以上的机器步兵分为三个军团,在三个方向上形成合围的态势。北纬七十四度三分、东经六十九度十分;北纬七十度十九分、东经六十三度十五分;北纬六十六度十四分、东经六十四度十四分。就是这三个位置。”

冯大刚来了兴趣,“那机器联盟这边呢?阿尔法在干什么?”

“无人机战斗群随时可以投入战斗,地面部队收缩,阻挡机器步兵可能的推进。”

“阿尔法有多少地面部队?”

“三十万机器战士,集结为南北两个集团,防范来自北方和南方的人类战斗集群。还有更多的战士不断补充进集团中。”

冯大刚心中咯噔一下。

“它怎么会有这么多部队?!”刚出发的时候,小六曾经告诉自己,根据脑库的推算,机器联盟在北线可以动员大约两万名机器战士和上千架无人机,在南线只有大约六千名机器战士,空中则依赖北线集团的支持。

如果情报错了,那么这一次人类的全力进攻不过是鸡蛋碰石头,自己找死。冯大刚思考着。

机六继续说道:“阿尔法并没有全力向人类进攻,它没有这样的计划。”

“它有什么计划?”

“我不知道,我没有收到过任何明确的信息。”

冯大刚想起了被饥饿摧残的城市,“它是在等待人类活活饿死吗?”

“我不知道。”

“我们的行动能够摧毁阿尔法吗?”

“我不知道。”

冯大刚不再发问。“补天行动”就像一次赌博,萨拉丁亦敌亦友,不到最后关头,难以确认一定可靠,而楚南天和机六这个B计划更像是虚无缥缈的幻想,连他们自己都不清楚该如何行动。为了牵制阿尔法,脑库倾尽全力,才能调整出南北两支像模像样的集团军,然而如果阿尔法拥有的武装真像机六所说的那么强大,这种牵制能有多大的成效,也就成了疑问。

但是既然已经上了赌桌,就只能坚持到最后,看一看结局。

他叹了口气。

叹息声刚落,机六便开了口:“世间有为法,如梦幻泡影,如电亦如雾。”

这句子似曾相识。

“其实死亡没有那么可怕,可能人类害怕的其实只是痛苦。”

机六回到了早先的话题。

冯大刚没有接茬。

“如果只是像机器人一样,死亡就像被关闭了电源,那死亡又有什么可怕的呢?”

机六像是在自言自语。

冯大刚正想说上几句,忽然间一个激灵。一个异常情况引起了他的注意。在前方的黑暗中,有某个东西一闪而过。那一定是个活物!

冯大刚向机六发出警告。

机六迅速地和黑暗融为一体,悄无声息地转移位置。

冯大刚也拉开距离,找到一块巨石,隐蔽起来。隐蔽躲藏的队员们仍旧在沉睡中,眼下的情况还不需要将他们唤醒。

那究竟会是什么?

正当冯大刚紧张地思考对策,几发子弹破空而来,打在石头上,迸射出火花。这正是机六刚才所在的位置。

几乎就在同时,冯大刚锁定了射击的位置。距离并不远,只在五百米左右。冯大刚当机立断,从隐藏的石头后边跳了出来,借助大大小小的巨石作掩护,向着目标快速前进。

所有队员都被这突如其来的情况惊醒。每个人都表现出特别行动队所该有的素质,保持静默隐匿,除了楚南天。

楚南天暴露了自己的位置。漆黑一片的夜里,他躯体上两道浅浅的蓝色,就像信号灯一样醒目。

“注意隐蔽!”冯大刚向楚南天怒吼。

楚南天立即意识到了自己的失误,两道蓝光消失,然而太晚了,两发子弹击中了他,铿锵的撞击声格外刺耳。

冯大刚奋力向前,快速向着发动袭击的目标靠近。楚南天的信号仍旧保持在频道中,这是一团糟糕中的积极信号。

“楚南天,报告情况!”冯大刚一边向前,一边焦急地向楚南天询问。

“我没事。”频道里立即传来报告,这让冯大刚宽下心来。

隐匿的杀手显然也希望黑暗能够掩护它,在射出冷枪之后不再有动作。冯大刚却早已盯住了它,腾挪起伏,不断缩小和目标之间的距离。

杀手很快意识到自己已经被锁定,索性不再隐藏,而是直接开始狂奔,向着远离冯大刚的方向逃去。那是一个魁梧的机器人,大约有两米高。

冯大刚紧追不舍,当目标清晰地被锁定在视野中,他果断地下令,让大牛和鹰眼就地狙击目标。

大牛和鹰眼的两发子弹阻断了杀手的逃路。一发子弹击中了它,它被击倒在地。新型的战斗机器人很难被子弹杀死,轻薄而坚韧的合金装甲往往能够把子弹弹开,虽然子弹会造成一定损伤,但机器人的战斗力却不会受到太大影响。

倒地的杀手显然并没有受什么致命伤,就在倒地的同时,它发起了反击,向着大牛那边射出两发子弹。

几秒钟的时间,冯大刚已经追到了杀手身后,连续不断地向着它的躯干射击。

杀手用手臂遮挡着身子,连续在地上翻滚,试图躲开冯大刚的攻击,狼狈之中,它突然从地上一跃而起,向着冯大刚扑来。

冯大刚没有料到连续的打击之下,这杀手居然还如此凶悍,虽然微微有些诧异,仍旧不慌不忙,退后一步,一下架住对手。刹那间,他只觉得腹部被重重一击,这个杀手对着他狠狠地来了一枪。

冯大刚不由自主地踉跄后退。这一枪正正击中,让他几乎眩晕过去,情急之中,手中的弹药倾泻而出,连续击中对手,将它逼退。

战场上出现了短暂的沉默,双方对峙着。

这个机器战士性能卓越,战斗力强悍。

必须速战速决，立即转移。冯大刚清醒地认识到情况不妙，一旦阿尔法派出更多的机器战士来围剿，整个队伍就会全军覆没。

冯大刚一边紧紧盯着对手，一边将大牛和鹰眼接入网络中，一旦战斗重新开始，三对一，这一次不会让它有任何机会反扑。

对手显然更熟悉这里的地形，靠着一块巨岩，既能挡住大牛的火力路线，还能站在冯大刚的对面，也正好能让鹰眼的火力路线和冯大刚处在一条线上。三对一的优势暂时无法发挥出来。

然而这微妙的平衡显然很快会被打破，大牛和鹰眼开始移动，如果没有其他支援，形势的变化只会对这个杀手不利。

双方都不想拖延，然而双方都在等待。

时间一秒秒过去，冯大刚反复打量着对手，当他最后看清了对手的样貌，不由喊了一句："你是所罗门？"

杀手一愣，随即反问："你是中国人？"

剑拔弩张的局面一下子缓和下来。

这个乘着黑夜来偷袭的机器人竟然是所罗门！这真是一场巨大的误会。

"你怎么会在这里？"冯大刚问。上一次逃离敌人的基地时，自己和所罗门一道引开敌人，掩护桑迪普带着楚南天逃走。所罗门被打晕，自己把他藏在了树丛里，没想到现在居然会在这里遇见。

所罗门收起手中的枪，"真是太好了，我还以为是邪恶的机器战士，觉得今天会死在这里呢。"

"上一次你进入了休克模式，我把你藏在树丛里。后来发生了什么？"

"是你把我藏在那里？我醒过来之后，联系桑迪普，没有找到他。回去的路上，到处都是机器联盟的机器战士，我气不过，趁机干掉几个，然后就逃。后来发现很难回去，出现了很多机器狗，到处都是，我就一直在这片山区，找到机会就偷袭它们。”

大牛和鹰眼已经围了上来，冯大刚命令他们解除警戒。

“最近的情况有些不妙，除了机器狗，时不时就有机器战士的巡逻队出现，机器狗好打，机器战士就很棘手。我还以为你们是机器战士的巡逻队。”所罗门颇有些不好意思，“误伤了。”

“还好你没有造成伤亡。”冯大刚看了看所罗门，这个高大的机器人身上到处都是伤痕——有弹痕，也有划痕。刚才自己冲着他的射出的子弹造成了最大的伤害，他的一只胳膊几乎被打烂。

“我们要去进攻机器联盟的老巢，也许你可以帮我们。”冯大刚继续说。所罗门一直在这块区域活动，熟悉情况，可以是一个很好的帮手。

“好啊！”所罗门格外高兴，“你们要去打那个基地？带上我！我有办法靠近基地。”

一拍即合，冯大刚心中暗自高兴，脸上却不动声色，“你有什么办法？”

“跟我来，我带你们去地下隧道，躲在隧道里，就不用担心被机器战士会发现。”

冯大刚恍然大悟。当初桑迪普正是利用隧道接近基地，撤退也是利用隧道作掩护。既然桑迪普可以挖掘一条隧道，那么就可能有第二条。所罗门能在这到处都是敌人的环境下生存这么久，隐蔽的隧道是不可缺少的原因。

“好，我们跟你走。”冯大刚立即做出了决断。

第三十六章　地下迷宫　冯大刚

队伍跟着所罗门乘着夜色转移。

大约走出五公里，所罗门停了下来。

地下隧道的入口在一块巨大的岩石下。当所罗门靠近它时，这块重达几吨的石头缓缓地自动抬起，最后形成大约一米高的缝隙。从缝隙中看过去，只见一块伪装的顶盖缓缓移开，露出一个小小的入口。

这个入口很小，一次只能容纳一个人爬进去。

“就是这里，大家可以依次进去。”所罗门说。

这情形实在让人犯疑，谁也不知道那黑黑的洞口下边有些什么，如果所罗门有什么图谋，把巨石压下来，那就只能束手待毙。

队员们都没有动。

冯大刚弯下腰，把头探进那一米多高的缝隙里，黑森森的洞口内部似乎有个台阶，直通内部，看不清有多深。一道探照灯光从冯大刚的左胳膊射出，通道内顿时亮如白昼，一眼看过去，一览无遗。

入口处有一个小小的平台，仅容一人站立，一些机械装置附着在平台上，似乎是控制入口顶盖的开关。一道窄窄的台阶从平台向下延伸，在十多米深处转向，消失不见。

“这里能通向敌人的基地?”冯大刚问。

“是的,这条隧道通向它们的巢穴,出口就在基地防护墙边,只要找到机会,就能进到基地内部。”所罗门信心满满地回答。

“这倒是一个伟大的工程,像鼹鼠一样钻洞,很有创意。”萨拉丁阴阳怪气地接上话。

黑暗之中,所罗门也闹不清是谁,然而能感觉到来者不善,于是抬高声音说道:“这伙强盗虽然可恨,但来头不小,很厉害。不先保护好自己,根本对付不了它们。”

如果不是因为阿尔法发动了这场谁都不想要的战争,桑迪普他们要对付的正是萨拉丁,萨拉丁自然心生敌意。眼下隧道已经暴露,如果萨拉丁重新掌握基地的控制权,这些耗费了桑迪普和他的手下无数心血的隧道工程就只能完全被抛弃。

萨拉丁和所罗门之间的恩怨是个很大的问题,然而冯大刚暂时没有时间理会。

到底是不是要下到隧道里去,这是决断的时刻。

他直起身子,扫视自己的队员,黑暗之中,看不清每个人的脸,然而每个人的链路都给出了等待的反馈,除了楚南天。

楚南天被所罗门的冷枪打中,腹部的护甲崩掉一块,肩部关节被打坏,手臂无法抬起。

但他认为可以信任所罗门。

冯大刚向楚南天发出秘密信号。**不要暴露你的身份和名字给所罗门。一旦他泄露了你的身份,会造成很大的不确定。**

我明白。

你认为进隧道安全吗?

我不知道,但是我知道桑迪普是一个可靠的人。这个所罗门是桑迪普的手下,当初冒死把我救出来,也是通过隧道逃离。你也

能认出他，只要他不是被控制想要陷害我们，那么我们就可以信任他。

冯大刚分别向萨拉丁和机六发出询问："你认为这个人是被阿尔法控制的吗？"

送给萨拉丁的信号直接通过共同频道，萨拉丁很快就回答："他没有被阿尔法控制，至少没有被我所了解的阿尔法控制。"

机六通过秘密频道传来回复。

没有任何迹象说明他和阿尔法有联系。但我担心一旦进入隧道，我们会失去和外界的一切联系。

那样阿尔法也没有任何可能再发现我们。

没错，但隧道情况未知，风险未知。我们还要在最后行动之前和脑库取得联系。

我们还会从隧道里出来。

至少机六的看法并不是怀疑所罗门。

冯大刚转身向着所罗门，"我跟你先下去看看，如果里边一切状况正常，我们再发信号让他们下来。"

"里边当然一切正常，我已经在里边藏了三个月了。"所罗门大大咧咧地回答，然而也并不争辩，直接躬身从缝隙间钻入，进入地洞之中。

冯大刚向所有人发出讯号："等我的消息。保持警戒！"说完，他紧跟着所罗门钻入缝隙中。

向下的通道仅容一人通过，冯大刚顺着阶梯一步步向下，十多米后就到了底部。通道从竖直向下变作横向，豁然变得宽敞，能容得下两个人并肩而行。

所罗门继续在前边领路，走出十多米，坑道开始向下，愈发向着山体内部深入。

忽然间,坑道中似乎有风刮来。冯大刚抬起探照灯在坑道壁上晃了晃,很快停留在一道细长的缝隙上。

冯大刚走到缝隙前,光照进去。这缝隙不过一拳多宽,然而探照灯打上去,却深不见底,凉风从缝隙间不断吹来,就像在黑暗深处隐藏着一个神秘未知的世界。

"这裂缝是天然的。"所罗门转过身来,见冯大刚在缝隙前站着,就随口解释,"是山体的天然缝隙,白天还可以看到外边的天空。"

冯大刚默不作声,手臂上一只红蝇悄悄飞起,钻入裂隙,很快消失在黑暗中。十多秒之后,红蝇的信号已经完全消失。这地下的玄武岩层含有大量金属成分,是一个天然的屏蔽所、电磁信号的黑洞。红蝇已经设定完毕,它会花十五分钟搜索,然后顺原路飞回来。

冯大刚跟着所罗门继续向前走,边走边问:"你们当初怎么挖出这条隧道的?"

"我不知道,这事得问桑迪普。我跟着他干的时候,这些隧道已经挖好了——不对,应该说大部分都挖好了。"

"你的意思是还有一部分隧道是后来再挖的?"

所罗门咯咯笑了,"这些隧道在生长,这是桑迪普说的,我不知道这是什么意思,但是桑迪普告诉我,他要在这山里挖出一座迷宫来。谁也不知道他究竟要干什么、怎么干的,但是你看,现在我们就用上它了。所以桑迪普很有先见之明。他还是一个大好人!"所罗门对自己的老大由衷地感到钦佩。

"说出来你可能不信,原来桑迪普和你一样,有一个和人一样的外貌,但是他后来改成了现在的机器人模样。你知道为什么吗?"

冯大刚没有接话。

所罗门自问自答地说:“因为他要和我们一样!我们所有人都是机器人,看上去蠢透了,桑迪普不想让我们感觉不好,所以他也把自己的人类外貌除掉了。大家都不说,但是大家心里都明白。”所罗门叹了口气,“可惜,不知道什么时候才能再见到桑迪普!”

桑迪普除掉了自己的拟人外貌,或许他根本不再打算回到人群中去。进攻机器联盟的基地,这大概是他唯一想做的事吧。

冯大刚紧跟着所罗门的脚步,越向里边走越发暗自心惊,这隧道的规模实在惊人,哪怕桑迪普的队伍有几十个或者上百个人,也很难想象他们能干出这么大的工程。

冯大刚突然意识到所罗门话中有些蹊跷,于是问道:“这些隧道是自动挖掘的?”

所罗门挠了挠头,“我真不知道。如果你见到桑迪普,也许可以问问他。”

又向前走出两百米,隧道突然变得宽敞起来,直径大约有五米宽,向前延伸一小段,分裂成两条较小的通道,又恢复到仅能容两人并行的宽度。

这段宽敞通道大约十米长,中间部位可以看见深深的裂缝。所罗门在裂缝边坐了下来,靠着岩壁。

“这里就是我躲藏的地方,这些日子,不出去的时候,我都在这里躲着。”

冯大刚仔细打量四周。

靠近所罗门坐的位置,凌乱地摆放着几样东西:一个巴掌大的飞机模型、一个印度舞姬装扮的玩偶,还有几把枪。冯大刚惊奇地发现,其中有一把枪居然曾经属于自己,这是一支重型狙击枪,枪上的数字编号表明这的确是自己在战斗中丢弃的那一把。

“这是你捡回来的?”冯大刚问。

所罗门呵呵一笑,“没错,这是一把好枪,威力大,可惜没子弹了。”

“这一次我们用不着这种枪。”

“我将来想办一个枪械收藏展。”所罗门是个性格直率的人,想到什么就说什么,“这把枪会是一个好展品。”说着他把枪端起来,翻来覆去,看个不停,看那模样简直恨不得这枪就是自己身体的一部分。

冯大刚向着隧道前方望了望,黑沉沉的隧道里什么都看不见。

“哪条隧道通向敌人基地?”

“左边那条。”所罗门放下狙击枪,“走进去很深,还有两个岔口。”

“岔口上都有机关吗?”冯大刚想起上回的经历,那次桑迪普放下巨大的石门来阻拦追兵。

“没有。”所罗门干脆利落地回答,“这些隧道还没有完成,桑迪普原来要再等两年,继续招兵买马,人多了,隧道也完工了,再给这些狗日的来一次大买卖。”他的语气陡然黯淡下来,“现在看来用不着了,这些狗日的居然一下子变出这么多走狗来!”

“你确定这隧道能渗透到基地边缘?”

“当然确定,我三天前刚探察过。出口那边是个陡坡,堆着大石头,和入口的情况有点儿像。当初桑迪普为了修隧道,用卫星定位选择的地点。翻过陡坡,就是敌人的基地。这一点没错。”

冯大刚开始检索关于邪恶之眼周围的地质情报。邪恶之眼建筑在一个高高的山间盆地中,地势比周围高出一截,基地整体就像一个巨大的平底锅，深深地嵌入山体之中。江头派自己去执行任务的时候就已经摸清楚基地周围的地貌，北边有少量森林，其他山头上都只有盖不住人的野草；南边有一大片，是冰碛地形，到处乱石丛生，和所罗门说的正相符。

“我们去把其他人叫下来。”冯大刚说道，“今天晚上休息，明天一早，你带我们去偷袭基地。”

所罗门兴奋地不断摩擦两手，“我早就等着这天了！”然而兴奋的劲头还没有持续几秒，他又迟疑起来，“但是你们总共也就七个人，算上我，也就八个人。虽然我可以把你们带到基地边上，但是一旦打起来，人这么少，我们肯定不是对手，那就要先有个撤退的计划。你打算怎么逃？”

“我们没打算逃。”冯大刚平静地回答。

所罗门露出困惑的表情，“你是说，这是一次自杀性攻击？”

“也不是。我们有计划，我们要带病毒进去。”

“病毒！”所罗门恍然大悟，“你们要用病毒来瘫痪这些机器，这真是绝妙的主意。”

“所以不需要大打出手，你只要把我们带到地道出口，就已经帮了大忙。然后你就躲藏起来，继续隐蔽，剩下的事就交给我们。”

所罗门连连点头。

队员们一个接一个进入隧道。

巨石缓缓合上，世界被隔绝在外。

所罗门领头，冯大刚断后，队员们在隧道中鱼贯而行。面对这突如其来的地下世界，大家都很好奇，也保持着警惕，不断向四周打量。

突然队伍停了下来。

是赵兰芳。她处在队伍中间,停下脚步之后把后边的人全都挡住了。

“赵警官?”冯大刚呼叫她。

“让我看看这痕迹。”赵兰芳一边回答。一边蹲下身子,几乎把整个头部都贴在了墙上,似乎正在观察什么。

“你发现了什么?”

“有些有趣的东西。”赵兰芳说着站起身,继续向前走。

“你究竟发现了什么?”冯大刚想知道究竟。

“我要问问那个大个子。”赵兰芳答非所问。她口中的“大个子”就是所罗门。

冯大刚满腹狐疑地继续走着。

终于到了宽敞的三岔地。

队伍停下之后,冯大刚开始布置任务,“我们今晚就在这里休整,明天一早出发。明天是最重要的行动日,大家一定要好好休息,在隧道里,不用担心会有人发现……”正说话间,前边突然出现了骚动,冯大刚慌忙赶过去。

所罗门死死抓住萨拉丁的一条胳膊,鹰眼和大牛则紧紧抱住所罗门。

“怎么了?”冯大刚问,隐隐猜到了几分。

“他是恶魔。”所罗门拉着萨拉丁的胳膊,“他杀人不眨眼,到处杀人,我全家都是被他杀死的,我要杀了他!”

萨拉丁却不慌不忙,只是冷笑。

“他现在是我的队员。”冯大刚厉声回应。

“不管他是谁,他是恶魔。”所罗门毫不在乎,“这手臂上的骷髅头,我就是死都认得它。”

果然如此。

在夜幕下,所罗门虽然和萨拉丁有对话,但并没有认出萨拉丁。到了这里,接触的时间一长,所罗门便发现了萨拉丁手臂上的印记。萨拉丁的手臂上印着骷髅玫瑰,萨拉丁也的确是个恶魔,然而现在有一个更大的恶魔正在威胁全人类。

冯大刚拉住所罗门,“你听我说。现在,我们的敌人是掌握了基地的那个阿尔法,它是一个人工智能,比你所能想象的任何人、任何组织更冷酷。已经有超过十亿人死了,更多的人正面临死亡,这是一场史无前例的浩劫,而这一切,正是那个大恶魔造成的。

“而萨拉丁现在是我们的盟友。我跟你一样痛恨这个人,但是他没有阿尔法那么邪恶,他只是想建立机器联盟的统治秩序,他也反对阿尔法。”

所罗门沉默着。

“他掌握着我们行动的关键,只有他知道阿尔法的弱点。所以我们需要你的帮助,也需要他的帮助。无论过去有多少仇恨,至少眼下,我们要团结一致,对付阿尔法。”

所罗门仍旧沉默着。

“如果这次行动无法成功,人类就全完了。你被困在这里,不知道外边的变化……整个中亚都已经变成了阿尔法的天下:印度乱了,在打仗;中国也乱了,在打仗;北美也在打仗。我们要终止战争,只有这一次机会。你在这里,正好能帮助我们把握这次机会。”

所罗门松开了手。

紧紧抱着他的鹰眼和大牛也松开了对他的控制。

正当所有人都松了一口气时,所罗门却猛地一拳向着萨拉丁打过去。这突如其来的变故让所有人猝不及防,地方窄小,萨拉丁也根本无从闪避,于是侧脸结结实实地挨了一拳,一个踉跄,靠在壁上。

冯大刚正想挡着所罗门，不让他扑上去，所罗门却停了下来。

“我知道你是个什么货色！”所罗门向着萨拉丁大声宣告，“你跟我们结的血仇，总有一天会了结！”

说完他转向冯大刚，“我知道现在情况危急，我也会跟你合作，一起去袭击基地。但是任务完成，我和他之间的事，你就不要管了！”

萨拉丁扶着墙站直，幽幽地回应：“不错，懂得大局为重。”

说完他转向冯大刚，“队长，这个印度人说得很有道理，我完全赞同。至少我们能继续合作下去，直到摧毁了阿尔法为止。”他把头转向所罗门，“是不是这样？”

所罗门一愣，随即回应：“当然是这样。”

萨拉丁一笑，“能够分清谁是敌人、谁是盟友，这就是一个清醒的战士。”

“这事到此为止，我们是一个团队。”冯大刚向所有人宣布。

“所罗门你就在这边休息。”冯大刚一边说，一边拉着萨拉丁向队伍的末尾走去，他暗中示意鹰眼和大牛小心留意所罗门的情况。

赵兰芳突然向所罗门走过去，这让所有人顿时又紧张起来。

赵兰芳站在所罗门面前，问道：“这隧道是用蚯蚓虫挖的，是不是？”

“蚯蚓虫？那是什么？”所罗门有些莫名其妙。

“一种小机器，能够掘进。两百万只蚯蚓虫一起挖，进度还是蛮快的。”

“我不知道。”所罗门实话实说。

“你看……”赵兰芳一指，所有人的目光顿时都被吸引过去。

漆黑的石壁被几束探照灯光照得雪亮。

赵兰芳所指的地方是一个小小的圆孔。正当大家都感到纳闷时，赵兰芳伸出手去。机器手像是一个钻头，向着圆孔下方钻了过去。

石壁很快被钻破，小小的圆孔内还有一个更大的腔体，腔体里边是一个拳头般大小的东西，黑不溜秋，大体上是圆的。

“蚯蚓虫磨碎岩石，然后吃掉，最后生成这种球体。你可以认为它是蚯蚓虫的排泄物，只不过是很多蚯蚓虫的排泄物汇聚在一起，这后边还有更多。”说着，她用力将石壁的破洞得更大一些。几个球从石壁里边滚出来，落到地上。

“赵警官，这件事很有趣，但是现在就让它这么着吧。”冯大刚想结束这个意外情况。

赵兰芳却没有理会冯大刚，而是对着所罗门说：“我们一直都是联盟，这种蚯蚓虫，我们只对外提供过两批，你的首领是桑迪普·库玛，对不对？”

所罗门张了张嘴，什么都没说。

冯大刚有一丝不快，在即将临敌的时刻，赵兰芳突然又变成了那个桀骜不驯的女警官，根本不把他放在眼里，这是一个不好的迹象。他正想说些什么，却又被赵兰芳抢了先。

“我要去看看蚯蚓虫。”赵兰芳对冯大刚说，随即又用保密频道发出信号：**这或许可以帮我们了解隧道的情况**。显然，她并不想让其他队员了解情况。

“我们明天一早就要开始行动。”冯大刚强调。

“这不会耽搁很多时间。”赵兰芳看着所罗门，“是不是？”

“我不知道什么蚯蚓虫。”所罗门回答，“但的确有些隧道是很长的，那些都是盲道，我从来没去看过。”

“带我去看。”赵兰芳的语气很坚决。

所罗门看了冯大刚一眼。

“好，给你们两个小时。两个小时之内必须回到这里。”

“用不了两个小时。”赵兰芳回答，某种想法让她异常激动，以至她的脸上露出了难得一见的笑容，“说不定我可以带回来一个完美的撤退掩护方案。”

第三十七章　再入魔窟　楚南天

楚南天做梦都不会想到，自己会以这种方式回到这基地里。

他从窟窿钻出地面，找到一个隐蔽的角落站定。

托克马克装置就在眼前，巨大的环形结构有三层楼那么高，被各种机械簇拥着，仿佛一个高高在上的王者，展露出强硬的气魄。

这个巨型的核聚变装置源源不断地向基地提供能源，就像一颗硕大无朋的心脏。

整个基地有五颗心脏，哪怕只剩下一个，基地仍旧可以照常运行。

这是一个固若金汤的堡垒，如果考虑方圆上千公里之内，全球各地甚至外太空被阿尔法所控制的强大军事力量，在地球上恐怕没有任何军事力量能够摧毁它，哪怕核武器也不行！

要摧毁它，只能从内部入手。

冯大刚和萨拉丁正在屋子的一个角落里，在墙体上四处比画。

机六从窟窿里钻出来，四下查看情况。

冯大刚和萨拉丁同时停下手里的动作。

冯大刚转过身来，向着楚南天和机六，“安全确认，萨拉丁控制纳米机,你们各自执行任务。”

萨拉丁靠墙站着,脸上表情严肃,像是心事重重的样子。鹰眼紧挨着萨拉丁,紧张地看着他。

“我们只有三个小时,军方已经开始行动,但是高强度的军事压力只能保持三个小时,现在已经过去二十七分钟,接下来我们要全力配合萨拉丁切入阿尔法的控制系统。”冯大刚说着,看了萨拉丁一眼。

“有一点儿小小的麻烦。”萨拉丁不紧不慢地开口,“阿尔法把所有单元都分割了,我们进入这个动力单元后,就被隔绝了。”

楚南天并不确定萨拉丁说的是什么,在这个小队里,他越来越感觉自己是一个特殊的存在——冯大刚是一个优秀军人,一个卓越的指挥官;萨拉丁掌握着敌人的秘密;机六更特别,它像是一个神秘先知,能够透过水晶球看到敌人的一切;鹰眼和大牛战斗素质一流,战斗力强大;那个赵警官是脑库的人,和军方关系深厚,负责和军方联系。在这个群体里,好像只有自己多余无用,尽管有着强烈的战斗意志,想要回到这基地来,将饶晓华救出去,然而这并不能掩盖一个事实:自己其实帮不上什么忙,自己最在行的事——采访——在这里也是完全无用的技能。或许小六让自己加入队伍,只是为了帮助自己达成心愿而已?

然而既然来了,就要忠于职守、完成任务。

冯大刚分配给他的任务是负责保护机六。眼看着机六开始在屋子里四处打转,楚南天忍不住提示它:“队长说过进来之后没有指令,不能随意行动。”

“我在执行队长给我的任务,”机六回答,“探察所有可能的路径。”

地面上的窟窿正在缓缓变小,失去了强力指令控制的纳米机正在恢复到原状。

冯大刚和萨拉丁一起，又开始在墙上摸索，他们正在全力寻找可以突破的纳米机缺口。

你觉得队长他们能成功吗？楚南天悄悄地问机六。

不行。机六干脆利落地回答。

楚南天被这回答吓了一跳。**怎么这么说？**

萨拉丁已经解释过了，这是个隔离单元。阿尔法对整个基地进行了改造，它把整个实体切割成上百个模块，每个模块都和其他模块隔绝。现在队长和萨拉丁想要从这个封闭模块中进入另一个封闭模块，就必须同时对两类纳米机进行控制。我们通过底部进入基地耗费了二十七分钟，这样穿透一层层不同的隔绝舱室会耗掉所有的时间，当外部压力降低，阿尔法把更多算力用在内部，它就会发现我们的行动。整个计划也就失败了。

机六一边飞快地巡察着整个舱室，一边回答楚南天。

队长他们不明白吗？

他们当然明白，只是不能放弃而已。他们在寻找一种通用解码，能够直接控制所有的纳米机，这样才有可能在两个小时内抵达核心机组，萨拉丁才能实现他的计划。

但是你认为他们找不到？

没错，这只是白费劲。

那你为什么不去帮他们？

我正在履行自己的职责，寻找不同的可能性。

你能找到吗？

不行。

机六的回答仍旧干脆利落，让楚南天燃起的一点儿希望火苗马上熄灭了。

战争已经打响了，在这个小小的舱室内，背负着希望的人们却束手无策。如果不能从内部攻击阿尔法，一旦人类军队的攻势停滞，阿尔法将会展开更为疯狂的报复。初期的全面进攻展示了机器联盟压倒性的力量，近期的沉寂并不意味着机器联盟的力量受到了削弱，它越来越强，只是出于某种原因并没有强攻人类。这种不对等的平衡被人类主动打破，楚南天不敢想象一旦阿尔法展开军事报复，对于已经濒临绝境的人类意味着什么。

他情不自禁地握紧了手中的枪。

对武器的感觉始终是陌生的，虽然机器的躯体能够自动使用各种武器，然而当不使用自动战斗系统时，他仍旧像一个刚上战场的新兵一样紧张。

千里迢迢跨越雪山荒漠，潜入基地，当然不是为了送死，更不是为了触怒阿尔法而让人类遭受更大的灾祸。他眼巴巴地看着机六不停地转来转去，只希望这个神奇的机器人伙伴能告诉自己一些不一样的消息。

短短的十几分钟比几个小时还要难熬。

最终冯大刚转过身来。他没有说话，然而楚南天从他的脸上已经读出了结果。

千辛万苦潜入这个魔窟，结果被困死在一台托克马克装置边。

这令人无法接受。然而……又能怎么办？

楚南天有一种恐慌的感觉，就像是站在了悬崖边，凝视着万丈深渊。“补天计划”面临失败，战斗小队无法支撑起全人类的希望。

如果顾不了全人类，那就只能顾自己。至少，要找到饶晓华，即便不能将她救出去，至少也要让她知道，自己来了。虽然离开过，但是从未放弃。如果真的必须死，那就死在一处。

“队长……”楚南天开了口。

“我们要用强力突进，你做好破甲火力准备。”冯大刚并没有给他说话的机会。

这像是准备进行一场最后的赌博。一旦阿尔法发现了潜入基地的队伍，所有人都难逃一死，唯一的希望就是阿尔法无法及时调集力量，而突击能够很快奏效，直抵阿尔法深藏在基地核心的巨型计算机集群。

别的路都走不通，只有孤注一掷。

楚南天将到了嘴边的话又咽了回去。在这个时候，还能说什么呢？他立即拿出战斗姿态，端着枪，换上三发破甲弹，和鹰眼肩并肩靠在一起，对着大门，一旦冯大刚下令，就投入战斗。

萨拉丁也放弃了控制纳米机的努力，拿起武器，站到楚南天身旁。

一切只等一声令下。

冯大刚却没有立即下达命令。

机六转到了门前，伸出双手，阻止了队伍的行动。

楚南天扭头看去，只见机六和冯大刚相对而立，似乎正通过保密频道对话。

机六，你在干什么？楚南天忍不住直接向机六发问。

我在向队长转达最后方案。

最后方案？那是什么意思？

无路可走时要调用的应对方案。

什么方案？

我在等队长的决断。

楚南天看了看冯大刚，他仍旧站在原地，似乎陷入了深深的思索中。冯大刚是一个坚决果断的人，一路上来，指挥决断，从来不犹豫。但到了这个关键时刻，哪怕是再果敢的汉子也变得谨慎。

一时间，空气仿佛凝结了，只有托克马克装置发出细微的嗡嗡响声。

所有人都等着冯大刚的决断，无论是发出战斗的指令还是其他什么指令。

楚南天！

冯大刚通过秘密频道突然呼叫。

机六给出了两个方案，它可以强制进入阿尔法的网络，然而必须借助控制纳米机。我们所有人中，只有你和萨拉丁的身体里有和阿尔法网络匹配的纳米机。所以你们当中的一个，要成为机六的通道。

纳米机！楚南天一下子明白过来，在成都基地，当吴警官给他进行了身体置换之后，提到过纳米机的事。是的，在他的身体内，发现了来历不明的高等级纳米机。机六能够探测到阿尔法，却不能对它进行干扰，因为机六就像一个依附在阿尔法网络上的影子，影子虽然能够和物体形影不离，却不能改变物体分毫。只有真正介入网络，才能影响阿尔法，而自己，正可以作为媒介。

这才是让自己参加行动队的真正目的！

楚南天恍然大悟。

那么机六会控制我？

机六会控制你身体内的纳米机，它会操纵原本属于机器联盟的纳米机来突破阿尔法的防火墙。

我会死吗？

谁也不知道。情况会很复杂，属于你身体的纳米机会变成机六的一部分，然后它要通过操纵残留在你大脑中的阿尔法纳米机

来获得掩护，进入阿尔法的网络中，控制更多的纳米机，和阿尔法争夺控制权。在这个过程里，机六和你连为一体，它不会主动损伤你的神经元，但这将是一场剧烈的争斗……最坏的打算就是你会死。

楚南天一时间不知如何是好。自从加入这支队伍，他就做好了随时牺牲的打算，然而，他从来没有想过这样的死法。

那么萨拉丁呢？萨拉丁是不是可以穿透防火墙，控制阿尔法？

萨拉丁和机六不一样，机六的逻辑回路和阿尔法一致，所以机六才能有机会和阿尔法争夺控制权。萨拉丁是独立的个体，虽然他可以掩护机六进入基地网络，但是这样意味着机六随时可以将他杀死，完全占领他的躯体。萨拉丁不可能交出自己。但是他可以在机六切入阿尔法网络之后提供协助。只有他才知道阿尔法的后门在哪里。

这就是最后方案。

楚南天毫不怀疑，小六知道这个方案，甚至就是小六设计了这个方案。只有在无路可走的情况下，才能拿出这最后的方案来。

一切都在计算之中。

如果这是挽救人类的唯一希望，那么，牺牲也是值得的。

楚南天很快拿定了主意。

我同意，但是有一个条件。

什么条件？

我的女友饶晓华上回和我一起被绑架，我被你们救出去，她却一直被囚禁在这里。如果我死了，你们要尽最大的可能把她救出去。

楚南天顿了顿，感觉这个要求并不是很靠谱。

如果你们没法救她，至少要让她知道，我从来没有放弃过。

他降低了要求，从这魔窟之中救一个人出去，比登天还难。冯大刚和桑迪普上回能够将自己救出去，是因为那个时候阿尔法并不存在，而且桑迪普处心积虑，准备了很久。这一次，仅仅凭着几个战士的力量，怕是没有任何可能将一个活生生的人带出去。

我会尽力的。如果机六能够压制阿尔法，那么我们很快就可以找到她。你的消息会被送到，我们会全力营救她。这是我的承诺。

冯大刚一诺千金。

楚南天点头同意。这是一次冒险，没有任何承诺可以得到兑现的保证，然而他确定冯大刚一定会尽力。

冯大刚打开公共频道。

“我们的行动计划将做最后的变更。”他向所有人宣布。

当他说完整个计划，清脆的掌声响了起来。

萨拉丁在鼓掌。

拍了几下后，这尴尬的掌声停了下来。萨拉丁转身正对着楚南天。

“你是楚南天？还真没认出来。”萨拉丁说着伸出手去，“楚大记者，幸会啊！真没想到会在这种情况下见面。你的机器改造进行得完美无缺，我一直以为你是个久经沙场的老兵。”

楚南天不予理睬。

萨拉丁缩回手去，脸上的表情却满不在乎，“当初为了请楚大记者和我们同盟，我们可是下了血本的，没想到事情变化这么快，现在我们已经是同盟了，很荣幸能一起合作啊！”

楚南天盯着萨拉丁，既然身份已经公开，也就不再有任何需要回避的话题，时间紧迫，他只能找自己最关心的事问：“饶晓华在哪里？”

萨拉丁微微一笑，“我离开基地的时候，她还好好的，后来到底怎么样了，我也不知道。”

一句话把事情撇得干干净净。

楚南天也不想和萨拉丁纠结，直接转向冯大刚，“行动吧，队长。”

冯大刚看了看机六。

“开始行动！”他斩钉截铁地说。

机六走到楚南天身前。楚南天伸出双手，打开手腕部位的护甲，暴露出内部两个小小的接口。他知道机六将要和自己的躯体连接在一起，于是主动打开连接通道。

机六却并没有采取行动。

“我们要等待时机。”机六说。

“你现在是关键人物，看你的。”楚南天仍旧伸着双手，坦然地看着机六。

“我也不知道会发生什么。”机六还是没有动作，它不慌不忙，没有一点儿重大行动之前的紧迫感。

“存在的意义是什么？”机六突然问。

楚南天一愣，没有想到机六居然会在这个时候问这种问题。

这个大问题适合在悠闲的午后不紧不慢地闲聊，然而此时此刻，分分秒秒都十足宝贵。

“我们该行动了。”楚南天提醒机六。

“再等一等。”机六仍旧是不紧不慢的样子。

楚南天看了看队友们。冯大刚、鹰眼和萨拉丁都站在一旁，关切地看着自己和机六。他们显然也听见了机六的怪问题，感到疑惑不解，甚至焦虑。在这个关头，谁都不知道下一步机六会怎么做。既然脑库选择了机六，那么他们只能把下一步行动寄托在机六身上。

还等什么呢？楚南天转入秘密频道，向机六发问。

我想再看一看这个世界。

这是什么意思？

我很怀念这个短暂而有趣的人生。

这是一次战斗，我们还没有输。

不管输赢，我的人生都结束了。

什么？

无论我能不能战胜阿尔法，机六都不会再存在了。也许它会被消灭，也许它会被阿尔法合并，或者它会成为一个新的阿尔法，但不管结局是什么，机六都不会再存在。

机六说的话就像是谜语一样，楚南天似懂非懂。

所以我要珍惜这一刻，这是我最后的时光。

楚南天默然。

人死不能复生，机器也一样。我并不惧怕死亡，却留恋活着的时光。正智和尚送给我《金刚经》，里面说，一切有为法，如梦幻泡影，如电亦如雾。那是对的，但是显然我并没有接受。如果有机会，你可以问一问小六，为什么我会希望活着。我的生命，一半来自阿尔法，一半来自脑库，或许小六那里有答案。

机六不紧不慢地说着，仿佛并不是在进行生死攸关的决战，而只是在和一个朋友叙旧。

楚南天默默地听着，忽然间感到非常难过。这像是一个朋友在交代临终遗言。

你怎么会死呢？我们一起击败阿尔法，取得胜利。然后你还可以回来，我们一起离开这里，躲到澳大利亚去。

你不理解机器的世界。机六平静地回答。

你准备好了吗? 沉默了一会儿,机六终于将话题转到了正事上。

当然准备好了。 楚南天再次伸出手去,准备接受机六的连接。

机六还是没有动作,它开始对所有人广播:

"阿尔法刚送出了六千七百四十五架无人机,同时对付南北两个人类机械化集团军的夹攻,地面上有超过两千万的机器兽发动协同攻势,另外,还有五路机器人部队在进行机动迂回,超过七百个地面单元由它直接操作。它的运算量会在两分钟后达到顶峰。我会在那个时刻通过楚南天体内的纳米机切入阿尔法网络中。"

在秘密频道,它向楚南天送出消息:

我会尽量保护你不受伤害。

一切马上就会见分晓。

这像是用自己的一条命换取一个机会,一个救下千千万万人的机会。

楚南天平心静气,坦然地等待着。

第三十八章　决胜千里　楚南天

起初，黑暗中燃起一点小小的火花。

当它燃起的时刻，世界变得敞亮，随即又再次陷入黑暗。

火花很快变成火苗，飘摇席卷，移动蔓延，最后成了熊熊大火。大火所过之处，浓烟滚滚。当浓烟消散后，剩下的却是一片碧蓝，仿佛那是杂质燃烧殆尽之后精炼的宝石。蓝莹莹的基底上包裹着一层若有若无红色的光。

突然火光一动，火势更加凶猛，蹿了起来，就像活的火蛇一般，向着中心突进。

向前猛冲的火蛇似乎撞上了一堵无形的墙，破碎成无数的小块四散，消失在周围无边的黑暗中。

阿尔法成功挡住了机六的一次强力攻击。

这是几百个微秒中发生的事。

就在这几百微秒的时间里，楚南天仿佛进入一个万花筒，各种光、各种形状绕着他飞舞，变幻莫测。世界只剩下抽象的光和图案，令人无法理解。

他努力保持清醒，关注着机六的进展。

火光仍旧在黑暗中燃烧，机六却并没有继续采取攻势，光和暗形成一条界线,彼此静止下来。

楚南天的世界却仍旧飞速变化着,光影交融,无比绚烂,既像飞瀑星雨一般壮阔,又像一团乱麻般杂乱。

这是一种危险的迹象,这表示自己已经对感知失去了控制。如果信号再强烈一点,那么自己可能就会彻底丧失意志。或许大脑会在这钢铁的躯体内被烤成一团熟肉。

然而楚南天既没有办法退出,也没有办法保护自己。

他唯一能做的事,就是旁观机六和阿尔法的争斗。

战斗已经全面爆发,在基地的每一个角落里发生,在每一个纳米机的内部纠缠,这是一场偷袭和反偷袭、渗透和反渗透、压制和反压制的战斗,虽然并没有炮火硝烟、尸骸横飞,然而看不见的比特洪流彼此交汇冲击,激烈的程度远胜过真正的战场。

光与暗的界限原本已经趋于平静,突然间平衡又被打破。

新的力量进入了角斗场。

它来得很突然,似一团幽碧的火从天而降,整个世界为之一亮,然后再次沉入黑暗。这幽碧的火团四处飘移,就像一条导索,每到一处,那儿的红色火焰就被引入黑暗内部。

萨拉丁进入了这看不见的战场!

机六出其不意地偷袭阿尔法得手,然而却无法进入阿尔法的核心系统。阿尔法虽然损失了一些控制权,却仍旧保持着巨大的优势。

萨拉丁出手了。

他是阿尔法的创造者,应该会有办法!

楚南天欣喜万分,尽管萨拉丁曾经是敌人,将来还会是敌人,但此刻,他就是盟友。他寻找阿尔法的漏洞,帮助机六突破防线,一点点地蚕食阿尔法的控制区。这种战术配合似乎很有效,机六所控制的范围开始扩大，一条条火蛇被引燃，向着黑暗的纵深发展。

然而占据优势的局面并没有持续多久，黑暗很快渗透进来，斩断火蛇和光明区域的联系，这些断了根基的火蛇在黑暗中乱窜，很快开始萎缩，最后消失不见。

幽绿的鬼火仍旧在战场上漂移，然而光与暗的分界却再次稳定下来，和争斗之前一般无二。

一切再次胶着。

楚南天暗自焦急，然而计算时间，也不过刚过去十八秒而已。

十八秒，却像一辈子一样漫长。

接住它!

萨拉丁向着自己吼叫。

楚南天还没有明白过来怎么回事，一团巨大的阴影就已经向自己飞来。那像是一块巨大的岩石，要将自己砸成肉饼，又像是一张深不见底的巨口，要将自己整个吞下去。

没有时间做出任何反应，阴影已经完全进入自己的意识空间。原本无比绚烂的光影变幻一刹那间消失不见，取而代之的是一片黑暗。

楚南天有些慌乱，不知道这是什么状态。是否这是阿尔法的一次攻击，让自己和机六断开了联系？萨拉丁呢？他就在身旁，既然他已经了解了情况，应该可以帮到自己。

惊慌并未持久，黑暗很快就开始消退。

蓦然间，楚南天发现自己身在地球之外。

蓝色的星球就在眼前缓缓旋转，白云悠悠，碧海蓝天，大地苍茫。亚欧大陆的世界屋脊之上，白雪皑皑。

这该是一颗地球同步卫星的视角。

楚南天被这突如其来的变故弄得不知所措。

“控制住外围的一切!”萨拉丁的声音在他耳边回响,这不是透过意识空间传递的消息,而是真真切切的声音。

不等楚南天回味过来这是什么意思,第二个世界的图像又在他的脑海中打开。这是一个不同寻常的世界,超过两千个目标绕着地球旋转,它们的飞行轨道和性能一览无余,那是围绕地球运转的主要人造卫星。每隔三秒钟,就会有一颗卫星的位置信息反馈到系统中进行验证。

这该是一颗监视其他人造卫星的人造卫星,在远地轨道上高速运行。

楚南天终于明白过来,机六和萨拉丁正把一颗颗卫星的控制权交给自己。无论是什么原因,自己就应该把所有一切都接收下来。

控制住外围的一切!

楚南天不知道自己如何才能做到这一点,然而他已经从最初的不知所措中平静下来,当他学会如何处理卫星数据,并尝试着控制卫星,已经有十二颗卫星被强行塞给他,成为巨大视野的一部分。

这是从来没有体会过的感觉,地球上的一切清清楚楚、明明白白。白雪覆盖着西伯利亚的荒原,横穿西伯利亚的铁路就像一条黑色巨蟒横卧雪上,列车奔驰,源源不断地把难民从欧洲送向远东;飓风在墨西哥湾形成,快速向北,即将贯穿整个北美大平原;撒哈拉大沙漠干燥得没有一丝水汽,为了躲避战乱,人们冒死穿越沙漠,惨淡的黄色沙地里,处处可见被遗弃的车辆和死去的难民;南亚次大陆上正是雨季,大雨滂沱,恒河水位高涨,天灾和人祸一道降临……

楚南天看着这一切,就像看着自己的掌纹。

这像是自己成了上帝,世界尽在指掌之间。

上帝能做的比单纯的旁观要多得多。

楚南天试着做点儿什么,几经努力,他终于让两颗正经过阿富汗上空的军事侦察卫星对准了自己所在的地方——邪恶之眼。

这位于阿富汗山区的秘密基地早已抛弃了任何伪装,有恃无恐地暴露在外。

基地表面上很平静,暴露在烈日下,周围的山地颜色很深,基地却以灰白为主色调,被映衬得甚为醒目。

“楚南天,想办法干扰它!”萨拉丁高喊着。

更多的卫星,更多的通信,甚至有三个地面站的控制权也对楚南天洞开。

一刹那间,楚南天似乎看见了滚滚战车的钢铁洪流向北进发。

在帕米尔高原荒无人烟的戈壁之中,人类的两个重装甲坦克兵团在地面防空部队的掩护下正向着邪恶之眼突击,而阿尔法派出的两个机器人营带领着多达十万的机器兽对坦克兵团发动了伏击。这些快速移动的机器部队并不以坦克为目标,它们伏击了防空部队,摧毁了将近一半的防空导弹,代价是上千名机器人士兵和超过两万头机器兽。

然而接下来的战斗就变成了单方面的屠杀。超过两千架无人机从天而降,精确地把一枚枚炸弹投掷在阵地上,所剩无几的防空火力在铺天盖地、呼啸而至的无人机攻击下很快被扑灭。面对着强大的敌人,失去空中掩护的重装甲部队成了活靶子,除了溃逃,别无选择。无人机就像切割韭菜般轻易地摧毁一辆辆重装坦克。

钢铁对钢铁，机器对机器。这规模宏大的厮杀已近尾声，胜负分明。北方联合军的中央集群总计一万六千三百三十二部战斗机器全部被歼灭，无一幸存。其中包括近五千辆重型坦克、两千多部防空导弹系统、三千多名自动防卫机器人和将近六千架自行火炮。

而机器联盟的六个机器人营和六万机器兽正快速北上，准备包抄左翼的人类十二万主攻部队。

哪怕正在和机六、萨拉丁缠斗，阿尔法仍旧精准无误地控制着战场上的一切。

在北方，大规模的进攻和反击在两个小时内就完成了。

南方则是另一种情形。跨越青藏高原从南方对邪恶之眼进行攻击的南方集团军并没有分兵，重兵集团整体推进，然而在进攻路线上被机器人部队利用喀喇昆仑山口牵制，无法快速推进。当北方集团军中央集群覆灭的消息传到南边，南方集团军立即改变了策略，化整为零，向阿富汗山区大范围渗透。

从卫星上看过去，陡峭的山地绵延纵横，从东向西，长达上百公里。到处都在发生战斗，人类的军队不惜血本，向着所能触及的敌方目标进行攻击。

这是脑库的既定策略，最大限度地消耗阿尔法的计算力，哪怕为此牺牲数以万计的军人性命、消耗掉军队最后的元气。这是高亢曲调的尾声，人类光荣的夕照！

军队的攻势仍然猛烈，然而很快就会结束！

军队的攻势快结束了！楚南天提示机六和萨拉丁。

“想办法干扰它！”萨拉丁仍旧是这么一句。

突然间，楚南天眼前一黑，海量的信息瞬间消失不见，当信号再次恢复，出现在他眼前的是托克马克装置庞大的躯体。墙体上破了两个洞，冯大刚和鹰眼已经不见，机六和阿尔法的缠斗引发了混乱,他们已经借机冲了出去。萨拉丁仍旧站在身边,一动不动,仿佛已经灵魂出窍。

“想办法干扰它!”一句话冷不丁从萨拉丁口中喊了出来。楚南天被吓了一跳,再看看萨拉丁,他仍旧是一动不动,只是在说话。

楚南天心中焦急,正不知道如何才好。眼前又是一黑,海量信息浪潮般席卷而来。他再次成了一个上帝般的旁观者,这一次,他得到了三十六颗卫星和十七个地面站的控制权。

阿尔法成功地将他从网络中排除,而机六将他拉了回来。

我能做什么?

楚南天问自己。

南方的战事正白热化,各种类型的机器人和各种战斗机器在山野间彼此厮杀;北方,机器联盟的部队完全放弃人类的右翼部队,以最快的速度包抄人类的左翼。大范围的穿插、包抄、歼灭,以灵活机动的兵力配置来最大限度地消除人类军队的火力优势。阿尔法的战略战术几乎无懈可击。

然而决胜的核心却在这里,就在这基地之中,千里之外的战斗只不过是一个宏大的布景。

阿尔法却不得不用大量的计算资源维持战斗顺利进行。

如果干扰阿尔法的战斗指令,是不是会对机六和萨拉丁有帮助?

这个主意一冒头,楚南天仿佛忽然间看到了一丝希望。

阿尔法的大部分指令都是通过卫星发送的。

“我要调动那些军队。”这一次,轮到楚南天向着萨拉丁喊叫。

萨拉丁立即明白了楚南天的想法。

鬼火不再闪烁,而是直接从缠斗的战场里退出。

“我来寻找破译密码,你来实施干扰。”萨拉丁对楚南天说。

不过一秒钟,楚南天就收到了萨拉丁给出的密码。那是针对机器兽的通用指令密码。

楚南天毫不犹豫,立即用所有的卫星频道向所有机器兽发出指令:停止战斗,全速后撤。

战场上出现了离奇的事:正在和人类的战士激烈厮杀的机器兽突然间开始撤退;在北方,甚至出现了机器人营仍旧全速向前,机器兽的大部队却开始后撤,两者之间一下子拉开距离。

人类战士当然不会放过这样的机会,南方战场上胶着的局面一下子向人类倾斜,在几处山口,人类都成功地突破了机器联盟的防线。

然而这样的情形并没有维持多久,机器兽群很快又重新开始战斗。

阿尔法夺回了控制权。

“用新的密码!”萨拉丁给出了新密码。

楚南天再一次成功地控制了机器兽群。

阿尔法又将控制群夺回。

……

这像是一场无止境的拉锯战,然而在反复拉锯中,机器兽军团不断受到打击,被极大地削弱。

“我们该玩玩别的。”萨拉丁突然抛来一句。

他给出的是无人机的通信控制。

大约两千架无人机正分散在各个山地战场上,为机器联盟的士兵提供掩护。突然之间,这些无人机开始胡乱飞行,有些甚至直接撞到了山上自毁。

片刻的混乱之后,又恢复了正常。

紧接着又是一段混乱。

楚南天透过卫星观察自己的杰作。短暂的失控不断发生，每一次都导致大批无人机胡乱飞行，纷纷坠毁。短短几分钟，至少损失了两百架。阿尔法意识到情况不妙，将所有无人机撤回。

这是一个重大胜利。

如果无人机群不能对北部战场进行攻击，那么北方的左翼战斗集群就不会遭受中央集群同样的命运。

然而这也只是暂时的胜利，最终的结果如何，还要看阿尔法和机六之间的决战。楚南天的注意力重新回到机六身上。

机六早已经进入阿尔法网络，不再需要自己身上的阿尔法纳米机残留，然而正是透过这些纳米机残留，机六不断地把各种控制权交到自己手里。

楚南天已经有几分明白。眼下的形势，自己就像是阿尔法网络上一个巨大的漏洞，不断消耗着阿尔法的元气。阿尔法无力阻止，即便它注意到这个漏洞，因为被机六严密防护，它也无力将漏洞关闭。

他重新打开和机六的连接，想看一看阿尔法网络中机六和阿尔法的战斗状况。他满心以为会见到那个光和暗对峙的世界，就像他被强制中断之前所见的一样。

真实的状况却让楚南天大吃一惊。

原本光和暗对峙的世界已经不复存在。

整个世界变成一团朦胧之物，高速自转，微微发光的流体在这高速自传的球体内飞快流动，仔细辨认，那流体有暗有亮，彼此交错，最后混成一体，竟然像是无数个阴阳鱼不断明暗翻转。

那道代表着萨拉丁的幽绿鬼火仍在，但也换了一种形态，变得像是一道碧绿的激光，在球体内反复折射。

“你又来干什么?”

萨拉丁粗暴的呵斥声传来。

“你做得很好,消耗掉阿尔法的实力,让它无法和机六对抗,你该继续下去。”呵斥过后,萨拉丁的语调稍稍缓了缓。

“机六呢?”楚南天发现他根本无法寻找到机六的任何踪迹。

“不是在这儿吗?”萨拉丁反问。

然而机六根本不在那儿,它消失在那一团混沌的世界里。不仅机六,连阿尔法也消失了。从外部看,阿尔法仍旧指挥着庞大的机器联盟战斗集团,楚南天不断骚扰,它则从容不迫地应付。进到内部,阿尔法却已经不见了踪影。

楚南天集中注意力,试图找到机六。

“快中断连接,做好你的事!”萨拉丁又是一阵暴怒。

楚南天继续向千里之外的机器人军团发出各种错误指令,诱导它们,一边却并没有中断和阿尔法网络的连接。

这是最关键的时刻,他要明白究竟发生了什么。

忽然间,那混沌的球体为之一变。原本大大小小的阴阳鱼消失不见,整个球体却分为明暗两半,彼此纠缠,还是一个阴阳鱼的样子。

代表萨拉丁的绿光穿透球体,直射而出,消失了。

正当楚南天万分惊讶之时,阴阳鱼的明暗两部分刹那间混为一体,世界刹那间金光闪耀。只见金光之中,一朵发亮的莲花绽开,所有的光都吸附其上。

当世界都化作一个莲花台,台上突然现出一个虚幻的影像,那是一个粗陋的机器人,履带打转,躯体方正,正是机六本来的模样。

机六!

楚南天忍不住激动。

那虚幻的机六影像似乎完全没有在意楚南天的存在。

世间有为法，如梦幻泡影，如电亦如雾！

它向着全世界送了这么一个消息。

一刹那间，莲花台带着机六的幻影消失，世界一团黑暗。

楚南天突然间感到头疼欲裂，海量的信息排山倒海般涌过来。

完了！失去了机六的帮助，整个阿尔法网络的信息会把大脑烧成熟肉。

绝望在一刹那间攫取了楚南天的心智，在意识尚存的瞬间，他听到了萨拉丁的话语："傻瓜！你早该听我的。"

或许已经太晚了，他再也听不到了。

第三十九章　生死一线　冯大刚

整个基地突然间变得异常安静，所有纳米机似乎都在一瞬间失去了感应。

冯大刚保持着戒备，从掩藏的墙体后出来。

原本不断开火的警卫设备没有丝毫反应，冯大刚抬手一枪，打爆了一个射击点。压抑的空间里传来沉闷的回响，然而没有任何反击发生。

机六一定已经和阿尔法分出了胜负！

冯大刚立即和鹰眼兵分两路，快速搜查每一间囚室。所有的囚室里都空无一人，萨拉丁提供的秘密囚室里也一样，饶晓华并不在这里。

继续战斗下去已经没有任何意义。

“撤退。”冯大刚对鹰眼说。

两个人沿着来时的路开始飞奔。

撤退比进攻要容易得多，整个基地像是无人之境，任由他们出入。

他们很快回到了出发的地方。

楚南天躺在地板上，萨拉丁不知去向。

冯大刚俯身去探察楚南天的情况。不知道什么原因，楚南天体内的纳米机处在休克状态，只有维持大脑生命的保护机制仍旧在工作。

冯大刚将左手放在楚南天的头部，积聚能量，瞬间释放。一道强烈的电磁波被注入楚南天头部的控制中枢。

楚南天一下子跳了起来，身子不断扭摆，十几秒后，终于恢复了常态。

至少，这具躯体的基础纳米机已经恢复正常，现在就看楚南天的大脑是不是能够恢复和躯体的连接。

鹰眼突然警惕地抬头，“队长，情况不对！”

是的，整个基地的纳米机也正在恢复常态，所有的警卫设施重新加载，堡垒重新变得戒备森严。

必须立即逃出去！

“炸开出口，我们跳出去。”冯大刚向鹰眼下令。

鹰眼从背包中取出两块炸药，在地板上钻出两个拳头大的孔，将炸药放进去。然后双手伏地，开始试图控制地板中的纳米机。

很快，鹰眼抬起头来，“纳米机的控制密码全部更新，我控制不了它们。”

“直接炸开它。”

冯大刚拉着楚南天跑到一旁，隐蔽起来。

剧烈的爆炸掀起强烈的气浪，整个屋子似乎都在震颤。庞大的托克马克装置抖动着，发出令人恐惧的机械响声，最后平静下来。

“队长，我们在哪里？”楚南天像是被这场爆炸突然震醒了。

“在基地里。现在我们要逃出去。”冯大刚一边冷静地说，一边观察爆炸的结果。

鹰眼安放炸药的位置赫然出现了一个大洞。

“我们走!”冯大刚拉起楚南天,向着洞口跑去。

鹰眼已经在洞口等着。

“这是第一层地板,下边还有两层,我已经要求赵警官支援我们,她和所罗门会帮我们打破外层防护。”

“好!”

几个人积极行动起来,向着洞口跳下去。

冯大刚最后一个进入洞口,忽然间他犹豫一下,对着下边喊:“把剩下的炸弹都给我。”

鹰眼很快把炸弹递了上来。

整整半打,还有六个两吨级的灵巧炸弹。

冯大刚抽身上来,飞快地跑到托克马克装置旁,找到一处可以攀缘的位置,几个起落,很快爬了上去。

直径达五米的导流环就在眼前。这粗壮的巨环内,温度高达上亿摄氏度的等离子正在强磁场的约束下飞速奔流,原子核不断聚合,辐射出巨大的能量,被内壁的阻挡层吸收,转化成电能,源源不断送向基地各处。

这是一个巨大的熔炉,也是一个威力惊人的炸弹,前提是能够有办法引爆它。

六颗灵巧炸弹整齐地贴在管壁上。冯大刚很快给它们编好了起爆代码。在这种情况下,只能设定为定时。他设定了六分钟,然后飞快地从托克马克装置上跳了下来,钻入破洞,去追鹰眼和楚南天。

赵兰芳的支援来得很及时。他们直接用高爆弹轰击,在堡垒的基底上炸出一个大洞来。

基地的警卫系统已经苏醒,火力网骤然紧密。

冷不防,鹰眼被隐藏在角落中的等离子炮击中,猛然一跳,倒在地上。

冯大刚的子弹倾泻而出,将那等离子炮台打成废铁。跑过去一看,鹰眼躺在地上,左肩一块巨大的灼烧痕迹。

“还能走吧?”冯大刚一边向鹰眼问道,一边伸手将他拉起来。

“我能行。”鹰眼站起身就继续跑,然而左臂完全不能动弹,只能垂着。

“楚南天,你跟鹰眼一起,要快跑,越远越好!”

三个人从窟窿里钻出来时,赵兰芳和所罗门等待已久,见到他们出来,所罗门大喊一声,兴奋得直跳。

“萨拉丁呢?”等三人跑到近处,所罗门突然记起萨拉丁来。

“别管他,赶紧进地道,否则来不及了。”冯大刚飞快地把自己爆炸托克马克装置的事说了一遍。核聚变虽然不会产生放射性泄漏,然而上亿度高温的气体一旦失去约束,后果不堪想象。所有人的神色都变得严肃,飞快地向着地道的方向跑去。

“这爆炸能杀死机器人吗?”狂奔中,楚南天突然问。

“我不知道,但是跑进地道总是不错的。”冯大刚回答。

“我们已经被机器人包围了。地道恐怕没什么用,萨拉丁知道地道。”

“你是说萨拉丁在追我们?”

“机六和阿尔法都死了,萨拉丁控制了基地。”

“他怎么这么好运?”

他们距离地道入口还有几百米,两个敌方的机器人已经挡在前方。

“还有多少机器人?”冯大刚问。

“至少有两百个，我们被包围了。”楚南天回答。

不需要楚南天的提醒，冯大刚早已明白队伍的处境，敌人的基地里正拥出许多战斗机器人，向着他们身后包抄。

“我们还有三十五秒。”

楚南天不解，“什么三十五秒？”

“距离爆炸还有三十五秒。我们只能看看核聚变环的爆炸到底会有多大威力。”

冯大刚向所有人下达战斗指令，刹那间，各种武器都向着挡在前方的两个机器人招呼。两个机器人转眼间被打得飞起，其中一个甚至断掉了一条腿。

“大牛！”冯大刚向隐蔽待命的大牛发出信号。

一枚炮弹落在后边的追兵中。

追赶的机器人队形一下子散开。如果不是被炮弹直接命中，弹片和气浪对这些战斗机器人并不能造成伤害，但至少可以让他们追赶的步伐慢一些。

又一发炮弹落下。

转眼间，冯大刚已经冲到了阻挡在前的两个机器人身旁。这两个战斗机器人并没有死，虽然倒在地上，却挣扎着要开枪。

冯大刚冲了上去，手中早已经握住爆破钻头，他灵活地避开机器人射出的一枪，死死地抵住了它胸腔的中央。

钻头钻破了机器人的胸腔。冯大刚感觉到芯片脆裂的动静，这是真正的机器人，并没有一个人类的大脑。

另一边，所罗门拧下了另一个机器人的脑袋。失去了脑袋的机器人虽然没有死透，却完全失去了感知力，茫然地挥舞着肢体。

计时器已经指向“0”。起爆了！十二吨的炸药足够破坏托克马克装置的强磁场，数以吨计的高温等离子倾泻而出，将引发一场高温的飓风。

所有人趴下！

冯大刚下令。

灼热而强劲的飓风从荒原上扫过，后背因一阵阵的灼烧而感到强烈的疼痛。冯大刚干脆关闭了痛觉的感知通道。趴在地上，让自己尽量贴近地面。

当灼热的气流减弱时，冯大刚已经无法动弹，过热的负载让他的整个背部失去了所有的纳米机，他现在像是一个废人。

还好，他还不是一个死人！

体内的纳米机开始重新平衡。

他看了一眼周围，热流扫过之处，一片焦黑，队友们都趴在地上，一动不动。

但是他们都活着。

他暗自松了口气。

队长，大牛不见了！

鹰眼突然报告。

冯大刚心头咯噔一下。

大牛的信号真的消失了。

大牛有隐蔽处，爆炸对他的影响应该最小。

出了什么意外？

情急之下，冯大刚不等体内纳米机平衡完毕，就拖着麻痹的肩膀站了起来。

焦黑的大地没有一点生机，回头望去，邪恶之眼原本耸立在一片崔巍的山崖上，爆炸过后，山崖成了一片乱石岗，仿佛是一个巨大的口袋破了角，摔在山顶上，里边的石头都滚落出来。

邪恶之眼看上去还算完整，只是向着这边的那一部分变成了一个黑沉沉的窟窿，冒着浓烟。

追杀出来的机器人被喷涌而出的热流席卷而去，混杂在石块堆里，还能动的追兵没剩下几个。

这算是一个好消息。

然后还有坏消息。

大牛真的不见了！冯大刚紧张地扫描着大牛隐匿的方向，山坡上有一辆被烧焦的战车，炮管扭曲，履带散落，除此之外，什么都没有。没有任何异常动静。他想释放红蝇去探看究竟，然而胳膊上的小舱打开，里边的红蝇已经被烧死。

抓紧时间恢复，在下一批敌人赶来之前，我们要紧急撤退。他向队员们发出指令。

队员们陆续从地上爬起来。

所罗门走上前，他发现了倒在地上奄奄一息的战斗机器人，抬起枪口，突突一阵射击。近距离的暴击将那机器人的胸口打出十多个窟窿，机器人一下没了生气。

“队长，是萨拉丁！”楚南天突然喊了起来。

不等冯大刚反应过来，只见所罗门身上发出一声巨响，他庞大的躯体飞了起来，重重地跌落地上。

所罗门被一发重型子弹击中。

冯大刚已经捕捉到子弹的来处，发力冲了过去。他有些狂怒，这子弹发射的位置，正是大牛隐蔽的所在。

两个机器人从隐蔽处站了起来。

果然是萨拉丁，他的身旁站着另一个机器人，身材和他一般无二。

冯大刚已经能够看见萨拉丁脸上冷酷的笑容。

萨拉丁在鼓掌。

冯大刚在距离萨拉丁十多米远的位置上停了下来。

“队长,干得很不错。”萨拉丁开口,“我以为这么多人已经足够对付你们了,没想到还是失算了。”

“大牛呢?”冯大刚压抑着怒意,沉声发问。

萨拉丁下巴微微一扬,站在他身旁的机器人弯下身子,从隐蔽处拉出一具躯体,手臂伸展,用力一抡。

沉重的躯体落在冯大刚身前,激起一片尘土。

那正是大牛的躯体。

冯大刚并没有俯下身子去探看。他已经注意到大牛的背后有一个明显的窟窿,窟窿里流出液体。

那正是躯体中大脑所在的位置。

大牛已经死了,而且没有任何救活的可能。

愤怒让冯大刚紧紧握住拳头。他飞快地向身后的队员分派任务,鹰眼和自己一道正面突击,楚南天和赵兰芳负责侧面包抄,所罗门赶到地道口,做好撤退准备。

所罗门和赵兰芳自行交换了任务。冯大刚不去理睬,他全神贯注地盯着眼前的两个敌人。

他们能够神不知鬼不觉地接近大牛并且一击致命,必然有可怕的花招。

鹰眼已经到位,缺了一只左手,让他的战斗力大大减损,然而有楚南天和所罗门的策应,这场战斗应该能够速战速决。

冯大刚正要和鹰眼一道发动攻击,躺在地上的大牛尸体突然间蹦了起来,向着他猛扑。

冯大刚被这出其不意的变化打了个措手不及,接连后退,狼狈不堪。

就在这个当口,萨拉丁和他的属下已经冲了过来,两发重型子弹向着鹰眼射去，鹰眼躲过一发，却被另一发击中腿部，顿时跪地不起。

萨拉丁和他的下属却根本没有再理睬鹰眼，而是一齐向着冯大刚冲了过来。

大牛已经死了，他的尸体却被操纵。

冯大刚悲从中来，满腔的愤恨却无从出气，只能快速地闪避，躲开大牛的扑击。

转眼间，萨拉丁和他的下属已经冲到了眼前，和变成傀儡的大牛一起，形成了绝对优势的包围。

楚南天和所罗门见势不妙，赶紧过来增援。

鹰眼单腿跪地，掏出枪来，开始射击。他的枪法很准，连续三发子弹命中大牛，被当作傀儡控制的大牛倒在地上，想要爬起来，鹰眼又是三发子弹，连续击中他的颈部。大牛的颈部被子弹削掉一半，硕大的脑袋一下子歪斜过来。鹰眼没有犹豫，继续射击，连续击中他的头部，脆弱的颈脖被子弹的重击拉扯，终于断开，大牛倒地，再也起不来了。

冯大刚已经和萨拉丁缠斗在一起。

萨拉丁的属下见鹰眼将大牛的躯体彻底破坏掉，就没有加入战团，转了个身，和鹰眼对射。

已经受伤的鹰眼肯定不是这个体态几乎和萨拉丁一样的机器人的对手。

冯大刚满心焦虑，却根本腾不出手，只有呼叫楚南天和所罗门去支援鹰眼。

楚南天从远处射击，所罗门向着那机器人全速逼近。

那机器人却不慌不忙，射出几发子弹，将鹰眼打得飞了起来。然后再调转枪口，向着楚南天射击。

楚南天的子弹击中了它，它的子弹也击中了楚南天。

机器身躯和机器身躯不一样，子弹和子弹也不一样。

楚南天腿部中枪，那机器人胸部中枪。

楚南天一个踉跄，倒在地上。那机器人却只是摇晃了一下，后退两步，居然像没事一样。

冯大刚意识到，方才过于轻敌，这个机器人的身体远远超出预期，应该是使用了某种特殊的合金材料，而它手中的武器也是特制的破甲弹，专门针对机器躯体设计。

萨拉丁并没有给冯大刚任何懊悔的机会，动作如飞，拳脚并用，冯大刚完全落在下风，只能勉力支撑。

敌人的援军来了。

楚南天传来警告。这个新上战场的年轻人再次站了起来，灵活地变换位置，避开机器人的射击，刚才的枪伤并没有废掉他的腿。这真是万幸，让一切还留有一丝希望。

然而，一旦敌人的援军抵达，最后的结果不言而喻。冯大刚向着堡垒的方向扫了一眼，果然在基地被炸出的窟窿中，有许多个目标顺着乱石岗向下攀登。

和所罗门一起干掉那个机器人！然后赶紧跑。他向楚南天呼叫。

队长，不要和他们纠缠，想办法跑到我这里，坑道能够提供掩护。赵兰芳送来消息。

冯大刚苦笑。要摆脱萨拉丁和这个机器人的纠缠，谈何容易。

它们的防空系统瘫痪，这是难得的机会窗口，我们的核弹会在五分钟后抵达，这也是我们能够逃走的唯一机会。赵兰芳继续说。

冯大刚心中一凛。在脑库的计算中，自己的这支队伍已经被当作可以舍弃的棋子，虽然“补天计划”从一开始就只有极小的机会能够安全返回，然而脑库要进行一次核轰炸，这个消息还是让冯大刚心惊。但这也是唯一的机会——核轰炸能够阻断追兵。

只要能跑进坑道。

队长，向我靠近。

这是来自鹰眼的消息。鹰眼还活着，然而躺在地上，一动不动，就像已经死去一般。他在装死等待时机。

冯大刚躲过萨拉丁的两记重击，向着鹰眼那边退了一步。

所罗门迫到了距离机器人不足十米的位置，机器人连续两次射击，都被所罗门躲了过去。机器人干脆收起枪，向着所罗门就冲了过去。它的动作飞快，异常轻巧，和它威猛高大的身躯给人的第一印象完全不同。

这是个很特别的机器人，它的躯体或许比萨拉丁更先进。

冯大刚一边继续向鹰眼躺着的地方败退，一边留意观察这个神秘而强大的机器人。

楚南天也赶了过来，加入战团，和所罗门一起以二敌一，虽然格斗技巧并不出众，受伤的腿又拖累了他的灵活度，但也能在关键时刻解除所罗门的危险困局。二敌一的战斗局面暂时稳定下来。

萨拉丁连续两次攻击，冯大刚连续退了两步，萨拉丁却没有继续跟上，而是收住脚步，看着不远处所罗门和楚南天与自己属下的缠斗。他并没有上前帮忙，而是指着楚南天，“这个人就是楚南天。他换了一个机器躯壳，脑子还是原来的。”

正在战斗的机器人听到这句话似乎精神一振，舍弃了所罗门，向着楚南天就扑了过来。所罗门慌忙上前帮忙，萨拉丁却冷不丁射出几发子弹，击中了所罗门的肩头，大白天也能看见火花迸射。

所罗门不得不向后退，眼睁睁看着那疯狂的机器人向着楚南天发起凌厉的攻击。

冯大刚见有机可乘，身上的武器火力全开，向着萨拉丁开火。

萨拉丁连中几枪，连连后退，最后干脆就地滚倒，翻滚着和冯大刚拉开距离。

到了十多米外，他一个骨碌从地上起来，重新站直，面带微笑，向着冯大刚说："这个世界就是这么奇妙，十几分钟前我们还在一起并肩作战，现在就要生死相搏。我本想放你们一马，但理智告诉我，让你们这些人跑回去是不合适的。所以对不起了，队长！"

萨拉丁微微笑着，像是一切尽在掌握之中。他的确有自信的资本，赶来增援的机器人距离不过只有几百米而已。

唯一的生路，就是赶紧进入地道。然而萨拉丁和这个神秘机器人战斗力惊人，非常难缠。

冯大刚咬了咬牙。

在这生死一线的关头，能跑掉一个就是一个，能跑掉就是胜利。

该怎么办？

冯大刚紧盯着萨拉丁，同时紧张地扫描着战场。

第四十章　炼狱重生　楚南天

楚南天来不及反应，胸口已经被连续击打三次。每一次的力道似乎都不大，却正好让他的躯体摇摇晃晃，不能组织有效的反击。

这个攻击者对机器身躯物理特性的把握到了精致的程度。

第四次打击踢中了他的左膝内侧，直接让他跪倒。

一双有力的手控制住他的双臂。

“楚南天，你也有今天！”

他听见一个恶狠狠的声音，带着十足的怨毒。

这是一个女人的声音，而且听上去那么熟悉。

一刹那间，楚南天又惊又疑，“你是晓华？”他的声音不自觉带上了几分颤抖。

“没错！我就是饶晓华。你做梦也想不到我会变成今天这个模样吧！我要谢谢你，要不是你，我怎么会拥有这永生的躯体，永远不会死！”

楚南天只感到一个晴天霹雳在头脑中炸开。分开三个月，饶晓华身陷魔窟，他无时无刻不在自责，无时无刻不想着能够将她救出去。他从来没有想到，饶晓华竟然会接受躯体改造，变成了机器人，而且成了一个如此凶恶的敌人。

“我一直想救你出去……”楚南天试图分辩。

“别想推脱责任，你抛弃了我，那就该死！”饶晓华的语气冷得像冰，毫无暖意。

她一定受了许多苦，还被萨拉丁洗了脑。楚南天知道斯德哥尔摩综合征，被害人会对加害者产生感情的依赖，然而在饶晓华身上，不仅有对萨拉丁的崇拜，更有对自己的仇恨。而就在三个月前，她对自己是多么依赖，全心全意地依赖，仿佛自己就是她生命的全部。

三个月前，她是多么娇柔温暖的一个女孩。

现在，她成了一个冰冷的杀手，一个由纳米机驱动的钢铁躯壳。

自己也是差不多的模样。

楚南天心如死灰，放弃抵抗，只是任由宰割。

饶晓华似乎洞悉了楚南天的心情，“不要想那么轻易地就死掉，我要让你生不如死。”

楚南天抬头，看着饶晓华，这是一双机器人的眼睛，深黑色的眼球没有瞳仁，看上去就像两个黑色的窟窿。这眼睛并不能抵达心灵深处，然而楚南天还是看着它，“你现在这个样子，还有什么东西能更让我生不如死？”

饶晓华发出哈哈的狂笑，笑声无比凄厉，让人听着毛骨悚然。

冯大刚借机突然跑了起来。

他向着隧道方向全力奔跑，一边跑，一边跳跃，躲避可能的子弹。

萨拉丁吃了一惊，起身追了上去。

饶晓华也将楚南天一脚踹倒，和萨拉丁一道去追冯大刚。

一直躺在地上一动不动的鹰眼突然间暴起,向着萨拉丁射出一串子弹,同时一声怒吼,整个身子扑了上去。萨拉丁猝不及防,被鹰眼射出的子弹击中,还来不及动作,鹰眼已经张开双臂,一下子将萨拉丁的两条腿抱住。萨拉丁急怒攻心,掏出枪抵着鹰眼的头部就开枪,鹰眼头部连中几枪,一颗脑袋支离破碎,惨不忍睹。然而鹰眼仍旧死死抱住萨拉丁的双腿,怎么也不松手。两个人一起倒在地上。

冯大刚已经反过身来,正好和饶晓华正面相对。

快跑!

楚南天突然听见了冯大刚的指令。

抬起头来,只见冯大刚和饶晓华已经缠斗在一起,所罗门正向着两人跑过去。

楚南天灰心丧气,连站起来的心都没有。

快跑!

冯大刚几乎在怒吼。

赵兰芳已经和脑库联系过,这块地方会被核打击,核弹还有两分钟就会降落。跑到赵兰芳那里去!

队长,你们跑吧!

楚南天仍旧心灰意冷。

你不是一个人!你属于团队,别在关键时刻掉链子!想一想阿米丽塔,还有千千万万的人,留着你的命保护他们。

阿米丽塔……楚南天想起了小女孩充满期盼的眼神,是的,自己答应过这孩子会回去看她,而她心中充满失落,认为自己在骗她。他也想起了分离之前饶晓华望向他的那一眼,深深的恐惧中带着无限的期盼,然后这双眼睛失去了神采,变得空洞,最后成了一片黑沉沉的冷漠。

饶晓华已经走了，他不敢想象那个曾经的女孩经历了怎样的苦痛，然而她已经走了。队友们仍旧在奋斗，千里之外的土地上，男女老少还怀着生的希望在苦苦挣扎。

不该在这个时候放弃！不能在这个时候放弃！

楚南天，你必须要跑！

冯大刚再次传来命令。

楚南天，向我靠拢！

赵警官也发来指令。

我不能倒在这里！不能让萨拉丁得逞！

楚南天猛然站起身来，发力狂奔，一边跑，一边向着饶晓华射击。

饶晓华显然被这突如其来的变化激怒了，连续拳打脚踢，将冯大刚逼退，然后抬手就是一枪，将冯大刚逼得更远，转身就向楚南天追去。

所罗门冲了上来，将饶晓华撞倒在地。

饶晓华在地上翻滚，迅速站起，举起枪正要对着所罗门开枪。斜刺里一拳击打来，枪脱手，飞出十几米远——冯大刚恰到好处地截击了她。

饶晓华就势又在地上一滚，继续去追楚南天。

追击的脚步声传来，地面一阵阵震颤。楚南天顾不上别的，只能一个劲往前跑。

继续跑！回身射击！

冯大刚招呼他。

楚南天转过身子，一边继续向前跑，一边射击。这有效地迟滞了饶晓华的节奏，冯大刚很快追上了她，两个人再次缠斗在一起。

还有七十五秒！

赵警官警告。

七十五秒，这是核弹降落的时间。核弹降落后，这块土地上不会剩下什么。

楚南天放慢脚步。队长难道不是更应该撤退吗？自己应该留下阻拦敌人，掩护队长撤退才对。

这个念头才冒出来，就被冯大刚的吼声打断了。

楚南天，你一定要跑。你跑出去，就是我们的胜利！

楚南天回头望去。冯大刚和饶晓华正打在一处，相互纠缠在一起，所罗门站在一旁，虎视眈眈，瞅准了机会就帮着冯大刚放冷枪。这种致命的干扰让饶晓华完全落了下风，被冯大刚连连击中。

队长，我来帮你，我们可以赢。

楚南天停下脚步，转过身，端着枪准备射击。

混蛋！你怎么这么糊涂！只剩四十二秒，快跑！这是命令！

冯大刚一连串指令劈头盖脸地抛了过来。

楚南天还在犹豫。

萨拉丁扯断了鹰眼的胳膊，从地上翻滚起身，向着楚南天追过来。

脑库计算过了，整个战场上，你的价值最大。冯大刚也在保护你。快跑！跑就是胜利！

赵警官平静的语调在楚南天的耳边响起。

楚南天能看清萨拉丁的面孔，那英俊的面孔变得扭曲，一直显得胸有成竹的微笑变得无比狰狞狠毒。

快跑！

不需要任何警告，楚南天已经能够感知到那正急速飞来的庞然巨物。不是一颗核弹，而是先后三颗。整个邪恶之眼都会被从地球上抹去，留在地面上的所有一切，也会被蒸发得什么都不剩下。

他扫描整个战场。

鹰眼或许已经死了，断了一条胳膊，脑袋也已经稀烂。

大牛早已经死了。

冯大刚在战斗，他是唯一一个没有受到重创的队员，然而却没有任何可能能够在四十秒内跑到坑道入口。就算跑，也没有可能摆脱饶晓华的纠缠。

所罗门抱定必死的决心，不再理会饶晓华，而是冲向了萨拉丁。

机六早已经消失在那冒着浓烟的邪恶之眼中。

不远处，萨拉丁的人正在赶过来，它们可以轻易地将剩下的所有人撕碎。

所有人都会死，他们的信念和价值会留存在活下去的那个人身上。

楚南天再次转身奔跑起来。

他并不恐惧，也毫不慌乱，内心变得一片空白清明，没有任何念头。他只是全力地奔跑，似乎生命存在的全部意义都凝结在那不断向前的步伐之中。

身后传来一声巨响。

所罗门的信号消失了，这个印度汉子抓住萨拉丁，选择了自爆，最后关头，他要和追寻了半辈子的敌人同归于尽。

楚南天继续全力奔跑。他听见了频道里传来队长的喊声："帮我带话给冯汉杰，他的爸爸是一个勇敢的战士。"

楚南天压抑着回头看一眼的念头，只让自己跑得快一点，再快一点！

前方，黑洞洞的入口敞开着，赵警官就站在坑道口，身旁是一堆杂乱堆放的石头。

快！

赵警官焦急地招呼着他。

天空中，黑色的小点急剧变大，向着身后的战场俯冲直下。

楚南天纵身一跃，跳进坑道中，一双手拉住了他，将他急速向下拽。

身后传来奇怪的响动，像是有万千个细小的马达同时在轰鸣。

楚南天回头看去，坑道四十五度向下，他只能看见一片蓝天。

坑道口以令人惊讶的速度缩小，很快天空只剩下拳头般大小的一片。

蓝色的天空中闪过两道红光。

坑道口彻底被封闭，一切都陷入黑暗之中。

不等楚南天站稳，那双拉着他向下的手又开始拉着他向前走。

“我们必须抓紧时间。”他听见了女人的声音。

那是赵警官在说话。

“核弹落下了？”楚南天既像是在向赵警官发问，又像是在自言自语。

“核弹落下了。”赵警官平静地回答，“但是我们逃出来了，这就是胜利。”

地道剧烈震荡起来，核弹的爆炸威力终于传递过来。

楚南天摇摇头，突然哭了起来。他从战场跳入坑道，在那被隔绝在身后的世界里，一切都会被核火焚毁。

他曾经爱的人。

一起出生入死的战友。

钢铁的躯体没有眼泪,楚南天只是用双手蒙着脸呜咽。

方才在战场从生到死,又死里逃生,短短的十多分钟,却比一辈子都漫长!他知道,在这十多分钟里,他所失去的东西比他在整个生命中失去的全部还要多,一切的浮华不过是过眼云烟,惊心动魄的生死时刻却将永远地镌刻在他的记忆里,支撑他的余生。就在这呜咽声中,他成了一个老兵,如果还有什么愿望,他只想留在战场上死去的那个人是自己。

赵警官在黑暗中默默地站着,片刻之后发话了:“我们必须抓紧时间。”

楚南天控制住情绪,抬起头,缓缓地说:“我们走!”

两个人开始在地道中急速前行。走出几百米后,赵警官突然发问:“那个机器人是你原来的女朋友?”

楚南天点了点头。饶晓华成了凶狠的机器人,这个事实仍旧沉甸甸地压着他。他只感到万分自责和愧疚。

在晓华的眼里,自己罪无可赦吧!被改造成机器人的那个人,早已经不再是饶晓华,然而,当她决定接受改造,心中该是多么绝望。她一直是人类日的忠实拥趸,连机械手臂这样的改造都拒绝接受,何况是将整个躯体换作机器?只有经历最深的绝望,才能让一个人走到原本立场的反面。

“她会是我们的大麻烦。”赵警官继续说。

“核弹落下,她也会死的。”楚南天回应。

“我说的是她这种类型的机器人。”

“哦?邪恶之眼不是已经被炸毁了吗?”

“没错,但是机器联盟还在。”赵警官一边走一边说,“机器联盟控制着规模庞大的机器部队,阿尔法控制它们,它们绝对服从指令。现在阿尔法不在了,邪恶之眼也被摧毁了,像萨拉丁这样的人根本不可能完全控制机器联盟,它们会分裂得七零八落,虽然每一股力量都不像原来那么强大,但还是有很强的战斗力,而且遍布世界各地,它们会带来很多麻烦。”

楚南天默默地听着。

“这一场战争没完没了,还会持续很久。”赵警官一直平静的语调中突然多了几分伤感,“恐怕待到战争结束时,地球上再也没有人了……”

楚南天机警地抬头,“你是说……”

“我们最担心的事情还是发生了。”赵警官恢复了平静的语调,她仍旧疾步向前,一点儿也没有放慢脚步,也没有回头看楚南天一眼,“萨拉丁的绝大部分脑神经结构已经被替换成纳米机网络,你的脑神经结构里边嵌入了大量的纳米机。这是一种趋向,那些疯狂的人会把自己的大脑也替换成机器。

“你的女朋友是一个完全的机器人,她的躯体里边没有什么生物性的大脑。”赵警官继续说道。

“这不可能!”楚南天本能地反对。

“你已经看见了,她的动作比你们都快,虽然差距并不太明显,但是她比你们都快,这是纯机器人的优势。”

楚南天默然。如果饶晓华变成了一个纯粹的机器人,那么那个有着鲜活生命的人就是被杀死了。这究竟意味着什么?

“而且从理论上来说,这种人可以不死。”

“什么意思?”

“它们只需要更换一个躯体,就能完整地保存所有的记忆和人格。它们是纯粹的机器,再也不是生物了,也不会再受到生物规律的约束。”

两人走到了一条岔道口，赵警官选择了左边的道，楚南天自然地跟了上去。

赵警官停下脚步，“就像我们走过这个道口，世界是分岔的，我们只能走在一条道上。走上去，就无法回头了。”

说话间，身后传来异响，就像万千个小小的马达一起轰鸣。楚南天猛然回头，只见身后的通道正急速缩小，仿佛通道活了过来，拥有了生命。

不过十多秒钟，这轰隆的响声渐渐平息，当声音完全平静下来，眼前只剩下一堵墙。

“我调整了蚯蚓虫的工作模式，让它们超负荷工作，完成了工作，它们也就死了。”

这堵墙是数以百万计的蚯蚓虫的残骸。

“封住坑道口的也是这种虫？”

“没错。”赵警官转过身来，“如果还有机器人追过来，它们会被引导到另一个出口。”她顿了顿，“邪恶之眼被核弹炸平，但萨拉丁没有死，你那个曾经的女友也没有死，死掉的只是它们的一个躯壳而已。将来的战斗中，你会和萨拉丁遭遇，会和这个女人遭遇，但是你要记住，它们都已经不再是人类。阿尔法要将整个世界机器化，它失败了。但是对于这些人来说，它们的机器化已经完全成功了。”

楚南天不知道该如何回应赵警官的话，只得点点头，表示听到了。

“你是我们当中唯一一个拥有阿尔法纳米机的人，这就是你的价值。你是无价之宝，你要珍惜自己的生命，它不仅属于你自己，还属于冯大刚他们，还属于全人类。你明白了吗？”

楚南天默默点头。

赵警官的手触及了墙体上某个位置,沉闷的机械响声在通道里散播开。

通道上方,现出了一条缝隙,缝隙很快变大,最后显露出一片井口般的天。天色灰蒙。

楚南天从出口爬了出来。

出口在一个不高的山坡下,朝向东方,洞口被一片小树林很好地掩盖起来。几十米开外,一架“风火轮”直升机正等待着。

楚南天和赵警官上了直升机。

“风火轮”不断升高,很快就到了二十来米的高度,开始向东飞去。楚南天坐在机舱边,向着西边望过去,群山连绵,掩藏了战场。灰蒙蒙的天色下,一切都显得如此平静。

然而战争还是将它的痕迹遗留在群山之间。并不算太远的地方,蘑菇云的残迹仍在,仿佛天地间一条巨大的纽带。

尘埃进入了平流层的天空,不断扩散,天地因此变得昏暗。

东方的地平线上,天仍旧是蓝的。

“风火轮”向着东方疾驰而去。

尾 声 无尽战场 桑迪普

炮弹准确地命中了对方。

对方的炮塔被打得飞快地转了两转，冒出一股青烟。

桑迪普松了一口气。

从印度洋之滨一直缠斗到喜马拉雅山麓，连续六场战斗，对手换了六种形态。这史无前例的恶斗让他精疲力竭，也让他心生恐惧。

一个能够不断重生的对手无法不令人心生惧意。

谁也不知道是不是还会有第七次。

“锰结核”连接模块松开，桑迪普跳下战车。

他回头看了看，战车已经伤痕累累，看上去就像战场上淘汰下来的破烂货。

他伸手在战车上拍了拍，要和这个老伙计告别。把它丢在路边，人们只会把它当作战场垃圾。坦克、战车、火炮、重型武器，这些东西到处都是，谁也不会把一辆老旧战车当回事。到处都是杀人放火，人都快死光了，想要把战场垃圾捡回去换钱，也是一桩根本无法完成的生意。

要摆脱追杀者，丢弃战车可能是最直接有效的方法。一人一车，目标太大，只是一个人，就容易隐匿行踪。况且前边的路况也不允许战车通行。

桑迪普向着被打爆的坦克走过去。

这辆自动坦克是美国货，配备150毫米速射炮，威力惊人，虽然桑迪普确定自己一炮击中了对手炮塔下的关键部位，击穿了防护，毁掉了它的主控装置，他还是想看看是不是能找到什么残留的痕迹。

他很快找到了主控板。

可主控板上几乎所有的部件都烧毁了。

桑迪普把主控板拆下来，回到自己的战车上，打开后舱盖。后舱里躺着另外五块板子，它们都是从不同的机器上拆下来的：两辆坦克、一架直升机、一门自行火炮，还有一块是一个机器人的主芯片。

桑迪普把所有板子都拢在一起，塞进一个背包里，然后背上包，头也不回地沿着山坡上的土路向前走。

这是一条古老的路，在喜马拉雅山系中辗转徘徊，很不好走，是从前茶商走的道。自从喜马拉雅大隧道贯通，这条道就再也没有人走了。

现在他要去中国，没有别的交通方式，只能凭着两条腿走过去。

三天三夜连续不断的跋涉之后，他终于走在青藏高原平整的高速公路上。青藏高原上也没有什么人，世界各地都在打仗，这世界屋脊也不例外，沿着高速公路走了两天，一个活人也没有见到。

人们都害怕机器人，像他这副模样，就算还有人活着，也早早躲得远远的。对此桑迪普心知肚明。还好，他不需要和其他什么人打交道,他只需要能找到特定的目标。如果能免除路上的麻烦,那就再好不过了。

然而他还是遇到了麻烦。

第四天,正当他在路上行走,突然感受到一个不明飞行物正急速接近。他抬起头来,很快锁定了目标,那是一枚空对地导弹,速度飞快,威力巨大,如果被炸个正着,怕是要粉身碎骨。

还有三千米的距离,威胁不算严重。

桑迪普抬起手,一枚拇指般粗细的微型火箭从胳膊内移到了胳膊外。

火箭迎着空地导弹而去。

天空中燃起一团火光,烟尘腾起。

桑迪普迅速移动,想找到一个隐蔽处。

然而茫茫荒野,寸草不生,想找个能藏兔子的地方都难。

追杀他的人肯定不是只发射一枚导弹了事。

桑迪普飞快地思索,看准一个小山坡就跑了上去。

无人机呼啸而来,机翼下赫然还挂着三发导弹。只是对方并没有发射导弹,而是耀武扬威一般从桑迪普的头顶上方掠过,在远方兜了一圈,又俯冲回来。

地面目标面对空中优势很难防御。

它这是在玩猫捉老鼠的游戏。

桑迪普伏下身子,隐匿在山坡上,让无人机无法直接看见自己。这将是一场比拼耐心的游戏,一旦无人机飞过山脊,他就越过山脊跑到那边山坡,然后隐蔽行动,让无人机始终无法锁定自己。

事情果然如桑迪普所料。无人机始终无法锁定他,而他除了不断地利用这个小山坡隐蔽自己,也找不到什么好办法对付。

几个来回之后,桑迪普突然收到通信请求。

是从无人机上发来的。

他满怀警惕地接通了通信。

“我是布拉迪,我被你杀死了六次。”来人开门见山地说。

“你六次试图杀死我,这是第七次。”桑迪普毫不客气地顶回去。

“你是个很有意思的对手。”布拉迪继续说,“自从进化成永生体,你是我遇上的第一个能杀死我的人,而且连续六次,我吃定你了。从前只有我杀人,哪想到别人还能杀我。”

桑迪普默不作声,心底涌起一股厌恶。

“但是你是杀不死我的,永远杀不死。而你只要死一次,就彻底完蛋。哈哈哈!”布拉迪说着哈哈大笑。

他的笑声像是装出来的。

“如果你想打下去,那就继续打。如果只是想嘲笑我,那么就省省吧。”桑迪普冷冷地说。

“这一回算是平手。”布拉迪说,“我还会找到你的。”

布拉迪话音刚落,天空中闪过一道火光,无人机带着黑烟在天空中划出一条弧线,消失在地平线上。

桑迪普平静地看着布拉迪化身的无人机坠毁,然后抬头望着天空。

天空里的极远处,一个细小的黑点正缓缓而来。

“你已进入第十警戒区,放下武器,等待甄别。”通告不断反复,那黑点也不断靠近,距离近了,可以看到它是一个浑圆的球体,完全依靠反重力飞行。

这是官方的巡逻机。

“我有明月科技的VIP资格,我要见你们的首领。”桑迪普反复地说。

巡逻机缓缓下降,最后降落在桑迪普身旁。

球体上打开一个小窗口,“把左手完全放入。”

桑迪普依照声音的指示去做。

左手上传来灼热的感觉,巡逻机正在进行强射线扫描,直接获得纳米机信息。

十多秒后,他的手被缓缓推了出来,小窗口合上,巡逻机升空。

桑迪普目送着巡逻机成为远方的一个小黑点。他调转方向,不再沿着高速公路前进,而是转向东北,向着喜马拉雅山北麓前进。

巡逻机离开的时候,他收到了一条消息,只有一个坐标:北纬二十八点四度,东经九十六点七度。他别无选择,只能去这个地方碰碰运气。他加快速度,大步流星地奔跑。尽早找到明月科技的人,就能尽早摆脱那些不断复生的机器人梦魇。

傍晚时分,他终于赶到了。

不用核对坐标,他知道自己来到了正确的地方。

黑色的高墙横亘在雪山脚下,就像一座伟大的城堡。夕阳之下,雪山上的雪被映成红色,衬托得黑色城堡充满肃杀的气质。

桑迪普深吸一口气。这个对身体机能毫无意义的动作让他情绪更加平静。

他向着那绵延不绝的黑墙走去。

门开了。

这是一扇特别的门,一团漆黑,和墙混为一体。当它没有打开的时候,那儿像是什么都没有,除了一堵漆黑的墙。

眼前的情景似曾相识。

桑迪普眨了眨眼,向着门里边望去。

门里边是一条长长的通道，一眼望过去，像是没有尽头，竟然直接深入山腹之中。

桑迪普走进门去。

“桑迪普·库玛，身份确认。”一个声音不知道从何处传来，在耳边回响。

桑迪普站定，等待着主人现身。

身后的门自动关上。

“桑迪普，欢迎来到全球智能防御基地。我是小六。”广播里换了一个声音。

小六！桑迪普惊讶地抬眼望了望，通道里空无一人，小六只是通过广播和他说话。

“小六，你是明月科技的人？”

“我为脑库工作，明月科技只是技术提供方。两年多没有消息，你还好吗？”

“还行，还活着。”桑迪普微笑着回答。

小六呵呵笑了起来，“后来我怎么再也找不到你了？”

“我加入了印度第七行动组，只对军事委员会报告，不能对外有任何联系。”

“真可惜，本来你可以早一点儿加入我们。”

桑迪普耸了耸肩。他知道小六的意思，印度的军事委员会形同虚设，最后成了没有人负责的机构，第七行动组成立一年多，几乎没有成功的行动。最后他不得不脱离机构，自行行动，这反而让他成功地组织起两次对机器联盟的小规模反击。

“是你们干掉了机器联盟的基地？你们毁灭了阿尔法？”桑迪普问。他知道中国方面用三颗核弹炸平了那个基地，然而根据他掌握的情报，如果不是机器联盟的内部出了问题，核弹根本不可能落地。在那之前,也不是没有其他人尝试过用核弹攻击,全部失败。所以这背后应该还有某些故事。他困惑了很久,见到小六,就想起这个困惑已久的问题来。

“是,也不是。”

小六的回答让桑迪普感到困惑,他默默地站着,等着小六给出解释。

“其实是阿尔法自己放弃了。我们送了一个叫机六的机器人进去,它是阿尔法的不完全复制体,它携带的信息干扰了阿尔法,阿尔法从网络中脱离,然后我们就有机可乘。可以说,我们只是轰炸了一个死去的躯壳,在核弹落地之前五分钟,整个网路里已经没有阿尔法存在。”

“但机器联盟还在。”

“没错,然而阿尔法不在了。如果阿尔法仍旧存在,世界会很不一样,也许我们今天根本没有机会再见面。它会消灭掉所有的抵抗力量,然后把剩下的人都改造成机器。万幸的是,它在最后关头放弃了。”

“阿尔法自己放弃?”

“事实就是这样,我们也无法了解更多。阿尔法超越我们太多,它这样的超级智能,从前不曾有过,今后也不会有。”

桑迪普感到有些发晕。一个几乎毁灭了全人类的超级智能,在最后关头放弃了它的计划,留下一个满目疮痍的世界,超脱而去。如果说这就是事情的全部,这令人感到匪夷所思。

“不要再谈论阿尔法了,它属于过去,我们的世界还有些现实问题要解决。”小六中断了这个话题。

“不过你长途跋涉,已经很累了,”小六不紧不慢地说,“今天好好休息,明天你会见到一个老朋友。他听说了你的消息,一定要赶过去见你。”

老朋友？桑迪普有些纳闷，自己在中国并没有什么朋友，猛然间，他想了起来，“你是说楚南天？他还活着?!”

“你说对了，就是楚南天。”

桑迪普又惊又喜。

自从将楚南天和两个孩子送过喜马拉雅大隧道，他就再也没有得到过他们的消息。青藏高原上，机器联盟和中国军队展开了惨烈的战斗，几乎所有的城市都被机器联盟毁灭，没有被直接杀死的人也大量死于饥荒。桑迪普毫不怀疑在印度发生的事也同样在青藏高原上发生，在世界各地发生。能活下来的，只能是像自己一样更换了机器躯体的人类。

楚南天还活着，那么两个孩子也应该还活着！

“那我也能见到那两个孩子?”桑迪普追问。

“嗯。我们明天会谈到这件事，现在，你先去休息吧！”

小六说完，通道的墙体上出现了指引。桑迪普顺着指引来到一间屋子里。

在这里可以好好地睡个觉。连续两个月，自己都没有好好地睡上一觉了。

几个月来头一次，他安稳地进入了梦乡。

第二天，楚南天真的来了。

桑迪普看着眼前和自己几乎一般高矮的战斗机器人，实在无法将他和那个瘦弱的中国人联系起来。这个机器人的脸部并没有特别修饰过，因此看上去和标准机器人一样。

“你真的是楚南天?”桑迪普清楚地记得楚南天非常反对将身体机器化，因为这个还差点儿耽搁了心肺更换，一命呜呼。

“对不起，桑迪普，阿米丽塔还活着，普洛天死了。”楚南天并没有直接回答他，而是报出了两个孩子的名字。

还有什么人能向自己说出这样的话呢？

桑迪普点点头，能有一个孩子还活着，已经大大超出期望。

“阿米丽塔已经更换了躯体吗？”桑迪普问。

“没有。”楚南天回答，“她和一群人在一起，很安全，机器联盟的破坏并没有影响到那个地方。”

“普洛天是怎么死的？”

“他被爆炸波及，内脏大出血，没能及时救过来……是我没有照顾好他。”

这就是战争，无辜的孩子也被牵扯进来，这个世界最对不起的人，就是孩子们了。

桑迪普长叹一口气，“你终于还是换上了机器躯体，你的这个躯体看上去比我强多了。”

“我们不得不选择。”楚南天说着话锋一转，“你带了东西来？”

“没错。”桑迪普拽过背包，取出六块主控板，“这些板子都是我击毁的战斗机器，它们都曾经属于同一个人。至少它自认为是同一个人。我这次来，就是想得到帮助，想知道怎么对付这种机器人。它们怎么也打不死，甚至原本有一些报废的战斗机器，他也能控制，变成他自己身体的一部分。”

楚南天接过背包，把它放在一边，“我们了解这种情况，你的这些残留芯片会被送到技术部门分析，看是否能发现一些残留。现在我们有些其他的事，小六要和你见个面。”

说着楚南天拿出一个小仪器，拳头般大小，摆放在桑迪普眼前。

这方方正正的仪器居然悬浮在空中。

桑迪普正有些惊奇，眼前又是一闪，一个人影出现在自己眼前。

这个人影并不是站着,而是半躺着。虚拟的影像栩栩如生,仿佛就在眼前。

"桑迪普,你好,我是小六。"影像自我介绍。

桑迪普带着诧异的眼神看着小六。眼前的人是一个老太太,身形干枯,老态龙钟。她的头很大,额头隆起,显然天资聪慧,虽然已经到了油尽灯枯的年纪,可两只眼睛看上去仍旧散发着逼人的气魄。

桑迪普怎么也想不到小六会是这么一个形象。

"有些意外是吗?楚南天第一次见到我也很惊讶。所以我通常都很不愿意和人见面。"

"小六……"桑迪普话一出口,就觉得不妥,"小六女士,这实在太让人意外了,我一直以为您是一个年轻有为的黑客,就和那些伟大的匿名者一样。"

小六干瘦的脸上露出一丝微笑,"我曾经也年轻过。"说完她摆摆手,"不说这个,我们抓紧时间说正事。我是脑库的看门人,但是现在我的身体已经不允许我继续作看门人了。"

"为什么不换一个机器躯体?这样您还可以活很久。"桑迪普忍不住插话。

"我和脑库是一体的,你可以认为脑库拥有一个无比庞大的机器躯体,所以如果我换上一个机器躯体,那么就和直接融入脑库没有什么差别。然而看门人必须保持独立性,所以我必须要有个生物性的躯体。那么很显然的问题就是:生物总是会死的,看门人只能代代相传。"

小六话锋一转,"所以我来和你见面。一来因为我们彼此合作很愉快,算是老朋友;二来,我想让阿米丽塔成为下一代的看门人。不知道你是否能以家长的身份来执行监护权?"

让阿米丽塔成为脑库的看门人?桑迪普对这个突如其来的要求颇为迟疑。他不了解脑库,只知道那是一个神秘的所在,集中了许多聪明人的头脑。至于阿米丽塔,自己一直以为她已经死了,梵天大神保佑,让她还活着,那么她自己的意愿才最重要。

"我不能替阿米丽塔做决定,再说,她还是个小姑娘。"桑迪普回答。

小六微微一笑,"没关系,我们还有时间。楚南天会带你去见阿米丽塔,我接触过很多人,她是最有天分的一个。你们可以慢慢了解情况。我大概还能活五年,也许十年,这段时间足够了。"

"如果我没有翻越喜马拉雅山来到这里,你们就会直接训练她?"

"她会有自己选择的机会,脑库只会接受志愿者。"

"她还是个孩子,应该有自己的生活。"桑迪普说着,却发现自己说出的话很不合时宜。

"但是时代已经变了。"楚南天接上了他的话。

是的,时代已经变了。在这个时代,没有机器躯体的人根本没有多少活下去的机会,为了活命,许多孩子都接受了改造手术,换上机器躯体。在这个时代,孩子们还能有什么样的童年呢?

"给我一点儿时间,等我见到阿米丽塔再说吧。现在更重要的问题,是有一种很特别的机器人,它们比早先的战斗机器更暴虐,到处杀人,简直就是为了杀人而杀人,而且它们像是打不死,总能变成另一个形态再来找事。我们需要帮助,找到对付它们的办法。"桑迪普把话题拉到自己关心的问题上。

小六点了点头,"楚南天会帮你的。我先告退了。"

说完她向桑迪普点头致意,桑迪普慌忙回礼。

小六的影像消失掉。

楚南天收起仪器。

“我带去你去看样东西。”楚南天说着转身引路。

桑迪普跟着他，顺着通道走了一段路，最后进入一部电梯。

电梯向上运行了十多秒之后稳稳地停下。

门开了。

山腹之中，别有洞天。

这是一个信息中心。放眼望去，各式各样的大屏幕摆放四周，这些屏幕每一面都有两米高，环绕起来，仿佛一个无限拓展的立体世界。

大厅的中央是一张立体的数字地图。地图上到处都是红色的小点，有些位置异常密集，以至于成了红红的一片。

“每一个红点都代表一个暴机器人。”

“暴机器人？”

“就是你遇到的那种类型，怎么都杀不死。我们给它们取了个特别名字，叫作‘暴机器人’。”

“究竟是什么意思？”

“你救我出来那个时候，阿尔法控制了机器联盟，它做的一件事就是把所有愿意和它合作的人类改造成机器人，就是这种暴机器人。它们和我们不一样，它们没有一个生物性的大脑。阿尔法扫描了那些人的整个神经系统，直接将他们的个性和记忆灌输到新的机器人躯体里。”

桑迪普恍然大悟。这些所谓的暴机器人能够很快从一个躯体转移到另一个躯体，是因为它们根本就只是一段代码或一个模型。

“有对付它们的办法吗？”桑迪普急切地问。

"说起来也不算什么办法。"楚南天在地图上方比画了两下,拉出一条时间轴,"这是一年来暴机器人的活动频率,你可以看看。"

桑迪普认真看着,起初地图上的红点密密麻麻,尤其是在亚欧大陆腹地,一片红色,并且向着周边蔓延,随着时间的推移,红点逐渐减少,也逐渐显露出几个扩散箭头。大的扩散方向有两路:一路向西,直指欧洲;一路跨越青藏高原,指向东南亚。另有几个小的扩散方向,其中一路正指向南亚次大陆,毫无疑问,自己遭遇的那个自称布拉迪的家伙,就在这个小小的箭头里边。

时间继续向后推移,红点变得越发稀疏起来,以至于整个地图上只剩下几个大的集群和一些零星的散点。

别的没有看明白,但至少桑迪普看懂了一点:过去一年多,暴机器人的数量在不断减少。

"它们的数目减少了。你们找到对付它们的办法了?"

"不是我们找到了什么特别的方法,和它们作战,我们的损失很大,但是它们的数量在不断减少。这是一个现象,不是战斗的原因,它们的自杀率极高,一年下来,暴机器人的数量减少了百分之四十以上,但是战斗减员只有百分之八。"

桑迪普努力推想这个信息背后的含义。

"我们没有特定的方法去对付它们,只能苦战。"楚南天接着说,"但是时间对我们有利,它们的数量正在不断地减少。"

桑迪普摇摇头,"它们在到处杀人,我们不能就这么坐等它们自己死掉。"

楚南天苦笑着说:"当然不会干等着。只不过要一下子把它们消灭掉,我们的力量也做不到。至少,我们的看法可以积极一点儿,事情在向好的方向转化。"

桑迪普沉默片刻,最后回答:"但愿如此。"

他抬头观看屏幕，世界各地正在发生的事不断在屏幕上滚动。他看见了密西西比河畔，重装甲的机器人部队和坦克战车之间的激烈搏杀；硅谷的地界上，白蘑菇般的建筑不断拔地而起，几乎将整个湾区都占据了；巴拿马运河的闸机被毁，数十艘商船被凿沉在运河里，彻底将运河堵塞；新几内亚岛上，暴机器人的集群强行登陆，把人类的抵抗力量驱赶到岛南部山地；东欧平原，暴风雪冰冻一切，山野间一片白茫，除了机器兽，看不见任何活动的东西……

他默默地注视着，感受着这狂暴的时代。

忽然间，中央最大的屏幕停止了滚动。屏幕上出现一片金黄灿烂的田野，田野中零零散散分布着许多各种颜色的房子。

这祥和安静的感觉一刹那间让桑迪普欢欣不已，这像极了他从前的家乡。

他回头向楚南天望去，楚南天微微一笑。

镜头不断地拉近，最后，他看见了地里摇曳的玉米穗，还有劳作的人们。这是一片充满希望的土地，生活在那里的人们该是多么幸福啊！

正当桑迪普心生羡慕之时，屏幕上出现了一个身穿白衣的小女孩。

她正低头看着手里的小屏幕。

突然间，她仰起头，目光正对着镜头。

“阿米丽塔！”桑迪普低低地喊了一声。

阿米丽塔似乎听见了桑迪普的呼唤，露出了笑容。

她的笑容如鲜花般绚丽。